宋词选

胡云翼
选注

U0798980

上海教育出版社
SHANGHAI EDUCATIONAL
PUBLISHING HOUSE

图书在版编目（CIP）数据

宋词选 / 胡云翼选注. — 上海：上海教育出版社，2021.10
（中小学生阅读指导目录）
ISBN 978-7-5720-0972-3

Ⅰ. ①宋… Ⅱ. ①胡… Ⅲ. ①宋词 – 选集 Ⅳ. ①I222.844

中国版本图书馆CIP数据核字(2021)第137434号

责任编辑　许　霞
封面设计　橄榄树

宋词选
胡云翼　选注

出版发行　上海教育出版社有限公司
官　　网　www.seph.com.cn
地　　址　上海市闵行区号景路159弄C座
邮　　编　201101
印　　刷　上海普顺印刷包装有限公司
开　　本　700 × 1000　1/16　印张 24.5
字　　数　326 千字
版　　次　2021年11月第1版
印　　次　2021年11月第1次印刷
书　　号　ISBN 978-7-5720-0972-3/I·0092
定　　价　68.00 元

如发现质量问题，读者可向本社调换　电话：021-64373213

出版说明

大语文时代，阅读的重要性日益凸显。中小学生阅读能力的培养，已经越来越成为一个受到学校、家长和社会广泛关注的问题。学生在教材之外应当接触更丰富多彩的读物已毋庸置疑，但是读什么？怎样读？仍然是一个处于不断探索中的问题。

2020年4月，教育部首次颁布了《教育部基础教育课程教材发展中心 中小学生阅读指导目录(2020年版)》(以下简称《指导目录》)。《指导目录》"根据青少年儿童不同时期的心智发展水平、认知理解能力和阅读特点，从古今中外浩如烟海的图书中精心遴选出300种图书"。该目录的颁布，在体现出国家对中小学生阅读高度重视的同时，也意味着教育部及相关专家首次对学生"读什么"的问题做出了一个方向性引导。该目录的推出，"旨在引导学生读好书、读经典，加强中华优秀传统文化、革命文化和社会主义先进文化教育，提升科学素养，打好中国底色，开阔国际视野，增强综合素质，培养有理想、有本领、有担当的时代新人"。

上海教育出版社作为一家以教育出版为核心业务的出版单位，数十年来致力于为教育领域提供各种及时、可靠、实用、多样的图书产品，在学生阅读这一板块一直有所布局，也积累了一定的经验。《指导目录》颁布后，上教社尽自身所能，在多家兄弟出版社和相关机构的支持下，首期汇聚起其中的100余种图书，推出"中小学生阅读指导目录"系列，划分为"中国古典文学""中国现当代文学""外国文学""人文社科""自然科学""艺术"六个板块，按照《指导目录》标注出适合的学段，并根据学生的需要做适当的编排。丛书拟于一两年内陆续推出，相信它的出版，将会进一步充实上教社已有的学生课外阅读板块，为广大学生提供更经典、多样、实用、适宜的阅读选择。

编　者

目录

辛弃疾　四十首

前　言

一

词是唐朝兴起来的一种新的文学样式，它的兴起跟音乐的发展密切地结合着，和乐府诗的性质基本上是相同的。因此，前人探讨词的起源往往溯源于古代的乐府。从形式上看，南朝乐府里某些长短句的歌辞，如萧衍、萧统、沈约写的《江南弄》十四首，一律都是七言和三言相杂的定句、定字；隋朝杨广、王胄（zhòu）写的《纪辽东》四首，更接近词的形式格律。但是我们认为，词之所以成为一种新兴的文体，还是有它自己发生、发展的一条历史线索，和乐府诗混同起来讲，不能说明问题。宋人王灼《碧鸡漫志》说：

> 盖隋以来，今之所谓曲子者渐兴，至唐稍盛。今则繁声淫奏，殆不可数。

这里所谓“曲子”就是指隋唐时期流行的西域音乐——燕乐（即宴乐），那是代表西北民族刚健风格的新音乐，和中国原有的清乐有所不同。这两种体系和性质不同的音乐配合着不同的歌辞形式。曲子词主要是用来配合燕乐的。词，是这种新兴的曲子词的简称。

曲子词首先盛行于民间。根据敦煌词的有关资料，证明无名氏的《菩萨蛮》（“枕前发尽千般愿”）是盛唐时期或者还早于盛唐时期的作品，而且是道地的民间词。这绝不能是孤立的现象，如果不是当时的民间词十分兴旺，那么当时比较偏僻的敦煌地区会有盛唐词的抄本保存下来便成为不可思议的奇迹。

至于文人的词作，相传以李白《菩萨蛮》《忆秦娥》为最早，黄昇《花庵词选》称之为“百代词曲之祖”，但是后世有些词论家疑为伪作。从词发展的因果关系来看，丝毫找不出这两首号称“李白的词”对盛唐、中唐文人有何影响。中唐文人所熟悉的长短句词调一般是比《菩萨蛮》《忆秦娥》更为简短的小令，如《长相思》《调笑》《渔父》等。其语言风格都具有民间气息。十分明显，这时候民间词已经广泛流行着，引起了爱好民歌的文人的兴趣。白居易、刘禹锡他们“依《忆江南》曲拍为句”，便是有意识地模仿民间的曲子词。据《尊前集》所载，白居易词二十六首、刘禹锡词二十八首，还有韦应物、张志和、王建等文人的作品。这种事实表明：从中唐开始，填词的风气已从民间传播到文人社会里来。

晚唐五代，文人词有了进一步的发展。首先是致力于词的文人逐渐加多，西蜀和南唐形成两个词坛，词风都很盛，不像中唐文人那样只是偶尔填词了。《花间集》所录晚唐五代词人，不包括南唐在内，有十八家，词四百九十七首。其次是采用的词调加多，不再局限于几个简短的小令（如冯延巳的《阳春集》采用了三十九个词调）；长调也有出现，形式格律渐趋复杂。一些著名词人如温庭筠、韦庄、李煜都具有自己的独特的风格。此外，必须指出的，文人词和民间词的分道扬镳这时已很明显。民间词不限于写闺情，它体现了市民阶层比较广阔、复杂的社会生活，其中某些词反映出当代动乱不堪和民族矛盾的现实。贵族文人恰恰相反，他们竭力逃避现实，词便成为他们歌筵舞榭、茶余酒后的消遣工具。作为晚唐五代词人代表作的《花间集》，几乎千篇一律都是抒写绮靡生活中的艳事闲愁，在他们的词里很难看到时代的影子。

二

宋朝特殊的历史条件导致了宋词空前的繁荣、发展与提高。

宋王朝的建立，结束了安史之乱以来两百年变乱相寻的局面，成为一统。随着出现一个宋朝统治阶级自夸为“百年无事”的承平时期。邵雍在一首《插花吟》里这样歌颂着：“身经两世太平日，眼见四朝全盛时。”实际情形当然不如邵雍所粉饰的那样。这百年中绝不是真正太平无事：对辽和西夏的战争一再挫败，屈辱求和；国内屡次爆发具有相当规模的人民起义（虽然都未能持久）。不论民族矛盾或阶级矛盾都表现得很尖锐。即使在繁华的京畿地区，也说不上“全盛”。据《宋史·吕蒙正传》记载，宋太宗赵光义在元宵节宴赏大臣时，极力吹嘘“上天之贶（kuàng，赐），致此繁盛”。但吕蒙正却给他指出：“乘舆所在，士庶走集，故繁盛如此。臣尝见都城外不数里，饥寒而死者甚众，不必尽然。”于此可见在“全盛”的旗帜底下掩盖着极其悲惨的生活现实。

虽然这样说，我们还是承认北宋王朝保持着比较长期的国内稳定的局势，在农业生产不断增长的基础上，工商业相应地得到了发展，城市经济日趋繁荣，城市人口日益集中。作为市民主要文娱节目之一的音乐，其需要就日益扩大。汴京是北宋统治阶级发号施令的地方，集中了天下的财富，秦楼楚馆，竞赌新声。歌词随着市民这种需要的扩大也就更加兴盛起来。

关于北宋前期的词坛，我们首先要提到较早的上层文人的词。以晏殊、欧阳修为首的文人词主要是反映贵族士大夫闲适自得的生活及其流连光景、伤感时序的愁情。如晏殊的《浣溪沙》：

> 一向年光有限身，等闲离别易销魂，酒筵歌席莫辞频。　满目山河空念远，落花风雨更伤春，不如怜取眼前人。

欧阳修的《玉楼春》：

> 尊前拟把归期说，未语春容先惨咽。人生自是有情痴，此恨不关风

与月。　　离歌且莫翻新阕，一曲能教肠寸结。直须看尽洛城花，始共东风容易别。

他们这一派的词几乎没有保留地承袭晚唐五代的词风，局限于抒写离别、相思之情，风格仍旧柔靡无力。他们主要不是步趋温、韦，既不同于温庭筠、欧阳炯、张泌一派无行文人的词那样轻浮、侧艳，也不同于韦庄伤乱和李煜亡国的哀吟。在五代词人中，王国维《人间词话》认为"开北宋一代风气"的是冯延巳，他对晏、欧的影响最深。这是不难理解的：陈世修《阳春集序》说冯延巳处于"金陵盛时，内外无事"，他写词只是作为"娱宾遣兴"之用；词的风格又是那么典雅雍容。这非常适合北宋官僚士大夫的胃口。北宋前期达官贵人的词一般也都是用来娱宾遣兴的，如晏殊在宴饮歌乐之余的"呈艺"（叶梦得《避暑录话》），欧阳修"聊陈薄技，用佐清欢"的新声（欧词《采桑子》题序），可见金樽檀板和词作简直是息息相关。这就决定了作品的内容必然庸俗无聊，空虚无物。这正和当时风靡一时的西昆诗一样，必然为人所厌弃。晏、欧词在艺术上的成就，主要是善于写即景抒情的小词，善于用清丽而不浓艳的词语，构成情景相副的画面，表达得较为含蓄而有韵致。如果说他们在承袭五代词风的同时还有自己的特征，那大概就在这比较细微的区别上了。

北宋词至柳永而一变。柳永发展了长调的体制，善于用民间俚俗的语言和铺叙的手法，组织较为复杂的内容，用来反映中下层市民的生活面貌。他的作品具有浓厚的市民气息。这是柳永词不同于晏、欧一派局限于知识分子自我欣赏的狭隘范围的特征，也就是柳词受到一般市民欢迎而风行一时的主要原因。

宋初词人所用的词调还是限于比较简短的。晏殊的《珠玉词》、欧阳修的《六一词》里用得最多的词调是《浣溪沙》《玉楼春》《渔家傲》《蝶恋花》《采桑子》等。晏幾道的《小山词》也是如此。其中有的是整齐的七言，有的是以七言为主的长短句。这可见他们还只是习惯于选择近乎诗体的词调来填词。但是,当时社会早已形成了“变旧声、作新声”(李清照《词论》)的风气,民间流行的新乐曲越来越多,越来越繁复。柳永是一个精通音律、爱好民间音乐的词人,他和乐工们合作,创制了大量以篇幅较长、句子错综不齐为其特色的慢词。如顾敻(xiòng)的《甘州子》只有三十三字,柳永的《甘州令》增为七十八字体;牛峤的《女冠子》只有四十一字,柳永的《女冠子》增为一百十一字和一百十四字两体;冯延巳的《抛球乐》只有四十四字,柳永的《抛球乐》增为一百八十七字体;李煜的《浪淘沙》只有五十四字,柳永的《浪淘沙慢》增为一百三十三字体;晏殊的《雨中花》只有五十字,柳永的《雨中花慢》增为一百字体。这都可以看出词体随着乐曲繁衍而为长篇的趋势。长调本不始于柳永。敦煌所保存的唐朝民间词里,《内家娇》和《倾杯乐》两个词调都在一百字以上。还有题名杜牧的《八六子》八十九字,题名后唐庄宗的《歌头》长达一百三十六字。但是,长调的得到发展,蔚然成为一代的风气,倡导之功不能不归于柳永。他的《乐章集》所用的一百多个词调中,绝大部分是前所未见,或者是借用旧曲制成新体的,有分为三叠长达两百字以上的(如《戚氏》)。词的体式至此便相当完备了。

柳永的语言风格不同于晏、欧一派,受晚唐五代文人词的影响不大。他善于向民间词吸取营养,从许多优秀的民间词里学会了怎样写闺怨,怎样使用俚俗语言,怎样运用铺叙的手法。他成功地运用铺叙的手法,为北宋文人写长调开辟了道路。作为一首长调,必须组织较为复杂的内容。因此,如何铺叙便成为关键性的课题。柳永铺叙的特征主要是尽情描绘,不再讲究含蓄;他把写景、叙事、抒情打成一片,而在结构上却又有一定的层次,前后呼应,段落分明。夏敬观《手评乐章集》称他的词“层层铺叙,情景兼融,一笔到底,始终不懈”,这话是符合实际的。与柳永同时的词人张先、晏幾道都有长调的制作,但都不以铺叙见长(李清照《词论》说“晏苦无铺叙”),缺乏组织长篇的才力,他们在这方面的成就和影响都不能和柳永相比。

北宋文人词里有俚雅之分，始于柳永。他完全不顾士大夫的轻视和排斥，使用极其生动的俚俗语言来反映中下层市民的生活面貌，一手建立了俚词阵地，和传统的雅词分庭抗礼。加以作者写作技巧的纯熟，善于“状难状之景，达难达之情，而出之以自然”（冯煦《宋六十一家词选例言》），因而受到大众的喜爱，享有任何词人都不曾获致的“凡有井水饮处即能歌柳词”（叶梦得《避暑录话》）的声誉。可是我们这里必须指出，柳词的风靡一时，绝不是由于他所组织的主题具有高度的思想内容和教育意义。他着重写妓女和浪子，即使在市民社会里也只是病态的一角，没有多少积极的现实意义。虽然他也以同情的态度写妓女，可没有塑造出受损害、受侮辱的妓女形象。试以敦煌保存的民间词作为范例，如《望江南》里的“我是曲江临池柳，这人折了那人攀，恩爱一时间”，又如《抛球乐》里的“珠泪纷纷湿绮罗，少年公子负恩多。当初姊妹分明道，莫把真心过与他”，仅仅三言两语，便道出了极其沉痛的心情。与此不同，在柳永的笔下，妓女实际上是安于被人狎玩的形象，她们没有不满和反抗，甚至某些写妓情的词还有着色情描写，即使五代文人的艳词也没有达到如此淫秽的程度。这种迎合市民低级趣味的词作，不但给读者带来许多毒素，同时也说明柳永学习民间创作，只着重语言形式方面而抛弃了真正的人民的思想感情。因此，我们对他的俚词，也不应作过高的估价。此外，柳永还有一些歌颂圣德、追求利禄的庸俗作品，也是应予批判的。

北宋前期的词，不论晏殊、欧阳修、柳永或其他词人，不论雅词或俚词，不论所反映的是士大夫或是市民的精神面貌，都没有突破“词为艳科”的藩篱，内容仍旧局限于男女相思离别之情，“靡靡之音”充塞了整个词坛，风格始终是柔弱无力，极少例外。苏轼的贡献首先是打破词的狭隘的传统观念，开拓词的内容，提高词的意境。胡寅在《酒边词》的序文里有一段介绍苏词极精辟的话：

……眉山苏氏一洗绮罗香泽之态，摆脱绸缪宛转之度，使人登高望远，举首高歌，而逸怀浩气，超然乎尘垢之外，于是《花间》为皂隶，而柳氏为舆台矣。

建立这种新的豪放风格不是一个单纯的形式问题，也不是一件简单的事情。欧阳修对于诗文都有所革新，对于词则原封不动，可见词的传统观念的牢不可破。苏轼"以诗为词"，不仅用诗的某些表现手法作词，而且把词看作和诗具有同样的言志咏怀的作用，这样，就解放了词的内容和形式上的束缚，使它具有较前宽广得多的社会功能，这意义是不可低估的。王灼《碧鸡漫志》说：

东坡先生非醉心于音律者，偶尔作歌，指出向上一路，新天下耳目，弄笔者始知自振。

这是一个根本性的方向问题。如果没有苏轼举起革新的旗帜，任词坛充满了绮语诲淫、歌功颂德、伤感颓废、词汇贫乏而又千篇一律的作品，那么宋代词人如何构成自己一代的特色以与唐诗、元曲前后辉耀，便是难以设想的了。在苏词中，有要求建立功业的明确的爱国主题，有富于幻想的浪漫精神，有雄浑博大的意境，表现出豪迈奔放的个人性格及乐观处世的生活态度。就这些方面看，就他在词的历史发展上所起的作用和影响看，确是前无古人，说他"指出向上一路，新天下耳目"，成为豪放派的创始人，是不过分的，因为他给当时颓废的词坛注射了有发展前途的新血液。当然苏词的思想内容也不是无可非议之处。他那种宠辱皆忘的清冲淡远之怀、浮生若梦的醉月乘风之想，看来是胸襟旷达，情绪似乎很健康，其中却隐藏着虚无成分相当浓厚的消极思想，对旧社会封建的士大夫曾经起过不良的影响，在今天还是必须批判地对待的。

其次，苏轼不顾一切文人的责难与讪笑，毅然打破了词在音律方面过于严格的束缚，也是和词的革新完全相应的、有意义的创举。陆游《老学庵笔记》说：

世言东坡不能歌，故所作乐府，多不协律。晁以道谓："绍圣初，与东坡别于汴上。东坡酒酣，自歌《阳关曲》。"则公非不能歌，但豪放，不喜剪裁以就声律耳。试取东坡诸词歌之，曲终，觉天风海雨逼人。

这个音律问题，涉及词以形式还是以内容为主、以音乐还是以文学为主的问题。诋毁苏轼的人说他不懂音律，这是近乎诬蔑之辞。苏轼爱好音乐，他的词可以歌唱的并不少，他唱过自己作的《阳关曲》、《哨遍》（"为米折腰"），其他如《临江仙》（"夜饮东坡醒复醉"）、《永遇乐》（"明月如霜"）等词也都是谐音协律的歌辞。他的某些词确有不协音律的地方，问题不是他不懂音律，而是不愿以内容迁就音律。这说明苏轼特别重视词的文学方面的意义，不把它作为音乐的附庸，不让思想内容和艺术表达受到损害，不让自由奔放的风格受到拘束。遵循这个创作原则是完全正确的。陆游说他"豪放，不喜剪裁以就声律"，可谓知言。

致力于诗词合流以提高词的意义和风格，苏轼尽了他的责任，他的巨大成就震撼了当时的词坛。可惜这一革新没有得到充分发展并成为风气。苏门词人为数不少，其中只有黄庭坚、晁补之、贺铸等的词风多少带一点豪放气概，但也不能和苏轼相提并论。秦观是苏门的著名词人，实际上风格却接近柳永。苏门文人尽管极口推崇苏词，可是却不承认"以诗为词"可以作为规范。陈师道说苏词"虽极天下之工，要非本色"（《后山诗话》）。晁补之的意见也是如此。这种狭隘的、保守的正统观念在很大的程度上阻挡并延缓了词的发展与提高。

从柳永、秦观到周邦彦，一脉相承的倾向很明显，那就是：文人词所走的道路越来越形式格律化。而周邦彦正是以高度形式格律化被称为“集大成”（周济《宋四家词选序论》）的词人的。

周邦彦词的特点是精于词法，在词的写作技巧上有所提高。过去柳永的词以平铺直叙为主，结构还是不免比较简单；周则在铺叙的基础上进一步讲求曲折、回环，变化较多。言情体物也比前人更为工巧，开了用长调咏物的风气。同时他又精于音律，辨析入微，在词律方面起了规范作用。《四库全书总目提要》指出他“所制诸调，非独音之平仄宜遵，即仄字中上、去、入三音，亦不容相混”。南宋词人方千里、杨泽民竟全和其词，“字字奉为标准”。他的语言风格由俚俗趋向典雅、含蓄，这也是他越过柳永更多地博得上层文人的赏鉴而成为词坛泰斗的原因之一。

但是，周邦彦这些艺术技巧上的成就绝不能掩盖他的作品内容的空虚、贫弱。他是宋徽宗朝的供奉文人，在音律和文学上主要致力于粉饰政和、宣和间表面的繁荣景象，以满足统治阶级和中上层市民声色上的需要。这就规定了他的词必然脱离现实、缺乏思想内容，必然追求形式格律。不仅周邦彦如此，所有供奉文人如此，北宋末年一般士大夫也都耽于逸乐，逃避现实斗争，形成普遍的堕落风气，不论诗坛和词坛都产生了严重的形式主义倾向。以李清照为例，她的文学观点可以说和周邦彦有血肉相连的关系。她在《词论》里提出关于形式格律的严格要求，指责王安石、苏轼的词“皆句读不葺之诗”，这恰恰是对于诗词合流予以根本的否定。这时期的词坛显然是随着北宋的末运而趋于没落，连革新的泡沫都消失了。

三

词至南宋发展到了高峰。向来人们都认为宋朝是词的辉煌灿烂的黄金时代，如果把这话说确切一点，这光荣称号应归之于南宋前期。这时期爱国主义词作突出地反映了时代的主要矛盾——复杂的民族矛盾，放射出无限的光芒。清初朱彝尊在《词综·发凡》里曾经把南宋词提得很高，他说：

世人言词，必称北宋，然词至南宋始极其工，至宋季始极其变。

朱氏的话和我们的话有原则上的分歧，他主要是从纯艺术形式的角度而不是从思想内容方面进行评价，因而错误地把南宋后期的词抬得过高。

中原沦陷和南宋偏安的历史巨变，激起了南渡词人的普遍觉醒，整个词坛的精神面貌为之一新。北宋末年人们醉生梦死的颓废情况是非常可悲的。张元幹在《兰陵王》词里写道：

寻思旧京洛，正年少疏狂，歌笑迷著。障泥油壁催梳掠。曾驰道同载，上林携手，灯夜初过早共约。又争信漂泊？

这时汴京的词坛正被歌功颂德的应制词、征歌逐醉的颓靡词、无聊的应酬词搞得乌烟瘴气。谁都觉得这是一个可以长此以往的太平盛世，不料金人一声鼙鼓，占领京洛，二帝被俘，统治阶级知识分子的繁华梦被粉碎无余，他们所不相信会有的漂泊失所的一天终于来到了。面对着亡国的悲惨现实，稍有头脑的文人不可能熟视无睹，不可能没有初步的觉醒。他们的词风受到这掀天巨浪的冲击而有所改变，有所提高，也是很自然的事情。李清照本是闺阁词人，工于写别恨离愁；南渡以后，故乡故国之感提高了她的作品的社会意义。朱敦儒本以高士自许，一心一意唱他的"且插梅花醉洛阳"（《鹧鸪天》）；南渡以后，却发出"回首妖氛未扫，问人间英雄何处"的感叹。向子諲（yīn）把他的《酒边词》分为《江北旧词》和《江南新词》两个部分，划分时代的用意显然可见。前者限于抒写自己在政和、宣和间充满闲情逸致的生活，后者则在某些词中寄寓了深厚的家国之感。即如像康与之、曾觌（dí）那样为士林所鄙薄的文人，也写过感怀故国的作品。黄昇《花庵词选》称曾觌"词多感慨，如《金人捧露盘》《忆秦娥》等曲，凄然有黍离之感”。“黍离之感”可以说是南渡词人所共同选用的突出的主题。

但是，就上述诸人的词看来，他们只是反映士大夫阶层消极颓丧的情调，和人民坚决抗敌的思想感情是不一致的。与此同时，在士大夫阶层里也涌现出一群和人民坚决抗敌的思想感情相通的先进作家，如岳飞、李纲、张元幹、张孝祥等人，致力于建立爱国主义词作的新传统，对于豪放刚健的新风格的形成，都有一定的贡献。岳飞的《满江红》(“怒发冲冠”)，表现作者忠愤无比的爱国热情和抗击金贵族侵扰的英雄气概，成为千古绝唱。张元幹和张孝祥的词则更多地反映出复杂的民族矛盾和统治阶级内部矛盾的错综关系，以及作者怀念故国、悲壮而抑郁的苦闷心情。同时，他们作品里的艺术成分也相应地加强了。

辛弃疾、陆游两个伟大的爱国主义作家以及团结在其周围的进步词人陈亮、刘过等进一步发展了南宋词。辛弃疾一生精力都贯注在词的方面(不同于陆游以诗为主)，成就更为杰出。他继承着苏轼的革新精神，突出地发扬了豪放的风格，在总结前人词思想艺术方面的创获的基础上，进而扩大词体的内涵，使其丰富多彩，把词推向更高的阶段。他们的词作汇成南宋词坛一支振奋人心的主流——这就是文学史上所著称的豪放派。

辛派词的特征之一，在于作者具有坚定不移的、强烈的爱国主义思想，多“抚时感事”之作，真实而深刻地反映了现实。可以说没有例外，他们之中的每一个作者都激烈地反对和议，力主恢复中原，对于收复失地有着高度的胜利信心。贯穿辛弃疾、陆游一生的词以及陈亮、刘过的某些作品，都鲜明地标志着他们拯救祖国、消灭敌人的崇高志愿。陈亮在《水调歌头·送章德茂大卿使虏》里写道：“胡运何须问，赫日自当中。”这种抗金必胜的昂扬气概，不可能不是受到人民大众不屈不挠的对敌斗争精神的鼓舞。我们认为辛派词气势磅礴的豪放精神及其所表现的积极浪漫主义色彩，正是植基于和人民大众基本上一致的爱国思想和胜利信心上，因此它不是故作豪语的无根幻想，也不是单纯的形式和风格的独创，而是具有深厚的现实基础和思想内容的。但是由于世界观的矛盾，他们某些作品也带来消极因素。以辛弃疾为例，作为统治阶级的一个成员，他在反对当权派主和的斗争中，既表现了顽强性，同时也表现了软弱性。这一思想矛盾是他的闲适情调和沉郁词风形成的根源。

辛派的另一特征，在于他们着重用词来反映广阔的社会生活，不顾传统的清规戒律，大力冲破一切词法和音律的严格限制。这一革新的倡导者本是苏轼，辛弃疾继续发扬苏轼“以诗为词”的革新精神，进一步“以文为词”。他以纵横驰骋的才力、自由放肆的散文化的笔调，发而为词，无不可运用的题材，无不可描绘的事物，无不可表达的意境，词的内容和范围就更加扩大了。他不是不讲词法，而是不遵守一成不变的词法。他的表现手法丰富多彩，组织结构上的变化特别多。范开《稼轩词序》说：

其词之为体，如张乐洞庭之野，无首无尾，不主故常；又如春云浮空，卷舒起灭，随所变态，无非可观。

这一段说明是符合实际的。辛弃疾掌握词汇的丰富也不是其他词人可比。吴衡照《莲子居词话》指出，他所用的语言涉及《论语》、《孟子》、《诗小序》、《庄子》、《离骚》、《史记》、《汉书》、《世说新语》、《文选》、李杜诗等等。即此可见他不同于格律词人周邦彦辈只管“融化诗句”入词，而是广泛地从古人诗文里选择词语，大量使用散文化的句子入词，不论用之于发议论或抒情，都很准确、生动、自然(用俚语白描，也是他所擅长)。有时发议论过多，作品的韵味便不免相对地减少；有时用典过多，不免流于晦涩难懂。这都是不必为辛词讳言的缺点。但总的说来，他用典使事的目的不在于把词句装潢得更典雅富丽些，而是借以表达较为复杂、深厚的意义。以他的名著《永遇乐·京口北固亭怀古》为例，组织在词里的有孙权、刘裕、刘义隆、廉颇等一连串的历史人物。通过对这些历史人物的褒贬，反映出作者坚持恢复中原失地的雄心大志、反对冒进的谋国忠诚及其怀才不遇的抑塞心情。如果不用这些典实，恐怕很难把这首词中复杂、曲折的题意如此完密地表达出来。陈亮、刘过以及稍后的刘克庄，都和辛弃疾采取一致的态度，发挥了“以文为词”、充实作品内容的作用。

辛弃疾一生贡献了大量的、丰富多彩的、杰出的爱国主义词作，雄视当代，成为词坛的权威和典范。和他唱和的词友韩元吉、杨炎正、陈亮、刘过等形成有力的羽翼。影响所及，即风格迥不相同的姜夔（kuí）也写过效稼轩体的词。随着民族矛盾的不断加深，辛派的影响也就继续在发展中。南宋后期词人岳珂、黄机、戴复古、刘克庄、陈经国、方岳、李昴英、文及翁、文天祥、刘辰翁、蒋捷、邓剡、汪元量等，尽管他们的成就和风格有高下之别，但基本上是一脉相承，遵循着辛派的创作道路的。其中刘克庄和刘辰翁“抚时感事”的作品较多，造诣亦高，成为辛派的后劲。

高举爱国主义的旗帜在词里形成一支波澜壮阔的主流，这是一面，已如上述。与此相反，代表南宋士大夫的消极思想和个人享乐思想，在词坛里形成另外一支逃避现实、偏重格律的逆流，这又是一面。

南宋朝廷长期在主和派当权之下，对强敌不惜屈膝投降，对爱国志士和抗金部队则摧残、杀戮不遗余力，造成士气极度消沉。同时，从南渡第一个皇帝开始，上层统治者便极力提倡享乐、淫靡的风气，以麻醉人民，粉饰太平。康与之渡江之初，本有几分感慨，后来迎合上层统治者的心理，以善于阿谀，粉饰“中兴”，成为宫廷所赏识的无聊的应制词人。周密《武林旧事》载宋孝宗淳熙年间，太学生俞国宝在西湖题了一首《风入松》，反映贵族官僚们流连景色、醉生梦死的生活，皇帝看见了竟认为“此词甚好”。一般士大夫也都恬然不以这种荒嬉的生活为无耻。所以南宋末年词人文及翁在《贺新凉·游西湖有感》里感慨地指出：“一勺西湖水，渡江来、百年歌舞，百年酣醉。”笼罩在这种糜烂生活里的词风，必然滋长着形式主义的倾向。

姜夔、史达祖、吴文英等是依附于统治阶级、以清客身份出现的词人。他们承袭周邦彦的词风，刻意追求形式，讲究词法，雕琢字面，推敲声韵，在南宋后期形成一个以格律为主的宗派。姜夔在其中是首屈一指的。属于姜派的词人，史、吴而外，还有高观国、张辑、卢祖皋、王沂孙、张炎、周密、陈允平等。张炎是宋元之间的著名词人，他有力地为姜派的格律论做宣扬工作，在文学史上和姜夔并称。

姜派词人的基本倾向远离当代形势的要求，因此他们创作的圈子便显得很狭隘，只为上层社会服务。他们崇尚雅词，反对俚词，把词作为反映士大夫阶层闲逸、风雅生活的工具。陈郁《藏一话腴》称姜夔：

> 襟怀洒落，如晋、宋间人。意到语工，不期高远而自高远。

戈载《宋七家词选》把他捧得更高：

> 白石之词，清气盘空，如野云孤飞，去留无迹。其高远峭拔之致，前无古人，后无来者，真词中之圣也。

这些词话家所称许的“高远”，显然是指远离现实的一种境界。姜夔那种孤芳自赏的雅人风度，沉醉声乐的闲逸生涯，大大地妨碍着他的作品的社会倾向性。试以《齐天乐》为例。他在题序里说：“蟋蟀，中都呼为促织，好斗。好事者或以三二十万钱致一枚，镂象齿为楼观以贮之。”这是揭露官僚地主阶级的荒淫生活、用来写新乐府的好题材，可是在他的词里完全撇开这个意义，只抒写一片难以指实的凄凉的怨情。他们的语言文字也力求典雅，排斥俚俗。沈义父《乐府指迷》把雅、俗区别得很严格，他特别称许“无一点市井气”的词人，要求“下字欲其雅”，反对用人所共晓的一般语言。他说：

> 炼句下语，最是紧要。如说桃，不可直说破桃，须用“红雨”“刘郎”等字；如咏柳，不可直说破柳，须用“章台”“灞岸”等字。

这样一来，不仅把柳永那种俚俗而具有市民气息的歌词一概否定掉，即李清照、辛弃疾诸人所喜用的生动活泼的语言也不登姜派的“大雅之堂”了。不过，他们作词严肃认真，反对游戏态度和油滑腔调，不写淫词秽语，比那些轻靡浮艳的形式主义作家，也还算是略胜一筹的。

由于姜派词人精通音乐，偏重词的格律，词的思想内容往往受到一定程度甚至很大程度的忽视和阉割。周济《宋四家词选·序论》称姜夔的词：“小序甚可观，苦与词复。”我们认为，这是由于烦琐的清规戒律限制了词的意境，表达不完全，反而不如小序写得自然而有意趣。对于他们的词最具有束缚力的是音律。张炎《词源·音谱》说：“词以协律为先。”他认为周邦彦是最懂得音律的词人，“而于音谱，且间有未谐”。他记述他的父亲张枢“每一作词，必使歌者按之，稍有不协，随即改正”。张枢有一次发现自己词里“琐窗深”的“深”字不协，改为“幽”字又不协，最后改为“明”字歌之始协。按“幽”“明”二义恰恰相反，作者为了协律竟随便乱用，可见他们对于词的内容意义是如何地不重视。此外他们讲究句法、字面，都流于形式化。张炎《词源·字面》说：

> 句法中有字面。盖词中一个生硬字用不得，须是深加锻炼，字字推敲。

沈义父、张炎都认为好的字面应当从唐人诗句中来，而且应当从李贺、李商隐、温庭筠等晚唐人诗句中来。如姜夔《扬州慢》后段所用“杜郎俊赏”“豆蔻”“青楼梦”“二十四桥”，都是杜牧和他的诗里的典故。这就把用典使事的范围弄得很狭隘，较之苏、辛词从各个角度选用多种多样的词汇，反映极其广阔的生活知识面，真不可同日而语了。

南宋亡国前后的词坛显著地反映了辛派和姜派词人两种不同的倾向。以文天祥、刘辰翁为代表的辛派，用粗豪的笔调，写激昂的心情，淋漓肆放，慷慨悲歌，主题鲜明。张炎、王沂孙、周密另一群词人便不是如此。他们的词以浑雅、空灵、含蓄而不激烈见长，笔调委婉曲折，感情低回掩抑，意义隐晦难明。如张炎的《月下笛》，题序说是动了“黍离之感”，可是词里抒发的却是个人身世之感、凄凉哀怨之情，只是字里行间隐约地含有“故国之思”。王沂孙的某些词，通过咏物、寄友来写自己的凄楚幽怨，虽然也可能有所寄托，却非常含糊暧昧（张惠言《词选》说他的“咏物诸篇并有君国之忧”）。这种词风的形成是有其特定的思想根源的。张炎他们这一群南宋遗民具有一定的爱国思想，但在宋亡以后，对（作为当时民族敌人的）新王朝不是抱着最坚决的反抗的态度，从而影响了他们不能运用明快的表现方法，而只能对现实采取曲折迂回的反映。这样，作者能够在字里行间流露出来的充其量也只是消极低沉的亡国的哀音。

四

现存宋词的总集，通行较早的是明朝人毛晋编的《宋六十名家词》。清朝康熙年间沈辰垣等汇编了一部以宋词为主的《历代诗馀》。此后王鹏运的《四印斋所刻词》辑录宋词三十八家，朱孝臧的《彊村丛书》辑录宋词一百一十二家。近人赵万里的《校辑宋金元人词》对于宋词别集续有增补。搜集最称完备的是唐圭璋编的《全宋词》，他在《缘起》里说：“所辑词人已逾千家，篇章已逾两万。”这一大堆丰富的宋词遗产是精华和糟粕杂陈着的。因此如何在宋词里面精选一本对于我们有益的读本实在是当前一项相当重要的工作任务。

清朝文人对于宋词有重北宋和重南宋两种主要不同的观点。朱彝尊编

《词综》，以南宋的姜夔、张炎为主。张惠言编《词选》，以北宋的秦观为主，兼及苏、辛。晚近朱孝臧编《宋词三百首》，他选词的标准接近朱彝尊，不同于张惠言。这三种词选都曾经是一时的权威著作，但从今天来看，距离我们的要求都已经很远。即以《宋词三百首》来说，其中偏重形式艺术的词作占压倒的比重，所选吴文英的词有二十五首之多，首屈一指，其次是周邦彦、姜夔的词。此外如陆游的词反而比范成大的词选得少，文天祥的词和民间词都没有入选。这些都是不能令人满意的。

我们根据思想性和艺术性统一的原则来评选宋词，便不能不定出新的标准。这个选本是以苏轼、辛弃疾为首的豪放派作为骨干，重点选录南宋爱国词人的优秀作品，同时也照顾到其他风格流派的代表作，借以窥见宋词丰富多彩的全貌。宋朝的民间词流传不多，好些无名氏的作品都不一定就是民间词，这里也选录了其中一些优秀的篇什。为了使读者比较全面地认识苏、辛两大词人的精神面貌，我们选录的幅度特别放宽一些。当然，他们的作品也必须首先经过批判，区别其精华和糟粕，然后才谈得上吸收和借鉴。至于晏殊、欧阳修一派的词，周邦彦、姜夔、王沂孙、张炎一派的词，我们指出其脱离现实的作风及其在文学史上所起的不良的影响，完全是必要的；但是这不等于说他们的作品便没有任何可取之处，适当地选择若干思想内容虽然没有什么积极意义但亦无害，而艺术上却达到一定水平的作品，作为写作技术上的借鉴，这也是不为无益的。

作品原文，各本多有异同，真伪难以辨别。本书不作烦琐的校勘，所录不主一家，择善而从。其中一部分值得参考的异文，都择要在注释里注明。

前人致力于词的注释，成果不如他们的致力于诗，这方面的参考资料比较缺乏。同时，对于初学者来说，词意的疏通还有其特殊的困难。本书的注释力求完备，并着重于词句的串解方面。某些词句的解释有分歧的处所，必要时提出不同的说法，以资参考。为了查对的便利，词中用典，一律注明来源。有些词语的来源由于类书辞典征引不实或原书现在无法查考者，都尽可能予以改正。南宋词人的咏物，多化用古人语句，如史达祖《绮罗香》咏春雨、王沂孙《齐天乐》咏蝉、张炎《解连环》咏孤雁之类，其出处虽不一定有何等意义，实有注明的必要。还有某些词句，作者未必有意用典，如晏殊《山亭柳》里的“家住西秦”、无名氏《九张机》里的“相对浴红衣”之类，但既有出处，仍为注明。凡属复出的注文，为了节省篇幅，都采取“见前”的办法，不再重注。

宋人词多有本事流传，为读者所乐闻。但这些本事往往出自笔记杂录，未必都真实可靠。凡属符合作品的实际、可以说明问题的，适当选录一些作为参考。

本书在选注过程中，曾参考夏承焘、邓广铭、唐圭璋、马茂元诸氏的著作或意见，使我获益不少，并此致谢。编者限于水平，错误、不妥的处所必然很多，衷心盼望读者予以批评和指教。

胡云翼

一九六一年一月二十五日于上海

王禹偁　一首

王禹偁(954—1001,偁读 chēng),字元之,巨野(今山东县名)人。出身农家。宋太宗时进士。做过翰林学士、知制诰(替皇帝草拟诏令的官吏)。在朝廷里敢说话,多次受到贬谪。他是北宋初期首先起来反对绮靡文风的诗文家。著有《小畜集》等书。

点　绛　唇[1]

雨恨云愁,江南依旧称佳丽[2]。水村渔市,一缕孤烟细[3]。　　天际征鸿,遥认行如缀[4]。平生事,此时凝睇[5],谁会凭栏意!

[1]《点绛唇》:词调名。唐、五代以来,作者都用词调作为标题。初期的词有些是切合词调的意义的。后来词调和词的内容逐渐失去关系(有些词调本来就没有乐曲以外的意义)。到了宋代,作者往往在词调下加注写词的时节、地点,或者简单地陈述题意;也有写一段小序来说明作词的原委的(如姜夔的一些词)。以下对于词调本身是否有什么含义,都不加注。

[2] 雨恨云愁两句:江南一带地方多雨,但风景依旧很美丽。南朝齐诗人谢朓写过“江南佳丽地”(《入朝曲》)的名句,这里是承接他的意思说的。雨恨云愁,形容雨多,给人们带来了愁闷。诗词里的江南,一般用来指长江下游江苏地区的南部,也有用来泛指长江以南。这里是指前者。

[3] 一缕孤烟细:象征渔村里人家很少。烟,炊烟。

［4］行（háng）如缀：行列整齐，像是连缀在一起。

［5］凝睇（dì）：注视。

这首词黄升《花庵词选》题作“感兴”。词里含蓄地表达了作者用世的抱负。

潘阆 二首

潘阆（？—1009），字逍遥，大名（今河北县名）人。宋太宗朝，经王继恩推荐，赐进士，授四门国子博士（国立大学的教官）。后以“狂妄”的罪名被斥，隐姓名漂泊多年，以卖药为生。真宗朝，受到赦免，做过滁州（今安徽滁州）参军（州府里分科办事的官吏）。他能诗词，今传《逍遥词》（只存《酒泉子》十首）。

酒泉子[1]

长忆西湖，尽日凭阑楼上望。三三两两钓鱼舟，岛屿正清秋[2]。　笛声依约芦花里[3]，白鸟成行忽惊起[4]。别来闲整钓鱼竿，思入水云寒[5]。

［1］《酒泉子》：原题《忆余杭》，共五首（这里选录二首）。词的内容是回忆杭州西湖诸胜景。杭州本为钱塘县，唐宋时属杭州余杭郡。当时文人多称杭州为余杭。如白居易《余杭形胜》诗：“余杭形胜四方无，州傍青山县枕湖。”

［2］岛屿：水中或水边高地。

［3］依约：隐约，听不分明。

［4］白鸟：白鹭。

［5］水云寒：这里指西湖秋天的景色。

北宋时西湖已成为日益繁华的名胜区。相传潘阆写了这几首《忆余杭》后，“一时盛传。东坡（苏轼）爱之，书之于玉堂屏风。石曼卿使画工绘之作图”（《历代诗馀》引《古今词话》）。

前　调

长忆观潮，满郭人争江上望[1]。来疑沧海尽成空[2]，万面鼓声中[3]。　弄潮儿向涛头立，手把红旗旗不湿[4]。别来几向梦中看，梦觉尚心寒。

［1］长忆观潮两句：吴自牧《梦粱录·观潮》：“临安风俗，四时奢侈，赏玩殆无虚日。西有湖光可爱，东有江潮堪观，皆绝景也。每岁八月内，潮怒胜于常时。都人自十一日起，便有观者。至十六、十八日倾城而出，车马纷纷。十八日最为繁盛，二十日则稍稀矣。”满郭，满城。

［2］沧海：海水苍青色，故称。沧，同苍。

［3］鼓声：喻潮声。周密《武林旧事·观潮》称潮水“大声如雷霆，震撼激射，吞天沃日，势极雄豪”。

［4］弄潮儿向涛头立两句：《武林旧事·观潮》：“吴儿善泅者数百，皆披发文身，手持十幅大彩旗，争先鼓勇，溯迎而上，出没于鲸波万仞中，腾身百变，而旗尾略不沾湿，以此夸能。”

寇　准　一首

寇准（961—1023），字平仲，下邽（今陕西渭南市）人。进士出身。宋真宗时官至宰相。曾力劝真宗亲征，阻止契丹（辽国）入寇，对国势起了稳定作用。他在朝廷里是一个比较正直的大臣，后来受到贬谪。当时京城里有民谣说："欲得天下好，无如召寇老。"著有《巴东集》。他能诗，不是词家，但下面这首小词是"一时脍炙"（司马光语）的作品。

江　南　春[1]

波渺渺，柳依依，孤村芳草远，斜日杏花飞[2]。江南春尽离肠断，蘋满汀洲人未归[3]。

[1]《江南春》：这个词调没有别人填过，可能是作者的自度曲。

[2] 杏花飞：杏花飘落。飞，飘。

[3] 蘋满汀洲：水边的小洲上长满了蘋花。

林　逋　一首

林逋（967—1028，逋读 bū），字君复，钱塘（今浙江杭州市）人。他一生不做官，长期隐居西湖孤山，种梅养鹤，二十年没有到过城市。后人称他为"和靖先生"（死后的谥号）。以诗著称，词流传很少。

长　相　思

吴山青[1]，越山青[2]，两岸青山相送迎。谁知离别情？　　君泪盈，妾泪盈，罗带同心结未成[3]。江头潮已平[4]。

[1] 吴山：在浙江杭州市南钱塘江北岸。

[2] 越山：指浙江绍兴市以北钱塘江南岸的山。这一带地方旧属越国，故名。

[3] 罗带同心结未成：是说婚事受到了阻碍。古人常把香罗带打成结比喻同心相爱。

[4] 潮已平：潮水已经涨满了(意味着即将离别)。

范仲淹 三首

范仲淹(989—1052)，字希文，先世邠(今陕西彬州)人，迁居吴县(今江苏苏州市)。进士出身。宋仁宗时官至参知政事(副宰相)。他在陕西守卫边塞多年，西夏不敢来犯，说他"胸中自有数万甲兵"。在政治上他主张革新，为守旧派所阻挠，没有显著成就。词作不多。他的边塞词《渔家傲》写自己悲凉的怀抱，突破了词限于男女与风月的界线。今传《范文正公诗馀》(只有六首)。

苏幕遮

碧云天，黄叶地，秋色连波，波上寒烟翠。山映斜阳天接水[1]，芳草无情，更在斜阳外[2]。　　黯乡魂[3]，追旅思[4]，夜夜除非，好梦留人睡[5]。明月楼高休独倚。酒入愁肠，化作相思泪。

[1] 山映斜阳天接水：斜阳映山，远水接天。

［2］芳草无情两句：芳草远接斜阳外的天涯（暗指远方的故乡），是那么无情地逗人愁苦。

［3］黯乡魂：思念家乡，黯然销魂。江淹《别赋》："黯然销魂者，惟别而已矣。"黯然，心神颓丧貌。

［4］追旅思：羁旅的愁思缠扰不休。思，一作"意"。

［5］夜夜除非两句：夜里除开睡时偶然的好梦外，别无慰藉。按词意，这是一句，不是两句。

这首词黄昇《花庵词选》题作"别恨"。张惠言《词选》说："此去国之情。"又黄蓼园《蓼园词选》说："文正（范仲淹）当宋仁宗之时，扬历中外，身肩一国之安危，虽其时不无小人（他认为'芳草喻小人'），究系隆盛之日，而文正乃忧愁若此，此其所以'先天下之忧而忧'（引范语）矣。"从具体的词看，除了反映出"去国之情"，很难找出其中有什么"忧天下"的含意，黄蓼园所赋予这首词的思想意义完全是外加的。

渔 家 傲

塞下秋来风景异[1]，衡阳雁去无留意[2]。四面边声连角起[3]。千嶂里[4]，长烟落日孤城闭。　　浊酒一杯家万里，燕然未勒归无计[5]。羌管悠悠霜满地[6]。人不寐，将军白发征夫泪。

［1］塞下：边界险要的地方，这里指西北边疆。

［2］衡阳雁去无留意：雁儿向衡阳飞去，毫不留恋荒凉的西北边区。衡阳（今湖南市名）南有回雁峰，峰形很像雁的回旋。相传雁至此不再南飞。

［3］四面边声连角起：军中号角一吹，四面的边声随之而起。边声，边地的悲凉之声，如马鸣、风号之类。李陵《答苏武书》："侧耳远听，胡笳互动，

牧马悲鸣,吟啸成群,边声四起。”

［4］千嶂里：在层层山峰的环抱里。像屏障一般的山峰叫作嶂。

［5］燕然未勒：没有击溃敌军,边境还不安全。《后汉书·窦宪传》载窦宪追北单于,“登燕然山,去塞三千余里,刻石勒功”而还。燕然山即今蒙古境内杭爱山。勒,刻。

［6］羌管悠悠霜满地：羌管悠悠,笛声悠扬。羌管,即羌笛,出自羌(古代少数民族)地,故名。李白《静夜思》诗:“床前明月光,疑是地上霜。举头望明月,低头思故乡。”这里“霜满地”可能是实指,却也含蓄了李白的诗意。

宋仁宗时期,西夏是从西北方面侵扰中原的强大敌人。公元1040年范仲淹任陕西经略副使(边防军事的副长官)兼知延州(治所即今陕西延安市),此后继续负责抵抗西夏达四年之久,在防御上起了很大的作用。当时民歌中把他描绘成“西贼闻之惊破胆”的英雄形象。这首词是他在西北军中作。词中表达出了作者决心守边御敌的英雄气概(“燕然未勒归无计”),同时也反映了作者思念家乡的情绪以及战士们生活的艰苦性。彭孙通《金粟词话》特别指出“将军白发征夫泪”这一句“苍凉悲壮,慷慨生哀”。

御街行

纷纷坠叶飘香砌[1]。夜寂静,寒声碎[2]。真珠帘卷玉楼空[3],天淡银河垂地[4]。年年今夜,月华如练[5],长是人千里。　　愁肠已断无由醉,酒未到,先成泪。残灯明灭枕头攲[6],谙尽孤眠滋味[7]。都来此事[8],眉间心上,无计相回避。

［1］香砌：香阶,有落花香味的台阶。

［2］寒声碎：寒风吹着落叶发出轻微、细碎的声音。

［3］真珠帘卷玉楼空：珠帘高卷，人去楼空。真珠，即珍珠。玉楼，天帝住的白玉楼，借指华美的楼阁。另一解释：这句是写天上宫殿的景色。

［4］天淡银河垂地：天色清明，银河斜挂着像垂到了大地上。

［5］如练：像练过（煮熟）的丝绸那样洁白。

［6］残灯明灭枕头攲（qī）：深夜里残灯忽明忽暗，人睡不着，斜靠在枕头上。

［7］谙（ān）尽：尝尽。

［8］都来：王闿运《湘绮楼词选》说："都来，即算来也。因此字宜平（平声），故用都字。"

范仲淹的《苏幕遮》和《御街行》以"柔情""丽语"为后世的词话家所称道，还没有摆脱花间派绮靡的风格，但骨力则较为遒劲。

晏　殊　五首

晏殊（991—1055），字同叔，抚州临川（今江西抚州市）人。少年时以神童召试，赐同进士出身。宋仁宗朝官至宰相。他引用了一批贤能的人，如范仲淹、韩琦、欧阳修等都出自他的门下。后人称他为晏元献（死后的谥号）。《宋史》本传说他："文章赡丽，应用不穷。尤工诗，闲雅有情思。"他是北宋初期的重要词人，今传《珠玉词》。

晏殊在政治上是一个志满意得的达官贵人。诗酒构成他一生生活的中心。叶梦得《石林诗话》有一段关于他的生活记载：

晏元献公留守南都，王君玉……为府签判。……宾主相得，日以饮酒赋诗为乐，佳时胜日，未尝辄废也。尝遇中秋阴晦，斋厨夙为备，公适无命。既至夜，君玉密使人伺公，曰："已寝矣。"君玉亟为诗以入，曰："只在浮云最深处，试凭弦管一吹开。"公枕上得诗大喜，即索衣起，径召客治具，大合乐。至夜分，果月出，遂乐饮达旦。

叶梦得在另外一本《避暑录话》里也说晏殊"喜宾客，未尝一日不宴饮"。他的诗词往往就是佳会宴游之余的消遣之作。他在过分满足的生活里找出一点春花秋月的闲愁来吟咏一下，但仍然掩盖不了那种浓厚的富贵气味，实在没有什么真实的思想内容。他的诗文追踪"西昆体"[1]；词受冯延巳《阳春集》的影响很深[2]，没有摆脱五代绮丽词风的窠臼。

晏殊词的可取之处是工于造语。例如他写下的名句"无可奈何花落去，似曾相识燕归来"(《浣溪沙》)，经过苦心的刻画而又不显得斧凿痕。在写景方面具有这种特色的作品比较多，下面选的《踏莎行》《破阵子》都是适当的范例。但是，字句的工丽不足以文饰作品内容的空虚。《珠玉词》里面十之八九都是像我们所选的《浣溪沙》一类的作品，读起来含情凄婉，音调和谐，内容却是十分单调。王灼《碧鸡漫志》里说："晏元献公长短句，风流蕴藉，一时莫及；而温润秀洁，亦无其比。"这是离开思想内容而空谈他的风格，即使说得正确，也无非是欣赏他的富贵气派和雅人风度，没有什么意义。

[1] 杨亿、刘筠、钱惟演一批人写的《西昆酬唱集》在北宋初期诗坛形成绮靡不堪的风气。

[2] 刘攽《贡父诗话》："晏元献尤喜江南冯延巳歌词，其所自作，亦不减延巳。"

浣　溪　沙

一曲新词酒一杯，去年天气旧亭台。夕阳西下几时回？　　无可奈何花落去，似曾相识燕归来。小园香径独徘徊[1]。

［1］小园香径独徘徊：香径，花园里的小路。徘徊，来回往复，流连不舍。

这是晏殊的名篇之一，无名氏《草堂诗馀》误为李璟作。意思只是悼惜春残，感伤年华的飞逝。它之所以著名，在于其中“无可奈何花落去，似曾相识燕归来”一联属对工巧而自然。作者也自爱其词语之工，还把它组织在一首题作《示张寺丞王校勘》的七言律诗里。

踏莎行

小径红稀[1]，芳郊绿遍[2]，高台树色阴阴见[3]。春风不解禁杨花，蒙蒙乱扑行人面[4]。　　翠叶藏莺，朱帘隔燕，炉香静逐游丝转[5]。一场愁梦酒醒时，斜阳却照深深院。

［1］红稀：花少了。

［2］绿遍：遍地都是绿草。

［3］高台树色阴阴见：楼台周围树木茂密，呈现出一片幽暗之色。见，同现。

［4］蒙蒙：微雨貌，形容乱扑的杨花。

［5］炉香静逐游丝转：用炉子烧香是古代地主阶级知识分子的所谓“风雅”生活享受之一。蜘蛛青虫之类的丝，飞扬空中，叫作游丝。

这首词黄昇《花庵词选》题作“春思”。内容写的是暮春的闲愁，描绘景色极为“流丽”。张惠言、谭献、黄蓼园一群词话家说有什么寄托，都没有根据。

蝶　恋　花

槛菊愁烟兰泣露[1]。罗幕轻寒[2]，燕子双飞去。明月不谙离恨苦，斜光到晓穿朱户[3]。　　昨夜西风凋碧树。独上高楼，望尽天涯路。欲寄彩笺兼尺素[4]，山长水阔知何处！

[1] 槛(jiàn)菊愁烟兰泣露：花园里的菊花笼罩在雾气里像是含愁，兰草也像在露中饮泣。(离人眼中一切都是愁苦的景象。)槛，栏杆。

[2] 罗幕：丝罗做的帷幕，借指屋子里。

[3] 朱户：朱红色的门户，指富贵人家。

[4] 欲寄彩笺兼尺素：兼寄表达相思之情的题咏和书信，表示怀念很切。彩笺，可供题咏和写信用。

破　阵　子

燕子来时新社[1]，梨花落后清明。池上碧苔三四点，叶底黄鹂一两声，日长飞絮轻[2]。　　巧笑东邻女伴[3]，采桑径里逢迎。疑怪昨宵春梦好，元是今朝斗草赢[4]，笑从双脸生。

[1] 社：指春社。这个节日在立春后、清明前。相传燕子这时候从南方飞来。

[2] 飞絮：飘扬的柳花。

[3] 巧笑：美丽的笑容。

[4] 疑怪昨宵春梦好两句：看到东邻女伴的巧笑，疑是她昨夜做了一个美好的梦，原来却是“今朝斗草赢”的缘故。古代妇女常用草来做比赛的

游戏。梁宗懔《荆楚岁时记》:“五月五日,四民并踏百草,又有斗百草之戏。”

这首词黄昇《花庵词选》题作“春景”。作者用轻淡的笔触,刻画暮春接近初夏的景色。后段写得特别生动:采桑少女斗草的兴高采烈和她的天真无邪的笑声,划破了寂静的春的田野,格外使人感到生活的温馨和美丽。

山亭柳

赠歌者

家住西秦[1],赌薄艺随身[2]。花柳上,斗尖新[3]。偶学念奴声调[4],有时高遏行云[5]。蜀锦缠头无数[6],不负辛勤。　　数年来往咸京道[7],残杯冷炙谩消魂[8]。衷肠事[9],托何人?若有知音见采,不辞遍唱《阳春》[10]。一曲当筵落泪,重掩罗巾。

[1] 家住西秦:曹植《侍太子坐》诗:“歌者出西秦。”这里歌者也可能确是西秦人,不是用典。西秦,今陕西一带地区,春秋战国时属秦国。

[2] 赌薄艺随身:依靠一点随身的小技艺谋生。

[3] 花柳上两句:在景色上出花样,编唱新词来争取听众(当时歌筵上流行的唱词多是春花秋柳、男女爱情之类)。一说花柳指妓女。尖新,新颖,独出心裁。

[4] 念奴:唐玄宗时娼女,以善歌著名。

[5] 高遏行云:形容声调激越。《列子·汤问》:“薛谭学讴于秦青,未穷青之技,自谓尽之。遂辞归。秦青弗止,饯于郊衢。抚节悲歌,声振林木,响遏行云。薛谭乃谢求反,终身不敢言归。”

[6] 蜀锦缠头:把蜀地的名产织锦作为赏赐歌舞者的费用。缠头,作为赏

赐歌舞者费用的代称。白居易《琵琶行》:“五陵年少争缠头,一曲红绡不知数。”

[7] 咸京:秦都咸阳(今陕西市名)。

[8] 残杯冷炙谩消魂:生活贫困,独自愁苦也是枉然。残杯冷炙,指剩余的食物。杜甫《奉赠韦左丞丈二十二韵》:“残杯与冷炙,到处潜酸辛。”谩消魂,徒然伤心。

[9] 衷肠事:心事。

[10]《阳春》:古代高级的歌曲名,一般人不容易学会它。宋玉《对楚王问》文:“其为《阳春》《白雪》,国中属而和者,不过数十人。”这里作为艺人最擅长的歌曲来说。

这首词写一个红歌女因年老色衰被上层社会的公子哥儿所遗弃而没落的悲剧。在《珠玉词》中这是比较具有现实意义的作品之一。

张　先　三首

张先(990—1078),字子野,吴兴(今浙江湖州市)人。宋仁宗朝进士。做过都官郎中(刑部所属曹司的主管官)。晚年往来于杭州、吴兴间,过着优游的生活。今传《安陆词》,又名《张子野词》。

他的词在文学史上所起的作用,陈廷焯提得很高,认为是“古今一大转移”[1]。我们认为如说张先在由小令到长调方面起了一些过渡的作用,那是可以的;但这作用并不大,还不能和柳永相比。由于缺乏铺叙的才力,他的长调写得不算高明。词话家称道他的词有韵味[2],主要还是指一些写得比较含蓄的小词。作者喜欢雕琢字句,喜欢写一种朦胧的美,以善于用“影”字著名。

在《安陆词》里，有一大部分是关于男女之情的滥调和其他应酬之类的作品。

[1] 陈廷焯《白雨斋词话》："张子野词，古今一大转移也：前此则为晏（殊）、欧（阳修），为温（庭筠）、韦（庄），体段虽具，声色未开；后此则为秦（观）、柳（永），为苏（轼）、辛（弃疾），为美成（周邦彦）、白石（姜夔），发扬蹈厉，气局一新，而古意渐失。子野适得其中，有含蓄处，亦有发越处。但含蓄不似温、韦，发越不似豪苏、腻柳。规模虽隘，气格却近古。"

[2] 魏庆之《诗人玉屑·诗馀》引晁无咎（补之）语："张子野与柳耆卿（永）齐名，而时以子野不及耆卿。然子野韵高，是耆卿所乏处。"周济《宋四家词选·序论》："子野清出处、生脆处，味极隽永。"

青 门 引

乍暖还轻冷，风雨晚来方定。庭轩寂寞近清明[1]，残花中酒[2]，又是去年病。　　楼头画角风吹醒[3]，入夜重门静。那堪更被明月，隔墙送过秋千影！

[1] 庭轩：庭院、走廊。

[2] 残花中（zhòng）酒：悼惜花残春暮，喝酒过量。

[3] 楼头画角风吹醒：楼头，指城上的戍楼。画角，军用的号角，涂了彩色，故称画角。黄蓼园《蓼园词选》说："角声而曰风吹醒，醒字极尖刻。"

这首词无名氏《草堂诗馀》题作"怀旧"，写的是残春时节诗人寂寞的心情。"隔墙送过秋千影"，后人称为"描神之笔"。他没有提到那个打秋千的少女，只提到秋千，而且只是秋千的影子：这就是历来词话家所欣赏的张先的"含蓄"和"韵味"。

天　仙　子

时为嘉禾小倅[1]，以病眠，不赴府会。

《水调》数声持酒听[2]，午醉醒来愁未醒。送春春去几时回？临晚镜，伤流景[3]，往事后期空记省[4]。　　沙上并禽池上暝[5]，云破月来花弄影。重重帘幕密遮灯，风不定，人初静，明日落红应满径。

[1] 时为嘉禾小倅(cuì)：嘉禾，宋时郡名，今浙江嘉兴市。倅，副职。小倅，指小官。张先这时在嘉兴做判官。

[2]《水调》：曲调名，相传为隋炀帝所制。唐宋时这个歌曲很流行。

[3] 流景：等于说似水年华。

[4] 后期：后会的期约。

[5] 并禽：成对的鸟儿，这里指鸳鸯。

这首词黄昇《花庵词选》题作“春恨”。胡仔《苕溪渔隐丛话》引《古今诗话》：“有客谓子野曰：‘人皆谓公张三中，即心中事、眼中泪、意中人也(见《行香子》词)。’子野曰：‘何不目之为张三影？’客不晓。公曰：‘“云破月来花弄影”“娇柔懒起，帘压卷花影”“柳径无人，堕风絮无影”，此余生平所得意也。’”于此可见，作者所致力的是在某些字句描写的精工上。

木　兰　花[1]

乙卯吴兴寒食[2]

龙头舴艋吴儿竞[3]，笋柱秋千游女并[4]。芳洲拾翠暮忘归[5]，秀野踏青来不定[6]。　行云去后遥山暝[7]，已放笙歌池院静[8]。中庭月色正清明，无数杨花过无影。

[1]《木兰花》：通称《玉楼春》。

[2]乙卯吴兴寒食：乙卯，宋神宗熙宁八年（1075）。吴兴，今浙江湖州市。寒食，在清明节前二日。这三天是古人出城扫墓和春游的日子，郊野很热闹。

[3]龙头舴（zé）艋（měng）：蚱蜢式的小龙船（古时竞渡多用这种轻快的小船）。宋朝寒食、清明节有玩龙船的习俗。

[4]笋柱秋千游女并：游女成对儿打着秋千。笋柱秋千，竹子做的秋千架。

[5]拾翠：古时妇女春游，采集百草，叫作拾翠。

[6]秀野踏青来不定：郊野披上了秀丽的景色，踏青的游人往来不绝。谢灵运《入彭蠡湖口》诗："春晚绿野秀，岩高白云屯。"旧俗，寒食、清明节出游郊野，叫作踏青。

[7]行云：借指游女。

[8]放：停止。

这首词是张先八十六岁在故乡吴兴度寒食节所作，反映出作者生命的活力仍然很旺盛。前段句句景中有人，富有生活情趣。后段"中庭月色正清明，无数杨花过无影"两句写景之工，论者称其在"三影"名句之上。

张　昪　一首

张昪（992—1077，昪读 biàn），字杲（gǎo）卿，韩城（今陕西市名）人。进士出身。宋仁宗时官至参知政事（副宰相）。没有词集流传。

离 亭 燕

一带江山如画，风物向秋潇洒[1]。水浸碧天何处断，霁色冷光相射[2]。蓼屿荻花洲[3]，掩映竹篱茅舍。　　云际客帆高挂，烟外酒旗低亚[4]。多少六朝兴废事[5]，尽入渔樵闲话。怅望倚层楼[6]，寒日无言西下。

[1] 风物向秋潇洒：到了秋天，景物萧疏爽朗，显得那样清丽。杜甫《玉华宫》诗“秋色正萧洒。”

[2] 水浸碧天何处断两句：远水和碧天连成一片，天空里的晴色和秋水的冷光互相映照。何处断，没有间断的意思。

[3] 蓼屿：蓼花丛生的水边高地。

[4] 酒旗低亚：卖酒的旗子低低地飘扬。低亚，低压。

[5] 六朝：吴、东晋、宋、齐、梁、陈，都偏安江南，以建康（今江苏南京市）为首都，称六朝。

[6] 层楼：一作“危楼”，都是高楼的意思。

这首词黄昇《花庵词选》题孙浩然作。写的是南京一带江山如画、秋高气爽的景色。后段结合怀古，增加了抒情的成分，词的风格也提高了。作者对待六朝的兴亡是一种凭吊、伤感的消极态度，杨慎《词品》称为“悲壮”，似乎不太确切。

宋 祁 一首

宋祁（998—1061），字子京，安陆（今湖北市名）人。宋仁宗朝进士。做过翰林学士(替皇帝草拟诏令的官吏)。曾经和欧阳修同修《新唐书》。他的词近人赵万里辑有《宋景文公长短句》。

玉 楼 春

东城渐觉风光好,縠皱波纹迎客棹[1]。绿杨烟外晓寒轻,红杏枝头春意闹[2]。　　浮生长恨欢娱少[3],肯爱千金轻一笑[4]?为君持酒劝斜阳,且向花间留晚照。

[1] 縠(hú)皱:一作"皱縠",即绉纱,用来比喻水的波纹。

[2] 闹:热闹,浓盛。

[3] 浮生:漂浮无定的短暂的人生。"浮生若梦"是古代封建社会知识分子一种消极的人生观。

[4] 肯爱千金轻一笑:怎么肯爱惜金钱财富而轻视欢乐的生活?

这首词在当时是著名的作品,作者因此而获得"红杏枝头春意闹尚书"的称号。上段写春天绚丽的景色确有独到之处,"闹"字点染得极为生动。但是下段不能相称,用了一些陈词滥调,充满了追欢逐乐的庸俗情趣。

欧阳修　七首

欧阳修(1007—1072),字永叔,自号醉翁,晚号六一居士,吉州永丰(今江西县名)人。宋仁宗朝进士,官至参知政事(副宰相)。他是北宋提倡古文的著名散文家。和宋祁合修《新唐书》,并独力完成《新五代史》。他的诗具有若干革新的意义。词誉也很高。今传《六一词》,又名《欧阳文忠公近体乐府》《醉翁琴趣外篇》。

欧阳修的词风接近晏殊。刘熙载《艺概》说："冯延巳词，晏同叔得其俊，欧阳修得其深。"这所谓"深"，大约是说欧比晏反映的情感真挚、深刻一点。但他主要还是写士大夫的闲情逸致，题材的范围仍然很狭隘，我们看不出欧阳修和晏殊的词有什么基本的差异。

由于因袭的成分多，创新的成分少，欧词和《阳春集》《花间集》常常混在一起[1]，不容易区别开来。这说明北宋词发展到这个时候，仍然局限于"艳科"的范围，不重视作者的个性与思想的表现。冯煦指出欧词的疏隽和深婉对于后来词人的影响[2]，这话也没有什么可非难的地方，但我们认为这影响比较微末，它在词的发展上没有什么突出的意义。

[1] 见陈振孙《直斋书录解题》，他认为其中有"鄙亵之语"的不是欧阳修所作。

[2] 冯煦《宋六十一家词选·例言》称欧阳修"疏隽开子瞻（苏轼），深婉开少游（秦观）"。

采 桑 子

群芳过后西湖好[1]：狼籍残红[2]，飞絮蒙蒙[3]，垂柳阑干尽日风。　　笙歌散尽游人去[4]，始觉春空。垂下帘栊[5]，双燕归来细雨中。

[1] 西湖：指颍州西湖，在今安徽阜阳市西北，颍水合诸水汇流处，风景佳胜。

[2] 狼籍残红：落花散乱貌。这句承接前文，有欣赏"落英缤纷"的意思。狼籍，一作"狼藉"，义同。

[3] 飞絮蒙蒙：柳花乱飞，像下小雨似的。蒙蒙，微雨貌。

[4] 笙歌：歌唱时有笙管（乐器）伴奏。

［5］帘栊(lóng)：窗帘。栊，窗。

欧阳修晚年退休后住在颍州，写了一组《采桑子》(共十首)题咏颍州西湖之作，庸俗的富贵气息很浓厚。这是其中写残春景色比较清淡的一首。

诉衷情

清晨帘幕卷轻霜，呵手试梅妆[1]。都缘自有离恨，故画作远山长[2]。　思往事，惜流芳[3]，易成伤。拟歌先敛[4]，欲笑还颦[5]，最断人肠！

［1］呵手试梅妆：冬天梳妆，手指冷，呵气使它灵活些。《太平御览·时序部》引《杂五行书》："宋武帝女寿阳公主人日卧于含章殿檐下。梅花落公主额上，成五出花，拂之不去。皇后留之，看得几时。经三日，洗之乃落。宫女奇其异，竟效之。今梅花妆是也。"

［2］故画作远山长：特意把眉画作长长的远山形。古人多用山水表示离情别意，故云。葛洪《西京杂记》："文君姣好，眉色如望远山。"

［3］流芳：一作"流光"。两词义同，都是指流水年华。

［4］敛：敛容，显出庄重的样子。一作"咽"。

［5］颦：蹙眉，表示愁情。

这首词黄昇《花庵词选》题作"眉意"。"拟歌先敛，欲笑还颦"，透露了歌女的生活苦闷。

生查子

元　夕[1]

去年元夜时，花市灯如昼[2]。月上柳梢头，人约黄昏后。　　今年元夜时，月与灯依旧。不见去年人，泪湿春衫袖。

[1] 元夕：即元夜，元宵（农历正月十五夜）。

[2] 花市：繁华的街市。

这首词一题朱淑贞作。曾慥（zào）《乐府雅词》列为欧词。曾慥是南渡时人，他大胆地把欧词中许多认为可疑的艳词都删掉了；此词在保存之列，该是可信的。况周颐《蕙风词话》也认为这是欧词，"误入朱淑贞集"。

阮郎归

南园春半踏青时[1]，风和闻马嘶[2]。青梅如豆柳如眉[3]，日长蝴蝶飞。　　花露重，草烟低[4]，人家帘幕垂[5]。秋千慵困解罗衣[6]，画堂双燕栖[7]。

[1] 踏青：见前16页张先《木兰花》注[6]。

[2] 马嘶：指游人车马的声音。嘶，叫。

[3] 青梅如豆柳如眉：如豆，已经像豆子那么大小。如眉，像美人的画眉那么细长、秀丽。

[4] 草烟低：烟雾低沉，笼罩在草地上。

[5] 帘幕垂：垂下帘子和帷幕。

[6] 秋千慵困：打过秋千，有些儿困倦。

[7] 画堂双燕栖：画堂，彩画装饰的堂屋。栖，无名氏《草堂诗馀》作"飞"。

这首词又题冯延巳或晏殊作。

蝶恋花

庭院深深深几许？杨柳堆烟，帘幕无重数[1]。玉勒雕鞍游冶处[2]，楼高不见章台路[3]。　　雨横风狂三月暮[4]，门掩黄昏，无计留春住。泪眼问花花不语，乱红飞过秋千去[5]。

［1］杨柳堆烟两句：烟雾笼罩着杨柳，深院里帘幕重重数不清。黄蓼园《蓼园词选》解释为“杨柳烟多，若帘幕之重重者”。

［2］玉勒雕鞍游冶处：游冶的地方摆满了豪家贵人的车马。玉勒雕鞍，镶玉的马笼头和雕花的马鞍，指华贵的车马。游冶处，歌楼妓馆。首句中的“庭院”也是指这种处所。

［3］楼高不见章台路：是说在高楼上看不到游冶的处所。汉朝长安有章台街，是妓女居住的地方。后来章台便成为妓女住所的代称。

［4］雨横（hèng）：雨势很猛。

［5］乱红：零乱的落花。

自李清照以来，历代文人对这首词一直予以很高的评价。艺术技巧确有可取之点，如“泪眼问花花不语，乱红飞过秋千去”，可以说达到了情景交融、浑然一片的境地。至于真正的题意是什么，词话家向来议论不定。我们认为：前段必然是写公子王孙走马章台的游冶之乐，后段可能是写娼女歌姬像暮春的花朵横被风雨摧残的迟暮之感。二者结合起来，便构成一个有意义的对比。但也有人认为通篇都是伤感春暮、追怀过去的游乐生活，没有什么特别值得发掘的意义。向来对于这首词的作者也意见不一。有人说是冯延巳的作品。但李清照、黄昇都作为欧词。他们都是宋人，其鉴定应该比较可信。

南　歌　子

凤髻金泥带[1]，龙纹玉掌梳[2]。走来窗下笑相扶[3]，爱道画眉深浅入时无[4]？　　弄笔偎人久，描花试手初，等闲妨了绣工夫[5]，笑问双鸳鸯字怎生书[6]？

［1］凤髻金泥带：髻子梳成凤凰式，用泥金带子把它束起来。金泥，即泥金，以屑金为饰的用品，北宋时很流行。

［2］龙纹玉掌梳：玉制掌形的梳子，上面刻着龙的花纹。

［3］走来：一作“去来”。

［4］画眉深浅入时无：朱庆馀《近试上张水部》诗：“洞房昨夜停红烛，待晓堂前拜舅姑。妆罢低声问夫婿：画眉深浅入时无？”入时无，合时吗？

［5］等闲：轻易，随便。

［6］双鸳鸯字怎生书：一作“鸳鸯两字怎生书”。怎生，怎样。

欧阳修的某些艳词，有人认为是写作者自己恋爱的故事。这难以证实。这首词写的可能是一个歌女。但就其中引用朱庆馀的诗句来说，也可能是写新嫁娘。刻画人物的情态是极其生动的。一题僧挥（仲殊）作。

渔 家 傲

花底忽闻敲两桨，逡巡女伴来寻访[1]。酒盏旋将荷叶当[2]。莲舟荡，时时盏里生红浪[3]。　　花气酒香清厮酿[4]，花腮酒面红相向[5]。醉倚绿阴眠一饷[6]。惊起望，船头阁在沙滩上[7]。

［1］逡（qūn）巡：顷刻，一会儿（宋元俗语）。

［2］当（dàng）：代替。

［3］盏里生红浪：是说莲花影子照在酒杯中显出红色浪纹。

［4］清厮酿：清香之气混成一片。

［5］花腮：指荷花，像美人面颊的花容。

［6］一饷：片刻，同一晌。

［7］阁：同搁。

欧阳修用《渔家傲》这个词调写了六首采莲词，风格清新可喜，显然是受了民歌的影响。这里选录一首。

柳　永　七首

柳永是十一世纪前期的词人(生卒年不详)[1]。原名三变，字耆卿，崇安(今属福建武夷山市)人[2]。宋仁宗朝进士。做过屯田员外郎(工部屯田司的助理官)，世称柳屯田。他对于功名本来很热心，但在仕途上的遭遇是坎坷不平的。由于失意无聊，流连坊曲，在乐工和歌伎们的鼓舞之下，这位精通音律的词人创作了大量适合于歌唱的新乐府(慢词)，受到广大市民的欢迎。可是非常不幸，他一生是流落以至于死的。他的词为一生精力所在，有《乐章集》传世。

柳永在考进士不第时，写过一首《鹤冲天》，坦率地陈述自己的怨望和意愿。据说这首词曾经引起宋仁宗的恼怒和斥责[3]。全词如下：

黄金榜上，偶失龙头望。明代暂遗贤，如何向？未遂风云便，争不恣狂荡？何须论得丧，才子词人，自是白衣卿相。　　烟花巷陌，依约丹青屏障。幸有意中人，堪寻访。且恁偎红翠，风流事，平生畅。青春都一饷，忍把浮名，换了浅斟低唱。

从词里不难看出作者怀才不遇的心情。他在抑郁中强调才子词人的身份地位以自慰，也是可以理解的。问题在于柳永的追求功名不是出于济世安民的政治理想和抱负，没有自己值得坚持的立场，因此在失意后便沉沦于都市繁华的诱惑中，一心追求偎红倚翠的享乐生活。他写了大量的词来反映这种表面繁荣、实则绮靡腐烂的上层社会生活。范镇说："仁宗四十二年太平，镇在翰苑十余载，不能出一语咏歌，乃于耆卿词见之。"（祝穆《方舆胜览》引语）他写词本以铺叙见长，但用之于描绘太平景象，甚至歌功颂德，便没有什么意义可言了。

向来都承认柳永的词"工于羁旅行役"[4]。他饱尝"游宦成羁旅"的凄凉风味，善于写别情，善于捉捕冷落的秋景来点染离情别意。这方面的例证很多。如一般比较熟悉的《夜半乐》（"冻云黯淡天气"）、《玉蝴蝶》（"望处雨收云断"）、《竹马子》（"登孤垒荒凉"）、《卜算子慢》（"江枫渐老"）、《诉衷情近》（"雨晴气爽"）等词都是组织秋景作为抒情的衬托。被称为代表作的《雨霖铃》里的"今宵酒醒何处，杨柳岸，晓风残月"，以及《八声甘州》里的"渐霜风凄紧，关河冷落，残照当楼"，都是以写秋天的景色而成为千古名句的。这一类的词看来是一片穷愁，篇篇都离不开离愁别恨，实际上作者思想的深处并不那么单纯，无论怀念神京、故乡、故人或者佳人的时候，都深深地织进他的身世之感，流露对当时社会现实的不满。这就更多地博得人们对于这位失意词人的同情。当然，我们认为这种纯粹从个人哀怨出发的作品的社会意义是不能评价过高的。

柳词可以分为雅、俚两类[5]。从风格和语言两方面都看得出它们的区别。过去文人学士多欣赏他的雅词，称颂他"不减唐人妙处"（赵令畤《侯鲭录》引苏轼语）的地方，而"以俗为病"（《四库总目提要》语）。恰恰相反，一般读者多爱好他的俚词。他组织了大量民间的生动活泼的语言，用来反映中下层市民生活。妇女，特别是妓女不幸的遭遇，构成他的题材的主要方面。尽管自命高雅的词人晏殊鄙视他的"彩线慵拈伴伊坐"（《定风波》）[6]，但那样的词真实地反映了闺中少妇孤独生活的苦闷，比起晏词的空洞华靡，要更接近于生活一些。与此同时，我们也应当指出，柳永的俚词中有一部分是迎合市民低级趣味而写的庸俗的、猥亵无聊的作品。

对于柳永的评述，参看《前言》。

[1] 唐圭璋《柳永事迹新证》（见1957年《文学研究》第三期）推测柳永约生于宋太宗雍熙四年（987），卒于宋仁宗皇祐五年（1053）。

[2]《历代诗馀》、朱彝尊《词综》都误作乐安。

[3] 吴曾《能改斋漫录》："仁宗留意儒雅，务本向道，深斥浮艳虚华之文。初，进士柳三变好为淫冶讴歌之曲，传播四方。尝有《鹤冲天》词云：'忍把浮名，换了浅斟低唱。'及临轩放榜，特落之曰：'且去浅斟低唱，何要浮名！'……"

[4] 陈振孙《直斋书录解题》："柳词格固不高，而音律谐婉，语意妥帖，承平气象，形容曲致，尤工于羁旅行役。"

[5] 夏敬观《手评乐章集》："耆卿词当分雅、俚二类。雅词用六朝小品文赋作法，层层铺叙，情景兼融，一笔到底，始终不懈。俚词袭五代淫诐之风气，开金、元曲子之先声，比于里巷歌谣，亦复自成一格。"

[6] 张舜民《画墁录》："柳三变既以词忤仁庙（宋仁宗），吏部不放改官。三变不能堪，诣政府。晏公曰：'贤俊作曲子么？'三变曰：'只如相公亦作曲子。'公曰：'殊虽作曲子，不曾道"彩线慵拈伴伊坐"。'柳遂退。"

雨霖铃

寒蝉凄切，对长亭晚[1]，骤雨初歇。都门帐饮无绪[2]，留恋处[3]，兰舟催发[4]。执手相看泪眼，竟无语凝噎[5]。念去去千里烟波，暮霭沉沉楚天阔[6]。　　多情自古伤离别，更那堪、冷落清秋节！今宵酒醒何处[7]？杨柳岸，晓风残月。此去经年[8]，应是良辰好景虚设。便纵有千种风情[9]，更与何人说[10]？

[1] 长亭：古时驿路上十里一长亭，五里一短亭，都是给行人休息的地方，也是送别的地方。

[2] 都门帐饮：在京城郊外，设置帐幕宴饮送行。

[3] 留恋处：一作“方留恋处”。

[4] 兰舟：木兰舟，船的美称。

[5] 凝噎：喉咙里像是塞住了，说不出话来。一作“凝咽”。

[6] 暮霭沉沉楚天阔：傍晚的时候，天气阴沉沉的，南天空阔无边。楚国在南方，故称南天为楚天。

[7] 今宵酒醒何处：这句以下都是设想的话。

[8] 经年：一年复一年。

[9] 风情：旧指男女之间的情意。

[10] 更：一作“待”。

这是柳永著名的代表作。词的主要内容是以冷落的秋景作为衬托来表达和爱人难以割舍的离情。不难看出，这时作者因在仕途上失意，不得不离开京师而远行，他这种抑郁的心情和失去爱情慰藉的痛苦交织在一起，便更加感到生活前途的黯淡无光。作者诚然是写他的真情实感，但情调太伤感、太低沉了。这首词的写作技巧相当高明。全篇的组织结构非常自然，如行云流水，找不出连接的痕迹。运用白描的手法刻画别离的情景也是极其生动的。

蝶　恋　花[1]

伫倚危楼风细细[2]，望极春愁，黯黯生天际[3]。草色烟光残照里，无言谁会凭阑意？　　拟把疏狂图一醉[4]，对酒当歌[5]，强乐还无味[6]。衣带渐宽终不悔[7]，为伊消得人憔悴[8]。

[1]《蝶恋花》：《彊村丛书·乐章集》题作《凤栖梧》，是同一词调的别名。

[2]伫倚危楼：伫，久立。危楼，高楼。

[3]望极春愁两句：照词意应该标点为："望极，春愁黯黯生天际。"黯黯，伤别貌。

[4]拟把疏狂：打算放纵一下。疏狂，生活狂放散漫，不受礼法的拘束。

[5]对酒当歌：曹操《短歌行》："对酒当歌，人生几何？"

[6]强乐：勉强寻欢作乐。

[7]衣带渐宽：表示人逐渐瘦了。《古诗》："相去日已远，衣带日以缓。"

[8]消得：值得。

定风波

自春来，惨绿愁红[1]，芳心是事可可[2]。日上花梢，莺穿柳带，犹压香衾卧。暖酥消[3]，腻云亸[4]，终日厌厌倦梳裹[5]。无那[6]！恨薄情一去[7]，音书无个[8]。　早知恁么[9]，悔当初、不把雕鞍锁[10]。向鸡窗[11]、只与蛮笺象管[12]，拘束教吟课[13]。镇相随[14]，莫抛躲。针线闲拈伴伊坐[15]，和我，免使年少光阴虚过。

[1]惨绿愁红：思妇心头苦闷，把红花绿叶看成是愁惨景象。

[2]是事可可：什么事都不在意。

[3]暖酥消：脸上搽的香油消散了。另一解释：肌肤消瘦。

[4]腻云亸(duǒ)：头发散乱。亸，下垂貌。

[5]厌厌倦梳裹：精神委顿，像病了似的，懒得梳妆。

[6]无那：无可奈何。

［7］薄情：薄情郎。

［8］无个：没有。个，助词。

［9］恁（nèn）么：这样。

［10］不把雕鞍锁：是说没有坚决阻止爱人远行。雕鞍，雕花的华丽的马鞍。

［11］鸡窗：书窗，书房。《艺文类聚·鸟部》引《幽明录》："晋兖州刺史沛国宋处宗尝买得一长鸣鸡。爱养甚至，恒笼著窗间。鸡遂作人语，与处宗谈论极有言智，终日不辍。处宗因此言巧大进。"

［12］蛮笺象管：纸和笔。蛮笺，古时四川所产的彩色笺纸。象管，象牙做的笔管。

［13］吟课：把吟咏作功课。

［14］镇：镇日，整天。

［15］针线闲拈：一作"彩线慵拈"。

这是柳永俚词的代表作。它的特点是把情爱描绘得很露骨。这种写法不合于文人雅士创作的传统，所以遭到以晏殊为首的士大夫的反对。以晏殊为例，他写情只限于"当时轻别意中人，山长水远知何处"（《踏莎行》）一类比较含蓄的句子。可是当时的市民对晏殊的雅词远不如对柳永的俚词有浓厚的兴趣。柳词致力于铺叙，刻画入微，对于词作的艺术技巧确是有所贡献，但由于过分迎合市民的口味，也不免有许多庸俗低级的趣味描写，像本词中"暖酥消，腻云亸"一类的句子已逐渐流露渲染色情的倾向。

望　海　潮

东南形胜[1]，江吴都会[2]，钱塘自古繁华。烟柳画桥，风帘翠幕[3]，参差十万人家[4]。云树绕堤沙，怒涛卷霜雪[5]，天堑无涯[6]。市列珠玑，户盈罗绮，竞豪奢。　　重湖叠巘清嘉[7]，有三秋桂子，十里荷花。羌管弄晴，菱歌泛夜[8]，嬉嬉钓叟莲娃[9]。千骑拥高牙[10]，乘醉听箫鼓，吟赏烟霞[11]。异日图将好景[12]，归去凤池夸[13]。

[1] 形胜：形势重要、交通便利的地区。

[2] 江吴：钱塘（今浙江杭州市）位置在钱塘江北岸，旧属吴国，故说江吴都会，一作“三吴”。郦道元《水经注·渐江水》说，吴兴郡、吴郡和会稽郡“世号三吴”。（钱塘旧属吴郡。）

[3] 风帘翠幕：挡风的帘子和翠色的帷幕。

[4] 参差：这里用来形容房屋高低不齐。关汉卿《南吕·一枝花·杭州景》“万余家楼阁参差”，用此意。

[5] 霜雪：形容白色的浪花。

[6] 天堑（qiàn）：天然的壕沟。堑，坑。古代偏安南方的国家以长江为抵抗北方敌人的天堑。《南史·孔范传》：“隋师将济江，群官请为备防。……范奏曰：‘长江天堑，古来限隔，虏军岂能飞渡？’”这里用“天堑无涯”形容钱塘江形势的雄壮和江面的广阔无边。

[7] 重湖叠巘（yǎn）清嘉：北宋时西湖已有外湖、里湖之别，故称重湖。叠巘，重叠的山峰。清嘉，清秀，美丽。

[8] 羌管弄晴两句：晴天丽日，处处都演奏着音乐；菱舟夜泛，传来一片清歌。羌管，见前7页范仲淹《渔家傲》注[6]。

[9] 嬉嬉钓叟莲娃：嬉嬉，戏耍笑乐貌。莲娃，采莲女。

[10] 千骑拥高牙：古乐府《陌上桑》：“东方千余骑，夫婿居上头。”是说太守级的地方官随从千骑之多。高牙，军前大旗，借指高级官吏，这首词据说是柳永写给老朋友孙何的。孙何这时任两浙转运使，驻节杭州。高牙疑即指他。

[11] 烟霞：指山水风景。

[12] 图：描绘。

[13] 凤池：凤凰池。《通典·职官三》“中书令”条：“魏晋以来，中书监令掌赞诏命，记会时事，典作文书。以其地在枢近，多承宠任，是以人固其位，谓之凤凰池焉。”唐宋时中书省是最高级行政机关，这里用来指朝廷。

柳永这首《望海潮》在当时很负盛名。全词概括了钱塘江的壮观、西湖的清景和杭州的繁荣景象；作者也用欣慕的语气来描绘上层社会的豪奢竞逐、纸醉金迷的腐朽生活。所以罗大经《鹤林玉露》说：“此词流播，金主亮闻歌，欣然有慕于‘三秋桂子，十里荷花’，遂起投鞭渡江之志。近时谢处厚诗云：‘谁把杭州曲子讴？荷花十里桂三秋。那知草木无情物，牵动长江万里愁！’余谓此词虽牵动长江之愁，然卒为金主送死之媒，未足恨也。至于荷艳桂香，妆点湖山之清丽，使士夫流连于歌舞嬉游之乐，遂忘中原，是则深可恨耳！”

夜半乐

冻云黯淡天气[1]，扁舟一叶，乘兴离江渚。渡万壑千岩，越溪深处[2]，怒涛渐息，樵风乍起[3]。更闻商旅相呼，片帆高举，泛画鹢[4]、翩翩过南浦[5]。　望中酒旆闪闪[6]，一簇烟村[7]，数行霜树。残日下，渔人鸣榔归去[8]。败荷零落，衰杨掩映。岸边两两三三，浣纱游女，避行客，含羞相笑语。　到此因念，绣阁轻抛[9]，浪萍难驻[10]。叹后约丁宁竟何据[11]！惨离怀、空恨岁晚归期阻。凝泪眼、杳杳神京路[12]，断鸿声远长天暮[13]。

[1] 冻云黯淡天气：寒云遮蔽天空，显得很阴暗。冻云，云层凝结不开。

［2］越溪：越国美人西施浣纱的若耶溪，在今浙江绍兴市南。这里是泛指。

［3］樵风：《后汉书·郑弘传》"会稽山阴人"注引南朝宋孔灵符《会稽记》："射的山南有白鹤山，此鹤为仙人取箭。汉太尉郑弘尝采薪，得一遗箭，顷有人觅，弘还之。问何所欲，弘识其神人也，曰：'常患若邪溪载薪为难，愿旦南风，暮北风。'后果然。"因称若邪溪之风为郑公风，亦称樵风。后因以樵风指顺风。

［4］画鹢（yì）：鹢，水鸟，善飞翔，不怕风，古时画在船头以图吉利。所以称船为画鹢。

［5］翩翩：船行轻快貌。

［6］酒旆（pèi）：酒旗，见前 17 页张昪《离亭燕》注［4］。

［7］一簇：一丛。

［8］鸣榔（láng）：捕鱼时，用长木条（榔）敲船作声，使鱼吃惊入网。

［9］绣阁：妇女住的闺房。

［10］浪萍难驻：萍随浪转，漂浮不定。用来比喻流浪生活。

［11］后约：约定的后会之期。

［12］神京：京师，指宋都汴京（今河南开封市）。

［13］断鸿声远：是说音信断绝。相传鸿雁能够传书。《汉书·苏武传》："天子射上林中，得雁，足有系帛书。"断鸿，孤鸿。

这是柳永用旧曲名创制的新声乐府之一，全词长达一百四十四字。反映作者奔走仕途、"浪萍难驻"的极不得意的心情。铺叙的手法层次分明。许昂霄《词综偶评》说："第一叠（段）言道途所经，第二叠言目中所见，第三叠乃言去国离乡之感。"

八声甘州

对潇潇暮雨洒江天[1]，一番洗清秋[2]。渐霜风凄紧，关河冷落[3]，残照当楼。是处红衰翠减[4]，苒苒物华休[5]。惟有长江水，无语东流。　　不忍登高临远，望故乡渺邈[6]，归思难收。叹年来踪迹，何事苦淹留[7]！想佳人、妆楼颙望[8]，误几回、天际识归舟[9]。争知我、倚阑干处[10]，正恁凝愁[11]！

[1] 潇潇：雨势急骤貌。

[2] 一番洗清秋：经过一番暴风雨的洗涤，成为凄清的秋天。

[3] 关河：山河。关，关山之地。

[4] 是处红衰翠减：到处花木凋零。李商隐《赠荷花》诗："此荷此叶常相映，翠减红衰愁煞人。"翠，一作"绿"。

[5] 苒（rǎn）苒物华休：美好的景物逐渐凋残。

[6] 渺邈（miǎo）：遥远。

[7] 淹留：久留他乡。

[8] 颙（yóng）望：抬头呆望。

[9] 误几回、天际识归舟：多少次错把远处开来的船当作爱人的归舟。谢朓《之宣城郡出新林浦向板桥》诗："天际识归舟，云中辨江树。"温庭筠《望江南》词："过尽千帆皆不是。"

[10] 争：怎。

[11] 凝愁：愁结不解。

倾　杯

鹜落霜洲[1]，雁横烟渚[2]，分明画出秋色。暮雨乍歇，小楫夜泊[3]，宿苇村山驿[4]。何人月下临风处，起一声羌笛[5]？离愁万绪，闻岸草、切切蛩吟如织[6]。　　为忆芳容别后，水遥山远，何计凭鳞翼[7]！想绣阁深沈[8]，争知憔悴损[9]，天涯行客！楚峡云归，高阳人散[10]，寂寞狂踪迹。望京国[11]，空目断、远山凝碧。

[1] 鹜(wù)：水鸭。

[2] 烟渚：烟气笼罩着的水边洲渚。

[3] 小楫：小船。楫，摇船的桨板。

[4] 驿：驿馆，古代官办的交通站。

[5] 羌笛：见前第7页范仲淹《渔家傲》注[6]。

[6] 蛩(qióng)吟：蟋蟀一名吟蛩。吟，这里作动词用。

[7] 何计凭鳞翼：是说无法通书信。鳞翼，指鱼鸟，古时有鲤鱼、雁足传书的传说。

[8] 绣阁深沈(chén)：爱人住在遥远的地方。绣阁，见前32页《夜半乐》注[9]。

[9] 损：周济《宋四家词选》说："依调，损字当属下；依词，损字当属上。"

[10] 楚峡云归两句：意思是爱人和朋友都离散了。宋玉《高唐赋》载楚王游高唐，于梦中和神女欢会，临别时神女说："妾在巫山之阳，高丘之阻。旦为朝云，暮为行雨。朝朝暮暮，阳台之下。"楚峡云归，是说朝云归于楚峡。楚峡，巫山的代称。云，这里借指爱人。《史记·朱建传》载郦生求见汉高祖时说："吾高阳酒徒也，非儒人也。"高阳人散，即作者在另一首词里所说的"酒徒萧索"的意思。

[11] 京国：京师，指汴京。

晏幾道　四首

晏幾道[1]字叔原，号小山，晏殊的幼子。他在政治上没有地位，只做过卑微的小官(监颍昌许田镇)。词和晏殊齐名,号称“二晏”。著有《补亡》一编,即后世所传的《小山词》。

黄庭坚《小山词序》把晏幾道的为人作了如下的介绍:

仕宦连蹇,而不能一傍贵人之门,是一痴也。论文自有体,不肯一作新进士语,此又一痴也。费资千百万,家人寒饥,而面有孺子之色,此又一痴也。人百负之而不恨,己信人终不疑其欺己,此又一痴也。

可见作者是一位没落的公子王孙,不同于晏殊的显达,因此他们的词也有很明显的区别。晏殊虽然写愁情,但只是属于春花秋月的闲愁(借以冲淡过度舒适的生活里的油腻),看来是一种可有可无的点缀品。在这一点上,晏幾道便有些不同,他抒发了自己生活上真正的哀愁,有一种出于不能自已的真情实感。所以冯煦称他为“古之伤心人”(《宋六十一家词选·例言》)。他以“工于言情”受到后世词话家的称颂[2],说他的词的造诣还在晏殊之上。

我们认为作者某些作品以严肃而同情的态度塑造歌女形象确有其特征。但是就其内容和风格来说往往局限于对爱情的回忆,处处流露出惆怅、伤感的情调,反映的社会生活面实在太狭隘。照黄庭坚所说,作者具有不肯随波逐流、傲视权贵的一面,可是这种性格在他的词里并没有得到显著的反映。

[1] 晏幾道的生卒年不容易确定,大致和苏轼、黄庭坚同一时期。

[2] 陈廷焯《白雨斋词话》说:“北宋晏小山工于言情,出元献(晏殊)、文忠(欧阳修)之右……而措词婉妙,则一时独步。”周济、冯煦对他评价都很高。

临 江 仙

梦后楼台高锁,酒醒帘幕低垂[1]。去年春恨却来时[2]。

落花人独立，微雨燕双飞[3]。　　记得小𬞟初见[4]，两重心字罗衣[5]。琵琶弦上说相思[6]。当时明月在，曾照彩云归[7]。

［1］梦后楼台高锁两句：醒来时，醉梦中的欢情消失了，仍旧是人去楼空的凄凉景象。楼台高锁，帘幕低垂，都用来表示爱人已不在。低垂，虚掩的意思。

［2］去年春恨却来时：去年春天离别的愁恨恰巧这时候又来到心头。

［3］落花人独立两句：翁宏《春残》诗："又是春残也，如何出翠帏？落花人独立，微雨燕双飞。"这里完全套用原句，但和全词相配，显得更为出色。

［4］小𬞟：歌女名。

［5］心字罗衣：用一种心字香熏过的罗衣。这里"心字"还含有深情密意的双关的意思。杨慎《词品》（卷二）："所谓心字香者，以香末萦篆成'心'字也。'心字罗衣'则谓心字香熏之尔。或谓女人衣曲领如'心'字，又与此别。"

［6］琵琶弦上说相思：通过琵琶的弹奏来诉说相思之情。

［7］当时明月在两句：当时曾经照着小𬞟归去的明月如今还在眼前。彩云，比喻小𬞟。李白《宫中行乐词》："只愁歌舞散，化作彩云飞。"

晏幾道《小山词跋》："始时沈十二廉叔、陈十君宠家有莲、鸿、𬞟、云，品清讴娱客。每得一解，即以草授诸儿，吾三人持酒听之，为一笑乐。已而君宠疾废卧家，廉叔下世，昔之狂篇醉句，遂与两家歌儿酒使俱流转于人间。"张宗橚《词林纪事》说："此词当是追忆𬞟、云而作。"

鹧 鸪 天

彩袖殷勤捧玉钟[1]，当年拚却醉颜红[2]。舞低杨柳楼心月，歌尽桃花扇底风[3]。　　从别后，忆相逢，几回魂梦与君同[4]。今宵剩把银釭照，犹恐相逢是梦中[5]。

[1] 彩袖殷勤捧玉钟：穿彩衣的歌女捧着酒杯殷勤劝酒。玉钟，珍贵的酒杯。

[2] 拚(pàn)却：甘愿，不惜。

[3] 舞低杨柳楼心月两句：描绘彻夜不停的狂歌艳舞。月亮本来是挂在柳梢上照彻楼中的，这里不说月亮低沉下去，而说“舞低”，便指明是欢乐把夜晚消磨了。桃花扇，歌舞时用的扇子。这里不说歌扇挥舞不停，而说风尽，也就是表明唱的回数太多了。扇底，扇里。

[4] 几回魂梦与君同：多少回做梦和你欢聚在一起。

[5] 今宵剩把银釭(gāng)照两句：杜甫《羌村》诗：“夜阑更秉烛，相对如梦寐。”剩把，尽把。银釭，灯。

这首词黄昇《花庵词选》题作“佳会”。写别后重逢和对于过去歌舞享乐生活的回忆，触发了诗人无限今昔之感。胡仔《苕溪渔隐丛话》说是“词情婉丽”。其中“舞低杨柳楼心月，歌尽桃花扇底风”一联，尤其受到后世喜欢工丽辞语的文人的称颂。这是一种“六朝宫掖体”，追求的是形式美，因而风格便显得不够高。

采　桑　子

西楼月下当时见：泪粉偷匀[1]，歌罢还颦。恨隔炉烟看未真[2]。　　别来楼外垂杨缕，几换青春。倦客红尘[3]，长记楼中粉泪人。

[1] 泪粉偷匀：偷偷地揩掉泪水，把粉搽匀，不让人知道自己哭过。

[2] 炉烟：香炉冒出的烟气。

［3］倦客红尘：奔走风尘感到厌倦的人，指作者自己。

阮郎归

天边金掌露成霜[1]，云随雁字长[2]。绿杯红袖趁重阳[3]，人情似故乡[4]。　　兰佩紫，菊簪黄，殷勤理旧狂[5]。欲将沉醉换悲凉，清歌莫断肠。

［1］天边金掌露成霜：《三辅故事》："建章宫承露盘高二十丈，大七围，以铜为之。上有仙人掌，承露和玉屑饮之。"后世称仙人为铜仙。金掌，指仙人掌露盘。露成霜，语出《诗经·蒹葭》："白露为霜。"

［2］雁字：雁群飞行时组成行列，形状如字，故云。

［3］绿杯红袖趁重阳：趁着重阳佳节尽量喝酒、唱歌。绿杯，指绿酒。红袖，指歌女。

［4］人情：情味，世情。

［5］理旧狂：过去的狂态又搬出来了。况周颐《蕙风词话》："狂者，所谓'一肚皮不合时宜'，发见于外者也。"

这首词作者自抒其失意的感慨，超出了闺情的范围。有人疑心兰、菊是侍儿的名字，这种说法没有根据。屈原的《离骚》曾用"秋兰""秋菊"象征自己的高洁。晏幾道在这首重阳词里提到应景的兰、菊，不但是很自然的，而且也是用来比喻自己孤芳自赏的性格。

王安石　一首

王安石（1021—1086），字介甫，号半山，临川（今江西抚州市）人。宋神宗时宰相。创新法，改革旧政，是一个进步的政治家。文学上的主要成就在诗文方面。词作不多，但其特点是能够“一洗五代旧习”（刘熙载《艺概》中语），不受当时绮靡风气的影响，这是高出于晏、欧诸人的地方。今传《临川先生歌曲》。

桂枝香

登临送目，正故国晚秋[1]，天气初肃[2]。千里澄江似练[3]，翠峰如簇[4]。征帆去棹残阳里，背西风、酒旗斜矗[5]。彩舟云淡，星河鹭起[6]，画图难足。　　念往昔、繁华竞逐[7]，叹门外楼头，悲恨相续[8]。千古凭高对此，漫嗟荣辱[9]。六朝旧事随流水，但寒烟衰草凝绿[10]。至今商女，时时犹唱，《后庭》遗曲[11]。

［1］故国：指金陵，南朝的旧都，今江苏南京市。

［2］天气初肃：天气转为清肃、萧索。《诗经·七月》：“九月肃霜。”毛传：“肃，缩也，霜降而收缩万物。”《礼记·月令》亦载“孟秋之月”，“天地初肃”。

［3］千里澄江似练：谢朓《晚登三山还望京邑》诗中有“澄江静如练”语。江，指长江。似练，像一条白色的绸带子。

［4］如簇：像箭头一样尖削。簇，同镞，即箭镞；也可解释为攒聚。

［5］斜矗（chù）：斜斜地竖着。

［6］彩舟云淡两句：这写的是远景：长江像是一条天河，远望彩色的船如在云端，水洲上的白鹭纷纷起舞。按南京西南长江中有白鹭洲，作者把这个地名活用，写成“星河鹭起”的动景。星河，天河。

［7］繁华竞逐：争着过豪华淫靡的生活。竞逐，竞争、追逐。

［8］叹门外楼头两句：杜牧《台城曲》：“门外韩擒虎，楼头张丽华。”这两句诗

的大意是说：隋兵已临城下，陈后主和张丽华还在寻欢作乐。张丽华是陈后主宠爱的妃子。楼头，指她所住的结绮阁。韩擒虎是隋朝开国的大将，率领部队从朱雀门入城，俘获陈后主、张丽华等，灭掉陈朝。门外，指朱雀门外。苏轼《虢国夫人夜游图》诗“当时亦笑张丽华，不知门外韩擒虎”，诗意与此相同。悲恨相续，是说六朝亡国的悲恨相续不断。

[9] 漫嗟荣辱：空叹兴(荣)亡(辱)。

[10] 六朝旧事随流水两句：窦巩《南游感兴》诗：“伤心欲问前朝事，惟见江流去不回。日暮东风春草绿，鹧鸪飞上越王台。”此用其意。六朝，见前17页张昇《离亭燕》注[5]。

[11] 至今商女三句：杜牧《泊秦淮》诗：“商女不知亡国恨，隔江犹唱后庭花。”商女，歌女。后庭花，即《玉树后庭花》歌曲，陈后主所作。《隋书·五行志》：“祯明初，后主作新歌，词甚哀怨，令后宫美人习而歌之。其辞曰：‘玉树后庭花，花开不复久。’时人以为歌谶。此其不久兆也。”所以后人把它看作亡国之音。

这首词黄昇《花庵词选》题作“金陵怀古”。前段描写金陵的壮丽景色，后段通过怀古，揭露六朝统治阶级“繁华竞逐”的腐朽生活。北宋词人怀古的作品，如张昇的《离亭燕》还只有一点空洞的兴亡之感，发展到王安石的《桂枝香》，思想内容已有了很大的变化。《历代诗馀》引《古今词话》：“金陵怀古，诸公寄调《桂枝香》者三十余家，惟王介甫为绝唱。东坡见之叹曰：‘此老乃野狐精也！’”于此可见作者虽然写词不多，质量却是很高的。

苏　轼　二十三首

苏轼(1037—1101)，字子瞻，自号东坡居士，眉州眉山(今四川市名)人。

二十二岁中进士，以文章知名。他的政治思想比较保守。宋神宗朝，王安石当政，行新法。他极力反对，出为杭州等处地方官。复因作诗得罪朝廷，被捕入狱，贬为黄州（今湖北黄冈市）团练副使（执掌地方军事的助理官）。宋哲宗朝，旧党当权，召还为翰林学士（替皇帝草拟诏令的官吏）。新党再度秉政后，又贬谪惠州（今广东惠州），并以六十三岁的高龄远徙琼州（今海南岛）。赦还的次年，死于常州（今江苏市名）。他是一个全能作家，诗、词、文章造诣都很高。他的词今传《东坡乐府》三百多首[1]。

在文学方面，苏轼是革新的主将。他对于词的发展所作出的贡献，超越了所有的前人。他摧毁了词的狭隘的藩篱，替词坛开辟了广阔的园地。他以诗为词，扩展词的内容到怀古、咏史、说理、谈玄、感时伤事，以及对山水田园的描绘、身世友情的抒写，达到"无意不可入，无事不可言"的境地。作者既然用词来反映自己生活的各个方面，以充分地表达思想感情为主，就必然在一定的程度上突破了音律的束缚，而不是以协乐为主。他的词"间有不入腔处"[2]，并不是不懂歌曲，而是"不喜剪裁以就声律"[3]，不愿意让作品的内容受到阉割。

还应该指出：苏轼词的意境和风格都比前人有所提高。他作词不纠缠于男女之间的绮靡之情，也不喜欢写那些春愁秋恨的滥调，一扫晚唐、五代以来文人词的柔靡纤弱的气息，创造出高远、清新的意境和豪迈奔放的风格。在他的词里，有"乱石穿空，惊涛拍岸，卷起千堆雪"（《念奴娇》）的古战场景色，有"小舟横截春江，卧看翠壁红楼起"（《水龙吟》）的壮丽图画，有"清溪无底，上有千仞嵯峨"（《满庭芳》）的惊险镜头，有"琼楼玉宇，高处不胜寒"（《水调歌头》）的高渺景象，有"日暖桑麻光似泼，风来蒿艾气如薰"（《浣溪沙》）的农村风光，有"雄姿英发""羽扇纶巾"（《念奴娇》）的英雄人物，有"笔头千字，胸中万卷，致君尧舜"（《沁园春》）的知识分子，有"会挽雕弓如满月，西北望，射天狼"（《江城子》）的爱国志士，有"相排踏破蒨罗裙"（《浣溪沙》）的乡村姑娘……这些都是使读者耳目一新的境界，构成词坛里崭新的气象。到了这时候"词为艳科"的概念才有所改变，词的内涵才更丰富，风格才更多样化。特别是苏轼那种独特的，笔力纵横、气势磅礴的豪放词风，对于词的发展起了极为有益的推动作用。词的豪放派是从他起始的。

我们还要注意苏轼的词强烈地反映着用世和超世的世界观的矛盾。他在政治上长期失意，一生的经历那么坎坷不平，仍然能经常保持乐观、豪迈的精神，不时发出健旺、爽朗的笑声，自是鼓舞人的。可是，在作者达观潇洒的风度里潜伏着一股浓厚的逃避现实、追求解脱的老庄思想。这一股超脱尘世的思想不时在他的头脑里起着矛盾作用或统治作用，促使他不断地写下一些“休言万事转头空，未转头时是梦”（《西江月》）、“长恨此身非我有，何时忘却营营”（《临江仙》）的消极的感叹。即使他写农民、渔父的时候，也往往把他们打扮成为半隐士的风貌（如《浣溪沙》里的“道逢醉叟卧黄昏”，《渔父》里的“酒醒还醉醉还醒，一笑人间今古”），用来寄托自己对政治现实不满的心情。因此读苏词必须警惕在不知不觉之间被作者带到虚无缥缈的世界里去（其实作者自己还是喜爱人间的）。

对于苏轼的评述，参看《前言》。

［1］朱孝臧编校的《东坡乐府》收集苏词近三百五十首（王鹏运《四印斋所刻词》本不到三百首）。龙沐勋校注的《东坡乐府笺》和陈迩冬的《苏轼词选》可资参考。

［2］胡仔《苕溪渔隐丛话·后集》：“子瞻自言，生平不善唱曲，故间有不入腔处，非尽如此。”

［3］见陆游《老学庵笔记》。

少　年　游

润州作[1]，代人寄远。

去年相送，余杭门外[2]，飞雪似杨花。今年春尽，杨花似雪，犹不见还家[3]。　对酒卷帘邀明月，风露透窗纱。恰似姮娥怜双燕，分明照、画梁斜[4]。

［1］润州作：这时苏轼任杭州通判（州府行政长官的助理），因事至镇江一带。润州，隋唐州名，今江苏镇江市。他写这首词时三十九岁。

［2］余杭门：宋时杭州城北有三座城门，其中之一为余杭门，通浙西和江淮各地。

［3］飞雪似杨花四句：《诗经·采薇》："昔我往矣，杨柳依依；今我来思，雨雪霏霏。"苏轼采用这个对比，但语意不同。

［4］恰似姮娥怜双燕三句：这是以月里嫦娥的怜爱双燕（用光辉映照着它），反衬自己无人怜惜的孤寂。画梁，燕子巢居的处所。雕梁画栋，指富贵人家。

这是一首托为思妇怀念远人的词。王文诰《苏诗总案》说："甲寅四月，有感雪中行役作。公以去年十一月发临平（在今杭州市的东北），及是春尽，犹行役未归，故托为此词。"

江　城　子

乙卯正月二十日夜记梦[1]

十年生死两茫茫[2]。不思量，自难忘。千里孤坟[3]，无处话凄凉。纵使相逢应不识，尘满面，鬓如霜[4]。　夜来幽梦忽还乡。小轩窗[5]，正梳妆。相顾无言，惟有泪千行。料得年年肠断处：明月夜，短松冈[6]。

［1］乙卯：宋神宗熙宁八年（1075），苏轼四十岁，时知密州（今山东诸城市）。

［2］十年生死两茫茫：十年来，生死双方隔绝，什么都不知道了。茫茫，不明貌。作者写这首词的时候，他的妻子王弗恰恰死去十年。

[3] 千里孤坟：作者妻子的坟墓在四川彭山县(今属四川眉山市)，和他当时的所在地密州东西相距数千里。

[4] 尘满面两句：风尘满面，两鬓已白如秋霜：自伤奔走劳碌和衰老。

[5] 轩窗：门窗，窗。

[6] 短松冈：指墓地，在遍植松树的小山冈上。

这是一首悼亡词，体现了作者对妻子永不能忘的深挚的感情。某些词话家说苏轼“短于情”，那是不确切的。苏轼仅仅是不喜欢写“绮罗香泽”的艳情。

前　调

密州出猎[1]

老夫聊发少年狂，左牵黄，右擎苍[2]，锦帽貂裘[3]，千骑卷平冈[4]。为报倾城随太守，亲射虎，看孙郎[5]。　酒酣胸胆尚开张[6]。鬓微霜，又何妨！持节云中，何日遣冯唐[7]？会挽雕弓如满月[8]，西北望，射天狼[9]。

[1] 密州出猎：这是苏轼在密州做官第二年的事情。傅藻《东坡纪年录》：“乙卯(1075)冬，祭常山回，与同官习射放鹰作。”密州，见前词注[1]。

[2] 左牵黄两句：左手牵黄狗，右臂举苍鹰。《梁书·张充传》：“值充出猎，左手臂鹰，右手牵狗。”鹰和犬，都是古人打猎时用来追捕猎物的。《汉书·萧何传》：“夫猎，追杀兽者狗也。”

[3] 锦帽貂裘：锦蒙帽和貂鼠裘。汉代羽林军着锦衣貂裘。此状随猎者戎装鲜明。

[4] 千骑卷平冈：千骑，见前30页柳永《望海潮》注[10]。卷，占住。平冈，平坦的山冈。

［5］为报倾城随太守三句：请为我报知全城老百姓，使随我出猎，看我像当年孙权一样亲射猛虎。太守，一州的行政长官，作者自称。看孙郎，《三国志·吴志·孙权传》："二十三年十月，权将如吴，亲乘马射虎于庱亭。马为虎所伤。权投以双戟，虎却废。常从张世，击以戈，获之。"

［6］酒酣胸胆尚开张：酒酣，酒喝得很多，兴致正浓的时候。胸胆开张，胸怀开阔，胆气极豪。

［7］持节云中两句：《史记·冯唐列传》载汉文帝时魏尚为云中太守。他爱惜士卒，优待军吏，匈奴远避，不敢靠拢云中的边塞。一度匈奴曾经侵入，魏尚亲率车骑阻击，所杀甚众。后因报功时文件上所载杀敌的数字与实际不符（少了六个首级），政府便把他逮捕起来判处徒刑。冯唐认为边将有战功应当重赏，这种处罚太重，他率直地向汉文帝陈述了自己的意见。汉文帝便指派冯唐"持节"（带着传达命令的符节）去赦免了魏尚的罪，仍旧使他担任云中太守，并且任命冯唐为车骑都尉。云中，汉时郡名，今内蒙古自治区托克托县一带，包括山西西北一部分地区。作者在这里以守卫边疆的魏尚自期许，希望得到朝廷的信任。

［8］会挽雕弓如满月：弓的形状像半边月亮，把弦尽量拉开便成满月形，这样箭发射出去便更加有劲道。会，当。

［9］天狼：星名，旧说主侵掠。联系前文看，是以天狼喻西夏（它在西北方）。就这首词写作的时间说，在此之前的几个月，辽国曾胁迫北宋割让一大块边地，这里作为指辽国也是可以的。《楚辞·东君》："举长矢兮射天狼。"

宋仁宗、神宗时期，主要的军事威胁来自辽国和西夏。虽然和他们先后订立了屈辱的和约，北宋的边防仍旧受到严重的威胁。这首词借写"出猎"体现了作者保卫边疆、打击敌人的坚强决心。值得注意的是：作者在同时写的一首《祭常山回小猎》诗中也说："圣朝若用西凉簿，白羽犹能效一挥。"意思正同。这种抗敌思想和他对王安石新法里的加强国防措施表示赞同的意见是一致的。写打猎气概豪迈，场面热闹，有声有色，使人有身历其境的感觉。

望　江　南[1]

超然台作[2]

春未老，风细柳斜斜[3]。试上超然台上望：半壕春水一城花[4]，烟雨暗千家。　　寒食后，酒醒却咨嗟[5]。休对故人思故国[6]，且将新火试新茶[7]，诗酒趁年华。

［1］《望江南》：这首双调《望江南》，是重复单调《望江南》而成，也叫《忆江南》。

［2］超然台作：台在密州（今山东诸城市）北城上。苏轼把旧台加以修葺，作为登临游息之处（并著有散文《超然台记》）。这首词作于宋神宗熙宁九年（1076），时作者四十一岁。

［3］斜斜：飘拂不整齐貌。

［4］壕：城下的池。

［5］咨嗟：嗟叹声。

［6］思故国：寒食后二日是清明节，这三天是古人扫墓的日期。游子不能回乡扫墓，容易引起思念故乡之情。所以上句说“咨嗟”。故国，指故乡。

［7］新火：旧俗，寒食节不举火，节后举火称新火。

水 调 歌 头

丙辰中秋[1]，欢饮达旦，大醉，作此篇兼怀子由[2]。

明月几时有？把酒问青天[3]。不知天上宫阙，今夕是何年。我欲乘风归去,又恐琼楼玉宇[4],高处不胜寒。起舞弄清影,何似在人间[5]!　　转朱阁[6],低绮户[7],照无眠[8]。不应有恨,何事长向别时圆[9]?人有悲欢离合,月有阴晴圆缺,此事古难全。但愿人长久,千里共婵娟[10]。

[1] 丙辰:宋神宗熙宁九年(1076),苏轼四十一岁。

[2] 子由:苏轼弟苏辙,字子由。他俩在文学方面齐名,号称大小苏。

[3] 明月几时有两句:李白《把酒问月》诗:"青天有月来几时?我今停杯一问之。"此用其意。

[4] 琼楼玉宇:指月中宫殿。《大业拾遗记》:"瞿乾祐于江岸玩月。或谓此中何有。瞿笑曰:'可随我观之。'俄见月规半天,琼楼玉宇烂然。"

[5] 起舞弄清影两句:月下跳舞,清影随人:天上怎么比得上人间生活的幸福。

[6] 转朱阁:照遍了华美的楼阁。

[7] 低绮户:低低地照进雕花的门窗里去。胡仔《苕溪渔隐丛话》:"先君尝云:'坡词"低绮户"当云"窥绮户"。'一字既改,其词愈佳。"

[8] 照无眠:照着有心事的人不能安眠。

[9] 不应有恨两句:是说月圆应该无恨,但又为什么老是趁着人们离别、孤独的时候团圆呢?

[10] 千里共婵(chán)娟:谢庄《月赋》:"美人迈兮音尘绝,隔千里兮共明月。"此用其意,但感情不是愁苦颓丧的。婵娟,指月亮。

这是一首在文学史上负盛誉的词。胡仔《苕溪渔隐丛话》说:"中秋词自东坡《水调歌头》一出,余词尽废。"作者是在密州(今山东诸城市)做官时写这首词的。当时他在政治上的处境既不得意,和亲人也多年不能团聚(苏辙和他已七年没有见面),心情本有抑郁的一面。可是他并没有陷于消极悲观。词中反映了由超尘思想转化为喜爱人间生活的矛盾过程。词的开头是幻想着游仙，到月宫里去，可是他又亲自涂抹掉这种虚无的空中楼阁的彩画，而寄予人间现实生活以热爱。“千里共婵娟”，体现了诗人能够不为离愁别苦所束缚的乐观思想。这是难能可贵的一面。无可讳言，作者认为人生不可能全善全美，总有不可填补的缺陷，因而采取避免痛苦、自得其乐的生活态度，这种世界观里头仍然蕴蓄着一定程度的消极成分。

浣 溪 沙

徐门石潭谢雨道上作五首[1]。潭在城东二十里，常与泗水增减[2]，清浊相应。

旋抹红妆看使君[3]，三三五五棘篱门[4]，相排踏破蒨罗裙[5]。　老幼扶携收麦社[6]，乌鸢翔舞赛神村[7]。道逢醉叟卧黄昏。

[1] 徐门石潭谢雨道上作五首：这里选录四首。徐门，即徐州，今江苏市名。

[2] 泗水：源出山东，流经徐州入淮河。后改道入运河。

[3] 旋抹红妆看使君：匆匆地打扮一下，赶忙去看州官。妇女妆饰，多用红色，故称红妆。古代州郡长官称使君，这里是苏轼自称。

[4] 棘(jí)篱门：用酸枣枝条编的篱笆门，指乡间农民住的房屋。棘，酸枣，一种丛生的灌木，有刺。

[5] 相排踏破蒨(qiàn)罗裙：互相排挤，裙子被踏破了。排，一作“挨”。蒨罗裙，红色的绸裙子。蒨，通茜，茜草可作红色染料。

[6] 收麦社：收了麦子以后祭神酬恩。社，社祭，祭土地神。

[7] 乌鸢(yuān)翔舞赛神村：古时农村里逢社日有迎神赛会之举。这是说

乌鸦嘴馋，在祭品上面盘旋飞舞。《周礼·夏官·射鸟氏》："掌射鸟，祭祀，以弓矢敺(驱)乌鸢。"

前　调

麻叶层层苘叶光[1]。谁家煮茧一村香？隔篱娇语络丝娘[2]。　　垂白杖藜抬醉眼[3]。捋青捣麨软饥肠[4]。问言豆叶几时黄[5]？

[1] 麻叶层层苘(qǐng)叶光：层层，茂盛貌。苘，麻类植物，可供搓绳织布之用。它的叶子像苎麻，可是薄一点。

[2] 络丝娘：虫类，鸣时像轧轧的纺织声。这里借指缫丝的姑娘。

[3] 垂白杖藜：须发白了的老人拄着藜茎做的手杖。

[4] 捋青捣麨(chǎo)软饥肠：把新麦炒成干粮来充饥。捋青，摘新麦。捣麨，碎麦炒的干粮。作者《发广州》诗："三杯软饱后，一枕黑甜余。"自注："浙人谓饮酒为软饱。"软，这里疑即作为饱来说。

[5] 问言豆叶几时黄：问农民的话。豆叶黄时，意味着豆子熟了。

前　调

簌簌衣巾落枣花[1]。村南村北响缫车[2]。牛衣古柳卖黄瓜[3]。　　酒困路长惟欲睡，日高人渴漫思茶[4]，敲门试问野人家[5]。

[1] 簌簌衣巾落枣花：枣花纷纷落在衣巾上。簌簌，下落貌。元稹《连昌宫词》："风动落花红簌簌。"巾，头巾。

[2] 缫(sāo)车：用来抽丝的工具。

[3] 牛衣：用粗麻编织的衣服。这里指穿粗糙衣服的乡下人。另一解释：这句里牛衣是用来摊在地上卖黄瓜的。曾季貍《艇斋诗话》："余尝见东坡墨迹作'半依'。"

[4] 漫思茶：很想喝茶。漫，泛，满。

[5] 野人家：乡下人家。

前　调

软草平莎过雨新[1]，轻沙走马路无尘。何时收拾耦耕身[2]？　日暖桑麻光似泼[3]，风来蒿艾气如薰[4]。使君元是此中人[5]。

[1] 莎(suō)：生长在原野沙地上的一种多年生草。

[2] 何时收拾耦(ǒu)耕身：什么时候能够整理农具去耕田呢？这表示归隐田园的想头。《论语·微子》："长沮、桀溺耦而耕。"长沮、桀溺是古代的隐士。耦耕，两人并耜而耕。

[3] 日暖桑麻光似泼：暖和的太阳照在雨后的桑麻上发出耀眼的光。似泼，像泼了水似的那么明亮。

[4] 薰：香。

[5] 使君元是此中人：表示自己来自农村，熟悉田园生活。元，同原。

这一组《浣溪沙》是苏轼四十三岁(1078)知徐州时所作。他在谢雨道上，看到农村欣欣向荣的景象，怀着喜悦的心情摄下这几幅具有浓馥的仲夏风情的农村风景画，风格极其清新、朴素。作者欣赏的片段是"旋抹红妆看使君"的姑娘、"卧黄昏"的醉叟、"气如薰"的蒿艾以及簌簌地落在衣巾上的枣花等等。可见他是以官吏和诗人雅士的观点与兴会来选择题材的。作为"此中人"，他和农民的生活意识仍然是不可同日而语的。

永 遇 乐

彭城夜宿燕子楼，梦盼盼，因作此词[1]。

明月如霜[2]，好风如水[3]，清景无限。曲港跳鱼，圆荷泻露，寂寞无人见。紞如三鼓[4]，铿然一叶[5]，黯黯梦云惊断[6]。夜茫茫，重寻无处，觉来小园行遍[7]。　天涯倦客，山中归路，望断故园心眼[8]。燕子楼空，佳人何在？空锁楼中燕。古今如梦，何曾梦觉，但有旧欢新怨[9]。异时对、黄楼夜景，为余浩叹[10]。

[1] 彭城夜宿燕子楼三句：白居易《燕子楼诗序》："徐州故尚书（张建封）有爱妓曰盼盼，善歌舞，雅多风态。尚书既没，彭城有旧第，第中有小楼名燕子。盼盼念旧爱而不嫁，居是楼十余年。"这首词是宋神宗元丰元年（1078）苏轼知徐州时作。彭城，今江苏徐州市。

[2] 明月如霜：李白《静夜思》诗："床前明月光，疑是地上霜。"

[3] 好风如水：好风清凉如水。

[4] 紞（dǎn）如三鼓：三更鼓响了。紞，打鼓声。如，助词。《晋书·邓攸传》引吴人歌："紞如打五鼓，鸡鸣天欲曙。"

[5] 铿然一叶：这时夜深人静，所以一片落叶的声音都听得出是那么清脆。铿然，形容声音之美，如金石、琴瑟。

[6] 黯黯梦云惊断：梦中惊醒，觉得黯然心伤。宋玉《高唐赋》载楚王梦一神女自称"朝为行云，暮为行雨"。梦云，用此典。

[7] 觉来：醒来。

[8] 天涯倦客三句：是说自己倦于作客远方，很想寻找归路到山中去过田园生活，可是故乡邈远，徒然存此心愿罢了。

［9］何曾梦觉两句：是说人生的梦没有醒，因为还有欢怨之情未断。

［10］异时对、黄楼夜景两句：作者设想后世的人凭吊自己时，也会发出感叹。黄楼，彭城东门上的大楼，苏轼在徐州时所建造。

这首词王文诰《苏诗总案》说是“戊午（1078）十月，梦登燕子楼，翌日往寻其地作”。词中所写也正是残秋的景色。《历代诗馀》引《高斋诗话》说晁无咎（补之）对“燕子楼空，佳人何在？空锁楼中燕”几句极为叹赏，认为“只三句便说尽张建封事”。我们也承认苏轼善于概括，但在这里所概括的是一片虚无思想，“古今如梦”的观点也是由此引申而出，并从而发出意志消沉的“浩叹”。苏轼的词一接触到怀古就不免带一点消极倾向，而这首词所表现的虚无思想又是较为严重的。

定 风 波

三月七日沙湖道中遇雨[1]。雨具先去，同行皆狼狈[2]，余独不觉。已而遂晴。故作此。

莫听穿林打叶声，何妨吟啸且徐行[3]。竹杖芒鞋轻胜马[4]。谁怕？一蓑烟雨任平生[5]。　料峭春风吹酒醒[6]，微冷。山头斜照却相迎。回首向来萧瑟处[7]，归去，也无风雨也无晴。

［1］三月七日沙湖道中：宋神宗元丰五年（1082）的三月七日，时苏轼谪居黄州（今属湖北黄冈市）。沙湖，在黄冈东三十里处。

［2］狼狈：进退都感觉困难。

［3］吟啸：吟诗、长啸，表示意态闲适。陶渊明《归去来辞》：“登东皋以舒啸，临清流而赋诗。”

［4］芒鞋：草鞋。

［5］一蓑烟雨任平生：披着蓑衣在风雨里过一辈子，也处之泰然。（这表示能够顶得住辛苦的生活。）

［6］料峭春风：带几分寒意的东风。

［7］萧瑟处：指遇雨的处所。萧瑟，风雨吹打树林的声音。

这首词写途中遇雨一件小事。写的虽然只是极平常的生活细节，却反映了作者胸怀开朗的一面。“一蓑烟雨任平生”是一种不避风雨、听任自然的生活态度。作者这时在贬谪中，在他看来，政治上的晴雨表也是升沉不定的。词里似也含有不计较地位得失、经得起挫折的暗示。

浣溪沙

游蕲水清泉寺[1]，寺临兰溪，溪水西流。

山下兰芽短浸溪，松间沙路净无泥。萧萧暮雨子规啼[2]。　谁道人生无再少[3]？门前流水尚能西[4]！休将白发唱黄鸡[5]。

［1］蕲(qí)水：今湖北浠水县。清泉寺在城外不远的地方。

［2］萧萧暮雨子规啼：萧萧，同潇潇，细雨貌。子规，即杜鹃鸟，相传是古代蜀帝杜宇的魂所化，鸣声凄厉，能动旅客思乡的感情。

［3］无再少：不会再有青少年时期。

［4］门前流水尚能西：流水照例向东，这里以溪水西流作为例子来说明事物有种种不同的发展变化。

［5］休将白发唱黄鸡：不要徒然自伤白发，悲叹衰老。白居易《醉歌》：“谁道使君不解歌，听唱黄鸡与白日。黄鸡催晓丑时鸣，白日催年酉时没。腰间红绶系未稳，镜里朱颜看已失。”这里反用其意。

苏轼贬谪黄州期间，在政治上是罪人的身份，物质生活也比较艰苦。他能抱着“但令人饱我愁无(无愁)”、不计较个人得失的态度,在作品里就表现出对人生抱乐观的思想。但由于他的乐观思想是以老庄哲学为基础的,因此又常常不免带着消极的倾向。这首词的基本情调却是积极的。

西　江　月

顷在黄州[1],春夜行蕲水中[2]。过酒家饮酒,醉,乘月至一溪桥上,解鞍曲肱[3],醉卧少休。及觉已晓。乱山攒拥[4],流水铿然[5],疑非人世也。书此语桥柱上。

照野弥弥浅浪[6],横空隐隐层霄[7]。障泥未解玉骢骄[8],我欲醉眠芳草。　　可惜一溪风月[9],莫教踏碎琼瑶[10]。解鞍攲枕绿杨桥[11],杜宇一声春晓[12]。

[1] 顷在黄州:时宋神宗元丰五年(1082),作者谪居黄州。

[2] 蕲水:水名,源出湖北蕲春县。

[3] 解鞍曲肱(gōng):解下马鞍,弯着胳膊把它当枕头睡。

[4] 攒拥:丛聚在一起。

[5] 铿然:金石声,这里用来形容水声的清脆。

[6] 照野弥弥浅浪:月亮照彻旷野里水波动荡的小河。弥弥,水盛貌。

[7] 横空隐隐层霄:层层的云气隐约地横在天空里。杨慎《词品》说这两句“乃用陶渊明‘山涤余霭,宇暧微霄’之语”。

[8] 障泥未解玉骢(cōng)骄:即“骄玉骢障泥未解”的倒文。障泥,马鞯,用来垫马鞍。骄,马壮健貌。玉骢,毛色青白相杂的马。

[9] 可惜:可爱。

[10] 莫教踏碎琼瑶:不让马儿下水打乱了一溪月色。琼瑶,美玉,指月亮在水中的倒影。

[11] 攲(yī)枕：侧卧。

[12] 杜宇一声春晓：杜宇，即子规鸟，它常在春天的夜里哀鸣。李白《蜀道难》诗："又闻子规啼夜月，愁空山。"陆游《鹊桥仙》词中也有"林莺巢燕总无声，但月夜常啼杜宇"语。

洞仙歌

余七岁时，见眉山老尼，姓朱，忘其名，年九十岁。自言尝随其师入蜀主孟昶宫中[1]。一日，大热，蜀主与花蕊夫人夜纳凉摩诃池上[2]，作一词[3]。朱具能记之。今四十年，朱已死久矣，人无知此词者。但记其首两句。暇日寻味，岂《洞仙歌令》乎？乃为足之云。

冰肌玉骨，自清凉无汗。水殿风来暗香满[4]。绣帘开，一点明月窥人；人未寝，攲枕钗横鬓乱。　起来携素手[5]，庭户无声，时见疏星渡河汉[6]。试问夜如何？夜已三更，金波淡[7]，玉绳低转[8]。但屈指、西风几时来，又不道、流年暗中偷换[9]。

[1] 孟昶(chǎng)：五代时后蜀后主。他生活奢侈，喜爱文学，工声曲。后兵败降宋。

[2] 花蕊夫人：陶宗仪《辍耕录》："蜀主孟昶纳徐匡璋女，拜贵妃，别号花蕊夫人。意花不足拟其色，似花蕊之翾轻也。或以为姓费氏，则误矣。"

[3] 作一词：指孟昶写的《玉楼春·夜起避暑摩诃池上作》，词云："冰肌玉骨清无汗，水殿风来暗香满。帘间明月独窥人，攲枕钗横云鬓乱。三更庭院悄无声，时见疏星渡河汉。屈指西风几时来？只恐流年暗中

换。”可是，沈雄《古今词话》认为这首词是“东京人士檃栝东坡《洞仙歌》为《玉楼春》以记摩诃池上之事(见张仲素《本事记》)”。看来孟词可能另是一首，未传下来。

[4] 水殿：筑在成都摩诃池上的宫殿。

[5] 素手：美人的白皙的手。

[6] 河汉：天河。

[7] 金波淡：月光淡明。

[8] 玉绳低转：表示夜深。玉绳，两星名，在北斗第五星玉衡的北面。低转，位置低落了些。

[9] 不道：不觉。

苏轼喜欢檃栝、改动前人所作以为词，如《哨遍》檃栝陶渊明的《归去来兮辞》，《水调歌头》檃栝韩愈的《听颖师弹琴》诗。这首词是檃栝孟昶的作品。南宋词人受了他的影响，檃栝方式便成为词里面的一格。我们总觉得这不过是艺术游戏，从前某些词话家，把他的这种手法推崇得过高，其实是不恰当的。

念 奴 娇

赤 壁 怀 古[1]

大江东去[2]，浪淘尽、千古风流人物[3]。故垒西边[4]，人道是、三国周郎赤壁[5]。乱石穿空[6]，惊涛拍岸[7]，卷起千堆雪[8]。江山如画，一时多少豪杰！　　遥想公瑾当年[9]，小乔初嫁了[10]，雄姿英发[11]。羽扇纶巾[12]，谈笑间[13]、樯橹灰飞烟灭[14]。故国神游[15]，多情应笑我，早生华发[16]。人间如梦[17]，一尊还酹江月[18]。

[1] 赤壁：东汉末吴将周瑜击破曹操大军的地方，在今湖北武昌西。一说在今湖北蒲圻市西北。苏轼所游的赤壁在黄冈城外，不是东汉末年大战的赤壁。

[2] 大江：长江。

[3] 风流人物：杰出的英雄人物。

[4] 故垒：旧时营垒。

[5] 人道是、三国周郎赤壁：这里说“人道是”，显然是根据人云亦云的意思把这个地方作为古战场，借以怀古。周瑜为吴将时年仅二十四岁，吴中呼为周郎。赤壁以周瑜得名，故称周郎赤壁。

[6] 乱石穿空：陡峭不平的石壁插入天空。穿空，一作“崩云”。

[7] 惊涛拍岸：惊涛，惊人的巨浪。拍，一作“裂”。

[8] 雪：比喻浪花。

[9] 公瑾：周瑜字。

[10] 小乔：乔公有两个女儿，都很美丽，称大乔、小乔。小乔嫁给周瑜。

[11] 英发：言论见解卓越不凡。《三国志·吴志·吕蒙传》载孙权论吕蒙的学问筹略可以比周瑜，“但言议英发，不及之耳”。

[12] 羽扇纶（guān）巾：古代儒将的装束，用来形容周瑜态度的从容娴雅。纶巾，青丝带的头巾。另一说：羽扇纶巾是指诸葛亮。这样解释便和前面脱节。从“遥想公瑾当年”以下六句是写一个完整的人物形象，与上段的“周郎赤壁”相应，不容割裂开来。

[13] 谈笑间：表示轻而易举，不费气力。

[14] 樯橹：指曹军的船舰（被周瑜部将黄盖纵火烧毁）。又作“强虏”或“狂虏”（指曹操和他的军队）。

[15] 故国神游：神游于故国（三国）的战地。

[16] 多情应笑我两句：应该笑自己多情善感，头发都变成花白了。

[17] 人间：一作“人生”。

[18] 酹(lèi):把酒倒在地上祭奠。

这是苏轼谪居黄州游赤壁时写的词。作者这时年已四十七,自觉功名事业还没有成就,借怀古以抒发自己的怀抱。全词的内容分三个部分:开头写赤壁的景色,次写周瑜的战功并借以书志,最后是作者的感叹。这几个组成部分的联系很密切,用“遥想”转入第二部分,由“故国神游”转入第三部分,前后很自然地串成一片。最突出之点是成功地描写了赤壁战场雄奇的景色,塑造出一个“雄姿英发”的英雄形象。这样的英雄形象在文人的词里出现,还是首创。通过这首词反映了作者的人生态度:他主要是渴望为国家建立一番事业,而“人间如梦”是伴随着事业无成的一种无可奈何的感叹。在封建社会里,作者既不能主宰自己的命运,就只好用达观来解决理想与现实之间的矛盾,因而结束语充溢了消极思想。但那种追求理想的豪迈心情,仍然是掩盖不住的。这是一首久负盛名的作品,后人以“大江东去”“酹江月”作为《念奴娇》的代名。俞文豹《吹剑录》载:“东坡在玉堂(翰林院),有幕士善讴。因问:‘我词比柳词何如?’对曰:‘柳郎中词,只好十七八女孩儿,执红牙拍板,唱“杨柳岸晓风残月”;学士词,须关西大汉,执铁板,唱“大江东去”。’公为之绝倒。”这个故事很能说明苏词的特征。

前　调

中　秋

凭高眺远,见长空、万里云无留迹。桂魄飞来[1],光射处、冷浸一天秋碧[2]。玉宇琼楼[3],乘鸾来去,人在清凉国[4]。江山如画,望中烟树历历[5]。　　我醉拍手狂歌,举杯邀月,对影成三客[6]。起舞徘徊风露下,今夕不知何夕[7]!便欲乘风,翻然归去,何用骑鹏翼[8]。水晶宫里[9],一声吹断横笛[10]。

[1] 桂魄：月亮。古人以月为魄。传说月中有一棵五百丈的桂树（见段成式《酉阳杂俎》），故称桂魄。

[2] 冷浸一天秋碧：一碧无垠的秋空都沉浸在清冷的月光中。

[3] 玉宇琼楼：见前47页《水调歌头》注[4]。

[4] 乘鸾来去两句：王铚《龙城录》载唐玄宗游月宫，见一大宫府，榜曰“广寒清虚之府”，“有素娥十余人，皆皓衣乘白鸾往来，舞于大桂树下”。

[5] 历历：分明貌。

[6] 举杯邀月两句：李白《月下独酌》诗：“举杯邀明月，对影成三人。”

[7] 今夕不知何夕：表示这是一个良夜。《诗经·绸缪》：“今夕何夕，见此良人。”

[8] 何用骑鹏翼：《庄子·逍遥游》：“鹏之背，不知其几千里也。怒而飞，其翼若垂天之云。……鹏之徙于南冥也，水击三千里，抟扶摇而上者九万里。”这里是说要乘风到月宫去，用不着骑鹏翼。

[9] 水晶宫：这里指月宫。

[10] 一声吹断横笛：一声声吹着笛曲。横笛，横吹的笛子，即今通用的七孔笛，不同于直吹的古笛。刘斧《青琐高议》载唐庄宗爱夜月，常月夜自吹横笛数曲。

这是宋神宗元丰五年（1082）作者谪居黄州写的词。他的政治处境这时候仍然没有得到改善，可是心情很开朗。通篇都是用幻想组成，反映了主人翁在精神上自求解脱、胸怀开阔的一面。

临　江　仙

夜归临皋[1]

夜饮东坡醒复醉[2]，归来仿佛三更。家童鼻息已雷鸣。敲门都不应，倚杖听江声。　　长恨此身非我有[3]，何时忘却营营[4]！夜阑风静縠纹平[5]。小舟从此逝，江海寄余生[6]。

［1］夜归临皋：王文诰《苏诗总案》题作“壬戌（1082）九月，雪堂夜饮，醉归临皋作”。雪堂是苏轼在东坡所筑的房子。临皋在黄冈市南长江边，苏轼的寓所在此。

［2］东坡：在黄冈市的东面。苏轼谪居黄州时，筑室于此，作为游息之所，因以为号。

［3］身非我有：是道家对人生采取虚无主义的说法；这里也有不能掌握自身命运的意思。《庄子·知北游》：“舜问乎丞曰：‘道可得而有乎？’曰：‘汝身非汝有也，汝何得有夫道？’舜曰：‘吾身非吾有也，孰有之哉？’曰：‘是天地之委形也。’”

［4］营营：为功名利禄而劳碌、费神。

［5］縠（hú）纹：比喻水的波纹。縠，绉纱。

［6］小舟从此逝两句：表示要弃官不干，隐居江湖。

相传这首小词曾一度惊动朝廷。叶梦得《避暑录话》载苏轼在黄州“与数客饮江上。夜归，江面际天，风露浩然。有当其意，乃作歌词，所谓‘夜阑风静縠纹平。小舟从此逝，江海寄余生’者，与客大歌数过而散。翼日（明天）喧传子瞻夜作此词，挂冠服江边，拏舟长啸去矣。郡守徐君猷闻之，惊且惧，以为州失罪人，急命驾往谒。则子瞻鼻鼾如雷，犹未兴也。然此语卒传至京师，裕陵（神宗）亦闻而疑之”。这个故事有助于我们对苏轼当时处境的了解。他写这首词的主导思想是不满于贬谪受罪的处境，希望摆脱，获得精神上的自由。

卜　算　子

黄州定慧院寓居作[1]

缺月挂疏桐，漏断人初静[2]。谁见幽人独往来[3]？缥缈孤鸿影[4]。　　惊起却回头，有恨无人省[5]。拣尽寒枝不肯栖，寂寞沙洲冷。

［1］黄州定慧院：黄州，见前52页《定风波》注［1］。定慧院在黄冈市东南，即定惠院。苏轼有《游定惠院记》。

［2］漏断：漏壶里水滴光了，指深夜。漏壶，古时用水计时的器具。

［3］幽人：指下句的"孤鸿"。

［4］缥缈：隐约貌。

［5］省（xǐng）：了解，明白。

这首词《宋六十名家词·东坡词》题作："惠州有温都监女，颇有色。年十六，不肯嫁人。闻坡至，甚喜。每夜闻坡讽咏，则徘徊窗下。坡觉而推窗，则其女逾墙而去。坡从而物色之曰：'吾当呼王郎与之子为姻。'未几而坡过海。女遂卒，葬于沙滩侧。坡回惠，为赋此词。"这是牵强附会之说，歪曲了原词的题意。作者是以孤鸿为喻，表示孤高自赏、不愿与世俗同流的生活态度，实际上是反映在政治上失意的孤独和寂寞。

满　江　红

寄鄂州朱使君寿昌[1]

江汉西来[2]，高楼下[3]、葡萄深碧[4]。犹自带：岷峨雪浪[5]，锦江春色[6]。君是南山遗爱守[7]，我为剑外思归客[8]。对此间、风物岂无情，殷勤说。　　《江表传》[9]，君休读；狂处士[10]，真堪惜。空洲对鹦鹉[11]，苇花萧瑟[12]。独笑书生争底事[13]，曹公黄祖俱飘忽[14]。愿使君、还赋谪仙诗[15]，追《黄鹤》[16]。

［1］寄鄂州朱使君寿昌：朱寿昌字康叔。曾知鄂州，提举崇禧观。鄂州，今湖北武汉市。

［2］江汉：长江、汉水，两水在武汉汇流。

［3］高楼：指黄鹤楼，在武昌黄鹄山上，面临长江。

［4］葡萄深碧：形容水色。李白《襄阳歌》："遥看汉水鸭头绿，恰似蒲萄新酦醅。"

［5］岷峨雪浪：岷山和峨眉山都是作者故乡四川西部的大山。这是说岷山、峨眉山上的雪，夏天融化，涌入长江东流。李白《经乱离后天恩流夜郎忆旧游书怀赠江夏韦太守良宰》诗："江带峨眉雪。"

［6］锦江春色：用杜甫《登楼》诗中"锦江春色来天地"语。锦江在四川，是流入长江的岷江的支流。

［7］南山遗爱守：颂扬朱寿昌是一个好官，遗留下仁爱的政绩。南山，即终南山。按朱寿昌早岁曾任陕州通判，终南山在陕州之南，故称为南山遗爱守。通判位次于太守，亦称通守。

［8］剑外：即剑南，指四川（在剑门山以南）。杜甫《闻官军收河南河北》诗中用"剑外"语，是以唐朝的京师长安为中心，把四川作为剑门山以外的地方来说。

［9］《江表传》：主要记载三国时孙吴历史，亦间及蜀汉和献帝朝事，此书今不传。

［10］狂处士：指祢（mí）衡。《后汉书・文苑传》说他"少有才辩，而气尚刚傲，好矫时慢物"。以狂放为曹操所不容。后来被刘表的部下江夏太守黄祖所杀。

［11］洲对鹦鹉：祢衡写过一篇著名的《鹦鹉赋》。他死后，埋在江边沙洲里，后人称为鹦鹉洲（在今湖北武汉市西南长江中）以纪念他。

［12］萧瑟：草木摇落声。

［13］底事：何事。

[14] 曹公黄祖俱飘忽：是说迫害祢衡的曹操、黄祖都不在世了。曹操封魏公，后世文人称为曹公。

[15] 谪仙：唐人称李白为李谪仙。

[16] 追《黄鹤》：辛文房《唐才子传》载崔颢“游武昌，登黄鹤楼，感慨赋诗。及李白来，曰：‘眼前有景道不得，崔颢题诗在上头。’无作而去”。相传李白的《登金陵凤凰台》诗是有意和崔颢的《黄鹤楼》诗争胜的。追，赶上。

这首词是苏轼在黄州作。前段的特征是描绘大江壮丽的景色。后段反映了作者在贬谪中的牢骚和消极倾向。他悼惜祢衡，追怀李白，从迫害诗人的曹操、黄祖“俱飘忽”想到只有文章才是不朽的盛事。因此他积极从事写作。黄州五年成为他创作最健旺的时期，这不是偶然的。

浣 溪 沙

元丰七年十二月二十四日，从泗州刘倩叔游南山[1]。

细雨斜风作小寒。淡烟疏柳媚晴滩[2]。入淮清洛渐漫漫[3]。　　雪沫乳花浮午盏，蓼茸蒿笋试春盘[4]。人间有味是清欢。

[1] 元丰七年两句：宋神宗元丰七年(1084)，朝廷调苏轼做汝州(今河南汝州市)团练副使(执掌地方军事的助理官)。他在去汝州的途中，经过泗州(今安徽泗县)时是冬天，一家二十余口迫于饥寒不能继续前行，只好在那里小住(见作者《乞常州居住表》)。这首词是在泗州做的。刘倩叔，生平不详。南山，泗州南郊的风景区。

[2] 晴滩：承接前文，这时已经雨止，初晴。滩，指南山附近的十里滩。

[3] 入淮清洛渐漫漫：洛，洛涧，源出安徽合肥，北流至怀远入淮河。泗州

在淮河的北面。漫漫，大水浩渺貌。

[4] 雪沫乳花浮午盏两句：写游南山时清茶野餐的风味。雪沫乳花，形容煎茶时上浮的白泡。宋时茶叶尚白，故以雪、乳形容它的颜色。午，实指喝茶的时间。盏，茶杯。蓼茸，蓼芽，野菜的嫩芽。蒿笋，即莴苣笋。试春盘，是说尝尝春节的菜。旧俗以立春为春节。苏轼游南山为十二月二十四，距离立春节已不远。王三聘《古今事物考》："立春日，春饼生菜相馈食，号春盘，唐以前有之。"杜甫《立春》诗："春日春盘细生菜，忽忆两京梅发时。"

水龙吟

次韵章质夫杨花词[1]

似花还似非花[2]，也无人惜从教坠[3]。抛家傍路，思量却是、无情有思[4]。萦损柔肠[5]，困酣娇眼，欲开还闭[6]。梦随风万里，寻郎去处，又还被莺呼起[7]。　不恨此花飞尽，恨西园、落红难缀[8]。晓来雨过，遗踪何在？一池萍碎[9]。春色三分，二分尘土，一分流水[10]。细看来，不是杨花，点点是离人泪。

[1] 次韵章质夫杨花词：章楶（jié），字质夫。与苏轼同官京师。他咏杨花的《水龙吟》是当时一首名作。苏轼依照章词的原韵和了这首词，所以叫次韵。兹将章词附录于下："燕忙莺懒芳残，正堤上柳花飘坠。轻飞乱舞，点画青林，全无才思。闲趁游丝，静临深院，日长门闭。傍珠帘散漫，垂垂欲下，依前被风扶起。　兰帐玉人睡觉，怪春衣、雪沾琼缀。绣床渐满，香球无数，才圆却碎。时见蜂儿，仰粘轻粉，鱼吞池水。望章台路杳，金鞍游荡，有盈盈泪。"

［2］似花还似非花：古人把柳絮当作花，但又觉得不像花，故云。

［3］也无人惜从教坠：也没有人爱惜它，管它，任它飘来坠去。

［4］抛家傍路两句：韩愈《晚春》诗："杨花榆荚无才思，惟解漫天作雪飞。"这里是说：杨花离开枝头，落在路边，看似无情，却也有它的深意。

［5］萦损柔肠：思恋之情愁坏了肠肚。杨柳的枝条细而柔，故以柔肠比喻它。

［6］困酣娇眼两句：这是把美人倦极时欲开还闭的娇眼形容柳叶飘扬飞舞的娇态。古人诗赋中多称柳叶为柳眼。

［7］梦随风万里三句：唐人金昌绪（一作盖嘉运）《春怨》诗："打起黄莺儿，莫教枝上啼。啼时惊妾梦，不得到辽西。"作者活用了这首诗的意思。

［8］落红难缀：这里把落花作为陪衬。缀，连缀。

［9］萍碎：原注："杨花落水为浮萍，验之信然。"

［10］二分尘土两句：杨花大部分委于尘土，小部分随流水而去。

这首词作于宋哲宗元祐二年（1087）。次韵在格律上多受一层限制，但由于作者才气大，反而超出了原词的意境，所以张炎《词源》推为"真是压倒今古"的和韵词。词中充满了美妙的想象和构思，艺术刻画很细腻，情调幽怨缠绵，反映了作者风格的另一面。

贺　新　郎

乳燕飞华屋[1]，悄无人、桐阴转午[2]，晚凉新浴。手弄生绡白团扇[3]，扇手一时似玉。渐困倚、孤眠清熟[4]。帘外谁来推绣户，枉教人梦断瑶台曲[5]。又却是，风敲竹[6]。

石榴半吐红巾蹙[7]，待浮花浪蕊都尽，伴君幽独[8]。秾艳一枝细看取[9]，芳心千重似束[10]。又恐被、西风惊绿[11]。若待得君来向此，花前对酒不忍触。共粉泪，两簌簌[12]。

［1］乳燕飞华屋：乳燕，小燕子。飞华屋，赵彦卫《云麓漫钞》："尝见其真迹，乃'栖华屋'。"华屋，华美的房屋。

［2］桐阴转午：桐树的影子逐渐转移，时间已指向午后。

［3］生绡白团扇：白色生丝制的团扇。

［4］倚：倚枕侧卧。

［5］梦断瑶台曲：仙游的美梦被惊醒了。瑶台，玉石砌成的楼台，指仙境。《楚辞·离骚》："望瑶台之偃蹇兮。"曲，深处。

［6］风敲竹：唐李益《竹窗闻风寄苗发司空曙》诗："微风惊暮坐，临牖思悠哉。开门复动竹，疑是玉人来。"

［7］石榴半吐红巾蹙：形容石榴花半开时状如折皱的红巾。白居易《题孤山寺山石榴花示诸僧众》诗："山榴花似结红巾，容艳新妍占断春。"

［8］待浮花浪蕊都尽两句：等待那些轻浮争艳的花草都凋零了，那时你很孤寂，石榴才开花来陪伴你。幽独，冷静，孤独。

［9］秾(nóng)艳：茂盛，美丽。李白《清平调》诗："一枝秾艳露凝香。"

［10］芳心千重：这是就重瓣榴花说。

［11］又恐被、西风惊绿：石榴夏天开花，西风起后，榴花凋谢，便只有一片绿叶了。这里"惊"字是用来形容榴花娇嫩，禁不起西风的摧残。

［12］两簌簌：花瓣与眼泪同落貌。

这首词《宋六十名家词·东坡词》题作："余倅杭日，府僚湖中高会。群妓毕集，惟秀兰不来。营将督之再三，乃来。仆问其故。答曰：'沐浴倦卧，忽有扣门声，急起询之，乃营将催督也。整妆趋命，不觉稍迟。'时府僚有属意于兰者，见其不来，恚恨不已，云：'必有私事。'秀兰含泪力辩。而仆亦从旁冷语,阴为之解。府僚终不释然也。适榴花开盛,秀兰以一枝藉手献坐中。府僚愈怒,责其不恭。秀兰进退无据,但低首垂泪而已。仆乃作一曲名《贺新凉》(即《贺新郎》),令秀兰歌以侑觞。声容妙绝。府僚大悦,剧饮而罢。”这个本事未必可靠;即使可靠,也不能据以解析这篇作品的真正内容。我们试看:前段写的是一个高洁绝尘而孤寂的美人,后段写的是不与“浮花浪蕊”为伍而愿意“伴君幽独”的榴花,最后指明美人与榴花都在失时的边缘。不难明白,这是作者自抒其怀才不遇的抑郁心情。我们同意胡仔在《苕溪渔隐丛话》里所说的有“托意”,不是为一妓女而发;但是他说“东坡此词冠绝古今”,这样评价过高也是并不确切的。

蝶 恋 花

花褪残红青杏小[1]。燕子飞时,绿水人家绕。枝上柳绵吹又少[2],天涯何处无芳草[3]! 墙里秋千墙外道,墙外行人,墙里佳人笑。笑渐不闻声渐悄,多情却被无情恼[4]。

[1] 花褪残红:花瓣落掉了。

[2] 柳绵:柳花。

[3] 天涯何处无芳草:芳草长到了天边,表明春天快完结了。

[4] 多情却被无情恼:魏庆之《诗人玉屑·词话》:“盖行人多情,佳人无情耳。”

这首词《宋六十名家词·东坡词》题作“春景”。前段写伤春,后段写伤情,都是用来反映“行人”(作者自己)在贬谪途中失意的心情。王士祯《花草蒙拾》说:“‘枝上柳绵’,恐屯田(柳永)缘情绮靡,未必能过。孰谓坡但解作‘大江东去’耶?”可是苏词毕竟和柳永“缘情绮靡”的风格有所不同。

黄庭坚　四首

黄庭坚(1045—1105),字鲁直,自号山谷道人,晚号涪翁,洪州分宁(今江西修水县)人。进士出身。做过秘书省校书郎(校对书籍的官吏),并参加修撰神宗《实录》。晚年两次受到贬谪,死在西南荒僻的贬所。他以诗文受知于苏轼,为苏门四学士之一,也是江西诗派的开山大师。词和秦观齐名,宋朝人把他们抬得很高,如陈师道说:"今代词手,惟秦七、黄九,唐诸人不逮也。"(《苕溪渔隐丛话》引)今传《山谷词》,又名《山谷琴趣外篇》。

黄庭坚的词品类很杂:有的是文字游戏,有的淫俗不堪;也有的写得很出色,意义严肃,风格疏宕。但如陈师道把他作为北宋数一数二的词手来说,那是不确切的。

水调歌头

瑶草一何碧[1]!春入武陵溪[2],溪上桃花无数,枝上有黄鹂[3]。我欲穿花寻路,直入白云深处,浩气展虹霓[4]。只恐花深里,红露湿人衣[5]。　坐玉石[6],倚玉枕,拂金徽[7]。谪仙何处[8]?无人伴我白螺杯[9]。我为灵芝仙草[10],不为朱唇丹脸[11],长啸亦何为[12]!醉舞下山去,明月逐人归。

[1] 瑶草一何碧:瑶草,仙草,指山里的香草。一何,何其。

[2] 武陵溪:陶渊明《桃花源记》:"晋太元中,武陵人捕鱼为业,缘溪行,忘

路之远近，忽逢桃花林。”此用其事。武陵，今湖南常德市一带。

[3] 枝上：一作“花上”。

[4] 浩气展虹霓：一股豪迈之气和天空里的虹彩相接。这句写胸怀开阔，舒畅自如。

[5] 红露：花上的露水。一作“红雾”。

[6] 玉石：一作“白石”。

[7] 金徽：即琴徽，用来定琴声高下之节的。李肇《唐国史补》：“蜀中雷氏斫琴，常自品第：第一者以玉徽，次者以瑟瑟徽，又次者以金徽，又次者螺蚌之徽。”

[8] 谪仙：世称李白为谪仙。这里是作为嗜酒傲世的诗人来提他。

[9] 白螺杯：用螺壳做的酒杯，有红螺杯和白螺杯之别。

[10] 我为灵芝仙草：作者以山中不同凡俗的香草自比。灵芝，紫芝草。

[11] 不为朱唇丹脸：不愿意涂脂抹粉做一个随俗媚世的小人。

[12] 长啸：长叹。

这首词反映了作者孤芳自赏、不肯媚世求荣的性格及其出世和入世矛盾的世界观。

念 奴 娇

八月十七日，同诸甥待月。有客孙彦立者，善吹笛，有名酒酌之[1]。

断虹霁雨[2]，净秋空、山染修眉新绿[3]。桂影扶疏[4]，谁便道、今夕清辉不足？万里青天，姮娥何处[5]，驾此一轮玉[6]。寒光零乱[7]，为谁偏照醽醁[8]？　年少从我追游，晚凉幽径，绕张园森木[9]。共倒金荷[10]，家万里、难得尊前相属[11]。老子平生，江南江北，最爱临风笛[12]。孙郎微笑[13]，坐来声喷霜竹[14]。

[1] 八月十七日等句：《宋六十名家词·山谷词》题作："八月十八日，同诸生步自永安城楼，过张宽夫园待月。偶有名酒，因以金荷酌众客。客有孙彦立，善吹笛。援笔作乐府长短句，文不加点。"

[2] 断虹：虹彩消失了。

[3] 山染修眉新绿：雨后山峰染成新鲜的绿色，像美人的眉峰一样。修眉，长眉。

[4] 桂影扶疏：桂影，指传说的月宫里桂树的影子。扶疏，形容桂树的枝叶繁茂。

[5] 姮(héng)娥：即嫦娥，相传是月宫的仙女。

[6] 一轮玉：指月亮。

[7] 寒光：秋夜的月光。

[8] 醽(líng)醁(lù)：美酒名。

[9] 森木：茂盛的树木。

[10] 倒金荷：用金荷叶倒酒。

[11] 尊前相属(zhǔ)：举起酒杯对饮。

[12] 临风笛：一作"临风曲"。陆游《老学庵笔记》："今俗本改'笛'为'曲'以协韵，非也。然亦疑笛字太不入韵。及居蜀久，习其语音，乃知泸、戎间谓'笛'为'曲'。"

[13] 孙郎：指善吹笛的孙彦立。

[14] 坐来声喷霜竹：登时吹出美妙的笛曲。坐来，登时，一时。喷，喷发。霜竹，等于说寒笛。笛子是用竹管做的，故云。马融《长笛赋》："近世双笛从羌起，羌人伐竹未及已。"

黄庭坚坐修神宗《实录》失实的罪名，贬谪黔州(今重庆彭水县)，后移戎州(今四川宜宾市)。据陆游《老学庵笔记》说这首词是在戎州写的。他在遥远的西南地区过了五年迁谪的生活,但气概还是很豪迈。作者自称此词“或以为可继东坡赤壁之歌”(《苕溪渔隐丛话后集》引)。

清 平 乐

春归何处?寂寞无行路[1]。若有人知春去处,唤取归来同住。　　春无踪迹谁知[2]?除非问取黄鹂[3]。百啭无人能解,因风飞过蔷薇[4]。

[1] 无行路:没有地方可供游玩(一说:春天没有留下回去的行踪)。

[2] 春无踪迹谁知:春天一去无踪,有谁知道它去了什么地方呢?

[3] 问取黄鹂:黄鹂鸣于春夏之间,该知道春天的去处,故云。问取,问。

[4] 飞:通行本作“吹”。

虞 美 人

宜州见梅作[1]

天涯也有江南信,梅破知春近[2]。夜阑风细得香迟,不道晓来开遍向南枝[3]。　　玉台弄粉花应妒[4],飘到眉心住[5]。平生个里愿杯深,去国十年老尽少年心[6]。

[1] 宜州:今广西河池市宜州区。

[2] 梅破:梅花含苞欲放了。

[3] 开遍向南枝:南枝先开,由于向着太阳、比较温暖的关系。

[4] 玉台:梳妆台。

[5] 飘到眉心住:见前20页欧阳修《诉衷情》注[1]引《太平御览》。

［6］平生个里愿杯深两句：少年时遇到美景当前的时候，总是尽兴喝酒，可是经过十年贬谪之后，再也没有这种兴致了。个里，个中，此中。去国，离开朝廷。

黄庭坚写过一篇《承天院塔记》，朝廷指为“幸灾谤国”，被除名，押送宜州编管（管制）。他到达宜州是宋徽宗崇宁三年（1104），这首词作于同年的冬天。作者初次受到贬谪是宋哲宗绍圣元年（1094），至此恰恰十年。

秦　观　六首

秦观（1049—1100），字少游，一字太虚，扬州高邮（今江苏市名）人。进士出身。宋哲宗元祐年间做过太学博士（国立大学的教官），兼国史院编修官。后坐党籍[1]，在政治上再三受到打击，贬斥到遥远的西南，死于放还的道路中。他是苏门四学士之一，也长于诗文，但远被他所享有的词誉压倒了。今传《淮海词》，又名《淮海居士长短句》。

过去有一部分的评论家对《淮海词》推崇备至。如沈雄《古今词话》引蔡伯世说：“子瞻辞胜乎情，耆卿情胜乎辞；辞情相称者，唯少游一人而已。”又如《四库全书提要》说：“观诗格不及苏、黄，而词则情韵兼胜，在苏、黄之上。”这是说他的词的成就不仅超出柳永、黄庭坚，而且超出苏轼。李清照就不肯这样瞎捧，她在《词论》里指责秦词“专主情致，而少故实”。

秦观的长调如《望海潮》《八六子》《满庭芳》等都是以“情韵”著称的作品（我们选了其中的两首）。他的某些词不仅以情韵见长，而且打入了身世之感，反映出封建社会统治阶级内部矛盾中失意的知识分子的不幸的遭遇，具有一定的社会意义。可是他有较多的篇什，主题尽是些追恋自己一去不返的风流旖旎的生活，没有什么意义可以发掘。某些词话家乐于欣赏《淮海词》,往往便是醉心于这一类型作品中消极伤感的情调。平心而论,这位苏门词人的生活基调和苏轼的距离实在太远,他基本上倾向于柳永。风格语言亦复如此。苏轼便指出过“销魂当此际”是柳永的句法[2]。

善于刻画,文字精密,是秦观词的特征之一。但气格不高,纤巧无力,也是无可否认的缺点。

[1] 秦观在政治上属于苏轼一派的旧党,哲宗后期新党重新掌握政权,他也受到排斥。

[2]《历代诗馀》(卷一百十五)引《高斋诗话》:“少游自会稽入都,见东坡。东坡曰:‘不意别后,公却学柳七作词。’少游曰:‘某虽无学,亦不如是。’东坡曰:‘销魂当此际,非柳七语乎?’”

满 庭 芳

山抹微云,天粘衰草[1],画角声断谯门[2]。暂停征棹[3],聊共引离尊[4]。多少蓬莱旧事[5],空回首、烟霭纷纷[6]。斜阳外,寒鸦数点,流水绕孤村[7]。　　销魂[8],当此际,香囊暗解[9],罗带轻分[10]。谩赢得青楼、薄幸名存[11]。此去何时见也[12]? 襟袖上、空染啼痕。伤情处,高城望断,灯火已黄昏[13]。

[1] 山抹微云两句:山上涂抹了一缕缕轻淡的云,一望无垠的枯草好像和远天粘连着。这两句写天色逐渐暗下来。“抹”和“粘”(一作“连”)两字,有些词话家认为用得很工。

[2] 画角声断谯门:城楼上的号角已经吹过,表示时间已晚。谯门,城上望远的楼。

[3] 征棹:远行的船。

[4] 引离尊:喝别酒。引,一作“饮”。杜甫《夜宴左氏庄》诗:“看剑引杯

长。”也是把引作为喝酒的意思。

[5] 蓬莱旧事：胡仔《苕溪渔隐丛话》引《艺苑雌黄》：“程公辟守会稽，少游客焉，馆之蓬莱阁。一日，席上有所悦，自尔眷眷不能忘情，因赋长短句。所谓‘多少蓬莱旧事，空回首、烟霭纷纷’也。”蓬莱阁，旧址在今浙江绍兴市龙山下。

[6] 纷纷：这里形容烟雾浓盛、迷糊。

[7] 寒鸦数点两句：杨广诗（失题）：“寒鸦飞数点，流水绕孤村。”此用其语。数点，一作“万点”。

[8] 销魂：形容离别时的愁苦之情。

[9] 香囊暗解：暗地里解下香囊作为临别的纪念品。繁钦《定情诗》：“何以致叩叩，香囊系肘后。”按古时男子有带香囊的风尚。刘义庆《世说新语·假谲》：“谢遏年少时好著紫罗香囊，垂覆手。”

[10] 罗带轻分：古人用结带象征相爱。这里以罗带轻分表示离别。罗带，丝带。轻，轻易。

[11] 谩赢得青楼、薄幸名存：杜牧《遣怀》诗：“十年一觉扬州梦，赢得青楼薄幸名。”谩，空。青楼，妓女、歌舞女住的地方。薄幸，薄情。

[12] 此去：从此一去。

[13] 高城望断两句：回头看高城，已消失于黄昏的灯火中。欧阳詹《初发太原途中寄太原所思》诗：“高城已不见，况复城中人。”

这首词的内容和《艺苑雌黄》记载的本事相符合，应该可以肯定是秦观为他所眷恋的一个歌伎而作。周济《宋四家词选》说：“将身世之感，打并入艳情，又是一法。”按秦观写此词时年三十一岁，诗文已经有相当声誉，但在政治上还没有出路，连举乡贡也没有成功。词里说“谩赢得青楼、薄幸名存”，语意不是毫无感慨的。这大约就是周济所指的“身世之感”。可惜这一点附加的感慨，被掩盖在气氛很浓的离情里，没有什么重量。在写作上，作者描绘秋天的晚景作为离情的衬托和渲染，是写得出色的。吴曾《能改斋漫录》引晁补之的话说："近世以来，作者皆不及秦少游。如'斜阳外，寒鸦万点，流水绕孤村'，虽不识字，亦知是天生好言语。"

望海潮

梅英疏淡[1]，冰澌溶泄[2]，东风暗换年华[3]。金谷俊游，铜驼巷陌[4]，新晴细履平沙[5]。长记误随车[6]；正絮翻蝶舞，芳思交加[7]，柳下桃蹊[8]，乱分春色到人家。　　西园夜饮鸣笳[9]。有华灯碍月，飞盖妨花[10]。兰苑未空[11]，行人渐老[12]，重来是事堪嗟[13]。烟暝酒旗斜[14]。但倚楼极目[15]，时见栖鸦[16]。无奈归心[17]，暗随流水到天涯。

[1] 梅英疏淡：梅花逐渐稀少、褪色。

[2] 冰澌(sī)：冰块。澌，流冰。

[3] 暗换年华：不知不觉地又换了一年的春天。

[4] 金谷俊游两句：上句写游宴的名园，下句写繁华的街道。金谷园，在洛阳(今河南市名)城西，晋朝石崇所建。石崇以豪富著称，时常在金谷园中招待宾客饮宴。俊游，游览的胜地。铜驼巷陌，古代洛阳宫门外置有铜铸的骆驼，夹道相向。徐陵《洛阳道》诗："东门向金马，南陌接铜驼。"巷陌，街道。古人题咏洛阳，喜欢以金谷、铜驼并举。如刘禹锡《杨柳枝》词："金谷园中莺乱飞，铜驼陌上好风吹。"

[5] 细履平沙：在初春还没有生草的郊野上漫步。

[6] 误随车：错跟上别家女眷坐的车子。

[7] 芳思：由春色而引起的情思。

[8] 柳下桃蹊：桃蹊，桃树下面的路径。《史记·李将军列传》引谚曰："桃李不言，下自成蹊。"另一说：柳下的"下"和桃蹊的"蹊"在这里都没有

实际意义。

[9] 西园夜饮鸣笳：曹植《公宴》诗："清夜游西园。"西园即铜雀园，是汉末建安诗人游乐的地方，在邺县（今河北临漳县），不在洛阳。按李格非《洛阳名园记》载有董氏西园，为当时游览的名胜，此疑即指其地。鸣笳，奏乐。笳，是从北方民族传入的一种乐器。

[10] 飞盖妨花：车子往来太多了，妨碍人们欣赏景色。盖，车顶。飞盖，飞驰的车子。

[11] 兰苑：花园。另一解释：指兰台。唐时曾把秘书省改为兰台，秦观做过秘书省正字，故云。

[12] 行人：作者自指。

[13] 是事：事事。

[14] 烟暝：夜雾迷漫。

[15] 极目：远望。

[16] 栖鸦：归林的乌鸦。

[17] 无奈：无可奈何。

这首词《宋六十名家词·淮海词》题作"洛阳怀古"。就内容说，这不是怀古，而是怀旧。但我们也不能停留在词面上说作者仅仅是在追怀过去游冶、享乐的生活，这里织进了作者在政治上失意、"重来是事堪嗟"的哀感。就写作说，描绘是一个特点。明艳的春光和凄凉的暮色构成鲜明的对照。结构也是一个特点。前段着重写景，从当前的"东风暗换年华"，追念过去值得留恋的春景；后段着重写情，借过去豪华的生活反衬现在羁旅的穷愁。这样曲折表达，主人公寂寞的心情便体现得更为突出。

鹊　桥　仙[1]

纤云弄巧[2]，飞星传恨[3]，银汉迢迢暗度[4]。金风玉露一相逢[5]，便胜却人间无数。　　柔情似水，佳期如梦，忍顾鹊桥归路[6]！两情若是久长时，又岂在朝朝暮暮[7]！

[1]《鹊桥仙》：《草堂诗馀》题作“七夕”。梁宗懔《荆楚岁时记》载：“七月七日，为牛郎织女聚会之夜。”

[2] 纤云弄巧：片片的云彩做弄出巧妙的花样。

[3] 飞星传恨：飞星，这里指牵牛、织女两星。传恨，流露出终年不得见面的离恨。

[4] 银汉迢(tiáo)迢暗度：在黑夜里渡过辽阔的天河相会。银汉，天河。迢迢，遥远貌。

[5] 金风玉露一相逢：指七夕相会事。金风玉露，秋天的气候。诗赋家多把金风和玉露并用，如李世民《秋日》诗：“菊散金风起，荷疏玉露圆。”

[6] 忍顾鹊桥归路：怎么忍心回顾那条打鹊桥回去的道路呢？按织女渡过鹊桥和牛郎相会是古代民间的传说，南北朝人的著作中已有可考的记载。《艺文类聚·岁时部》引《续齐谐记》：“桂阳成武丁有仙道，谓其弟曰：‘七月七日织女当渡河，诸仙悉还宫。’弟问曰：‘织女何事当渡河？’答曰：‘织女暂诣牵牛。’世人至今云织女嫁牵牛也。”（按今本《续齐谐记》所载，文字与此稍有出入）至于晋以前的记载多不可靠。《癸巳存稿·七夕考》指出一般类书转引《淮南子》《风俗通》等书关于鹊桥的传说，都是今本原书里所没有的。

[7] 朝朝暮暮：宋玉《高唐赋》：“朝朝暮暮，阳台之下。”

这首词是根据牛郎织女的故事写的。魏晋以来，题咏这个故事的作品很多，要推陈出新，很不容易。秦观此词，不落陈套，自出机杼，反映出牛郎织女悲欢离合的复杂心情。最后两句“两情若是久长时，又岂在朝朝暮暮”，便是新的意境（《蓼园词选》说这两句“化臭腐为神奇”），用来歌颂真挚不移的感情。但原来故事里面所含蓄的反封建迫害、要求幸福自由生活的深刻意义，却不免转化、冲淡了。

踏莎行

郴州旅舍[1]

雾失楼台，月迷津渡[2]，桃源望断无寻处[3]。可堪孤馆闭春寒[4]，杜鹃声里斜阳暮[5]。　驿寄梅花，鱼传尺素，砌成此恨无重数[6]。郴江幸自绕郴山，为谁流下潇湘去[7]？

［1］郴(chēn)州：今湖南市名。

［2］雾失楼台两句：写春夜迷糊的景色：楼台在雾里消失了，月色朦胧，迷失了渡口。反映主人公生活在一个僻隘的山城里所产生的苦闷情绪。

［3］桃源望断无寻处：化用刘晨、阮肇入天台山事，比喻所向往的事物渺不可寻。相传东汉时，剡县刘晨、阮肇共入天台山取谷皮，迷不得返，粮食乏尽，便攀登山上，吃了几只桃子。出一大溪，遇见二位女子，姿质妙绝，相邀还家，设宴款待。有群女至，各持三五桃子，笑而言："贺汝婿来。"居十日求归。既出，亲旧零落，邑屋改异，无复相识。问讯得七世孙。至晋太元八年，忽复去，不知何所。(见《幽明录》)

［4］可堪孤馆闭春寒：独居客馆，春寒料峭，生活寂寞得难受。可堪，那堪，受不住。

［5］杜鹃声里：指杜鹃的凄切的鸣声。相传它的鸣声像是叫着"不如归去"，容易勾动离人的愁思。

［6］驿寄梅花三句：是说远方朋友带来的慰藉，更增加自己的重重愁恨。驿寄梅花，引用陆凯寄赠范晔的诗："折梅逢驿使，寄与陇头人。江南无所有，聊赠一枝春。"作者这里以远离江南故乡的范晔自比。鱼传尺素，

语出《古诗》:“客从远方来,遗我双鲤鱼。呼儿烹鲤鱼,中有尺素书。”尺素,书信。砌,堆积。无重数,数不尽。

[7] 郴江幸自绕郴山两句:郴江本来是环绕着郴山流的,为什么要流到潇湘去呢?这意思是说,郴江也不耐山城的寂寞,流到远方去了,可是自己还得待在这里,得不到自由。顾祖禹《读史方舆纪要·湖广》载郴水在“州东一里,一名郴江,源发黄岑山,北流经此,……下流会耒水及白豹水,入湘江”。幸自,本自。为谁,为什么。潇、湘,湖南二水名,合流后称湘江(诗词中多称潇湘)。

宋哲宗绍圣初年,秦观以旧党的关系在朝廷里受到排斥,一再贬谪,削掉了官职,还远徙郴州。这首词是绍圣四年(1097)在郴州作。多愁善感的诗人在词中倾吐了他的凄苦失望的心情。相传苏轼很喜爱“郴江幸自绕郴山,为谁流下潇湘去”两句。不难理解,苏轼曾经被贬谪到更遥远、更荒凉的地区,有足够的经验来体会秦观这种失望和希望交织的心情。但是苏轼毕竟高出一筹,他在贬谪时写的作品,不是这样音调低沉、辞情哀苦。

如　梦　令

遥夜沉沉如水[1],风紧驿亭深闭[2]。梦破鼠窥灯[3],霜送晓寒侵被。无寐,无寐,门外马嘶人起[4]。

[1] 遥夜沉沉如水:深夜里沉静得像水一样。遥夜,深夜。沉沉,一作“月明”。

[2] 驿亭:驿馆,古代供出差人员休息、住宿的处所。

[3] 梦破:梦中惊醒。

[4] 马嘶:马叫。

这首词写旅况的寂寞凄凉,可能是作者在贬谪远方的路上所作。

前　调

莺嘴啄花红溜，燕尾点波绿皱。指冷玉笙寒[1]，吹彻《小梅》春透[2]。依旧，依旧，人与绿杨俱瘦。

［1］指冷玉笙寒：玉笙，笙的美称。笙，管乐器的一种。李璟《浣溪沙》词："小楼吹彻玉笙寒。"

［2］《小梅》：乐曲名。唐《大角曲》里有《大梅花》《小梅花》等曲。

这首词写绚烂的春光和吹笙人寂寞的心情。一说是黄庭坚作。

晁补之　一首

晁补之（1053—1110），字无咎，济州巨野（今山东县名）人。宋神宗时进士。做过著作佐郎（掌管史料和撰述之职）和地方官。后来受到贬谪，回家隐居，自号归来子。他一心一意要学陶渊明，在他的词里面也反映出浓厚的消极归隐思想。他本来以文章受知于苏轼（被称为苏门四学士之一），词的风格也受了苏轼一定的影响。毛晋说他"虽游戏小词，不作绮艳语"（《琴趣外篇跋》）。这是一个特点。今传词集《琴趣外篇》。

摸　鱼　儿

东皋寓居[1]

买陂塘[2]，旋栽杨柳，依稀淮岸湘浦[3]。东皋嘉雨新痕涨，沙觜鹭来鸥聚[4]。堪爱处，最好是、一川夜月光流渚。无人独舞。任翠幄张天[5]，柔茵藉地[6]，酒尽未能去。　　青绫被，莫忆金闺故步[7]。儒冠曾把身误[8]。弓刀千骑成何事[9]？荒了邵平瓜圃[10]。君试觑[11]，满青镜[12]、星星鬓影今如许[13]！功名浪语[14]。便似得班超，封侯万里，归计恐迟暮[15]。

［1］东皋寓居：作者闲居家乡时，在东皋（东山）葺归来园作为游息的地方。

［2］陂塘：蓄水的池塘。

［3］依稀淮岸湘浦：借淮水、湘水的景色称美自己的陂塘。柳永《安公子》词："长川波潋滟，楚乡淮岸迢递。"湘，一作"江"。

［4］沙觜：沙洲突出水中处。觜，同嘴。

［5］翠幄：翠色的帐幕，这里指杨柳。

［6］柔茵藉地：坐在像软席子铺的草地上。

［7］青绫被两句：是说不要留恋以往的官场生活。《汉官典职仪式选用》："尚书郎入直台中，官供新青缣白绫被或锦被。"金闺，即金马门，汉武帝时学士们著作和草拟文稿的地方。晁补之做过著作佐郎，故云。

［8］儒冠曾把身误：读书误了自己，也就是说做官误了自己。儒冠，指读书人。杜甫《奉赠韦左丞丈二十二韵》诗："纨绔不饿死，儒冠多误身。"

［9］弓刀千骑成何事：是说做官一无所成。千骑，见前30页柳永《望海潮》注［10］。晁补之做过州郡的主管官，故云。

［10］荒了邵平瓜圃：误了农事，也就是说妨碍了隐居生活。邵平，秦时人，封东陵侯。秦亡后，隐居长安城东种瓜。瓜有五色，很美，世称东陵瓜。

［11］觑（qù）：看，注视。

［12］青镜：青铜镜。

［13］星星：形容鬓发花白。

[14] 浪语：虚语，废话。

[15] 便似得班超三句：《后汉书·班超传》载班超少有大志，尝投笔叹曰："大丈夫无他志略，犹当效傅介子、张骞立功异域，以取封侯，安能久事笔砚间乎？"后来在西域建立大功，封定远侯。他在外三十多年，回到京城洛阳时已七十一岁，不久便死了。所以作者感叹说："归计恐迟暮。"

这首词黄昇《花庵词选》题作"幽居"。主要的内容是表示厌弃官场生活，歌颂田园生活。刘熙载在《艺概》里把它提高到和辛弃疾的《摸鱼儿》"更能消几番风雨"一词（参考后面205页）相提并论。两首词的相同之点在于都对朝廷表示强烈的反感。可是作者的态度有很明显的区别：辛词的哀怨是从关心国事出发；晁词却只是个人事业无成的感叹，表现出浓厚的消极隐退思想。

王　观　一首

王观，字通叟，如皋（今江苏市名）人[1]。宋哲宗朝进士。官至翰林学士（替皇帝草拟诏令的官吏）。因作词得罪，受到贬谪，自号逐客。他的词今传《冠柳集》[2]。

[1] 另一说：他是高邮人。官大理寺丞，知江都县事。

[2] 词名《冠柳》，表示高出柳永的意思。

卜　算　子

送鲍浩然之浙东[1]

水是眼波横，山是眉峰聚[2]。欲问行人去那边？眉眼盈盈处[3]。才始送春归，又送君归去。若到江南赶上春，千万和春住。

［1］送鲍浩然之浙东：鲍浩然，不详。今浙江东南部，宋朝属浙江东路，简称浙东。

［2］水是眼波横两句：向来把美人的眼比成水波，所以说眼波；把美人的眉比成山峰，所以说眉峰。这里反过来说的意思是借景寓情：水是眼泪横流，山是愁眉攒聚。

［3］眉眼盈盈处：比喻山水秀丽的地方(浙东一带是以山水著称的)。盈盈，美好貌。《古诗》："盈盈楼上女，皎皎当窗牖。"

贺　铸　十首

贺铸(1052—1125)[1]，字方回，原籍山阴(今浙江绍兴市)，生长卫州(今河南卫辉市)。为人豪侠尚气，喜谈论当世事。早岁曾任武职，后转文官。宋哲宗时做过泗州(今安徽泗县)等处的通判(州府行政长官的助理)。晚年退居苏州(今江苏市名)，自号庆湖遗老。陆游称他："诗文皆高，不独工长短句也。"(《老学庵笔记》)今传《东山词》，一名《东山寓声乐府》[2]。

贺铸一生渴望建立事功，隐退江湖本非所愿。他在《望长安》里说："莼羹鲈脍非吾好，去国讴吟，半落江南调。满眼青山恨西照，长安不见使人老。"可见他去国之后如何地悒悒寡欢。与此同时，也必须指出，从作者的好些词里又可以看到他醉心于"莼羹、鲈脍"生活的消极退隐思想[3]，这正表现了作者人生观的矛盾。

在苏轼羽翼下的词人，向来以秦(观)、黄(庭坚)最受到推重。可是苏门文人张耒对贺铸也称颂不遗余力。他在《东山词序》里说："方回乐府妙绝一世，盛丽如游金、张之堂，妖冶如揽嫱、施之祛，幽索如屈、宋，悲壮如苏、李。"这几句话说明了贺铸词的丰富多彩。除了部分作品是写春花秋月的闲愁外，我们有根据指出作者的视野已不限于狭隘的个人生活，他的作品具有一定的社会意义。例如思妇词《捣练子》（共五首，本书选四首），在唐诗中思念边疆征人的作品本是常见的，在宋词中便是难得的珍品。又如弃妇词《生查子》（"西津海鹘舟"）也不是词里常见的题材。有名的长调《台城游》（"南国本潇洒"）和《六州歌头》（"少年侠气"），前者怀古，后者言志，豪壮之气，都逼近苏轼。他的写景咏物也有独到之处。张炎指出贺铸的特点只是"善于炼字面"（《词源》），那是说得不够的。王国维认为"北宋名家以方回为最次"（《人间词话》），也说得不公允。

[1] 夏承焘《唐宋词人年谱》定为1052—1125。

[2]《彊村丛书》里有《贺方回词》《东山词》《东山词补》三种校刻本。

[3] 例如《罗敷歌》后段："季鹰久负鲈鱼兴，不住今秋，已办归舟，伴我江湖作胜游。"

捣练子

收锦字[1]，下鸳机[2]，净拂床砧夜捣衣[3]。马上少年今健否[4]？过瓜时见雁南归[5]。

[1] 收锦字：把织好准备寄给征人的锦字回文诗收起来。《晋书·窦滔妻苏氏传》："滔，苻坚时为秦州刺史，被徙流沙。苏氏思之，织锦为回文旋图诗以赠滔。宛转循环以读之，词甚凄婉。"（按武则天《璇玑图序》说苏诗是为着窦滔另有宠姬而作的。）

[2] 鸳机：织锦机。

[3] 净拂床砧（zhēn）夜捣衣：砧，捣衣的石头。床，支持捣衣石的架子。古

时妇女于秋天捣平寒衣寄征人御寒。

[4] 马上少年：军中少年(她所思念的征人)。

[5] 过瓜时见雁南归：过了瓜代的时候，只见雁儿南归，不见人还。瓜时，指瓜代，即服役期满换人接替的意思。《左传·庄公八年》："齐侯使连称、管至父戍葵丘，瓜时而往，曰：'及瓜而代。'"

前 调

砧面莹[1]，杵声齐[2]，捣就征衣泪墨题[3]。寄到玉关应万里[4]，戍人犹在玉关西[5]。

[1] 莹：光洁貌。

[2] 杵(chǔ)：捣衣的木槌。

[3] 泪墨题：用和着泪水的墨水写封套。

[4] 玉关：玉门关，在甘肃敦煌市西面，在古代是西北边陲的交通要道。

[5] 戍人：防守边疆的军人。

前 调

斜月下，北风前，万杵千砧捣欲穿[1]。不为捣衣勤不睡，破除今夜夜如年[2]。

[1] 捣欲穿：不断地捣衣，心都要被捣碎了。

[2] 破除今夜：度过今夜。

前 调

边堠远[1]，置邮稀，附与征衣衬铁衣[2]。连夜不妨频梦见，过年惟望得书归[3]。

[1] 边堠(hòu)：边境驻扎军队的地方。堠，军队的瞭望所。

[2] 铁衣：军衣。衣服上有护身的铁片，故云。

[3] 过年惟望得书归：只盼冬去春来能得到征人的回信。

以上四首都是闺中少妇怀念出征军人的词。《彊村丛书·东山词》分别题作《夜捣衣》《杵声齐》《夜如年》《望书归》。

生　查　子[1]

西津海鹘舟[2]，径度沧江雨。双橹本无情，鸦轧如人语[3]。　挥金陌上郎[4]，化石山头妇[5]。何物系君心？三岁扶床女。

[1]《生查子》：《彊村丛书·东山词》题作《陌上郎》。

[2] 海鹘(hú)舟：是一种快船，像猛鹘(老鹰)飞过海那样迅速，故称。苏轼《荔枝叹》诗："飞车跨山鹘横海。"

[3] 鸦轧：船行时的桨、橹声。刘禹锡《堤上行》："日暮行人争渡急，桨声鸦轧在中流。"(鸦，一作幽。幽轧，通鸦轧。)

[4] 挥金陌上郎：用《秋胡行》的典故。刘向《列女传》："鲁秋胡纳妻五日而官于陈。五年乃归。未至家，见路旁有美妇人采桑，悦之，下车谓曰：'力田不如逢丰年，力桑不如见国卿。吾有金，愿以与夫人。'妇曰：'采桑力作，纺绩织纴，以供衣食，奉二亲，吾不愿金。'秋胡归至家，奉金遗母，使人唤妇至，乃向采桑者也。妇污其行，去而东走，自投于河而死。"(节录)按《秋胡行》一作《陌上桑》。这里陌上郎指秋胡，以喻对爱情不忠贞的丈夫。挥金，挥金如土的意思。

[5] 化石山头妇：刘义庆《幽明录》："武昌阳新县北山上有望夫石，状若人

立。相传昔有贞妇，其夫从役，远赴国难。妇携弱子，饯送此山，立望夫而化为立石，因以为名焉。”刘禹锡《望夫山》诗：“终日望夫夫不归，化为孤石苦相思。”

踏　莎　行[1]

杨柳回塘[2]，鸳鸯别浦[3]，绿萍涨断莲舟路。断无蜂蝶慕幽香[4]，红衣脱尽芳心苦[5]。　　返照迎潮，行云带雨，依依似与骚人语[6]。当年不肯嫁春风[7]，无端却被西风误。

［1］《踏莎行》：《彊村丛书・东山词》题作《芳心苦》。

［2］回塘：曲折的水塘。

［3］别浦：大水有小口别通曰浦，也称别浦。郑谷《题杭州樟亭》诗：“潮平无别浦，木落见他山。”

［4］幽香：这里指的荷花。

［5］红衣脱尽芳心苦：秋天荷花落了，它结的莲子，心有苦味。红衣，荷花。姜夔有自度曲《惜红衣》就是题咏荷花的。

［6］骚人：诗人。

［7］嫁春风：张先《一丛花令》词：“沉恨细思，不如桃杏，犹解嫁春风。”

青　玉　案

凌波不过横塘路，但目送，芳尘去[1]。锦瑟华年谁与度[2]？月台花榭[3]，琐窗朱户[4]，只有春知处。　　碧云冉冉蘅皋暮[5]，彩笔新题断肠句[6]。试问闲愁都几许[7]？一川烟草，满城风絮，梅子黄时雨[8]。

［1］凌波不过横塘路三句：写和美人离别。曹植《洛神赋》："凌波微步，罗袜生尘。"凌波，形容女人步履轻盈。芳尘，美人经过的尘土，借指美人。横塘，在苏州城外。龚明之《中吴纪闻》："铸有小筑在姑苏盘门外十余里，地名横塘。方回往来于其间。"

［2］锦瑟华年：指青春时期。李商隐《无题》诗："锦瑟无端五十弦，一弦一柱思华年。"

［3］月台花榭：一作"月桥花院"。

［4］琐窗：雕花的窗。

［5］碧云冉冉蘅皋暮：碧云，一作"飞云"。冉冉，流动貌。蘅皋，长满蘅草（香草名）的水边高地。

［6］彩笔：《南史·江淹传》："淹少以文章显，晚节才思微退。……尝宿于冶亭，梦一丈夫自称郭璞，谓淹曰：'吾有笔在卿处多年，可以见还。'淹乃探怀中得五色笔一以授之。尔后为诗，绝无美句，时人谓之才尽。"

［7］试问闲愁都几许：试问闲愁，一作"若问闲情"。都几许，共有多少。

［8］一川烟草三句：罗大经《鹤林玉露》："盖以三者比愁之多也。"一川，满地。风絮，随风飘扬的柳花。旧历四五月间多雨，正值梅子成熟时，俗称梅雨。

周紫芝《竹坡诗话》载："贺方回尝作《青玉案》词，有'梅子黄时雨'之句，人皆服其工，士大夫谓之贺梅子。"这是他寓居苏州（今江苏市名）时所作，写梅雨时节幽居生活里的闲愁。通篇的意境很平常；古人之所以极口称赏它，主要还是在修辞上，特别是后面三句以景色来说明愁情的比喻。

六州歌头

少年侠气，交结五都雄[1]。肝胆洞[2]，毛发耸[3]。立谈中,死生同,一诺千金重[4]。推翘勇[5],矜豪纵[6],轻盖拥,联飞鞚[7],斗城东[8]。轰饮酒垆[9],春色浮寒瓮[10],吸海垂虹[11]。闲呼鹰嗾犬[12],白羽摘雕弓[13],狡穴俄空[14]。乐匆匆[15]。　似黄粱梦,辞丹凤[16];明月共,漾孤篷[17]。官冗从[18],怀倥偬[19],落尘笼[20],簿书丛[21]。鹖弁如云众,供粗用,忽奇功[22]。笳鼓动,渔阳弄[23];思悲翁[24],不请长缨,系取天骄种,剑吼西风[25]。恨登山临水,手寄七弦桐[26],目送归鸿[27]。

[1] 五都:汉代以洛阳、邯郸、临淄、宛、成都为五都。唐代以长安、洛阳、凤翔、江陵、太原为五都。这里借指宋朝的各大都市。

[2] 肝胆洞:肝胆照人,待人极其真诚。

[3] 毛发耸:表示具有强烈的正义感。

[4] 一诺千金:是说诺言可靠。《史记·季布列传》引楚人谚曰:"得黄金百斤,不如得季布一诺。"

[5] 翘勇:勇敢。特出者称翘。

[6] 矜豪纵:在生活上以狂放不羁傲视于人(和拘谨的人恰恰相反)。

[7] 轻盖拥两句:车马随从很盛。盖,车盖,指车子。飞鞚(kòng),飞驰的马。鞚,有嚼口的马络头。

[8] 斗城:汉长安故城,这里借指北宋汴京。《三辅黄图》载长安故城"城南为南斗形,北为北斗形,至今人呼汉京城为斗城"。

[9] 轰饮酒垆:在酒店里狂饮。

[10] 春色浮寒瓮(wèng):酒坛子浮现出诱人的春色(写酒徒垂涎的心理)。

[11] 吸海垂虹:像长鲸那么大喝,像垂虹那么深饮(写酒徒狂饮、豪饮的形态)。杜甫《饮中八仙歌》:"饮如长鲸吸百川。"吸海,疑即化用此典。垂虹,用虹饮的典故。刘敬叔《异苑》(卷一):"晋义熙初,晋陵薛愿,有虹

饮其釜澳，须臾嗡响便竭。愿辇酒灌之，随投随涸。”

[12] 呼鹰嗾(sǒu)犬：鹰、犬，打猎时用来寻找猎物的。嗾，指使犬的声音。

[13] 白羽摘雕弓：弯弓射箭。白羽，箭名。

[14] 狡穴俄空：兽类的巢穴很迅速地就被搜寻、猎取一空。狡穴，狡兔的巢穴。《战国策・齐策》载冯谖对孟尝君说：“狡兔有三窟。”

[15] 乐匆匆：极一时之乐。匆匆，急遽貌。另一解释：欢乐很快地消逝了。

[16] 似黄粱梦两句：是说离开京师以后，回忆过去的游乐生活真像黄粱一梦。沈既济《枕中记》载卢生困居邯郸旅舍，遇道士吕翁授以枕，梦中历尽富贵荣华以至老死，醒来时吕翁还在身边，旅舍主人蒸黄粱还没有熟。这故事后人称为黄粱梦。辞丹凤，离开京师。丹凤，唐时长安有丹凤门，一般都用指京城。沈佺期《独不见》诗：“丹凤城南秋夜长。”

[17] 漾孤篷：驾着孤独的小船在水里漂流着。

[18] 冗从：散职侍从官。

[19] 倥(kǒng)偬(zǒng)：事情促迫、匆忙。

[20] 落尘笼：受了尘俗事务的束缚。尘笼，指仕途。

[21] 簿书丛：担任繁重的文书事务。簿书，官府中的文书簿册。

[22] 鹖(hé)弁如云众三句：是说这许多武职人员，都只做些粗杂、无意义的事情，没有建立功业的机会。鹖弁，插有鹖毛的武士帽子，指武官。

[23] 笳鼓动两句：写安禄山据渔阳称兵叛变事。白居易《长恨歌》：“渔阳鼙鼓动地来，惊破《霓裳羽衣曲》。”安禄山本胡人，此指侵扰北宋的少数民族。笳鼓动，战争爆发了。渔阳，郡名，在今天津市蓟州区一带。弄，弄兵，发动战争。

[24] 思悲翁：自伤衰老。古乐府《汉铙歌》中有《思悲翁》曲，意义与此似无关联。

[25] 不请长缨三句：是说不能为国家抗御敌人，宝剑也感觉不平，在西风里怒吼出来。请缨，用终军的故事。《汉书・终军传》载终军“自请愿受长

缨，必羁南越王而致之阙下”。后世称请求参军杀敌曰请缨。天骄种，本指胡族。《汉书·匈奴传》：“胡者，天之骄子也。”这里泛指边族。

[26] 手寄七弦桐：以弹琴寄托自己的感情。七弦桐，即七弦琴，晋朝已有这种乐器。

[27] 目送归鸿：嵇康《赠秀才入军》诗：“目送征鸿，手挥五弦。”

这是一首自叙词：前段写少年时期交结豪侠，重然诺，轻生死，意气飞扬，使酒任性，以骑射为乐，生活豪迈不羁。后段写当年的欢乐和豪情一去不返，仕途失意，担任卑微的武职，忙于庸俗、琐屑的工作，虽然壮志凌云，却请缨无路。通篇音调激昂，词情慷慨，反映了作者悲愤的爱国激情。夏敬观称这首词“雄姿壮采，不可一世”。（《手批东山词》）

石　州　引

薄雨收寒，斜照弄晴，春意空阔。长亭柳蓓才黄[1]，倚马何人先折[2]？烟横水漫[3]，映带几点归鸿，平沙销尽龙荒雪[4]。犹记出关来，恰如今时节。　　将发，画楼芳酒，红泪清歌[5]，便成轻别。回首经年，杳杳音尘都绝。欲知方寸[6]，共有几许新愁，芭蕉不展丁香结[7]。憔悴一天涯[8]，两厌厌风月[9]。

[1] 柳蓓才黄：一作“柳色才黄”。这个词调因此又称为《柳色黄》。

[2] 倚马：指整装待发。

[3] 水漫：远水。漫，一作“际”。

[4] 平沙销尽龙荒雪：平沙，指初春还没有生草的沙地。龙荒，和龙沙都是泛指塞外沙漠之地。

[5] 红泪：指妇女的眼泪，沾了脸上的胭脂成为红色。

[6] 方寸：寸心，心。

[7] 芭蕉不展丁香结：李商隐《代赠》诗："芭蕉不展丁香结，同向春风各自愁。"芭蕉不展，比喻愁眉不展。丁香花蕾丛生，比喻愁结不解。

[8] 一天涯：天各一方，极言距离之远。《古诗》："相去万余里，各在天一涯。"

[9] 两厌(yān)厌风月：彼此都触景伤情。厌厌，同恹恹，烦恼、愁苦貌。风月，景色。

贺铸在太原担任过监工(据叶梦得《贺铸传》所说)，这首词可能是在那里写的。词的内容没有什么特色，只是写一般的离别相思之情。这里值得注意的是作者写词认真负责的态度。王灼《碧鸡漫志》载："贺方回《石州慢》(即《石州引》)，予见其旧稿：'风色收寒，云影弄晴'，改作'薄雨收寒，斜照弄晴'。又'冰垂玉箸，向午滴沥檐楹，泥融消尽墙阴雪'，改作'烟横水际，映带几点归鸿，东风消尽龙沙雪'。"和本篇的语句对照一下，就知道修改已不止一次，而景色的描绘却改写得更为确切、生动了。

鹧 鸪 天

重过阊门万事非[1]，同来何事不同归[2]？梧桐半死清霜后[3]，头白鸳鸯失伴飞。　　原上草，露初晞[4]，旧栖新垄两依依[5]。空床卧听南窗雨[6]，谁复挑灯夜补衣？

[1] 阊门：苏州(今江苏市名)著名的城门，借指苏州。

[2] 同来何事不同归：作者夫妇曾经住在苏州，后来妻子死在那里。这句是说同来没有同回去。

[3] 梧桐半死：比喻失偶。枚乘《七发》说"龙门之桐"，"其根半死半生"。

[4] 原上草两句：比喻死亡。古乐府《薤露歌》："薤上露，何易晞！露晞明朝更复落，人死一去何时归？"薤(xiè)，草名。晞(xī)，干掉了。

[5] 旧栖新垄：旧栖，从前住过的地方。垄，坟墓。

［6］空床：指妻子死亡，独宿一床。

李之仪　一首

李之仪（约 1035—1117），字端叔，自号姑溪居士，沧州无棣（今山东县名）人。宋神宗时进士。做过枢密院（掌管国家军事的最高机关）编修官（担任撰述职务）。后以文章获罪，编管太平州（今安徽当涂县）。晚年就住在那里。著有《姑溪词》。

卜　算　子

我住长江头，君住长江尾。日日思君不见君，共饮长江水。　　此水几时休，此恨何时已。只愿君心似我心，定不负相思意。

这首词是模仿民歌写的。古乐府《上邪》："山无陵，江水为竭，冬雷震震夏雨雪，天地合，乃敢与君绝。"这里的"此水几时休，此恨何时已"也是同样的意思。

张舜民　一首

张舜民，字芸叟，号浮休居士，邠州（今陕西彬州市）人。进士出身。做过监察御史（掌管监察、执法的官吏）。宋徽宗时，贬楚州（今江苏淮安市）团练副使(执掌地方军事的助理官)。今传《画墁词》(只有四首)。

卖 花 声[1]

题 岳 阳 楼[2]

木叶下君山[3],空水漫漫[4]。十分斟酒敛芳颜[5]。不是渭城西去客,休唱《阳关》[6]。　　醉袖抚危阑,天淡云闲。何人此路得生还[7]?回首夕阳红尽处,应是长安[8]。

[1]《卖花声》:通称《浪淘沙》。

[2]岳阳楼:在湖南岳阳城西门上,面对洞庭湖。唐朝初年所建。宋仁宗时,滕宗谅为巴陵郡(今岳阳市)太守,曾经重修过(见范仲淹所著散文《岳阳楼记》)。

[3]木叶下君山:君山,在洞庭湖中。下,落。《楚辞·湘夫人》:"洞庭波兮木叶下。"

[4]空水漫漫:长空和湖水,看去都茫无边际。

[5]敛芳颜:收敛她的笑容,显出严肃貌(指斟酒的歌女)。

[6]不是渭城西去客两句:王维《送元二使安西》诗:"渭城朝雨浥轻尘,客舍青青柳色新。劝君更尽一杯酒,西出阳关无故人。"张舜民这时羁旅南方,不是西行,故云。但这还是表面的话,实际上是怕听离别的曲子,以免增加羁旅的哀愁。《阳关》,根据王维这首诗谱成的《阳关三叠》。

[7]此路:指贬窜远方。

[8]回首夕阳红尽处两句:白居易《题岳阳楼》诗:"夕阳红处是长安。"长安,今陕西西安市,汉唐时代的京城,这里借指宋朝的汴京。

这首词是宋神宗元丰六年(1083)张舜民贬官郴州(今湖南市名),经过岳阳时作。

僧仲殊　一首

僧仲殊即张挥，安州（今河北安新县，一说湖北安陆市）人。进士出身。后来弃家为僧，居杭州宝月寺。仲殊是他的法号，字师利。和苏轼有交游。宋徽宗初年，自缢死。他虽然做了出家人，词风可不清淡。如黄昇所最称颂的《诉衷情》："三千粉黛，十二阑干，一片云头。"简直太浓艳了。今传《宝月集》。

南　柯　子[1]

十里青山远，潮平路带沙。数声啼鸟怨年华，又是凄凉时候、在天涯[2]。　　白露收残月，清风散晓霞。绿杨堤畔问荷花：记得年时沽酒、那人家？

［1］《南柯子》：就是双调《南歌子》。

［2］凄凉时候：指秋天。

这首词黄昇《花庵词选》题作"忆旧"。

周邦彦　十首

周邦彦（1056—1121），字美成，自号清真居士，钱塘（今浙江杭州市）人[1]。宋神宗时，献《汴都赋》万余言，得到皇帝的赏识，擢为太学正（大学里管训导的官)。后来长期浮沉于州县间担任官职。宋徽宗颁布《大晟乐》,召邦彦提举大晟府(管理乐府的官吏)。他精通音律,能自度曲,在审订词调方面做了一些精密的工作。他的词今传《片玉集》[2],有陈元龙的注本。

周邦彦是北宋末年一大词家,词誉极高。南宋末年人陈郁《藏一话腴》称他:"二百年来,以乐府独步。贵人、学士、市儇、妓女,皆知美成词为可爱。"这话不免夸大一些。但是无可否认,他的词开了南宋姜夔、史达祖一派,对后世词坛有巨大的影响。

沈义父《乐府指迷》说:

> 凡作词当以清真为主。盖清真最为知音,且无一点市井气,下字运意,皆有法度,往往自唐、宋诸贤诗句中来,而不用经史中生硬字面,此所以为冠绝也。

这里指出了他的知音、无市井俚俗气、有法度、善于融化古人诗句的一些优点;再加上陈振孙说的"长调尤善铺叙,富艳精工"(《直斋书录解题》),以及强焕说的"摹写物态,曲尽其妙"(《题周美成词》),周词的特征大体上便是如此。这些特征都是属于形式格律和艺术技巧方面的。

周词的主要内容是写男女之情。他步趋着柳永的后尘,喜欢作艳语。例如:

> 最苦梦魂,今宵不到伊行。问甚时说与,佳音密耗,寄将秦镜,偷换韩香?天便教人,霎时厮见何妨! ——《风流子》
>
> 拼今生,对花对酒,为伊泪落[3]。 ——《解连环》

他的好些作品都可以说是柳词的翻版。不同于柳永的是,他的某些词写得较为含蓄。如《少年游》(感旧)后段:"低声问:向谁行宿?城上已三更。马滑霜浓，不如休去，直是少人行。”写得如此昵狎温柔，而又不堕入柳永、黄庭坚猥亵的恶道，怪不得周济称为“佳制”[4]。问题在于这种词所反映的仍旧是冶荡无聊的生活，风格不高。

作者最擅长于写景和咏物。名句如《玉楼春》的写黄昏景色“烟中列岫青无数，雁背夕阳红欲暮”，《苏幕遮》的写荷花“叶上初阳干宿雨，水面清圆，一一风荷举”，《六丑》的写蔷薇“长条故惹行客，似牵衣待话，别情无极”，都描绘得很出色。他的词绝大部分都是即景抒情[5]。字句雕琢的精工固不待言（有时嫌失之过甚）；特别是结构的曲折和前后呼应，把许多层次组成一片，使全词具有完整性而又灵活自如，这是他的特长。所以后世的词话家最喜欢谈《片玉词》的篇章结构，最推重他的词法。

对于周邦彦的评述，参看《前言》。

[1] 周邦彦生平事迹有王国维的《清真先生遗事》可资参考。

[2] 毛晋《片玉词跋》：“余家藏凡三本，一名《清真集》，一名《美成长短句》，皆不满百阕。最后得宋刻《片玉集》二卷，计调百八十有奇。”（这是收集最完备的本子）

[3] 张炎《词源·杂论》引周邦彦的《解连环》《风流子》《庆春宫》为例，指责他“为情所役”，“失其雅正之音”。

[4] 周济《宋四家词选》论《少年游》（感旧）：“此亦本色佳制也。本色至此便足，再过一分，便入山谷恶道矣。”

[5] 十卷本《片玉集》前六卷分题春、夏、秋、冬四景，多属即景寓情之作。

兰 陵 王

柳

柳阴直[1]，烟里丝丝弄碧[2]。隋堤上[3]、曾见几番，拂水飘绵送行色。登临望故国[4],谁识京华倦客[5]?长亭路[6],年去年来,应折柔条过千尺[7]。　　闲寻旧踪迹,又酒趁哀弦,灯照离席。梨花榆火催寒食[8]。愁一箭风快,半篙波暖,回头迢递便数驿[9],望人在天北[10]。　　凄恻,恨堆积!渐别浦萦回[11],津堠岑寂[12],斜阳冉冉春无极[13]。念月榭携手,露桥闻笛[14]。沉思前事,似梦里,泪暗滴。

[1] 柳阴直:长堤上的柳树,行列整齐,柳树的阴影也连缀成一直线。

[2] 烟里丝丝弄碧:笼罩在烟气里的杨柳丝丝飞舞,在卖弄它嫩绿的姿色。

[3] 隋堤:指汴京附近汴河一带的堤,这条堤是隋朝开的,故称隋堤。

[4] 故国:指故乡。

[5] 京华倦客:作者久客京师,感觉厌倦,故云。京华,京师。

[6] 长亭:见前27页柳永《雨霖铃》注[1]。

[7] 应折柔条过千尺:古人送行,多折柳赠别。这句说明作者经常在送行,为离愁所苦。柔条,这里指柳枝。

[8] 梨花榆火催寒食:旧历清明前二日为寒食节,有禁火的风俗,节后另取新火。唐宋时朝廷于清明日取榆柳的火以赐百官。这句指明饯别的时令正是梨花盛开的寒食节前。

[9] 愁一箭风快三句:愁着顺风船行如箭,回头一看就过了几个驿站。周济《宋四家词选》说这个"愁"字是"代行者设想"。半篙,指撑船的竿没入水中部分。时令已经接近暮春,所以说波暖。迢递,远貌。

[10] 望人在天北:回头看送行的人远在天北。

[11] 别浦萦回:船开掉了,水波在回旋着。

[12] 津堠岑寂:码头上冷清清的。津堠,码头上守望、可供住宿的处所。

[13] 斜阳冉冉春无极:斜阳西下,春色无边。冉冉,慢慢地移动貌。

[14] 念月榭携手两句:月榭、露桥,都是指夜游的地方。

张端义《贵耳集》说这首词和宋徽宗的风流故事有关。据说,周邦彦有一次隐匿在名妓李师师的床下,听到宋徽宗和她的情话以后,写了一首《少年游》。徽宗知道了大怒,借故把他押出都门。周邦彦临走时写了这首和李师师分别的作品。后来徽宗听李师师唱此词受了感动,又把周邦彦召回来做大晟乐正。这是一个荒唐的传说,不可信,王国维在《清真先生遗事》一文中曾经予以辨明。细玩词意,不像告别而是送别的语气。周济《宋四家词选》说是"客中送客"。这是作者借送别来表达自己"京华倦客"的抑郁心情。

苏幕遮

燎沉香[1],消溽暑[2]。鸟雀呼晴,侵晓窥檐语[3]。叶上初阳干宿雨[4],水面清圆,一一风荷举[5]。　　故乡遥,何日去?家住吴门[6],久作长安旅[7]。五月渔郎相忆否?小楫轻舟,梦入芙蓉浦[8]。

[1] 燎沉香:烧香。沉香,一名沉水,是一种香气很浓的香料。

[2] 溽(rù)暑:潮湿的夏天天气。

[3] 侵晓:天刚亮的时候。

[4] 宿雨:昨夜的雨。

[5] 水面清圆两句:水面上青翠圆润的荷叶,在晨风中一张张擎举着。连上面一句,王国维《人间词话》称为"真能得荷之神理者"。

[6] 吴门:苏州是古代吴国的首都,有吴门、吴中等名称。这里指作者的故乡钱塘。钱塘原属吴郡(为三吴之地),故称。作者《满庭芳·忆钱唐》:"似梦魂迢递,长到吴门。"

[7] 长安:见前94页张舜民《卖花声》注[8]。

[8] 芙蓉浦:有溪涧可通的荷花塘。古时称荷花为芙蓉。

周邦彦的词向以“富艳精工”著称；这首词前段描绘雨后风荷的神态，后段写小楫轻舟的归梦，清新淡雅，别具一格。

六　丑

蔷薇谢后作

正单衣试酒，怅客里光阴虚掷。愿春暂留，春归如过翼[1]，一去无迹。为问花何在？夜来风雨，葬楚宫倾国[2]。钗钿堕处遗香泽[3]，乱点桃蹊，轻翻柳陌[4]。多情为谁追惜[5]？但蜂媒蝶使[6]，时叩窗槅[7]。　　东园岑寂[8]，渐蒙笼暗碧[9]。静绕珍丛底[10]，成叹息。长条故惹行客[11]，似牵衣待话，别情无极[12]。残英小，强簪巾帻[13]；终不似，一朵钗头颤袅，向人欹侧[14]。漂流处、莫趁潮汐；恐断红尚有相思字，何由见得[15]。

[1] 如过翼：像鸟儿飞掠过去那么快。

[2] 葬楚宫倾国：蔷薇花被摧残(葬送)了。这里以楚王宫里的美人比喻蔷薇花。倾国，容华绝代的美人。语出李延年歌：“北方有佳人，绝世而独立。一顾倾人城，再顾倾人国。”

[3] 钗钿：把美人遗落的钗钿比喻落掉的花瓣。

[4] 乱点桃蹊两句：写蔷薇花谢后飞散貌。桃蹊、柳陌，桃树、柳树下面的路径。

[5] 多情为谁追惜：有哪一个多情的人替落花惋惜呢？为谁，谁为。为，一作“更”。

[6] 蜂媒蝶使：指蜂和蝶。它们在花枝上飞来飞去，故作为花的媒人和使

者来说。

[7] 窗槅(gé):窗格子。槅,一作“隔”。

[8] 岑寂:寂静,因花事凋零而产生的寂静。

[9] 蒙笼暗碧:草木茂密,绿叶成荫,环境显得幽暗些了。

[10] 珍丛:珍贵的蔷薇花丛。

[11] 长条故惹行客:蔷薇有刺,会勾住人的衣服,故云。

[12] 似牵衣待话两句:依《四部丛刊》本《草堂诗馀》的断句,应标点为“似牵衣,待话别,情无极!”这也可通。周济《宋四家词选》指出这两句的特点:“不说人惜花,却说花恋人。”

[13] 强簪巾帻(zé):把残花勉强插在头巾上。

[14] 终不似,一朵钗头颤袅两句:终不如盛开的花朵插在钗头上摇曳多姿。颤袅,摆动。向人攲侧,有悦人、媚人之意。这里作者也许是以残花自比。

[15] 漂流处四句:大意是劝落花不要被潮水漂去,因为:如果还有相思之情未了,那就永远不会被人发现而埋没了。庞元英《谈薮》认为这几句词是暗用红叶题诗的故事。范摅(shū)《云溪友议》:“卢渥舍人应举之岁,偶临御沟,见一红叶,命仆搴来。叶上乃有一绝句。……诗云:‘水流何太急,深宫竟日闲。殷勤谢红叶,好去到人间。’”这里用落花比红叶。潮,早潮。汐,晚潮。

这首词《彊村丛书·片玉词》题作“落花”。全词有好些细节,而且安排得很好:前段从春归写到花谢、花飞,随后以无人追惜作结。后段多情的诗人为岑寂的东园而“叹息”,失掉花朵的长条也对诗人依依不舍。于是他拾起了一朵残花,把它插在头巾上,并为它的零落而感到怅惘。最后对漂流的落花还致以不能忘情的惋惜与关怀。大意如此。是否有寄托呢?黄蓼园《蓼园词选》说:“自叹年老远宦,意境落寞,借花起兴。以下是花、是自己,已比兴无端,指与物化,奇情四溢,不可方物,人巧极而天工生矣!结处意致尤缠绵无已，耐人寻绎。”我们则认为这首词主要是咏物，几个细节写得很生动，但没有构成一个较高的意境，结处也只是由落花扯到红叶的故事以寄情，思想上的寄托即使有也是并不深刻的。过去许多词话家对此词内容的评价都嫌太高。

解 语 花

上 元[1]

风销绛蜡[2]，露浥红莲[3]，灯市光相射。桂华流瓦[4]，纤云散、耿耿素娥欲下[5]。衣裳淡雅，看楚女纤腰一把[6]。箫鼓喧，人影参差[7]，满路飘香麝[8]。　因念都城放夜[9]，望千门如昼[10]，嬉笑游冶。钿车罗帕[11]，相逢处、自有暗尘随马[12]。年光是也[13]，唯只见旧情衰谢[14]。清漏移[15]，飞盖归来[16]，从舞休歌罢[17]。

[1] 上元：一题“元宵”。

[2] 绛蜡：红烛。绛，一作“焰”。

[3] 红莲：荷花灯。欧阳修《蓦山溪·元夕》词：“纤手染香罗，剪红莲满城开遍。”

[4] 桂华：月光。相传月中有大桂树，故以桂代月。王国维《人间词话》说：“美成《解语花》之‘桂华流瓦’，境界极妙，惜以‘桂华’二字代月耳。”（意谓“桂华”两字不免陈滥）

[5] 耿耿素娥欲下：见前59页苏轼《念奴娇》第二首注[4]。这里的素娥亦可用来指月里的嫦娥。耿耿，光明貌。

[6] 楚女纤腰一把：《韩非子·二柄》：“楚灵王好细腰，而国中多饿人。”杜牧《遣怀》诗：“楚腰纤细掌中轻。”这里用来指美人。

[7] 参(cēn)差(cī)：不齐、杂乱貌。

[8] 香麝(shè)：即麝香。麝是一种似鹿而小的动物，雄麝脐部有香腺，可以做香料。

[9] 放夜：开放夜禁。陈元龙《片玉集注》引《新记》："京城街衢，有金吾晓暝传呼，以禁夜行。惟正月十五夜，敕许金吾弛禁，前后各一日，谓之放夜。"

[10] 千门：指皇宫里的千门万户。杜甫《哀江头》诗："江头宫殿锁千门。"

[11] 钿车罗帕：车上的歌伎用香罗手帕和游人相招。钿车，以金为饰的华丽的车子。元稹《痁(shān)卧闻幕中诸公征乐会饮，因有戏呈三十韵》："钿车迎妓乐。"

[12] 暗尘随马：车马经行的地方，尘土飞扬。这里是说车马经行的地方聚拢了很多游人。苏味道《正月十五夜》诗："暗尘随马去，明月逐人来。"

[13] 是也：还是一样。

[14] 旧情：过去的豪情。

[15] 清漏移：夜深了。漏，古代用水计时的用具。

[16] 飞盖：见前76页秦观《望海潮》注[10]。

[17] 从舞休歌罢：让它歌舞休歇也就算了吧。

周济《宋四家词选》说："此美成在荆南作，当与《齐天乐》同时。到处歌舞太平，京师尤为绝盛。"荆南，即荆州(今湖北荆州一带)。作者寓居荆州的时期是三十二岁以后、三十七岁以前。这时他远离京师，在仕途上很不得意，从词里也可以看出他颇有抑塞不舒之感。

满 庭 芳

夏日溧水无想山作[1]

风老莺雏[2]，雨肥梅子[3]，午阴嘉树清圆[4]。地卑山近，衣润费炉烟[5]。人静乌鸢自乐[6]，小桥外、新绿溅溅[7]。凭阑久，黄芦苦竹，拟泛九江船[8]。　　年年如社燕[9]，飘流瀚海[10]，来寄修椽[11]。且莫思身外[12]，长近尊前。憔悴江南倦客[13]，不堪听、急管繁弦[14]。歌筵畔，先安簟枕[15]，容我醉时眠。

[1] 溧水：今属江苏南京市。

[2] 风老莺雏：小莺儿在暖风里成长了。

[3] 雨肥梅子：梅子受到雨水的滋润，肥大起来。杜甫《陪郑广文游何将军山林》诗："红绽雨肥梅。"

[4] 午阴嘉树清圆：正午的时候，太阳光下的树影既清晰，又圆正。刘禹锡《昼居池上亭独吟》："日午树阴正。"嘉，一作"佳"。

[5] 炉烟：用来熏衣服，去潮湿气。

[6] 人静乌鸢自乐：《片玉集》陈元龙注："杜甫诗：'人静乌鸢乐。'"（按杜诗里没有这一句。）乌鸢，即乌鸦。

[7] 溅（jiān）溅：急流中的水声。

[8] 黄芦苦竹两句：白居易《琵琶行》："住近湓江地低湿，黄芦苦竹绕宅生。"上句是说溧水"地卑山近"与湓江同。下句是说要追踪白居易，也就是以白居易贬谪江州（即九江，今江西市名）时的处境与心情自比。

[9] 社燕：相传燕子于春天的社日从南方飞来，秋天的社日飞回去，故称社燕。

[10] 瀚海：沙漠地区。这里泛指遥远、荒僻地区。

[11] 修椽（chuán）：承屋瓦的长椽子（燕子筑巢之所）。

[12] 身外：把功名事业等等都作为身外的事情看待。

[13] 江南倦客：作者自称。倦客，倦于作客、做官。

[14] 急管繁弦：音响强烈、繁复的音乐。

[15] 簟(diàn):席子。古人常用簟枕比喻闲居生活。

周邦彦于宋哲宗元祐八年(1093)移官溧水令,时年三十七岁。这首词是在溧水任内写的。陈廷焯《白雨斋词话》指出它的特点说:"此中有多少说不出处,或是依人之苦,或有患失之心,但说得虽哀怨,却不激烈,沉郁顿挫中,别饶蕴藉。后人为词,好作尽头语,令人一览无余,有何趣味?"寻根究底,他之所以写得不激烈,主要还不是由于创作方法,而是由于思想极度消沉所致。

蝶 恋 花

早 行

月皎惊乌栖不定[1],更漏将阑,轭辘牵金井[2]。唤起两眸清炯炯[3],泪花落枕红绵冷。　　执手霜风吹鬓影,去意徊徨[4],别语愁难听。楼上阑干横斗柄[5],露寒人远鸡相应。

[1] 月皎惊乌栖不定:月色太明亮,常常惊醒乌鸦。这里暗示人也睡不着。

[2] 更漏将阑两句:夜快完了,人家已经起来汲水。轭辘,一作"辘轳",汲水器。

[3] 两眸清炯炯:眼珠子亮晶晶的(表示没有睡着)。炯炯,明亮貌。

[4] 徊徨:心中彷徨无主貌,同回遑、恛惶。一作"徘徊"。

[5] 楼上阑干横斗柄:北斗星位置低落了,仿佛就在栏杆的上头,这是夜快完了的征象。另一解释:阑干,横斜貌,是说斗柄斜挂楼头。斗柄,指北斗七星中五至七三颗星,样子有点像斗柄。

这首词写秋天早晨送别爱人。黄蓼园《蓼园词选》说:"首一阕言未行前,闻乌惊漏残、辘轳声响而惊醒泪落。次阕言别时情况凄楚,玉人远而惟鸡相应,更觉凄婉矣。"

西 河

金陵怀古

佳丽地[1],南朝盛事谁记[2]?山围故国[3],绕清江、髻鬟对起[4]。怒涛寂寞打孤城,风樯遥度天际[5]。 断崖树[6],犹倒倚,莫愁艇子曾系[7]。空余旧迹,郁苍苍[8]、雾沉半垒[9]。夜深月过女墙来[10],伤心东望淮水[11]。 酒旗戏鼓甚处市[12]?想依稀、王谢邻里[13]。燕子不知何世,入寻常、巷陌人家[14],相对如说兴亡,斜阳里。

[1] 佳丽地:指金陵(今江苏南京市)。谢朓《入朝曲》:“江南佳丽地,金陵帝王州。”

[2] 南朝:指偏安南方的吴、东晋、宋、齐、梁、陈那些朝代。

[3] 故国:指金陵,它是南朝的故都。

[4] 绕清江两句:长江两岸环绕着对峙的青山,形状像女人的髻鬟。

[5] 风樯:张着风帆的船。樯,桅杆。

[6] 断崖:临水的山崖。

[7] 莫愁艇子:古乐府《莫愁乐》:“莫愁在何处?莫愁石城西。艇子打两桨,催送莫愁来。”今南京水西门外有莫愁湖。

[8] 郁苍苍:云雾很浓,望去一片苍青色。这里联系前面“断崖树”“空余旧迹”,也可以作为树木茂密的形容词。曹植《赠白马王彪》诗:“山树郁苍苍。”

[9] 雾沉半垒:雾气遮盖了半座营垒。《大清一统志·江苏江宁府》:“韩擒虎垒在上元县西四里。”“贺若弼垒在上元县北二十里。”上元县,今属江苏南京市。

[10] 女墙:城上的小墙。

[11] 伤心东望淮水：淮水，指秦淮河，横贯南京城中。南朝时都人士女游宴之所。伤心，一作“赏心”，指赏心亭。《景定建康志》：“赏心亭在（城西）下水门城上，下临秦淮，尽观览之胜。”

[12] 酒旗戏鼓：指酒楼、戏馆，繁华的场所。

[13] 想依稀、王谢邻里：想来是王、谢故家所在。依稀，仿佛。王、谢，东晋时期的豪门大族。他们的第宅都在乌衣巷一带（今南京市东南）。比邻而居，故称邻里。

[14] 寻常巷陌：普通的街道。

这首词主要是檃栝刘禹锡的两首诗而成。其一，《石头城》：“山围故国周遭在，潮打孤城寂寞回。淮水东边旧时月，夜深还过女墙来。”其二，《乌衣巷》：“朱雀桥边野草花，乌衣巷口夕阳斜。旧时王谢堂前燕，飞入寻常百姓家。”张炎《词源》里说：“清真最长处，在善融化诗句，如自己出。”就风格说，这在《片玉词》里也要算是较高的一首词。

夜游宫

叶下斜阳照水[1]，卷轻浪沈沈千里[2]。桥上酸风射眸子[3]。立多时，看黄昏，灯火市。　古屋寒窗底[4]，听几片井桐飞坠。不恋单衾再三起。有谁知，为萧娘，书一纸[5]？

[1] 叶下：叶落。

[2] 沈沈：形容流水邈远不尽貌。

[3] 酸风射眸子：冷风刺眼。李贺《金铜仙人辞汉歌》：“东关酸风射眸子。”

[4] 寒窗底：寒窗里。

[5] 为萧娘两句：杨巨源《崔娘》诗：“风流才子多春思，肠断萧娘一纸书。”萧娘，女子的泛称。

菩 萨 蛮

梅 雪

银河宛转三千曲[1],浴凫飞鹭澄波绿。何处是归舟?夕阳江上楼[2]。 天憎梅浪发[3],故下封枝雪。深院卷帘看,应怜江上寒。

[1] 银河:天河,借指人间的河。

[2] 江上楼:面临江上,可以望远的妆楼。

[3] 浪发:滥开。

这首词通过题咏梅花雪景,体现出思妇念远的深情。与柳永的《八声甘州》(见前32页)并读,不难发现作者和柳永风格不同的含蓄的一面。

虞 美 人

疏篱曲径田家小,云树开清晓[1]。天寒山色有无中[2],野外一声钟起送孤篷[3]。 添衣策马寻亭堠[4],愁抱惟宜酒[5]。菰蒲睡鸭占陂塘,纵被行人惊散又成双[6]。

[1] 云树开清晓:早晨太阳出来,笼罩在树林上的云气散开了。秦观《满庭芳》词有"晓色云开"语。

[2] 山色有无中:王维《汉江临泛》诗:"江流天地外,山色有无中。"

[3] 送孤篷:送别。篷,指小船。

[4] 亭堠(hòu):古时有亭堡、驿站的地方可以买酒喝。堠,土城。

[5] 愁抱惟宜酒:要解愁只有喝酒。愁抱,愁怀。

[6] 菰蒲睡鸭占陂塘两句:这是以水鸭双宿双飞反衬自己的孤身作客。菰

蒲，水草。陂塘，蓄水的池塘。黄庭坚《睡鸭》诗："天下真成长会合，两凫相倚睡秋江。"又《题郑防画夹》诗："睡鸭不知飘雪，寒雀四顾风枝。"

廖世美 一首

廖世美生平事迹不详。黄昇《花庵词选》录他的词两首。

好 事 近

夕 景

落日水熔金[1]，天淡暮烟凝碧。楼上谁家红袖[2]，靠阑干无力。　　鸳鸯相对浴红衣[3]。短棹弄长笛[4]。惊起一双飞去，听波声拍拍。

[1] 熔金：形容落日照在水里灿烂的颜色。

[2] 红袖：指少妇。

[3] 鸳鸯相对浴红衣：杜牧《齐安郡后池绝句》："尽日无人看微雨，鸳鸯相对浴红衣。"红衣，彩色羽毛。

[4] 短棹：小船，这里指游船。

李重元 一首

李重元，生平事迹不详。黄昇《花庵词选》录他的词四首。

忆 王 孙

春 词

萋萋芳草忆王孙[1]，柳外楼高空断魂。杜宇声声不忍闻[2]。欲黄昏，雨打梨花深闭门。

［1］萋萋芳草忆王孙：刘安《招隐士》赋："王孙游兮不归，春草生兮萋萋。"萋萋，草盛貌。

［2］杜宇：即子规鸟。见前53页苏轼《浣溪沙》注［2］。

这首词一题秦观作。

曾布妻 一首

曾布妻魏氏，襄阳（今湖北襄阳市）人。宋徽宗时，曾布做过宰相，当时称她为魏夫人。在妇女中以能文著称。曾慥《乐府雅词》录她的词十首。

菩 萨 蛮

溪山掩映斜阳里，楼台影动鸳鸯起。隔岸两三家，出墙红杏花。　　绿杨堤下路，早晚溪边去。三见柳绵飞，离人犹未归。

这是一首风调谐婉、传诵一时的闺情词。黄昇《花庵词选》题作"春景"。

无名氏　十五首

九　张　机[1]

其　一

一张机，织梭光景去如飞[2]。兰房夜永愁无寐[3]。呕呕轧轧[4]，织成春恨，留着待郎归。

[1]《九张机》：这不是一般词调的名称，曾慥《乐府雅词》把它列入“转踏”类。“转踏”是用一些诗和词组合起来的叙事歌曲。《九张机》的体制比较简单，不是诗、词相间，内容不是叙事，重在抒情。除了九首之间有一定的联系外，它的性质和一般的词没有基本的区别，所以朱彝尊把它选入《词综》。

[2] 光景：时光。

[3] 兰房：等于说香房，妇女所居。

[4] 呕呕轧轧：机织的声音。

其　二

两张机，月明人静漏声稀[1]。千丝万缕相萦系。织成一段，回纹锦字[2]，将去寄呈伊。

[1] 漏声稀：指深夜。漏，古代用水计时的用具。到了深夜，漏壶里水少，滴得比较慢，故云。

[2] 回纹锦字：把回文诗织成锦字。回文诗是一种可以往复回环诵读的诗。

锦字，见前 84 页贺铸《捣练子》注[1]。

其　三

三张机，中心有朵耍花儿[1]。娇红嫩绿春明媚。君须早折，一枝浓艳，莫待过芳菲[2]。

[1] 耍花儿：指织锦上的花儿。耍，似是“有趣”“可爱”的意思。

[2] 君须早折三句：是说爱情要及时，不要虚度青春。过芳菲，过了花草的香美时期。杜秋娘《金缕衣》诗：“劝君莫惜金缕衣，劝君惜取少年时。花开堪折直须折，莫待无花空折枝。”

其　四

四张机，鸳鸯织就欲双飞。可怜未老头先白。春波碧草，晓寒深处，相对浴红衣[1]。

[1] 相对浴红衣：见前 109 页廖世美《好事近》注[3]。

其　五

七张机，春蚕吐尽一生丝。莫教容易裁罗绮，无端剪破，仙鸾彩凤，分作两边衣。

其　六

春衣，素丝染就已堪悲[1]。尘昏汗污无颜色[2]。应同秋扇，从兹永弃[3]，无复奉君时。

[1] 素丝染就已堪悲：素丝染后，失掉本来的洁白之色，所以兴悲。《淮南子・说林训》：“墨子见练丝而泣之，为其可以黄，可以黑。”

[2] 尘昏汗污无颜色：春衣受到人们的糟蹋，被尘土、粉汗玷污，失去原来的光彩。白居易《缭绫》诗："汗沾粉污不再着，曳土踏泥无惜心。"这个句子显然还有它的比喻意义：把素丝比织女的玉颜，把尘昏汗污比容颜的憔悴和衰老。这样就和下文联系更密切。

[3] 应同秋扇两句：是说色衰被弃和秋扇见捐一样。班婕妤《怨歌行》："新裂齐纨素，皎洁如霜雪。裁成合欢扇，团团似明月。出入君怀袖，动摇微风发。常恐秋节至，凉飙夺炎热。弃捐箧笥中，恩情中道绝。"

前　调

其　一

一张机，采桑陌上试春衣。风晴日暖慵无力。桃花枝上，啼莺言语，不肯放人归[1]。

[1] 啼莺言语两句：被黄莺儿美妙的歌声迷住了，舍不得回去（这里说成是黄莺儿不让她回去）。

其　二

两张机，行人立马意迟迟[1]。深心未忍轻分付[2]。回头一笑，花间归去，只恐被花知[3]。

[1] 行人立马意迟迟：行人，指即将远行的爱人。立马，驻马。意迟迟，迟疑不决，准备走而又没有走开。

[2] 深心未忍轻分付：自己的深情密意不好意思表示出来。

[3] 只恐被花知：生怕自己的心事被花知道。

其　三

三张机，吴蚕已老燕雏飞[1]。东风宴罢长洲苑[2]，轻绡催趁[3]，馆娃宫女[4]，要换舞时衣。

［1］吴蚕：吴地(今江苏苏州市一带)是盛产蚕丝的地区。

［2］长洲苑：春秋时吴国国王游猎的苑囿，在苏州市西南。

［3］轻绡催趁：催促织女赶织轻绡(为了宫里“要换舞时衣”)。趁，有赶快的意思。

［4］馆娃宫：吴王夫差特地建造起来给西施住的宫，在苏州市西南的灵岩山。

其　四

四张机，咿哑声里暗颦眉[1]。回梭织朵垂莲子[2]。盘花易绾[3]，愁心难整[4]，脉脉乱如丝[5]。

［1］咿哑：机织的声音。咿，同咿。

［2］垂莲子：是“垂怜子”(即“爱你”)的双关语。莲和怜谐音。南朝民间乐府里常用这个词。

［3］盘花易绾(wǎn)：要曲折回环地织成花朵倒是容易的。盘、绾，都是曲绕的意思。

［4］愁心难整：整，理。李煜《相见欢》词：“剪不断，理还乱，是离愁。”

［5］脉脉：含情欲吐貌。

其　五

五张机，横纹织就沈郎诗[1]。中心一句无人会。不言愁恨，不言憔悴，只恁寄相思。

［1］沈郎：指南朝梁诗人沈约。伊士珍《琅嬛记》引《子真杂抄》：“谢秘书平生不嗜书，独爱沈约集。行立坐卧，靡不讽咏。薛道衡戏曰：‘沈郎书真可秘耶?’……(谢)大书于额曰‘沈郎书室’。”

其　六

六张机，行行都是耍花儿[1]，花间更有双蝴蝶。停梭一饷[2]，闲窗影里[3]，独自看多时。

[1] 耍花儿：见前 112 页《九张机》(其三)注[1]。

[2] 一饷：片刻。

[3] 闲窗影里：在阳光悄悄地照进来的窗子里。

其　七

七张机，鸳鸯织就又迟疑。只恐被人轻裁剪，分飞两处，一场离恨，何计再相随？

其　八

八张机，回纹知是阿谁诗[1]？织成一片凄凉意。行行读遍，厌厌无语[2]，不忍更寻思[3]。

[1] 回纹：见前 111 页《九张机》(其二)注[2]。

[2] 厌(yān)厌：见前 92 页贺铸《石州引》注[9]。

[3] 寻思：仔细思量。

其　九

九张机，双花双叶又双枝。薄情自古多离别[1]。从头到底，将心萦系，穿过一条丝。

[1] 薄情：薄情郎。

曾慥《乐府雅词》里有两组《九张机》。在前一组的开头有一段序，说："《醉留客》者，乐府之旧名；《九张机》者，才子之新调。凭戛玉之清歌，写掷梭之春怨，章章寄恨，句句言情。恭对华筵，敢陈口号。”从这段骈偶文字和所谓“才子之新调”来看，似不是出自民间的作品。曾慥所选的无名氏词都不像来自民间。但这两组词的风格在《乐府雅词》里还算是不太“雅”的，它具有浓厚的民歌色彩，该是文人或者下层文人模拟民间词写的作品。

陈廷焯对这两组词极为推重，他在《白雨斋词话》里说：“《九张机》自是逐臣弃妇之词，凄婉绵丽，绝妙古乐府也。”又说：“词至《九张机》，高处不减《风》《骚》，次亦《子夜》怨歌之匹，千年绝调也。”又说：“词至是，已臻绝顶，虽美成（周邦彦）、白石（姜夔）亦不能为。”这些评语似嫌过高，但他一反许多词话家对它所采取的轻视态度，确有独到的见解。如他指出“三张机，吴蚕已老燕雏飞”一首“刺在言外”，指出“春衣，素丝染就已堪悲”一首“最沉痛”“凄凉怨慕”，都说得对。这两组词所反映的思想感情并不单纯，有怨词，也有艳语。如“桃花枝上，啼莺言语，不肯放人归”，我们可以设想一个织锦的少女是怎样沉醉在旖旎的春光里。我们还可以看出，作者所塑造的女主人公是一个热爱自己的工作和对爱情无比忠贞的人。这人物形象来自民间，迥然不同于名家词里所描绘的妇女。

无名氏　一首

柘　枝　引

将军奉命即须行，塞外领强兵。闻道烽烟动[1]，腰间宝剑匣中鸣[2]。

[1] 烽烟：战火。古时在边地的前哨筑高土台，有敌人来，便在台上燃烽火以告警。

[2] 腰间宝剑匣中鸣：佩剑在剑匣里发出不平的鸣声（意味着杀敌的时候到了）。

这首词郭茂倩《乐府诗集》列入《舞曲歌辞》，题作《柘枝词》，定为宋朝以前的作品。《钦定词谱》题作《柘枝引》。今依张宗橚《词林纪事》列为宋词。

蒋兴祖女 一首

蒋兴祖女，宜兴（今江苏市名）人。能诗词。据《宋史·忠义传》载，钦宗靖康年间金兵南侵的时候，蒋兴祖为阳武（今河南原阳县）令，城被敌军包围，他坚持抵抗，至死不屈，表现得很忠烈。他的妻子、儿子都死于这一事变。又，韦居安《梅磵诗话》载："……其女为贼掳去，题字于雄州驿中，叙其本末。仍作《减字木兰花》词云（略）。蒋令浙西人。其女方笄，美颜色，能诗词。乡人皆能道之。此汤岩起《诗海遗珠》所载。"

减字木兰花

题雄州驿[1]

朝云横度，辘辘车声如水去[2]。白草黄沙[3]，月照孤村三两家。　飞鸿过也，百结愁肠无昼夜[4]。渐近燕山[5]，回首乡关归路难。

[1] 雄州：今河北雄县。

[2] 辘辘：车声。杜牧《阿房宫赋》："雷霆乍惊，宫车过也；辘辘远听，杳不

知其所之也。”

[3] 白草黄沙：北方边区荒凉景象的特征。

[4] 飞鸿过也两句：是说鸿雁南飞，而自己北行，距离故乡更远，因而愁肠日夜百结不解。无昼夜，不分昼夜。

[5] 燕山：指燕京（今北京市）。

况周颐《蕙风词话》说这首词“寥寥数十字，写出步步留恋，步步凄恻”的感情。

无名氏 一首

水调歌头

建炎庚戌题吴江[1]

平生太湖上[2]，短棹几经过。如今重到何事，愁与水云多[3]。拟把匣中长剑[4]，换取扁舟一叶，归去老渔蓑。银艾非吾事[5]，丘壑已蹉跎[6]。　鲙新鲈[7]，斟美酒，起悲歌。太平生长，岂谓今日识干戈[8]！欲泻三江雪浪[9]，净洗边尘千里[10]，不为挽天河[11]。回首望霄汉[12]，双泪堕清波。

[1] 建炎庚戌题吴江：宋高宗建炎庚戌年（1130），正是金兵侵扰江南、劫掠两浙的时候。吴江，即吴淞江，太湖的支流。

[2] 太湖：古名震泽，又名具区，位置在江苏、浙江之间。

[3] 如今重到何事两句：按照词意，应标点为：“如今重到，何事愁与水云多？”

[4] 长剑：古人佩剑，表示要争取功名。

[5] 银艾非吾事：管印信不是自己要做的事情，就是说不要做官。银，银

印。艾，绿色像艾草的拴印的丝带。

[6] 丘壑已蹉跎：山水虚设已久。蹉跎，失时。

[7] 鲙(kuài)新鲈：烧新鲜的鲈鱼吃。鲙，通脍，把鱼肉切细。鲈鱼是吴江、松江一带的名产。

[8] 识干戈：遭遇战争。李煜《破阵子》："几曾识干戈？"

[9] 三江：指吴淞江、娄江、东江，都是太湖的支流。

[10] 净洗边尘：消灭边境上的敌人。边尘，边境上有战事(指受到敌人的侵扰)。

[11] 不为挽天河：是说在国家解除危难以前，决不能放弃努力，定要净洗边尘，收复失地。杜甫《洗兵马》诗："安得壮士挽天河，净洗甲兵长不用！"这里反用其意。

[12] 霄汉：天际，高空。

这首词极悲愤、沉痛。作者不详。曾敏行《独醒杂志》(卷六)载："绍兴(1131—1162)中有于吴江长桥上题《水调歌头》……不题姓氏。后其词传入禁中。上(宋高宗)命询访其人甚力。秦丞相(桧)乃请降黄榜招之。其人竟不至。或曰：'隐者也。自谓"银艾非吾事"，可见其泥涂轩冕(不愿做官)之意。秦丞相请招以黄榜，非求之，乃拒之也。'"

无名氏　一首

玉　楼　春

闻　笛

玉楼十二春寒侧，楼角暮寒吹玉笛[1]。天津桥上旧曾听[2]，三十六宫秋草碧[3]。　　昭华人去无消息[4]，江上青山空晚色。一声落尽短亭花[5]，无数行人归未得[6]。

［1］玉楼十二春寒侧两句：玉楼，天帝住的地方。这里指南宋宫苑。《十洲记》载昆仑山天墉城上有“金台五所，玉楼十二所”。侧，轻寒貌。杨慎《词品》说是“峭寒”的意思。暮寒，一作“何人”。

［2］天津桥上旧曾听：这支曲子曾经在汴京（没有沦陷时）听过。元稹《连昌宫词》：“李謩（mó）擫（yè）笛傍宫墙，偷得新翻数般曲。”自注：“玄宗尝于上阳宫夜后按新翻一曲。属明夕正月十五日，潜游灯下。忽闻酒楼上有笛奏前夕新曲，大骇之。明日密遣捕捉笛者诘验之。自云：‘其夕窃于天津桥玩月，闻宫中度曲，遂于桥柱上插谱记之。臣即长安少年善笛者李謩也。’玄宗异而遣之。”天津桥，在今河南洛阳市西南洛水上，唐宋时名胜地区。

［3］三十六宫秋草碧：宫苑里都长满了碧草。暗示宫里无人，君国沦亡。骆宾王《帝京篇》：“汉家离宫三十六。”这里指宋宫。

［4］昭华人去无消息：被金兵掳去的徽、钦二帝及其妃嫔们都没有来归的消息。昭华，宫廷里的女官名。这里是泛指。《南史·后妃传序》：“昭华，魏明帝所置。”又：“（宋）孝武孝建三年，……又置昭仪、昭容、昭华，以代修华、修仪、修容。”

［5］一声落尽短亭花：笛子里吹着离别的曲调。花，梅花，即《梅花落》，一名《梅花引》，笛曲名。短亭，见前27页柳永《雨霖铃》注［1］。李白《与史郎中钦听黄鹤楼上吹笛》：“黄鹤楼中吹玉笛，江城五月落梅花。”

［6］行人归未得：是说南渡人士不能北归。

这首词《历代诗馀》题王武子作。

无名氏 一首

御街行

霜风渐紧寒侵被，听孤雁声嘹唳[1]，一声声送一声悲。云淡碧天如水。披衣告语[2]："雁儿略住，听我些儿事。

塔儿南畔城儿里，第三个桥儿外，濒河西岸小红楼[3]，门外梧桐雕砌[4]。请教且与、低声飞过，那里有、人人无寐[5]。"

[1] 嘹唳(lì)：形容响亮而曼长的声音。

[2] 披衣：作者本来睡了，听到雁声悲切，披着衣服起来。

[3] 红楼：妇女住的地方。李白《陌上赠美人》诗："美人一笑褰珠箔，遥指红楼是妾家。"

[4] 雕砌：雕花的台阶。

[5] 人人：那个人，指爱人。

这首词不同于传统文人的作品。选择题材和写作方法都不落陈套。全篇没有使用"相思"一类的词汇，可是作者思念和关怀爱人的感情表达得很深切。

鲁逸仲 一首

鲁逸仲，生平事迹不详。王灼《碧鸡漫志》说是孔夷的托名。厉鹗《宋诗纪事》说孔夷字方平，哲宗元祐中隐士。黄昇《花庵词选》选录他的词三首。

南　浦

旅　怀

风悲画角[1]，听《单于》、三弄落谯门[2]。投宿骎骎征骑[3]，飞雪满孤村。酒市渐阑灯火，正敲窗、乱叶舞纷纷。送数声惊雁，乍离烟水，嘹唳度寒云[4]。　好在半胧溪月[5]，到如今、无处不消魂[6]。故国《梅花》归梦[7]，愁损绿罗裙[8]。为问暗香闲艳，也相思、万点付啼痕[9]。算翠屏应是，两眉余恨倚黄昏[10]。

[1] 风悲画角：寒风里传来号角悲凉的声音。画角，见前14页张先《青门引》注[3]。相传画角有长鸣、中鸣的区别。长鸣时声调激昂，中鸣时声音很悲切。

[2]《单(chán)于》、三弄落谯门：城楼上反复吹奏着《单于》曲，表明天色已晚。唐代的《大角曲》中有《大单于》《小单于》等曲。弄，奏乐。谯门，见前73页秦观《满庭芳》注[2]。

[3] 骎(qīn)骎：马行快速貌。

[4] 嘹唳：见121页《御街行》注[1]。

[5] 好在半胧溪月：月儿依然无恙，半明半暗地照在溪头。好在，依旧。

[6] 消魂：即销魂。见前74页秦观《满庭芳》注[8]。

[7] 故国《梅花》归梦：听了《梅花》曲引起思归的梦想。《梅花》，即《梅花落》，一种容易引起乡愁的曲子。

[8] 愁损绿罗裙：想起家里的爱人便愁坏了。绿罗裙，这里指穿绿罗裙的人。牛希济《生查子》词："记得绿罗裙，处处怜芳草。"

[9] 为问暗香闲艳两句：表示不能忘怀过去的歌舞享乐生活。暗香闲艳，

大约是指歌舞女一类的人。

[10] 算翠屏应是两句：这是设想爱人也在思念自己。翠屏，借指爱人（她正站在屏风边愁思苦想）。

这首词前段写凄凉的旅况，后段写怀念故乡的感情。可能是通过思乡而寄情故国。黄蓼园《蓼园词选》说："细玩词意，似亦经靖康乱后作也。第词旨含蓄，耐人寻味。"

吕渭老 一首

吕渭老（一作滨老），字圣求，秀州（今浙江嘉兴市）人。宋徽宗宣和末年在朝廷里做过小官。南渡后情况不详。今传《圣求词》。

好 事 近

飞雪过江来[1]，船在赤阑桥侧[2]。为报布帆无恙[3]，着两行亲札[4]。　　从今日日在南栖，发自此时白。一咏一觞谁共[5]？负平生书册[6]。

[1] 飞雪过江来：冒着雪渡过长江南来。

[2] 赤阑桥：红栏杆的桥。这里疑是专名，地址不详。

[3] 布帆无恙：旅途平安，没有出事故。刘义庆《世说新语·排调》载顾长康写信给殷浩说："行人安稳，布帆无恙。"

[4] 亲札：亲笔写的信。

[5] 一咏一觞（shāng）谁共：跟谁一道作诗、喝酒呢？觞，酒杯。谁，指志同

道合的朋友。王羲之《兰亭集序》:"一觞一咏,亦足以畅叙幽情。"

[6] 负平生书册:辜负了读一辈子的书(不能挽救国家的危亡)。

这是吕渭老南渡后写给友人的词。词虽简短,忧国和忏悔的心情都表达了出来。

蔡伸 一首

蔡伸,字伸道,自号友古居士,莆田(今福建市名)人。宋徽宗时进士。做过太学博士(国立大学的教官)和徐州(今江苏市名)等处的地方官。有《友古词》。

苍梧谣[1]

天!休使圆蟾照客眠[2]。人何在?桂影自婵娟[3]。

[1]《苍梧谣》:通称《十六字令》。

[2] 圆蟾(chán):圆月。蟾,蟾蜍,月里的嫦娥。《后汉书·天文志》刘昭注引张衡《灵宪浑仪》:"羿请无死之药于西王母,姮娥窃之以奔月,……是为蟾蜍。"这里作为月的代称。

[3] 桂影自婵娟:桂影,指月影。见前59页苏轼《念奴娇》第二首注[1]。自,空自。婵娟,美好貌。

叶梦得 三首

叶梦得(1077—1148),字少蕴,自号石林居士,苏州(今江苏市名)人。

举进士。宋徽宗时官翰林学士(替皇帝草拟诏令的官吏)。南渡后,两次任建康(今江苏南京市)知府,对军事的补给工作做得很好,有助于前方的抗金战争。晚年居吴兴(今浙江湖州市)卞山,以读书吟咏自乐。他写过一部《石林诗话》,对苏轼的诗有所不满,可是他的词无可讳言地受了苏轼的影响,具有一定程度的豪放风格。毛晋称他"不作柔语殢(tì)人",关注称他晚年的词"能于简淡时出雄杰"[1],都指出了他的作品的特征。今传《石林词》。

[1] 毛晋、关注语,见《石林词》题、跋。

水调歌头

九月望日,与客习射西园,余病不能射[1]。

霜降碧天静[2],秋事促西风[3]。寒声隐地初听,中夜入梧桐[4]。起瞰高城回望,寥落关河千里[5],一醉与君同。叠鼓闹清晓[6],飞骑引雕弓[7]。　　岁将晚,客争笑,问衰翁[8]:平生豪气安在?走马为谁雄?何似当筵虎士[9],挥手弦声响处,双雁落遥空[10]。老矣真堪愧,回首望云中[11]。

[1] 九月望日三句:曾慥《乐府雅词》题作:"九月望日,与客习射西园。余偶病不能射。客较胜相先。将领岳德,弓强二石五斗,连三发中的。观者尽惊。因作此词示坐客。前一夕大风,是日始寒。"望日,旧历月之十五日。

[2] 静:一作"净"。

[3] 秋事促西风:意即西风促秋事。促,催促。秋事,秋收的事情。唐彦谦《和陶渊明贫士诗》:"去年秋事荒,贩籴仰邻州。"这和上句都是写深秋景象。

[4] 寒声隐地初听两句:是说本来还只隐约地感到一点秋凉,到了夜半,西

风猛烈地吹打着梧桐，就带来了更多的寒意。地，助词。

[5] 起瞰高城回望两句：登上城楼远望，遍地都是一派冷落的秋色。关河，见前33页柳永《八声甘州》注[3]。另一解释：作者回望的是中原广大的沦陷区。

[6] 叠鼓：接连不断地打鼓(指早晨报时的鼓声)。

[7] 引雕弓：张弓，开弓。弓背上雕绘文采的弓叫雕弓。

[8] 衰翁：作者年老有病，自称衰翁。

[9] 虎士：勇士。指岳德。

[10] 双雁落遥空：形容箭术的神乎其技。《北史·长孙晟传》载长孙晟有一箭贯双雕的故事。落遥空，从高空被射落下来。

[11] 回首望云中：王维《观猎》诗："回看射雕处，千里暮云平。"这里"云中"也可以释为地名。汉时云中(今内蒙古自治区托克托县)是在军事上占重要地位的边郡，魏尚、李广都曾经在此击溃匈奴的军队。

作者因"病不能射"产生了许多感慨。末两句是自伤衰老，不能再为国家效力。"回首望云中"，显然含有"不堪回首望中原"的意思。

前　调

秋色渐将晚，霜信报黄花[1]。小窗低户深映，微路绕敧斜[2]。为问山公何事[3]，坐看流年轻度，拚却鬓双华[4]？徙倚望沧海[5]，天净水明霞[6]。　念平昔[7]，空飘荡，遍天涯。归来三径重扫，松竹本吾家[8]。却恨悲风时起[9]，冉冉云间新雁，边马怨胡笳[10]。谁似东山老，谈笑净胡沙[11]！

[1] 霜信报黄花：黄花开时表明是降霜的季节。

[2] 小窗低户深映两句：是说幽居掩映在黄花秋色之中，外面环绕着曲折

攲(qī)斜的小路。小窗低户，指简陋的房屋。

[3] 山公：《晋书·山简传》载山简好酒易醉，时人称为山公。作者借以自称。

[4] 鬓双华：两鬓花白。

[5] 徙倚望沧海：依恋不舍地眺望着浩渺的沧波远水。徙倚，徘徊往复。沧海，指太湖。古人多以海形容大湖。（作者晚年寓居吴兴西北的卞山，太湖在卞山的东北面。）

[6] 天净水明霞：秋天高空里清净无尘，霞彩映照水中，格外明丽。

[7] 平昔：往日。

[8] 归来三径重扫两句：写归隐田园。陶渊明《归去来兮辞》："三径就荒，松竹犹存。"三径，院子里的小路。

[9] 悲风：寒风。

[10] 冉冉云间新雁两句：云间的新雁带来了敌人侵扰的讯息。冉冉，飞行貌。边马怨胡笳，写边地悲凉景象，借指战争。蔡琰《悲愤诗》："胡笳动兮边马鸣，孤雁归兮声嘤嘤。"胡笳，古代北方民族的一种乐器，这里指敌人军中的号角。

[11] 谁似东山老两句：谢安字安石，曾隐居东山（在今浙江绍兴上虞区西南），他是东晋淝水之战的指导人，在这一战役中击溃了前秦（胡族之一）的百万雄师。据说，当战争正在激烈进行的时候，他在别墅里下棋，不动声色（见《通鉴》卷一〇五），所以说"谈笑净胡沙"。作者这时闲居山中，故以东山谢安自况。李白《永王东巡歌》："但用东山谢安石，为君谈笑净胡沙。"

点 绛 唇

绍兴乙卯登绝顶小亭[1]

缥缈危亭[2]，笑谈独在千峰上。与谁同赏，万里横烟浪[3]。　　老去情怀，犹作天涯想[4]。空惆怅！少年豪放，莫学衰翁样。

［1］绍兴乙卯登绝顶小亭：宋高宗绍兴五年(1135)，作者五十九岁，闲居吴兴卞山。绝顶，指卞山山顶，它是吴兴地区的最高峰。小亭，《宋六十名家词・石林词》作“水亭”，疑误。

［2］缥(piāo)缈(miǎo)：高远、隐约貌。

［3］烟浪：烟云如浪，指云海。

［4］天涯想：立功万里的想头。

赵　佶　一首

赵佶(1082—1135)，即宋徽宗。他做了二十五年荒淫腐败的皇帝，加速了北宋王朝的崩溃。靖康二年(1127)被掳北去后，又过了九年耻辱的俘虏生活，死在五国城(在今黑龙江省境)。他做皇帝豪华的享受和亡国的遭遇，在政治上的昏庸和艺术上的才能，都有些像李后主。今传有《宋徽宗词》。

他前期的词是处在深宫里写的，除了像《探春令》“去年对著东风，曾许不负莺花愿”反映极度曼艳的生活外，挑不出什么好作品。只有亡国以后在北地写的两首哀歌，特别是《燕山亭》一首，标志着他的艺术的高度成就。

燕　山　亭

北行见杏花

裁剪冰绡，轻叠数重，淡著燕脂匀注[1]。新样靓妆[2]，艳溢香融，羞杀蕊珠宫女[3]。易得凋零，更多少无情风雨。愁苦！问院落凄凉，几番春暮？　　凭寄离恨重重[4]，这双燕何曾，会人言语。天遥地远，万水千山，知他故宫何处？怎不思量[5]，除梦里有时曾去。无据，和梦也新来不做[6]。

[1] 裁剪冰绡三句：写杏花的形色。冰绡，白色丝绸，用来比喻花瓣。燕脂，同胭脂。

[2] 靓(jìng)妆：用脂粉打扮。

[3] 蕊珠宫女：仙女。蕊珠宫，是道教传说的仙宫(赵佶也是道教徒，自号教主道君皇帝)。

[4] 凭寄：托寄。

[5] 怎不思量：是说怎么不思念故宫呢，可是那也不过空想一番罢了。

[6] 和梦也新来不做：和，连。新来，一作“有时”。

这首词据说是宋徽宗的“绝笔”。他以杏花的凋零比喻自己横被摧残的命运；婉转而绝望地倾诉出内心无限的哀愁。杨慎《词品》说：“词极凄惋。”问题在于作者经过这样巨大的变乱之后，所怀恋不忘的仍然限于他的“故宫”(另外一首《眼儿媚》也是这样)。贺裳《皱水轩词筌》认为可以和《诗经》里面爱国的名篇《黍离》相比，就思想意义说，显然是不能相提并论的。

李清照　十一首

李清照(1084—约1151)，号易安居士，生于济南(今山东市名)历城西南的柳絮泉。父亲李格非是一个能文的官吏。丈夫赵明诚历任地方官职，对于金石学很有研究。她的身份是贵族夫人，但和别的贵族夫人有所不同，生活在一个学术文艺气息非常浓厚的家庭里，而且十分认真地参加研究和创作的工作。金人的笳鼓毁灭了她的美满生活。南渡不久，丈夫病死。当敌军侵扰浙东的时候，她在颠沛流离中，珍藏的金石书画丧失殆尽。若干年后，在愁苦寡欢中死去[1]。她是宋代可以和第一流作家抗衡的女词人。作品散失很多[2]，今传《漱玉词》一卷。

以1127年的大变乱划界，李清照前后期作品有显著的区别。前期作品的反映面比较狭隘，限于闺情一类。如《一剪梅》《醉花阴》《凤凰台上忆吹箫》都是脍炙一时之作。到了后期，凄凉的身世之感深刻地影响了她的创作思想，风格突变。如"故乡何处是，忘了除非醉"(《菩萨蛮》)，"点滴霖霪，愁损北人，不惯起来听"(《添字采桑子》)，"物是人非事事休，欲语泪先流"(《武陵春》)，这种愁苦之词所反映的不仅是个人的感情，同时也是南渡人士辞乡别土、破国亡家的共同哀愁，具有一定的社会意义。

李清照在创作上遵守旧的传统，以诗言志，以词抒情。这就自然而然地导致她的词的内容和诗歌里所表现的爱国思想相形见绌。但是也应当承认她的词里的愁情和诗里的爱国思想必然有其相通的地方。所以宋末词人刘辰翁读了她的《永遇乐》，"为之涕下"[3]，并且从而激起了家国之恨。不过，作者有不少的词在渲染愁情上尽其能事，难于确指其内涵的现实意义，而且情调过分低沉，这给读者不免要带来一些消极因素。

作者在语言艺术方面的创获是特别值得推荐的。她能不依傍古人，自出机杼。如《声声慢》一开头用了七对叠字，为前此所无。所以罗大经在《鹤林玉露》里惊叹地说："以一妇人乃能创意出奇如此！"她写词不喜欢堆砌故实，偶尔用典，也没有掉书袋的毛病。她善于运用民间语言，而又不同于柳永的"词语尘下"[4]；还善于用浅俗、清新的语句描绘出鲜明、动人的形象。这是可以比之于李煜而毫无逊色的。王灼本是对李清照表示很不满意的人，可是他也不得不推许她的词采，不得不承认她"作长短句能曲折尽人意"(《碧鸡漫志》)。

［1］俞正燮《癸巳类稿·易安居士事辑》辑录李清照的生平事迹较为完备。

［2］《宋史·艺文志》著录李清照的文集七卷、词六卷。

［3］刘辰翁《永遇乐》词序："余自乙亥上元，诵李易安《永遇乐》，为之涕下。今三年矣。每闻此词，辄不自堪。遂依其声，又托之易安自喻。虽辞情不及，而悲苦过之。"

［4］李清照《词论》中语。

点绛唇

蹴罢秋千[1]，起来慵整纤纤手[2]。露浓花瘦，薄汗轻衣透。　　见有人来，袜刬金钗溜[3]，和羞走。倚门回首，却把青梅嗅[4]。

［1］蹴罢秋千：打过了秋千。蹴，踩，踏。

［2］慵整纤纤手：整，理。纤纤手，细嫩柔美的手。《古诗》："娥娥红粉妆，纤纤出素手。"

［3］袜刬(chǎn)金钗溜：急忙中来不及穿鞋，就穿着袜子朝里走；头上的金钗冷不防也滑脱了。李煜《浣溪沙》词："佳人舞点金钗溜。"又《菩萨蛮》词："刬袜步香阶，手提金缕鞋。"

［4］却把青梅嗅：李白《长干行》："郎骑竹马来，绕床弄青梅。"

如梦令

常记溪亭日暮[1]，沉醉不知归路。兴尽晚回舟，误入藕花深处[2]。　　争渡，争渡，惊起一滩鸥鹭。

［1］溪亭：临水的亭台。

[2] 藕花：荷花。

这首词黄昇《花庵词选》题作“酒兴”。

前 调

昨夜雨疏风骤，浓睡不消残酒[1]。试问卷帘人[2]，却道“海棠依旧”。“知否？知否？应是绿肥红瘦[3]。”

[1] 浓睡不消残酒：睡得很好，但还有残余的酒意未消。

[2] 卷帘人：指侍女。这时她正在卷帘，故称。

[3] 知否三句：女主人纠正侍女的话说：“你知道吗？海棠不是‘依旧’，该是绿叶多，红花少了。”

李清照在北宋颠覆之前的词颇多饮酒、惜花之作，反映出她那种极其悠闲、风雅的生活情调。这首词在写作上以寥寥数语的对话，曲折地表达出主人翁惜花的心情，写得那么传神。“绿肥红瘦”，用语简练，又很形象化。

一 剪 梅

红藕香残玉簟秋[1]。轻解罗裳，独上兰舟[2]。云中谁寄锦书来[3]？雁字回时[4]，月满西楼。　花自飘零水自流。一种相思，两处闲愁。此情无计可消除，才下眉头，却上心头[5]。

[1] 玉簟(diàn)秋：用竹席有些嫌凉了。玉簟，席子的美称。

[2] 独上兰舟：独自坐船出游。兰舟，见前27页柳永《雨霖铃》注[4]。

[3] 云中谁寄锦书来：是谁从远方捎带了信来？谁，实指作者所想念的丈夫。锦书，书信的美称。

[4] 雁字回时：雁儿来到的时候。相传雁能传书，故云。雁字，见前38页

晏幾道《阮郎归》注[2]。

[5] 才下眉头两句：方才眉头不皱，心里头又想念起来了。范仲淹《御街行》："都来此事，眉间心上，无计相回避。"

这首词黄昇《花庵词选》题作"别愁"。伊士珍《琅嬛记》载："易安结缡(婚)未久，明诚即负笈远游。易安殊不忍别，觅锦帕书《一剪梅》词以送之。"

醉花阴

薄雾浓云愁永昼，瑞脑消金兽[1]。佳节又重阳，玉枕纱厨[2]，半夜凉初透。　东篱把酒黄昏后[3]，有暗香盈袖[4]。莫道不消魂[5]，帘卷西风[6]，人比黄花瘦[7]！

[1] 瑞脑消金兽：香炉里的香料渐渐烧完了。瑞脑，一称龙瑞脑，香料。金兽，兽形的铜香炉。

[2] 玉枕纱厨：瓷枕、纱帐。

[3] 东篱：种菊花的地方。陶渊明《饮酒》诗："采菊东篱下，悠然见南山。"

[4] 暗香：幽香。

[5] 消魂：即销魂。见前74页秦观《满庭芳》注[8]。

[6] 帘卷西风：西风卷起帘子。

[7] 黄花：菊花。

这首词黄昇《花庵词选》题作"九日"。据伊士珍《琅嬛记》记载："易安以重阳《醉花阴》词函致明诚。明诚叹赏，自愧弗逮，务欲胜之。一切谢客，忌食忘寝者三日夜，得五十阕。杂易安作，以示友人陆德夫。德夫玩之再三，曰：'只三句绝佳。'明诚诘之。答曰：'莫道不消魂，帘卷西风，人比黄花瘦。'政(正)易安作也。"这个故事说明李清照的艺术技巧是高人一等的；她在这里塑造了一个多愁多感，为过去封建士大夫所欣赏的、弱不禁风的闺阁美人形象。

凤凰台上忆吹箫

香冷金猊[1]，被翻红浪[2]，起来慵自梳头。任宝奁尘满[3]，日上帘钩。生怕离怀别苦，多少事、欲说还休。新来瘦，非干病酒[4]，不是悲秋。　　休休[5]！这回去也，千万遍《阳关》[6]，也则难留[7]。念武陵人远[8]，烟锁秦楼[9]。惟有楼前流水，应念我、终日凝眸[10]。凝眸处，从今又添，一段新愁。

[1] 金猊(ní)：狻猊形的铜香炉。

[2] 被翻红浪：红锦被没有折好，乱摊在床上(表示主人公的懒散心情)。柳永《凤栖梧》词："鸳鸯绣被翻红浪。"

[3] 宝奁(lián)：华贵的梳妆镜匣。

[4] 非干：不关。

[5] 休休：完了，罢了。

[6] 《阳关》：即《阳关三叠》，是送别的曲子。源出王维《送元二使安西》诗。见前94页张舜民《卖花声》注[6]。

[7] 也则：也便。

[8] 武陵人远：古代词曲中所谓"桃源""武陵"，多用刘晨、阮肇入天台山遇仙女事。见前78页秦观《踏莎行》注[3]。这里借指自己的爱人去到遥远的地方。韩琦《点绛唇》词："武陵凝睇，人远波空翠。"

[9] 烟锁秦楼：是说自己妆楼独居。锁，表示隔绝的意思。秦楼，即凤台，相传是春秋时秦穆公女弄玉和她的爱人萧史飞升以前的住所。冯延巳《南乡子》词："烟锁凤楼无限事。"

[10] 凝眸：注视，呆看。

这是李清照早期写别情的词。她在《金石录后序》里说赵明诚曾经“屏居乡里十年”(作者二十五岁至三十五岁)。此词大约就在这个期间内夫妇离别时写的。黄昇《花庵词选》和曾慥《乐府雅词》都选录了这首词。这里依据黄本,文字较胜。

渔家傲

天接云涛连晓雾,星河欲转千帆舞[1]。仿佛梦魂归帝所[2],闻天语,殷勤问我归何处。 我报路长嗟日暮,学诗谩有惊人句[3]。九万里风鹏正举[4]。风休住,蓬舟吹取三山去[5]。

[1] 天接云涛连晓雾两句:夜色将晓的时候,满天云雾里露出一线曙光,天河在流转着,成千的帆船在天河里飞舞。

[2] 帝所:天帝住的处所。

[3] 我报路长嗟日暮两句:我告诉天帝,自己虽有才学,写出惊人的诗句,可是现在日暮途远,没有出路。《楚辞·离骚》:“欲少留此灵琐兮,日忽忽其将暮。……路曼曼其修远兮,吾将上下而求索。”

[4] 九万里风鹏正举:表示自己正要像鹏鸟高飞远举。见前59页苏轼《念奴娇》第二首注[8]。

[5] 蓬舟吹取三山去:蓬舟,像蓬草一般的轻舟。三山,传说中的仙山。《史记·封禅书》载蓬莱、方丈、瀛洲三神山在渤海中。

这首词黄昇《花庵词选》题作“记梦”。李清照南渡以后写的一般是消极、愁苦的作品,这是一个值得注意的例外。她借助于梦,幻想着一条精神上可以寄托的道路,显示出豪迈健举的气概。类似的风格在她的诗歌里是容易发现的。

声 声 慢

寻寻觅觅，冷冷清清，凄凄惨惨戚戚[1]。乍暖还寒时候[2]，最难将息[3]。三杯两盏淡酒，怎敌他晚来风急！雁过也，正伤心，却是旧时相识[4]。　　满地黄花堆积，憔悴损，如今有谁堪摘？守着窗儿，独自怎生得黑[5]！梧桐更兼细雨，到黄昏、点点滴滴。这次第[6]，怎一个愁字了得！

[1] 寻寻觅觅三句：作品里的主人公抱着百无聊赖的心情，去寻觅自己精神上可以寄托的安慰。但是寻觅给她带来了失望，秋天的景色和周围的气氛那么冷落、凄清，这一来她的心境便更加凄然寡欢、惨然不乐了。

[2] 乍暖还寒时候：忽然回暖、一会儿又冷的时候。

[3] 将息：调养、休息的意思。

[4] 雁过也三句：是说雁儿飞过的时候，正好托它带信，可是丈夫已死，信寄给谁，想想只有"伤心"。再一看，这雁儿原来是替她带过书信的"旧时相识"，这就使她更加难受了。雁足传书的出典见前32页柳永《夜半乐》注[13]。

[5] 怎生：怎样。

[6] 这次第：这一连串的情况。

这是李清照南渡以后写的名篇之一（张端义《贵耳集》说是晚年的作品）。南渡是她生活逆流的开始。不久她的丈夫死了。她在浙东遭遇金人南侵的大紊乱，饱尝了颠沛流离的生活。此后一直都在孤苦伶仃的日子里煎熬。这就是作者所要吐露的哀愁。作为一个封建社会里饱经忧患、晚年孤独无依的寡妇，她有种种难以言传的哀愁是可以理解的。在残酷的命运面前表现得这样消极、绝望，说明了她的阶级局限。但是这里写的不只是个人苦闷，而是代表着多少不幸妇女在动乱的时代里的苦难遭遇，具有一定的社会意义。在这首词里，作者特别显示出她的艺术才能：巧妙而自然地用铺叙的手法，把日常生活概括得很突出，还用上大量确切的叠字，加强了感情的渲染。历来词话家都称赞她这样创造性地用叠字，徐釚(qiú)在《词苑丛谈》里说："真似大珠小珠落玉盘。"

念奴娇

萧条庭院，又斜风细雨，重门须闭。宠柳娇花寒食近[1]，种种恼人天气。险韵诗成[2]，扶头酒醒[3]，别是闲滋味。征鸿过尽，万千心事难寄。　　楼上几日春寒，帘垂四面，玉阑干慵倚[4]。被冷香消新梦觉[5]，不许愁人不起。清露晨流，新桐初引[6]，多少游春意！日高烟敛，更看今日晴未？

[1] 宠柳娇花：柳条飘扬飞舞，像是很受春天宠爱似的。娇，含有娇贵和娇嫩的意思。人爱花，花就显得更娇。

[2] 险韵诗：用冷僻生疏、难押的字作韵脚的诗。

[3] 扶头酒：容易喝醉的酒。

[4] 玉阑干：栏杆的美称。

[5] 香消：香炉里的香烧完了。

[6] 清露晨流两句：刘义庆《世说新语·赏誉》："于时清露晨流，新桐初引。"初引，初长。

这首词写主人公抑郁、愁苦的心情随着明媚的春光的到来有逐渐开朗的一面。

永遇乐

落日熔金[1]，暮云合璧[2]，人在何处[3]？染柳烟浓，吹梅笛怨[4]，春意知几许！元宵佳节，融和天气，次第岂无风雨[5]？来相召，香车宝马[6]，谢他酒朋诗侣[7]。　　中州盛日[8]，闺门多暇，记得偏重三五[9]。铺翠冠儿[10]，捻金雪柳[11]，簇带争济楚[12]。如今憔悴，风鬟雾鬓[13]，怕见夜间出去[14]。不如向帘儿底下，听人笑语。

[1] 熔金：形容落日灿烂的颜色。宋人多以熔金形容映照在水里的落日，如廖世美《好事近》词："落日水熔金。"辛弃疾《西江月》词："一川落日熔金。"

[2] 暮云合璧：暮云连成一片如白玉相合。

[3] 人在何处：这是感伤自己孤独无依。人，亲人，指她死去的丈夫赵明诚。

[4] 染柳烟浓两句：意即烟染柳浓，笛吹梅怨。梅，《梅花曲》。见前80页秦观《如梦令》第二首注[2]。

[5] 次第岂无风雨：这表示一种好景无常的悲观心理。次第，转眼。

[6] 香车宝马：华美的车马。

[7] 谢他酒朋诗侣：辞谢喝酒作诗的朋友们的邀请。

[8] 中州盛日：指汴京沦陷前的繁盛时期。汴京，今河南开封市。古代称河南为豫州，也称中州。

[9] 偏重三五：宋朝元宵节是盛大的节日，故云。三五，指旧历正月十五夜。

[10] 铺翠冠儿：妇女们戴的翡翠珠子镶的帽儿。吴自牧《梦粱录·元宵》："官巷口、苏家巷二十四家傀儡，衣装鲜丽，细旦戴花朵肩、珠翠冠儿，腰肢纤袅，宛若妇人。"

[11] 捻金雪柳：以捻金为饰的雪柳。雪柳，宋朝妇女们元宵节插戴的妆饰品。

[12] 簇带争济楚：插戴满头，夸自己打扮得漂亮。《宣和遗事·十二月预赏元宵》："京师民有似云浪，尽头上戴著玉梅、雪柳、闹蛾儿，直到鳌山下看灯。"簇带，插戴着很多的饰物。周密《武林旧事·都人避暑》载茉莉花"初出之时，其价甚穹(高)，妇人簇带，多至七插"。济楚，整齐，漂亮。

[13] 风鬟雾鬓：头发蓬松散乱的样子。李朝威《柳毅传》："见大王爱女牧羊于野，风鬟雨鬓，所不忍睹。"苏轼也有"雾鬓风鬟木叶衣"(《题毛女真》)的诗句。

[14] 怕见夜间出去：一作"怕向花间重去"。怕见，懒得。

张端义《贵耳集》说李清照"南渡以来，常怀念京、洛旧事。晚年赋《永遇乐》词。"这首词主要是抒发她饱经忧患后不安定的心情和自甘寂寞的消沉思想。词中追怀"中州盛日"的元宵景象，也适当地表现出作者对故国的眷念不忘。(南渡词人往往通过写汴京灯节的盛况以寄托自己的爱国思想。)南宋末年词人刘辰翁说："诵李易安《永遇乐》，为之涕下。"(见《须溪词·永遇乐》题序)可想见其强烈的感染力。通篇把今昔不同的情景构成鲜明的对照，又把一些寻常用语组织入词，格外显得生动。

武　陵　春

风住尘香花已尽[1]，日晚倦梳头。物是人非事事休，欲语泪先流。　　闻说双溪春尚好[2]，也拟泛轻舟。只恐双溪舴艋舟[3]，载不动许多愁。

[1] 尘香：尘土里有落花的香气。

[2] 双溪：浙江金华市的江名。本来是两条溪，一为东港，一为南港，至金华合流的一段称婺港，又名双溪。唐宋时已成为诗人骚客吟咏的风景区。

[3] 舴(zé)艋(měng)舟：像蚱蜢一样的小船。

俞正燮《癸巳类稿·易安居士事辑》把这首词定为宋高宗绍兴四年(1134)作者避乱至金华以后的作品，并且指出词的内容“流寓有故乡之思”。

向子諲 一首

向子諲(1086—1153，諲读 yīn)，字伯恭，自号芗林居士，临江(今江西樟树市)人。他坚持抗金的立场，并且在潭州(今湖南长沙市)亲率部队抵抗过强大的金兵。官至吏部(掌管任免、升降官吏等事务)侍郎(管理部务的副长官)。后以反对和议，与秦桧不合，致仕。今传《酒边词》，包括《江北旧词》和《江南新词》两部分。作者自己特别看重《江南新词》，其中有些是感慨很深的。他在一首《鹧鸪天》里唱道：“而今白发三千丈，愁对寒灯数点红。”正是这种深刻地怀念故国的作品(虽然不多)，构成《酒边词》的特色。《四库全书提要》说他“老境渐归平淡”，那只是看到作者的一面。

水 龙 吟

绍兴甲子上元有怀京师[1]

华灯明月光中[2]，绮罗弦管春风路[3]。龙如骏马[4]，车如流水，软红成雾[5]。太液池边[6]，葆真宫里[7]，玉楼珠树。见飞琼伴侣[8]，《霓裳》缥缈[9]，星回眼，莲微步[10]。　笑入彩云深处[11]，更冥冥、一帘花雨[12]。金钿半落，宝钗斜坠[13]，乘鸾归去[14]。醉失桃源，梦回蓬岛[15]，满身风露。到而今江上[16]，愁山万叠[17]，鬓丝千缕[18]。

［1］绍兴甲子上元有怀京师：这首词是宋高宗绍兴十四年（1144）作。上元，即元宵节。见前21页欧阳修《生查子》注［1］。京师，指沦陷的汴京。

［2］华灯：花灯。

［3］绮罗弦管：绮罗，指游人华丽的服装。弦管，音乐。

［4］龙如骏马：倒装句子。李煜《望江南》词："车如流水马如龙。"是说车马很多。

［5］软红：飞扬的尘土。

［6］太液池：汉唐都有太液池。唐时太液池在长安城东大明宫内。这里借指汴京宫里的池苑。

［7］葆真宫：宋宫名。孟元老《东京梦华录》说是元夕张灯的宫殿之一。北宋人诗里有描绘葆真宫张灯的盛况的。

［8］飞琼伴侣：犹言神仙伴侣。许飞琼，女仙名。《汉武帝内传》："王母乃命侍女许飞琼鼓震灵之簧。"

［9］《霓裳》缥缈：是说歌舞可望而不可即。《霓裳羽衣曲》，唐时著名的舞曲。

［10］星回眼两句：星眼、莲步，写歌舞美人的媚态、娇态。

［11］彩云深处：指彩山。吴自牧《梦粱录·元宵》："汴京大内前缚山棚，对宣德楼，悉以彩结。山沓上皆画群仙故事，左右以五色彩结文殊、普贤，跨狮子白象，各手指内五道出水。"

［12］冥冥、一帘花雨：天空里出现一片焰火。冥冥，远空。花雨，落花如雨，形容焰火的盛况。

［13］金钿半落两句：是说妇女们的妆饰品在这狂欢的夜里多所遗落。周密《武林旧事·元夕》："至夜阑则有持小灯照路拾遗者，谓之扫街。遗钿堕珥，往往得之。亦东都遗风也。"

[14] 乘鸾：借指美女。见前59页苏轼《念奴娇》第二首注[4]。

[15] 醉失桃源两句：陶渊明所记的桃花源和相传海上三神山之一的蓬莱岛，是人们所向往的、美好而又缥缈难求的仙境，这里借指沦陷的汴京。梦回，梦醒。

[16] 到而今江上：现在流浪江南。

[17] 愁山万叠：形容愁多，如同万山重叠。杜甫《自京赴奉先县咏怀五百字》诗："忧端齐终南。"此用其意。

[18] 鬓丝：鬓发像银白色的丝一般（表示衰老）。

陈与义　一首

陈与义（1090—1139），字去非，号简斋，洛阳（今河南市名）人。宋徽宗时进士。南渡后，官至参知政事（副宰相）。以诗著名，有《简斋集》，附《无住词》十八首。词虽不多，具有一定的质量。《四库全书提要》说他超过黄庭坚。甚至还有人说他的词的成就"可摩坡仙（苏轼）之垒"（黄昇《花庵词选》语），那就未免过甚其辞了。

临　江　仙

夜登小阁忆洛中旧游[1]

忆昔午桥桥上饮[2]，坐中多是豪英[3]。长沟流月去无声[4]。杏花疏影里，吹笛到天明。　　二十余年成一梦，此身虽在堪惊！闲登小阁看新晴[5]。古今多少事，渔唱起三更[6]。

[1] 忆洛中旧游：《草堂诗馀》题作“忆吴中旧游”，误。这是作者回忆自己二十四岁以前在洛阳故乡度过的青年生活。《宋史》本传称他“天资卓伟，为儿时已能作文，致名誉。流辈敛衽，莫敢与抗”。可见作者是年少成名的。

[2] 午桥：《大清一统志·河南府》：“午桥庄在洛阳县南十里。”《新唐书·裴度传》载裴度晚年居洛阳，在午桥作别墅，和白居易、刘禹锡为文章，把酒相欢，不问人间事。

[3] 豪英：杰出的人物。

[4] 长沟流月去无声：这句写深夜：月影躺在静静的河里，随着流水悄悄地消逝。黄蓼园《蓼园词选》说：“长沟流月即‘月涌大江流’（杜甫《旅夜书怀》诗句）之意。”

[5] 新晴：新雨初晴。晴，这里指晴夜、月夜。

[6] 古今多少事两句：古往今来多少事变，都只有付之半夜里渔人当作歌唱罢了。

这是胡仔在《苕溪渔隐丛话》里极力推荐，认为“清婉奇丽”的一首词。词里说的“二十余年成一梦”，是针对北宋末年毁灭性的大变乱所引起生活上的巨大变化而言。金兵占领汴京以后，陈与义曾“避乱襄、汉，转湖、湘，逾岭峤”，经过艰苦的历程，才从广东回到偏安江左的南宋朝廷里来。他说“此身虽在堪惊”，写的是自己的真情实感。可是作者面对这样的现实，却采取消极和袖手旁观的态度，因而他最后只是发出软弱无力的感叹。

张元幹 五首

张元幹（1091—约1170），字仲宗，自号芦川居士，长乐（今福建福州市长乐区）人[1]。北宋末年以词著称于时[2]。南渡后，秦桧当国，他不愿和奸佞同朝，弃官而去。后因作词送胡铨被除名。今传《芦川词》。

毛晋《芦川词跋》说："人称其长于悲愤，及读《花庵》《草堂》所选，又极妩秀之致，真堪与《片玉》《白石》并垂不朽。"这说得不确切。尽管张元幹的词有其妩秀的一面，但绝不能拉进周邦彦、姜夔一派里去。他的作品里最杰出的仍然是以悲愤为主的"梦中原，挥老泪，遍南州"（《水调歌头》）一类的主题，这些作品给张孝祥、陆游、辛弃疾等爱国词人开辟出一条康庄的创作道路。过去他在文学史上的地位被安排得偏低，我们认为应当把他和南宋杰出的词人相提并论。

[1] 一作三山人。三山，今福州市。

[2] 周必大《益公题跋·跋张元幹送胡邦衡词》称张元幹"在政和、宣和间，已有能乐府声。"

兰陵王

春恨

卷珠箔[1]，朝雨轻阴乍阁[2]。阑干外，烟柳弄晴，芳草侵阶映红药[3]。东风妒花恶[4]，吹落梢头嫩萼。屏山掩[5]，沉水倦熏[6]，中酒心情怕杯勺[7]。　寻思旧京洛[8]，正年少疏狂，歌笑迷著。障泥油壁催梳掠[9]。曾驰道同载[10]，上林携手[11]，灯夜初过早共约[12]。又争信漂泊[13]？

寂寞，念行乐，甚粉淡衣襟[14]，音断弦索[15]。琼枝璧月春如昨[16]。怅别后华表，那回双鹤[17]。相思除是，向醉里，暂忘却[18]。

[1] 珠箔（bó）：珠帘。

[2] 朝雨轻阴乍阁：早晨的雨已经停止了，天气逐渐开朗。乍阁，初停。阁，同搁。

[3] 红药：芍药花。

[4] 东风妒花恶：一作“东风如许恶”。

[5] 屏山：屏风。

[6] 沉水：香料。

[7] 中(zhòng)酒心情怕杯勺：中酒，饮酒成病。杯勺，酒器，酒杯。

[8] 旧京洛：指未沦陷时的汴京(今河南开封市)和洛阳(今河南市名)。北宋以汴京为东京，洛阳为西京。

[9] 障泥油壁催梳掠：出游的车马已备，催着梳妆出发。障泥，马鞯。这里指马。油壁，把油漆涂饰车壁，是一种华丽的车子。

[10] 驰道：御道，皇帝经行的道路。

[11] 上林：秦、汉时皇帝的花园，在长安西面，周围数百里。

[12] 灯夜初过早共约：刚过了元宵灯节，又约好了继续游乐的时期。

[13] 又争信漂泊：又怎么想得到京师突然沦陷、要过漂流的生活呢？

[14] 粉淡衣襟：衣襟上的脂粉气消失了，表示和美人分离已久(也就是说和故国分离已久)。

[15] 弦索：乐器。

[16] 琼枝璧月：花好如玉，月圆如璧。

[17] 怅别后华表两句：这是封建社会知识分子对世事多变、好景不长的伤感。《搜神后记》载：“丁令威本辽东人，学道于灵虚山。后化鹤归辽，集城门华表柱。时有少年举弓欲射之。鹤乃徘徊空中而言曰：‘有鸟有鸟丁令威，去家千年今始归。城郭如故人民非，何不学仙冢累累？’”华表，设在桥梁、宫殿、城垣或陵墓前作为标志和装饰用的石柱。

[18] 相思除是三句：照词意应该标点为：“相思，除是向醉里，暂忘却。”

这首词题为“春恨”，实质上是作者南渡后感怀故国的作品。

石 州 慢

己酉秋吴兴舟中[1]

雨急云飞,瞥然惊散,暮天凉月。谁家疏柳低迷[2],几点流萤明灭。夜帆风驶,满湖烟水苍茫[3],菰蒲零乱秋声咽[4]。梦断酒醒时,倚危樯清绝[5]。　　心折[6],长庚光怒[7]:群盗纵横[8],逆胡猖獗[9]。欲挽天河,一洗中原膏血[10]。两宫何处[11]?塞垣只隔长江[12],唾壶空击悲歌缺[13]。万里想龙沙[14],泣孤臣吴越[15]。

[1] 己酉秋吴兴舟中:宋高宗建炎三年(1129)。吴兴,见前16页张先《木兰花》注[2]。

[2] 低迷:模糊不清。

[3] 苍茫:茫无边际貌。

[4] 秋声咽:西风的声音凄切。

[5] 危樯:船上高耸的桅杆。

[6] 心折:中心摧折,伤心至极。江淹《别赋》:"使人意夺神骇,心折骨惊。"

[7] 长庚光怒:长庚星发出愤怒的光闪。长庚,即金星。《史记·天官书》载金星主兵戈之事。

[8] 群盗:宋高宗建炎二年十二月济南知府刘豫叛变降金。建炎三年苗傅、刘正彦作乱,逼迫宋高宗传位太子,后兵败被杀。作者这里该是痛斥那些叛逆者。又《宋史·宗泽传》:"泽疏曰:'自敌围京城,忠义之士愤懑争奋,广之东西,湖之南北,福建、江淮,越数千里,争先勤王。当时大臣无远识大略,不能抚而用之,使之饥饿困穷,弱者填沟壑,强者为盗贼。此非勤王者之罪,乃一时措置乖谬所致耳。'"这里作为对此不幸情

况的痛惜语似乎也讲得通。

[9] 逆胡猖獗：作者痛恨金人的侵扰，斥为逆胡。胡，古代对于北方民族的泛称。猖獗，猖狂，骄纵。

[10] 欲挽天河两句：想挽天河里的水，洗掉中原的血腥。这就是说要赶走敌人，使人民不再被屠杀。挽天河的出典见前119页无名氏《水调歌头》注[11]。

[11] 两宫：指徽宗、钦宗。

[12] 塞垣只隔长江：这时南宋与金国只隔着长江一水。塞垣，边境。

[13] 唾壶空击悲歌缺：刘义庆《世说新语·豪爽》："王处仲每酒后，辄咏'老骥伏枥，志在千里。烈士暮年，壮心不已'（曹操《龟虽寿》里的诗句）。以如意打唾壶，壶口尽缺。"作者借用这个典故表示自己不能杀敌雪耻的悲愤心情。

[14] 想龙沙：想念徽宗、钦宗二帝。龙沙，白龙堆沙漠。也泛指塞外沙漠地区。这里作为二帝被掳北行后所在地的代称。

[15] 泣孤臣吴越：孤臣，作者自称。吴、越，南宋政府的中心地区，今江苏、浙江一带。

宋高宗建炎三年(1129)春天，金兵南侵，高宗从扬州狼狈不堪地渡江逃走，江北地区完全失守。这首词作于同年秋天，所以词中有"塞垣只隔长江"的痛语。

满 江 红

自豫章阻风吴城山作[1]

春水迷天，桃花浪[2]、几番风恶。云乍起，远山遮尽，晚风还作。绿遍芳洲生杜若[3]，楚帆带雨烟中落。傍向来、沙嘴共停桡[4]，伤漂泊。　　寒犹在，衾偏薄。肠欲断，愁难著。倚篷窗无寐[5]，引杯孤酌。寒食清明都过却[6]，最怜轻负年时约。想小楼、终日望归舟[7]，人如削。

[1] 自豫章阻风吴城山作：豫章，今江西南昌市。阻风，船行为风所阻。

[2] 桃花浪：旧历二三月水涨，正是桃花开的时候，故称桃花浪或桃花水。杜甫《春水》(复归草堂作)："三月桃花浪，江流复旧痕。"

[3] 绿遍芳洲生杜若：《楚辞・湘君》："采芳洲兮杜若。"杜若，香草名。

[4] 沙嘴共停桡：沙洲突出水中，称沙嘴。停桡，停船。桡，划船的桨板。

[5] 篷窗：船窗。

[6] 寒食清明都过却：表示春天已成了尾声。寒食、清明，这里作为春天游赏的节日来说。

[7] 想小楼、终日望归舟：柳永《八声甘州》词："想佳人、妆楼颙望，误几回、天际识归舟。"

这首词黄昇《花庵词选》题作"旅思"。无名氏《草堂诗馀》题作"春晚"。景是春晚，情是旅思。末两句写家人思念自己，借以表示诗人思归的心情。

贺新郎

寄李伯纪丞相[1]

曳杖危楼去[2]，斗垂天[3]，沧波万顷，月流烟渚[4]。扫尽浮云风不定，未放扁舟夜渡。宿雁落、寒芦深处。怅望关河空吊影，正人间、鼻息鸣鼍鼓[5]，谁伴我，醉中舞[6]？　　十年一梦扬州路[7]，倚高寒，愁生故国[8]，气吞骄虏[9]。要斩楼兰三尺剑[10],遗恨琵琶旧语[11]。谩暗涩、铜华尘土[12]。唤取谪仙平章看[13],过苕溪尚许垂纶否[14]?风浩荡,欲飞举[15]。

[1] 李伯纪:李纲字伯纪,南宋坚持抗金的名臣。宋高宗建炎元年做过宰相。这时罢职寓居长乐(今属福建福州市)。

[2] 危楼:见前28页柳永《蝶恋花》注[2]。

[3] 斗垂天:北斗星仿佛垂挂在天空似的。

[4] 烟渚:雾气笼罩着的水边洲渚。

[5] 鼻息鸣鼍(tuó)鼓:鼻息像鼍鼓般的响声。鼍鼓,用鼍皮蒙的鼓。这句指深夜,人们已在睡梦中(似含有“众人皆醉”的感慨)。

[6] 谁伴我两句:《晋书·祖逖传》:“逖与司空刘琨俱为司州主簿,情好绸缪,共被同寝。中夜,闻荒鸡鸣,蹴琨觉曰:‘此非恶声也。’因起舞。”此用其意。谁,是说除你以外还有谁。

[7] 十年一梦扬州路:十年以前,即宋高宗建炎元年(1127)。高宗这一年在南京(今河南商丘)称帝,图谋恢复(正是李纲为相的时候)。后来金兵南侵,高宗匆匆逃往江南,扬州被金兵焚毁,恢复事业便成一梦。扬州当时属淮南东路。

[8] 倚高寒两句:是说倚楼望月,怀念故国,不觉生愁。高寒,指月亮。苏轼《水调歌头》咏月词:“又恐琼楼玉宇,高处不胜寒。”故国,指沦陷的中原地区。

[9] 气吞骄虏:壮气足以吞灭敌人。《汉书·匈奴传》说匈奴是“天之骄子”。

[10] 要斩楼兰三尺剑:这里以楼兰影射金国,以斩楼兰王的傅介子比喻李纲一派主战人物。《汉书·傅介子传》载傅介子奉使西域,先后诛斩匈奴使者并设计刺死为匈奴作间谍的楼兰王安归,以功封侯。要,同腰。

[11] 遗恨琵琶旧语：用王昭君出塞事。借王昭君被迫出塞和亲的遗恨，点明当前朝廷向金人一味屈膝求和的错误和失策。杜甫《咏怀古迹》诗："千载琵琶作胡语，分明怨恨曲中论。"相传王昭君善弹琵琶，琵琶曲中有《昭君怨》是她所作。这里似是暗指靖康二年宋朝的后妃宫女被金人掳赴北庭的悲剧。

[12] 谩暗涩、铜华尘土：是说宝剑不用，生了铜锈。以喻李纲一派忠直之臣被摒弃不用。谩，同漫，徒然。暗涩，形容铜生了锈，黯然无色。尘土，付之尘土，表示被弃。

[13] 唤取谪仙平章看：征询李纲的意见。谪仙，唐人对李白的称号，这里借指李纲。平章，评论。

[14] 过苕溪尚许垂纶否：是说国家前途危险，即使想在苕溪隐居垂钓也未必可能。苕溪，位于浙江省北部，是太湖的重要支流。南宋定都临安后，这一带成为文人学士游赏的风景区。

[15] 欲飞举：想乘风高举（表示雄心勃发之意）。

宋高宗绍兴八年（1138），宋金和议已成定局。在秦桧、王伦的导演下，高宗向金拜表称臣。李纲上书反对无效。张元幹便写了这首忠愤填膺的词寄给李纲，对他坚持不屈的抗金主张表示极力支持和无限同情。

前　调

送胡邦衡待制赴新州[1]

梦绕神州路[2]。怅秋风、连营画角[3]，故宫离黍[4]。底事昆仑倾砥柱，九地黄流乱注[5]？聚万落千村狐兔[6]。天意从来高难问，况人情老易悲难诉[7]，更南浦、送君去[8]。

凉生岸柳催残暑。耿斜河[9]，疏星淡月，断云微度[10]。万里江山知何处[11]？回首对床夜语[12]。雁不到，书成谁与[13]？目尽青天怀今古[14]，肯儿曹恩怨相尔汝[15]！举大白，听《金缕》[16]。

[1] 送胡邦衡待制赴新州：胡铨字邦衡，见154页作者介绍。宋高宗绍兴十二年(1142)，胡铨受到除名、编管新州的处罚，张元幹在福州作此词给他送行。待制，朝廷里的顾问官。新州，今广东新兴县。按胡铨于宋孝宗乾道七年(1171)"除宝谟阁待制"(见《宋史》本传)，是二十多年以后的事情。此词黄昇《花庵词选》题作"送胡邦衡谪新州"，"待制"二字疑为后人所妄加。

[2] 神州：本指全中国，这里指中原沦陷地区。刘义庆《世说新语·言语》引王导语："当共勠力王室，克复神州。"

[3] 连营画角：各个营垒里响起了一片凄凉的号角声。画角，见前14页张先《青门引》注[3]。

[4] 故宫离黍：《诗经·黍离》篇，写周朝的志士看到故都宫里尽是禾黍，悼念国家的颠覆，彷徨不忍去，而作此诗。头一句是"彼黍离离"，故以名篇。

[5] 底事昆仑倾砥(dǐ)柱两句：是说黄河本是循着昆仑山流下来的，为什么它的支柱(砥柱山)会突然倾倒而让洪水到处泛滥呢？上句和杜甫《自京赴奉先县咏怀五百字》诗里"疑是崆峒来，恐触天柱折"的意思有相同之处。这两句是把洪流所造成的灾难比喻金人侵扰所造成的灾难。砥柱山，在黄河中。九地，九州之地，即遍地的意思。王明清《挥麈录·后录》作"九陌"。

[6] 聚万落千村狐兔：无数的村落都变成荒野，狐兔成群。就是说遍地都是敌人盘踞着。范云《渡黄河》诗："不睹行人迹，但见狐兔兴。"

[7] 天意从来高难问两句：杜甫《暮春江陵送马大卿公，恩命追赴阙下》诗：

“天意高难问，人情老易悲。”

[8] 更南浦、送君去：胡铨在朝廷里是敢言的忠贞之士，竟被革职贬谪远方，作者更感到朝廷无人。这个“更”字表示更进一层的失望。南浦，泛指送别的地方。江淹《别赋》：“送君南浦，伤如之何！”

[9] 耿斜河：明朗的天河。斜河，一称斜汉，即天河。

[10] 断云：片断的云。

[11] 万里江山知何处：是说远隔万里江山，别后就不知道胡铨到什么地方去了。

[12] 回首对床夜语：过去对床夜语，谈心论政，这些往事真是不堪回想。白居易《雨中招张司业宿》：“能来同宿否，听雨对床眠。”

[13] 雁不到两句：是说书信难通。传说雁能传书，但北雁南飞止于衡阳（见前6页范仲淹《渔家傲》注[2]），新州属广东，是雁所不到之处，故云。宋时朝臣受罚，流窜远方，友好多不敢通音问，这里暗示出通信的困难。

[14] 目尽青天怀今古：放宽眼界来看天下，怀想古往今来的国家大事。

[15] 肯儿曹恩怨相尔汝：怎么肯像孩子们彼此之间专讲些恩怨私情呢？（这也就是说明他同情胡铨不是为了朋友私情。）肯，这里是怎么肯的意思。韩愈《听颖师弹琴》诗：“昵昵儿女语，恩怨相尔汝。”

[16] 举大白两句：喝酒、听歌吧。大白，酒盏名。《金缕》，《贺新郎》的异名。杨慎《百琲（bèi）明珠》：“张元幹以送胡铨及寄李纲词坐罪，皆《金缕曲》也。”

张元幹写这首词是在绍兴十二年（1142）。《宋史·胡铨传》载诗人王庭珪因作诗为胡铨送行，竟判了充军罪，可见当时对主战派表同情是朝廷所不许的。相传张元幹也以此受到除名的处罚。《四库全书提要》称赞这两首送李纲、胡铨的词说：“慷慨悲凉，数百年后，尚想其抑塞磊落之气。”这确是张词压卷之作。

岳　飞　一首

岳飞(1103—1142),字鹏举,相州汤阴(今河南县名)人。少年从军。他是南宋初期抗金的名将,屡次打败金兵,战功卓著。因坚持抗敌,反对和议,为秦桧所陷害。他的文学作品虽不多,质量却很高。有文集传世。

满　江　红

怒发冲冠[1],凭栏处、潇潇雨歇[2]。抬望眼[3],仰天长啸,壮怀激烈。三十功名尘与土[4],八千里路云和月[5]。莫等闲、白了少年头[6],空悲切。　　靖康耻[7],犹未雪;臣子恨,何时灭!驾长车踏破,贺兰山缺[8]。壮志饥餐胡虏肉,笑谈渴饮匈奴血[9]。待从头、收拾旧山河,朝天阙[10]。

[1] 怒发冲冠:愤怒得头发竖了起来,顶住了帽子。《史记·刺客列传》:“士皆瞋目,发尽上指冠。”

[2] 潇潇:骤急的雨势。

[3] 抬望眼:抬头望远。

[4] 三十功名尘与土:年已三十,虽然建立了一些功名,却像尘土一样地微不足道。三十,举整数言。这时岳飞已三十多岁。

[5] 八千里路云和月:这句写转战数千里、披星戴月的战场艰苦生活。《宋史·岳飞传》:“飞大喜,语其下曰:‘直抵黄龙府,与诸君痛饮耳。’”这里似是以摧毁“八千里”金国的根据地作为目标来说的。

［6］等闲：见前23页欧阳修《南歌子》注［5］。

［7］靖康耻：指宋钦宗靖康二年京师和中原沦陷、二帝被掳的奇耻大辱。

［8］驾长车踏破两句：驾着战车向敌军进攻，连贺兰山也要踏破它，成为平地。贺兰山是现在宁夏回族自治区和内蒙古自治区的界山，这里借指宋金边界的关山。缺，残缺。

［9］壮志饥餐胡虏肉两句：表示对敌人侵扰罪行的极度憎恨。苏舜钦《吾闻》诗："马跃践胡肠，士渴饮胡血。"

［10］朝天阙：朝见皇帝。天阙，皇帝住的地方。

这是一首向来以忠愤著称的"壮怀激烈"的好词，表现了作者对敌寇无比的痛恨、报仇雪耻的迫切心情以及收复中原失地的不可动摇的意志，完全符合人民的共同愿望。词中虽然流露忠君思想的局限，但也并不影响其为杰出的爱国主义名作。通篇风格粗犷，音词激越，一气呵成，不可抑勒。陈廷焯《白雨斋词话》说："千载后读之，凛凛有生气焉。"

胡 铨 一首

胡铨（1102—1180），字邦衡，号澹庵，庐陵（今江西吉安市）人。宋高宗朝进士。任枢密院编修官（担任撰述职务）。他坚决反对与金国议和。因上书请斩王伦、秦桧、孙近三人头并羁留虏使，贬谪福州（今福建市名）签判（府署的幕僚）。后来和议成，主和派旧事重提，诬胡铨上书为妄言，予以除名，押送新州（今广东新兴县）编管。后又远徙吉阳军（今海南省南部）。宋孝宗即位后，回到朝廷任职，仍然坚持他的抗金主张。符离之战失败，宋孝宗以和议征询十四个朝臣的意见，言不可和者只有胡铨一人。今传《澹庵词》。

好　事　近

富贵本无心，何事故乡轻别？空使猿惊鹤怨[1]，误薜萝秋月[2]。　　囊锥刚要出头来，不道甚时节[3]。欲驾巾车归去[4]，有豺狼当辙[5]。

[1] 猿惊鹤怨：山中猿鹤都怪怨主人离开它们去做官。孔稚珪《北山移文》："蕙帐空兮夜鹤怨，山人去兮晓猿惊。"

[2] 薜(bì)萝：薜荔、女萝。指隐士的服装。《楚辞・山鬼》："若有人兮山之阿，披薜荔兮带女萝。"后世借指隐士住所。

[3] 囊锥刚要出头来两句：是说自己本来可以像毛遂一样表现自己的才能(如"囊锥出头")，但是权臣在位，做官不合时宜(愤慨语)。《史记・平原君列传》载毛遂自荐事："平原君曰：'夫贤士之处世也，譬若锥之处囊中，其末立见(尖端立即显露出来)。今先生处胜之门下三年于此矣，左右未有所称诵，胜未有所闻，是先生无所有也。先生不能，先生留。'毛遂曰：'臣乃今日请处囊中耳。使遂早得处囊中，乃颖脱而出(全部脱出)，非特其末见而已。'平原君竟与毛遂偕。"不道甚时节，不了解这是怎样的时势。

[4] 巾车：有帷幔的小车。陶渊明《归去来兮辞》："或命巾车。"

[5] 豺狼当辙：比喻秦桧当权误国。东汉顺帝时，梁冀专权，张纲斥为"豺狼当路"(见《后汉书・张纲传》)。当辙，当路。

这首词是宋高宗绍兴十八年(1148)胡铨贬谪广东新州时所作。由于其中有"豺狼当辙"句，秦桧的私党张棣迎合意旨，向朝廷检举胡铨"谤讪、怨望"，把他移谪到更遥远、更荒僻的海南岛。秦桧死后才量移内地(见《宋名臣言行录・别集》)。按此词也刊载于高登的《东溪词》。王鹏运在《东溪词》的跋语里肯定这是高登的作品。但查宋人王明清《挥麈录・后录》(卷十)载："邦衡在新兴尝赋词(即《好事近》),郡守张棣缴上之,以谓讪谤。秦(桧)愈怒,移送吉阳军编管。”下面并特别注明:“此一段皆邦衡之子澥手为删定。”元人韦居安《梅硐诗话》所载亦同。因此,王鹏运的鉴定,似还不能作为定论。

吕本中　二首

吕本中(1084—1145),字居仁,号紫微,寿州(今安徽寿县)人。宋高宗朝做过中书舍人(审阅公事、草拟有关诏令的官吏)等官职。他赞成恢复事业,同时也要求政治清明。因得罪秦桧,被免职。学者称为东莱先生。他的诗深受江西诗派的束缚;倒不如他的小词俚俗、清新,具有民歌的气味。今传《紫微词》。

采桑子

别情

恨君不似江楼月,南北东西,南北东西,只有相随无别离。　　恨君却似江楼月,暂满还亏,暂满还亏,待得团圆是几时?

南歌子

旅思

驿路侵斜月,溪桥度晓霜[1]。短篱残菊一枝黄,正是乱山深处过重阳。　　旅枕元无梦，寒更每自长[2]。只言江左好风光[3]，不道中原归思转凄凉[4]。

［1］驿路侵斜月两句：夜里在斜月照着的旅途上行走，早晨踱过有霜的溪桥（写早晚旅行的辛苦）。

［2］旅枕元无梦两句：在旅店里睡不着，觉得夜里太长。元，同原。寒更，秋夜的更声。

［3］江左：江东。这里泛指东南地区。

［4］不道中原归思转凄凉：不料一想到中原故国不能回去，心境就转为悲伤。不道，不料。

朱敦儒　九首

朱敦儒（1081—1159），字希真，洛阳（今河南市名）人。早年以清高自许，不愿做官。北宋末年大变乱发生，他经过江西逃往两广，在岭南流落了一个时期。宋高宗绍兴二年（1132），应朝廷的征召，做过秘书省正字（校正文字的官吏）等职务。后以“专立异论，与李光交通”的罪名被劾，罢官。李光是指斥秦桧“怀奸误国”的名臣，这说明朱敦儒在南渡初期的政治立场并不和主和派同流合污。在这时期写的词也比较具有现实意义。王鹏运称他：“忧时念乱，忠愤之致，触感而生，拟之于诗，前似白乐天，后似陆务观。”（四印斋刊本《樵歌跋》）这当然是溢美之词，朱敦儒的文学地位绝不能和白居易、陆游相提并论。可是应当承认他的某些词唱出了时代悲凉的声音。晚年在秦桧的牢笼之下做过鸿胪少卿（赞礼官），成为他的政治生活上的一大污点。

朱敦儒一生七十多年中，做官的时间极短，长期隐居在江湖间，被称为

"天资旷逸,有神仙风致"(黄昇《花庵词选》语)的词人。他的作品有很大一部分反映闲适的生活,严重地脱离现实。他在一首《朝中措》里是这样歌咏自己飘然不羁的生活的:

先生筇(qióng)杖是生涯,担月更挑花。把住都无憎爱,放行总是烟霞。　　飘然携去,旗亭问酒,萧寺寻茶。恰似黄鹂无定,不知飞向谁家。

在思想感情里削掉了"憎爱",作品里便不会再有家国之感,剩下的便只有风月了。

他的词集有《樵歌》,一名《太平樵唱》。就艺术表达的角度来说,语言清新晓畅,一扫绮靡的习气,这一特点是应当予以肯定的。

鹧鸪天

西都作[1]

我是清都山水郎[2],天教懒慢带疏狂[3]。曾批给露支风敕,累奏留云借月章[4]。　　诗万首,酒千觞[5],几曾着眼看侯王?玉楼金阙慵归去[6],且插梅花醉洛阳。

[1] 西都:宋时洛阳称西京,即西都。

[2] 清都山水郎:天上管理山水的郎官。作者以此表示自己爱好山水出于天性。清都,传说中天帝的宫阙。

[3] 疏狂:狂放,不受礼法的拘束。

[4] 曾批给露支风敕(chì)两句:是说自己管风、露、云、月的生活是奉旨这样做,同时也是再三上奏章请求的。敕,皇帝的诏命。

[5] 觞：见前 123 页吕渭老《好事近》注[5]。

[6] 玉楼金阙慵归去：表示不愿到朝廷里做官。

《宋史·文苑传》记朱敦儒："靖康中召至京师，将处以学官。敦儒辞曰：'麋鹿之性，自乐闲旷，爵禄非所愿也。'固辞，还山。"这首词大约是从汴京回洛阳后所作。他那种"几曾着眼看侯王"的卑视权贵的精神不无可取，可是当时的局势已是沦陷的前夕，他只管"插梅花醉洛阳"，不能不说是严重的逃避现实。

卜 算 子

旅雁向南飞[1]，风雨群相失。饥渴辛勤两翅垂[2]，独下寒汀立。　　鸥鹭苦难亲，矰缴忧相逼[3]。云海茫茫无处归，谁听哀鸣急！

[1] 旅雁：雁是迁徙的候鸟，春秋两季都在空中旅行，故称旅雁。

[2] 辛勤：劳苦。

[3] 矰(zēng)缴(zhuó)：打鸟的用具。

1127 年大变乱发生时，贵族官僚占有大量交通工具，满载自己的财宝南迁。无数人民丧失了自己的一切，在南逃中饥寒交迫，妻离子散，惨不忍睹。朱敦儒这时没有官职，逃难时也就艰苦备尝。这首词反映了当时乱离、苦难的生活现实和作者哀苦、颓丧的心情。

采 桑 子

彭 浪 矶[1]

扁舟去作江南客，旅雁孤云。万里烟尘[2]，回首中原泪满巾。　　碧山相映汀洲冷，枫叶芦根，日落波平，愁损辞乡去国人。

［1］彭浪矶：在江西彭泽县的长江南岸。王象之《舆地纪胜》引《同安志》："江州有澎浪矶，语转为彭郎矶。"

［2］烟尘：指战争。

这首词黄昇《花庵词选》题为"乱后作"。

水 龙 吟

放船千里凌波去[1]，略为吴山留顾[2]。云屯水府，涛随神女[3]，九江东注[4]。北客翩然[5]，壮心偏感，年华将暮。念伊嵩旧隐，巢由故友[6]，南柯梦，遽如许[7]。　　回首妖氛未扫[8]，问人间、英雄何处？奇谋报国，可怜无用，尘昏白羽[9]。铁锁横江，锦帆冲浪[10]，孙郎良苦[11]。但愁敲桂棹，悲吟《梁父》[12]，泪流如雨！

［1］凌波：一作"凌波"，从波涛上漂浮过去。

［2］吴山：泛指吴地（今江苏南部）的山。

［3］云屯水府两句：水府，星名。《晋书·天文志上》："东井西南四星曰水府，主水之官也。"云屯水府，是说水府星附近乌云密布。神女，宋玉《高唐赋》说楚王梦见一个神女自称"在巫山之阳，高丘之阻，旦为朝云，暮为行雨"。曹植《洛神赋序》："黄初三年，余朝京都，还济洛川。古人有言，斯水之神，名曰宓妃。"

［4］九江：说法很分歧。乐史《太平寰宇记》以浙江、扬子江、楚江、湘江、荆江、汉江、南江、吴江、松江为九江。这里大约是指众水汇流的大江。

［5］北客翩然：作者从洛阳到南方来，故称北客。翩然，一作"苍颜"，苍青憔悴的容颜。

[6] 念伊嵩(sōng)旧隐两句：回忆在洛阳时和朋友在一起遨游山水的隐居生活。伊，伊阙，在河南洛阳市南；嵩，嵩高，在河南登封市北：都是名山。巢，巢父。由，许由。都是古代的隐士，作者用来自比。

[7] 南柯梦两句：感叹以往的舒适生活像梦那么快地消逝了。李公佐《南柯太守传》叙述淳于棼梦至槐安国，国王妻以公主，用他做南柯太守，备极荣显。醒来才知道是一场梦。

[8] 妖氛：不祥之气，借指侵扰中原的金国。

[9] 尘昏白羽：李白《北风行》："别时提剑救边去，遗此虎文金鞞靫。中有一双白羽箭，蜘蛛结网生尘埃。箭空在，人今战死不复回。"这里当是悼念抗金的将士。尘，尘土。白羽，箭名。

[10] 铁锁横江两句：三国末年，吴国听说晋军来攻，沉铁锁(铁链)于长江以阻挡他们。可是晋军烧断了铁锁，战舰开行毫无阻碍(见《通鉴》卷八十一)。刘禹锡《西塞山怀古》诗："千寻铁锁沉江底，一片降旛出石头。"锦帆，船的美称，这里指兵船。

[11] 孙郎：指吴王孙皓。晋军攻入金陵后，孙皓投降。这里以吴国受困于晋的局面比喻南宋为金兵所逼的艰危局势。

[12] 但愁敲桂棹两句：敲着桂树做的棹(打拍子)，吟诵《梁父》诗，以发抒自己的悲愁。苏轼《赤壁赋》："桂棹兮兰桨，击空明兮溯流光。"棹，划船的工具。《三国志·诸葛亮传》载诸葛亮好为《梁父吟》。这里作者以隐居南阳、关心天下事的诸葛亮自比。

这首词大约是1129年金人大举南侵以后的作品。当时艰危的局势深刻地影响了作者。在他的《樵歌》里，这是对国事最关怀、写得比较沉痛的篇章。

相 见 欢

金陵城上西楼，倚清秋[1]。万里夕阳垂地，大江流。

中原乱[2],簪缨散[3],几时收[4]? 试倩悲风吹泪,过扬州[5]。

[1] 金陵城上西楼两句:在金陵(南京)城上靠着西楼看清秋的景色。

[2] 中原乱:指1127年金兵占领北宋中原地区的变乱。

[3] 簪缨散:贵族官僚都逃散了。簪缨,贵人的帽饰。

[4] 收:恢复。

[5] 试倩(qìng)悲风吹泪两句:按照词意,这是一句。倩,托。悲风,悲凉的秋风。过,到。扬州,今江苏市名,当时是南宋的前方,曾经多次受到金兵的侵扰。

临 江 仙

直自凤凰城破后[1],擘钗破镜分飞[2]。天涯海角信音稀。梦回辽海北,魂断玉关西[3]。　　月解团圆星解聚,如何不见人归? 今春还听杜鹃啼[4]。年年看塞雁[5],一十四番回。

[1] 直自凤凰城破后:指宋钦宗靖康二年(1127)汴京沦陷事。直自,自从。凤凰城,指京城。

[2] 擘(bò)钗破镜分飞:这句写夫妇在变乱中离散。白居易《长恨歌》:"钗留一股合一扇,钗擘黄金合分钿。"擘钗,分钗,和爱人离别时分钗以资纪念。又孟启《本事诗》载徐德言尚(娶)陈后主妹乐昌公主。陈衰,德言谓妻曰:"以君之才容,国亡必入权豪之家。"乃破镜各执其半,约他日正月望日卖于都市。陈亡,公主为杨素所得。德言依期至京,见有苍头卖半镜,出半镜合之,题《破镜诗》一绝。公主得诗,悲泣不食。素知之,召德言还其妻。

[3] 梦回辽海北两句:写别后相思之情。辽海北,指东北边区。玉关西,指

西北边区。玉关，见前85页贺铸《捣练子》第二首注[4]。

[4] 杜鹃啼：见前53页苏轼《浣溪沙》注[2]。

[5] 塞雁：相传鸿雁来自北方边塞地区，故称塞雁。

这首词于伤离念别中寓有沉痛的家国沦亡之感。作者盼望恢复中原已经落空十四年了。一说，"如何不见人归"是怀念徽宗、钦宗二帝的，这也未始不可通。二帝被俘后，金国把他们囚禁在五国城，正是属于辽海地区。但这样解释似乎太狭隘。据《宋史·钦宗本纪》记载，与二帝一同被俘的还有皇家人员和技艺、工匠、倡优等，共三千人之多。尤其是中原人民在敌人侵扰的大变乱中，家破人亡、妻离子散者难以数计。惨痛的情况正如当时流行民间的《吴歌》所咏叹的："月子弯弯照几州？几家欢喜几家愁？几家夫妇同罗帐？几家飘散在他州？"作者由于阶级局限，他主要还是同情于贵族士大夫遭遇的悲剧（在他的一首《相见欢》词中有"中原乱，簪缨散，几时收"语）；可是这里的"梦回辽海北，魂断玉关西"，如果作为泛指的话，它所反映的现实意义应该说是比较广阔的。

减字木兰花

听琵琶

刘郎已老，不管桃花依旧笑[1]。要听琵琶，重院莺啼觅谢家[2]。　　曲终人醉，多似浔阳江上泪[3]。万里东风，故国山河落照红。

[1] 刘郎已老两句：这是用两个典故合组起来的词句。刘郎，指唐诗人刘禹锡，他在歌咏桃花的《重游玄都观绝句》里自称"前度刘郎今又来"。"桃花依旧笑春风"，是崔护《题都城南庄》诗里的句子。这里作者以老年诗人自称，表示对春风桃李毫无兴趣。

［2］重院莺啼觅谢家：重院，深院。谢家，泛称歌伎人家。

［3］浔阳江上泪：白居易《琵琶行》："浔阳江头夜送客，枫叶荻花秋瑟瑟。……座中泣下谁最多，江州司马青衫湿。"此用其意。浔阳江，指流经江西境内的一段长江。

好　事　近

渔　父　词

摇首出红尘[1]，醒醉更无时节。活计绿蓑青笠[2]，惯披霜冲雪。　　晚来风定钓丝闲，上下是新月。千里水天一色，看孤鸿明灭[3]。

［1］红尘：尘世，指官场。

［2］活计绿蓑青笠：依靠打鱼生活。绿蓑青笠，渔人的服装。

［3］孤鸿明灭：孤鸿飞来飞去，忽近忽远。灭，看不见。

朱敦儒于宋高宗绍兴十九年（1149）离开朝廷后，长期寓居嘉禾（今浙江嘉兴市），在城南放鹤洲经营了一座别墅。他前后用《好事近》词调写了六首渔父词来歌咏自己漫游江海的闲适生活。这里虽然只选一首，也可以看出是"世外人语"。这和他的实际生活是完全一致的。厉鹗《宋诗纪事》引《澄怀录》："陆放翁云：'朱希真居嘉禾，与朋侪诣之。闻笛声自烟波间起，顷之，棹小舟而至。则与俱归。室中悬琴、筑、阮咸之类。檐间有珍禽，皆目所未睹。室中篮缶贮果实、脯醢，客至，挑取以奉客[1]。'"于此可见，作者这时候已经不是二十多年前南渡时哀鸣的孤雁，他似乎忘记了人间的苦难，而安于世外桃源的生活了。

［1］今本《澄怀录》（周密撰）无此条，褚人获《坚瓠集》所录，文字与此小异。

柳　枝

江南岸，柳枝[1]；江北岸，柳枝；折送行人无尽时，恨分离，柳枝。　酒一杯，柳枝；泪双垂，柳枝；君到长安百事违[2]，几时归？柳枝。

［1］柳枝：歌唱时的和声，没有实际意义。如晚唐皇甫松《竹枝》里的“竹枝”“女儿”，《采莲子》里的“举棹”“年少”，都是没有意义的和声。

［2］君到长安百事违：长安，见前94页张舜民《卖花声》注［8］。百事违，事事都不如愿。一说：指妻子在家百事不顺心。

这是一首写妇女重视爱情、蔑视富贵的仿民歌。男人到京师求功名富贵去了，可是他的妻子渴望家庭团聚，宁愿男人倒霉回来。

绍兴太学生　一首

南乡子

洪迈被拘留，稽首垂哀告敌仇。一日忍饥犹不耐[1]，堪羞！苏武争禁十九秋[2]？　厥父既无谋[3]，厥子安能解国忧[4]？万里归来夸舌辨[5]，村牛[6]！好摆头时便摆头[7]。

［1］洪迈被拘留三句：《宋史·洪迈传》载宋高宗末年派遣翰林学士洪迈使金。最初洪迈不肯称“陪臣”，并且要求用对等的“敌国礼”见金主。金

人便把使馆锁起来,“自旦至暮,水浆不进”。这样一来,洪迈便屈服了。稽首,跪拜。

[2]苏武争禁十九秋:《汉书·苏武传》载汉武帝时,苏武以中郎将使匈奴。单于要他投降,苏武不肯屈服,居北海上无人处牧羊,留匈奴十九年才回来。争禁,怎么受得住。杜牧《边上闻笳》诗:“游人一听头堪白,苏武争禁十九年!”

[3]厥父既无谋:洪迈的父亲洪皓使金被留,十五年始归。宋高宗称他“苏武不能过”,《宋史》本传把他肯定为有“忠节”的人。这里说他“无谋”,可能是指他待在金国束手无策。

[4]解国忧:为国家消除忧虑,解决问题。

[5]夸舌辨:自夸能说善道。

[6]村牛:骂人的俗语。

[7]好摆头时便摆头:罗大经《鹤林玉露》载洪迈“素有风疾,头常微掉”。摆头,指他掉头的毛病,此处也含有摆头摆脑(得意貌)的双关意义。这句词是说:你在敌寇的面前不敢摆头表示反抗,回国后却神气活现地摆起头来了。

这首词具有民间文学风格。作者以无情的笔调,嘲讽一个毫无骨气的官僚,揭露了当时朝廷权贵“恐金病”的丑陋面貌。

韩元吉 三首

韩元吉(1118—1187),字无咎,号南涧,许昌(今河南市名)人,寓居信州(今江西上饶市)。宋孝宗初年,做过吏部(掌管任免、升降官吏等事务)尚书(主管一部的长官)。兴办学校是他的政绩之一。他主张恢复中原,但反对轻举妄动。张浚不听他的劝阻,招致符离(今属安徽宿州)之败。黄昇《花庵词选》称他:“政事文学为一代冠冕。”今传《南涧诗馀》。

好　事　近

汴京赐宴[1],闻教坊乐[2],有感。

凝碧旧池头,一听管弦凄切[3]。多少梨园声在[4],总不堪华发[5]。　　杏花无处避春愁,也傍野烟发。惟有御沟声断[6],似知人呜咽。

［1］汴京赐宴:这时金都在汴京。赐宴,指招待南宋使节的宴会。《金史·交聘表》:“世宗大定十三年(1173)三月癸巳朔,宋遣礼部尚书韩元吉、利州观察使郑兴裔等贺万春节。”

［2］教坊乐:指原来属于宋朝的教坊音乐。教坊,皇家的音乐班子。

［3］凝碧旧池头两句:计有功《唐诗纪事》载:“安禄山大会凝碧池。梨园弟子欷歔泣下。乐工雷海清掷乐器西向大恸,贼支解于试马殿。王维时拘于菩提寺,有诗曰:‘万户伤心生野烟,百僚何日更朝天?秋槐落叶深宫里,凝碧池头奏管弦。’”凝碧池,在河南洛阳宫廷里面。

［4］梨园声在:还能听到北宋遗留下来的老乐师的吹弹之声。梨园,传习戏曲的地方。

［5］不堪华发:禁不住老大迟暮之感。

［6］御沟:流经皇宫里的河道。

水　调　歌　头

九　　日[1]

今日我重九[2],莫负菊花开。试寻高处,携手蹑屐上崔嵬[3]。放目苍崖万仞[4]，云护晓霜成阵，知我与君来[5]。古寺倚修竹，飞槛绝尘埃[6]。　　笑谈间，风满座，酒盈杯。仙人跨海休问，随处是蓬莱[7]。落日平原西望[8]，鼓角秋深悲壮[9]，戏马但荒台[10]。细把茱萸看[11]，一醉且徘徊。

[1] 九日：这首词是作者重阳节游云洞作。云洞在信州（今江西上饶市）西面。

[2] 今日我重九：苏轼《和陶己酉岁九月九日》诗："今日我重九，谁谓秋冬交。"

[3] 蹑（niè）屐上崔嵬（wéi）：穿草鞋，上高山。崔嵬，同崔巍，形容山险而高。

[4] 苍崖万仞：崖，山边，山的峭立面。万仞，形容山高，古时以周朝的七尺或八尺为仞。

[5] 君：指同游的辛弃疾。

[6] 飞槛（jiàn）：高楼上的栏杆。

[7] 仙人跨海休问两句：是说在云层上眺望（就云洞说），就像仙人游海上的神山，不用说，到处都是美景。海，兼有云海义。蓬莱，《史记·封禅书》说是海上的三神山之一。作者原注："洞有仙骨岩。"

[8] 落日平原西望：西望平原辽阔，太阳下落了。

[9] 鼓角：这里指日落时军中报时的鼓声和号角声。

[10] 戏马但荒台：戏马台，是楚、汉的战场，在今江苏徐州市南。《南史·孔靖传》载：孔靖"辞事（职）东归，帝（宋武帝刘裕）亲饯之戏马台，百僚咸赋诗以述其美。"饯行时适为重阳节，谢灵运的《九日从宋公戏马台集送孔令诗》就是在这时候写的。

[11] 细把茱（zhū）萸（yú）看：杜甫《九日蓝田崔氏庄》诗："明年此会知谁健，细把茱萸仔细看。"茱萸，植物名。古人重阳节登高，携带茱萸，据说可

以避免灾祸(见吴均《续齐谐记·九日登高》)。另一说:这是指茱萸酒。

这首词是韩元吉晚年寓居信州(上饶)所作。词中有“平原西望”,又提到“戏马但荒台”这个和曾经北伐中原的刘裕有关的典故,作者的命意便不止于题咏重阳节和云洞的景色。诚如黄蓼园《蓼园词选》里所说,可能是有“神州陆沉之慨”的。

霜天晓角

题采石蛾眉亭[1]

倚天绝壁[2],直下江千尺。天际两蛾凝黛[3],愁与恨[4],几时极[5]? 暮潮风正急,酒阑闻塞笛[6]。试问谪仙何处[7]?青山外[8],远烟碧。

[1]采石蛾眉亭:采石矶,在安徽马鞍山市的长江南岸。蛾眉亭建立在绝壁上。《当涂县志》称它的形势:“据牛渚绝壁,大江西来,天门两山(即东西梁山)对立,望之若蛾眉然。”

[2]倚天:一作“倚空”。

[3]两蛾凝黛:把长江两岸东西对峙的梁山比作美人的黛眉。

[4]愁与恨:古代文人往往把美人的蛾眉描绘成为含愁凝恨的样子。

[5]极:穷尽,消失。

[6]塞笛:边笛,边防军队里吹奏的笛声。当时采石矶就是边防的军事重镇(1161年虞允文曾大败金兵于此)。闻塞笛,暗示了作者的感触。

[7]谪仙:李白,唐人称为谪仙。他晚年住在当涂,并且死在那里。

[8]青山:在当涂东南,山北麓有李白墓(据李华《故翰林学士李公墓志》)。

这首词描绘了壮丽的景色并寓以家国之感。在题咏采石蛾眉亭的词中，吴师道《吴礼部词话》说是“未有能继之者”。杨慎《词品》也同意这样的说法。周密《绝妙好词》题为刘仙伦作。

张孝祥 八首

张孝祥(1132—1170)[1]，字安国，历阳乌江(今安徽和县)人。宋高宗时考取进士第一。历任中书舍人(审阅公事、草拟有关诏令的官吏)、直学士院(在翰林学士院里值班，替皇帝草拟诏令)。在建康(今江苏南京市)留守任内，极力赞助张浚的北伐计划，主和派打击他，受到免职的处分[2]。后来担任荆南荆湖北路(今湖北西南部和湖南北部一带地方)安抚使(掌管一路军政民政的长官)，他的某些措施得到人民的欢迎。《宣城张氏信谱传》里说：

> 荆州当虏骑之冲，自建炎以来，岁无宁日。公内修外攘，百废俱兴。虽羽檄旁午，民得休息。筑寸金堤以免水患，置万盈仓以储漕运，为国为民计也。

同时，他也是当代著名的文学家，谢尧仁在《于湖居士文集序》里说：“自渡江以来，将近百年，唯先生文章翰墨，为当代独步。”除诗文外，有《于湖词》传世。

张孝祥的词具有深厚的爱国主义思想内容。他和张元幹可以说是南宋初期词坛的双璧，是伟大词人辛弃疾的先行者。在十一世纪六十年代他写下了《水调歌头》(“雪洗虏尘静”“猩鬼啸篁竹”)和《六州歌头》(“长淮望断”)等一些有历史意义的名篇。

和他的诗文一样，他写词也极力追踪苏轼。胸次笔力，都相仿佛。陈应行赞美他的“自在如神之笔，迈往凌云之气”(《于湖先生雅词序》)，汤显称他的词“骏发踔厉，寓以诗人句法”（《紫微雅词序》），这都表明他风格上的豪放特征。

应该指出，作者的世界观也和苏轼一样，有其消极、超世的一面。在他的词集里“万事只今如梦”（《西江月》）、“万事举杯空”（《望江南》）一类的虚无思想是不难发现的。

[1] 关于张孝祥的生卒年，还没有确定的说法，这里依据《于湖居士文集》附录的《宣城张氏信谱传》所载。

[2]《宋史·张孝祥传》：“渡江初，大议惟和战。张浚主复仇。汤思退祖秦桧之说，力主和。孝祥出入二人之门，而两持其说，议者惜之。”《宣城张氏信谱传》驳斥这种论断，说：“公始登第，出思退之门。及魏公（张浚）志在恢复，公力赞相。且与敬夫（浚子）志同道合，故魏公屡荐公，遂不为思退所悦。或者因公召对‘要先立自治之策以应之’等语，谓公‘出入二相之门，两持其说’，岂知公者哉！”

水调歌头

闻采石战胜[1]

雪洗虏尘静[2]，风约楚云留[3]。何人为写悲壮[4]？吹角古城楼[5]。湖海平生豪气，关塞如今风景[6]，剪烛看吴钩[7]。剩喜燃犀处[8]，骇浪与天浮。　　忆当年，周与谢，富春秋[9]。小乔初嫁[10]，香囊未解[11]，勋业故优游[12]。赤壁矶头落照[13]，肥水桥边衰草[14]，渺渺唤人愁。我欲乘风去[15]，击楫誓中流[16]。

[1] 闻采石战胜：指1161年冬天虞允文击溃金主完颜亮的部队于采石矶的战事。采石矶，见前169页韩元吉《霜天晓角》注[1]。《于湖居士文集》题作“和庞佑父”。

［2］雪洗虏尘静：雪洗，洗刷。（这里用“雪”字疑与冬天用兵有关。）虏尘，敌人所掀起的战尘。

［3］风约楚云留：是说自己为风云所阻，羁留后方。这时张孝祥知抚州（今江西市名），未能参加前方工作，故云。抚州，旧属楚国。

［4］悲壮：指悲壮的胜利战绩。

［5］吹角：奏军乐。这是把军乐象征胜利和喜悦的心情。

［6］湖海平生豪气两句：上句是说平生具有壮阔、豪迈的志气。《三国志·魏志·陈登传》载许汜语：“陈元龙湖海之士，豪气不除。”元龙，陈登字。这里作者以他自比。下句里的“风景”，用周顗（yǐ）“风景不殊，正自有山河之异”的语意（见刘义庆《世说新语·言语》）。

［7］剪烛看吴钩：夜里燃烛把宝刀拿出来看（希望有机会使用它以立功）。吴钩，宝刀名。

［8］燃犀处：《晋书·温峤传》载苏峻兵反，温峤奉命平乱。还镇，“至牛渚矶，水深不可测。世云其下多怪物。峤遂毁犀角而照之，须臾见水族覆火，奇形异状，或乘马车著赤衣者。”按毁犀，后人多作燃犀，即照妖的意思。这里把金兵作为妖魔来说。燃犀处，指牛渚矶，即采石矶。

［9］周与谢两句：指周瑜和谢玄（见《于湖居士文集·进故事》）。周瑜是东汉末年吴军的主将，他在赤壁之战击溃曹操的军队，时三十四岁。谢玄是东晋军的主将之一，他在淝水之战击溃前秦的大军，时四十一岁。富春秋，指少壮之年，正好是建功立业的时期。

［10］小乔初嫁：见前57页苏轼《念奴娇》注［10］。

［11］香囊未解：指谢玄年少时事。《晋书·谢玄传》：“玄少好佩紫罗香囊。（谢）安患之，而不欲伤其意，因戏赌取，即焚之于地，遂止。”

［12］勋业故优游：从容不迫地建立了功业。优游，闲暇自得貌。

［13］赤壁：见前57页苏轼《念奴娇》注［1］。

［14］肥水：即淝水，在安徽省境，流经寿县一带，是东晋谢玄、谢石击溃前秦

苻坚大军的地方。

[15] 乘风去：《南史·宗悫(què)传》载宗悫少年时对叔父表示自己的志愿说："愿乘长风破万里浪。"

[16] 击楫誓中流：《晋书·祖逖传》载祖逖统兵北伐，"渡江，中流击楫而誓曰：'祖逖不能清中原而复济者，有如大江！'辞色壮烈，众皆慨叹"。

六州歌头

长淮望断，关塞莽然平[1]。征尘暗，霜风劲，悄边声[2]，黯销凝[3]！追想当年事[4]，殆天数，非人力。洙泗上，弦歌地[5]，亦膻腥[6]。隔水毡乡[7]，落日牛羊下[8]，区脱纵横[9]。看名王宵猎，骑火一川明，笳鼓悲鸣，遣人惊[10]。　　念腰间箭，匣中剑，空埃蠹[11]，竟何成！时易失，心徒壮，岁将零[12]，渺神京[13]。干羽方怀远[14]，静烽燧[15]，且休兵。冠盖使[16]，纷驰骛[17]，若为情[18]？闻道中原遗老，常南望、翠葆霓旌[19]。使行人到此，忠愤气填膺[20]，有泪如倾。

[1] 长淮望断两句：远望淮河一带，草木长得和关塞一样高了。长淮，即淮河，南宋的前线。莽然，草木茂密貌。

[2] 征尘暗三句：是说飞尘阴暗，寒风猛烈，此外边地上一切都是静悄悄的(暗示放弃了抵抗)。

[3] 黯销凝：伤怀，伤神。黯，精神颓丧貌。

[4] 追想当年事：回想当年(1127)中原沦陷的事变。

[5] 洙泗上两句：洙、泗二水，流经山东曲阜(春秋时鲁国的国都)。孔子在这里讲学，培养了许多弟子。弦歌，乐歌。《史记·孔子世家》："三百五篇，孔子皆弦歌之，以求合韶、武、雅、颂之音。"(他很重视结合音乐进行

教育。)弦歌地,指有文化教育的地方。

[6] 亦膻(shān)腥:是说圣地也被敌人的腥臊气玷污了。膻腥,牛羊的腥臊气。

[7] 隔水毡乡:隔一条淮河,北岸就是金国。北方游牧民族住在毡帐里,故称毡乡。

[8] 落日牛羊下:这句写暮色,暗中讥刺金人落后的游牧生活。《诗经·君子于役》:"日之夕矣,羊牛下来。"

[9] 区(ōu)脱:土室,汉时匈奴筑以守边的哨所。

[10] 看名王宵猎四句:写敌军的威势。1163 年南宋军队在符离溃败以后,金兵很猖狂。名王,指金兵的主将。宵猎,夜里打猎,这里指夜行军。

[11] 空埃蠹(dù):白白地被尘埃和蠹虫侵蚀坏了。

[12] 零:尽。

[13] 神京:指汴京(今河南开封市)。

[14] 干羽方怀远:用礼乐文化怀柔远方(这里指对敌妥协、求和)。《书经·大禹谟》:"舞干羽于两阶。"干盾和翟羽,都是供乐舞之用的。

[15] 静烽燧(suì):平静无战事。烽燧,在高台上烧起烟火来,作为报道敌人来攻打的信号。

[16] 冠盖使:使臣。指 1163 年与金通使议和事。冠盖,官员的服装和车马。盖,车盖。

[17] 驰骛:奔走。

[18] 若为情:何以为情,难为情。

[19] 翠葆霓旌:翠羽装饰的车盖,像虹霓似的彩色旌旗,都是帝王所用,借指王师。这句是希望南宋的军队北伐,恢复中原。

[20] 填膺:满怀。江淹《恨赋》:"置酒欲饮,悲来填膺。"

宋孝宗隆兴元年(1163),北伐军在符离溃败后,主和派得势。与金国通使议和,这时张孝祥在建康(南京)任留守,作此词。前段描写沦陷区的凄凉景象和敌人的骄纵横行;后段感叹自己报国的志愿不能实现,对渴望北伐的中原父老寄以深切的同情。全词忠愤填膺，一气呵成。相传这是在一个宴会上作的，当时都督江淮兵马的张浚（主战派的大将）读后深为感动，为之罢席而入（见《说郛·朝野遗记》）。陈廷焯《白雨斋词话》称赞这首词：“淋漓痛快，笔饱墨酣，读之令人起舞。”

水调歌头

金山观月[1]

江山自雄丽，风露与高寒。寄声月姊，借我玉鉴此中看[2]。幽壑鱼龙悲啸[3]，倒影星辰摇动，海气夜漫漫[4]。涌起白银阙[5]，危驻紫金山[6]。　　表独立[7]，飞霞佩[8]，切云冠[9]。漱冰濯雪[10]，眇视万里一毫端[11]。回首三山何处[12]？闻道神仙笑我，要我欲俱还。挥手从此去，翳凤更骖鸾[13]。

[1] 金山观月：《宋六十名家词·于湖词》题作“舟过金山寺”，又题作“咏月”。金山在今江苏镇江市，本矗立在长江中，因山下沙涨，与南岸毗连。金山寺是有名的古刹。

[2] 玉鉴：玉镜。

[3] 幽壑鱼龙：藏在深水里的鱼龙。壑，水沟。

[4] 海气夜漫漫：海气，江面上的雾气。金山以下江面广阔，古人常作为海来说。彭国光《重建吞海亭碑记》：“金山崛起中流，立江海之间。”漫漫，无边际貌。

[5] 涌起白银阙：水上涌现银白色的浪涛，像仙宫一样。

[6] 危驻紫金山：危驻，高驻。紫金山，即金山。释惠凯《金山志》载唐裴头陀开山得金，故名。《丹徒县志》引洪迈《重建金山佛殿记》：“金、焦二山崒然天立，镇乎东流，皆有大兰若，岧峣其上，古记谓紫金、浮玉者是矣。”

[7] 表独立：屹然独立。《楚辞·九歌·山鬼》："表独立兮山之上。"表，特出。

[8] 飞霞佩：以飞霞为佩。韩愈《调张籍》诗："乞君飞霞珮，与我高颉颃。"佩，指佩带的玉饰。

[9] 切云冠：高帽子。《楚辞·涉江》："冠切云之崔嵬。"

[10] 漱冰濯雪：浸润在如同冰雪般洁白的月光里（这是写作者的感受）。

[11] 眇视万里一毫端：万里之外渺小如毫末的景物也都看得十分清楚。眇视，细视。

[12] 三山：见前135页李清照《渔家傲》注[5]。

[13] 翳（yì）凤更骖鸾：用凤羽做华盖，用鸾鸟驾车（表示游仙的意思）。翳，华盖，古代帝王车子上所张的绸伞。

善于描绘雄丽的景色，寄意高远，是张孝祥词的特点之一。可是我们必须批判他那种飘飘欲仙的超尘思想。陈应行说，读了他的词"泠然，洒然，真非烟火食人辞语"（《于湖词序》），大约是指这一类的词说的。和陈应行的意见相反，我们有时倒是嫌作者的人间烟火气太少了。

前　调

泛　湘　江[1]

濯足夜滩急[2]，晞发北风凉[3]。吴山楚泽行遍[4]，只欠到潇湘[5]。买得扁舟归去，此事天公付我，六月下沧浪[6]。蝉蜕尘埃外[7]，蝶梦水云乡[8]。　　制荷衣[9]，纫兰佩[10]，把琼芳[11]。湘妃起舞一笑[12]，抚瑟奏清商[13]。唤起《九歌》忠愤，拂拭三闾文字，还与日争光[14]。莫遣儿辈觉，此乐未渠央[15]。

[1] 泛湘江：《宋六十名家词·于湖词》题作"过潇湘寺"。

[2] 濯足：《楚辞·渔父》："沧浪之水浊兮，可以濯吾足。"

[3] 晞(xī)发北风凉：晞，晒干。《楚辞·少司命》："晞女发兮阳之阿。"北风凉，语出《诗经·邶风》里的"北风其凉"。这和上句都用来表示高洁。陆云《九愍·纡思》："朝弹冠以晞发，夕振裳而濯足。"

[4] 吴山楚泽：泛指南方的山水。司马相如《子虚赋》说"楚有七泽"。

[5] 潇湘：见前79页秦观《踏莎行》注[7]。

[6] 沧浪(láng)：水名。《楚辞·渔父》里有《沧浪歌》，这里借指湘江。

[7] 蝉蜕尘埃外：《史记·屈原贾生列传》："蝉蜕于浊秽，以浮游尘埃之外，不获世之滋垢，皭然泥而不滓者也。"这是以蝉脱皮、浮游于尘埃之外赞美屈原为人不肯同流合污。这里作者用来自喻。

[8] 蝶梦水云乡：这句表示作者放浪于江湖间的闲适心情。《庄子·齐物论》："昔者庄周梦为胡蝶，栩栩然胡蝶也。"

[9] 制荷衣：把荷叶制衣服。《楚辞·离骚》："制芰荷以为衣兮，集芙蓉以为裳。"一说，芰荷是菱花的别名。

[10] 纫兰佩：把兰草贯穿起来佩带。《楚辞·离骚》："扈江离与辟芷兮，纫秋兰以为佩。"

[11] 把琼芳：手里拿着美丽的花草。《楚辞·九歌·东皇太一》："瑶席兮玉瑱，盍将把兮琼芳。"

[12] 湘妃：指《楚辞·九歌》里《湘君》《湘夫人》两篇中的女神。相传是舜帝的二妃，后来自沉湘江而死，故称湘妃。《九歌》是祭神的乐歌，歌舞并用，所以句中有"起舞一笑，抚瑟奏清商"语。

[13] 清商：悲哀的音调。

[14] 唤起《九歌》忠愤三句：《九歌》，用来泛指屈原的作品。忠愤，指屈原因忠被谤而愤怨的心情。三闾，指屈原，他做过三闾大夫，因以为氏。《史记·屈原贾生列传》："忠而被谤，能无怨乎？屈平之作《离骚》，盖自怨生也。……推此志也，虽与日月争光可也。"

[15] 莫遣儿辈觉两句：苏轼《与毛令方尉游西菩提寺》诗："人生此乐须天

赋，莫遣儿郎取次知。”（语本《晋书·王羲之传》）未渠央，无尽。

《宋史》本传载张孝祥在广南西路（今广西和广东西南部一带地方）经略安抚使（掌管一路军政民政的长官）任上“治有声绩”，被谗言落职。这首词是宋孝宗乾道二年（1166）作者从桂林（今广西市名）北归，在湘江上泛舟的作品。他在这时候想起高洁、忠愤而自沉于汨罗江的伟大诗人屈原是很自然而有意义的事情。从注解可以看出，全词基本上是檃栝《楚辞》和《史记·屈原列传》里的语意，难得的是运用灵活，毫不生硬。

念奴娇

过洞庭[1]

洞庭青草[2]，近中秋、更无一点风色。玉鉴琼田三万顷[3]，著我扁舟一叶。素月分辉，明河共影[4]，表里俱澄澈[5]。悠然心会[6]，妙处难与君说。　　应念岭表经年[7]，孤光自照，肝胆皆冰雪[8]。短发萧骚襟袖冷[9]，稳泛沧溟空阔[10]。尽挹西江，细斟北斗，万象为宾客[11]。扣舷独啸[12]，不知今夕何夕[13]！

［1］洞庭：湖名，在湖南省岳阳市西面。

［2］青草：湖名，在岳阳西南面，和洞庭相通，总称洞庭湖。

［3］玉鉴琼田：形容月光下的湖上景色。玉鉴，玉镜。

［4］明河共影：月影照彻了天河和洞庭湖。明河，天河。

［5］表里：里外、上下。

［6］悠然：闲适貌。

［7］岭表经年：在岭南过了一年。指作者担任广南西路经略安抚使事。岭表，五岭以南，今广东、广西地区。

[8] 孤光自照两句：表示自己心地光明磊落、冰清玉洁。孤光，指月亮。苏轼《西江月》词："中秋谁与共孤光。"

[9] 短发萧骚：头发少了。骚，一作"疏"。

[10] 沧溟空阔：水天空阔。沧溟，大水弥漫貌。

[11] 尽挹西江三句：汲尽西江的水以为酒，把北斗（星）当作酒器来舀酒喝，邀请天上的星辰万象做客人。"西江之水"，语出《庄子·外物篇》。《楚辞·东君》："援北斗兮酌桂浆。"此用其意。北斗，是七颗星组成的星座，形状像舀酒的斗。斟，酌酒。挹，一作"吸"。

[12] 独啸：一作"独笑"。

[13] 不知今夕何夕：见前59页苏轼《念奴娇》第二首注[7]。

这首词是宋孝宗乾道二年（1166）张孝祥被谗言落职，从桂林北归，过洞庭湖所作。他用"肝胆皆冰雪"来表示自己的高洁忠贞；用"吸江酌斗，宾客万象"的豪迈气概，来回答小人的谗害，显示了作者高尚的品质。所以南宋学者魏了翁很是赏识，认为"在集中最为杰特"（见查为仁、厉鹗《绝妙好词笺》卷一）。如果和苏轼的《念奴娇》咏中秋词（见前58页）并读，我们可以看出这两位词家的精神风格有其相通的地方。

西 江 月

黄 陵 庙[1]

满载一船明月，平铺千里秋江。波神留我看斜阳，唤起鳞鳞细浪[2]。　　明日风回更好[3]，今朝露宿何妨？水晶宫里奏《霓裳》[4]，准拟岳阳楼上[5]。

[1] 黄陵庙：黄陵山在湖南湘阴县北洞庭湖边。湘水由此入湖。相传山上有舜之二妃娥皇、女英的庙，世称黄陵庙。《四部丛刊》本《于湖居士文

集》题作“阻风三峰下”,辞句小异。

[2] 波神留我看斜阳两句：作者把船被风浪所阻、不能前进,说成是水神要留他看夕阳的景色。鳞鳞,形容波纹像鱼鳞似的。

[3] 风回：转为顺风。

[4] 水晶宫里奏《霓裳》：美妙的波涛声像是水府在演奏悦耳的歌曲。《霓裳羽衣曲》,唐时流行的歌舞曲。

[5] 准拟岳阳楼上：准定在岳阳楼上看湖上的景色。岳阳楼,见前94页张舜民《卖花声》注[2]。

宋孝宗乾道三年(1167)张孝祥知潭州(今湖南长沙市)。这首词是他改官离开湖南道上作。他写给诗人黄子默的信里提到:“某离长沙且十日,尚在黄陵庙下,波臣风伯,亦善戏矣。”

前　调

题溧阳三塔寺[1]

问讯湖边春色,重来又是三年。东风吹我过湖船,杨柳丝丝拂面。　世路如今已惯[2],此心到处悠然[3]。寒光亭下水连天[4],飞起沙鸥一片。

[1] 题溧阳三塔寺：黄昇《花庵词选》题作“洞庭”。周密《绝妙好词》题作“丹阳湖”。今依查为仁、厉鹗《绝妙好词笺》引《景定建康志》所题。三塔寺在溧阳市西三塔湖。

[2] 世路如今已惯：《宋史》本传称张孝祥“年少气锐”,这是经过多年宦海风波、熟悉世情以后带几分消极的感慨语。

[3] 悠然：见前178页《念奴娇》注[6]。

[4] 寒光亭：在三塔寺里。

浣 溪 沙

荆州约马举先登城楼观塞[1]

霜日明霄水蘸空[2],鸣鞘声里绣旗红[3],淡烟衰草有无中。 万里中原烽火北[4],一尊浊酒戍楼东[5],酒阑挥泪向悲风[6]。

[1] 荆州约马举先登城楼观塞:张孝祥于宋孝宗乾道四年(1168)任荆南荆湖北路安抚使,驻节荆州(今湖北荆州)。当时荆州是南宋的国防前线。塞,边塞,国防线。马举先,不详。

[2] 霜日明霄水蘸(zhàn)空:秋天的太阳照着万里晴空,远处水天相接,仿佛蘸着天空似的。霄,天空。

[3] 鸣鞘(shāo)声里绣旗红:鸣鞘声,挥动马鞭发出的响声。鞘,拴在鞭子头上的细皮条等。绣旗,锦绣的军旗。

[4] 万里中原烽火北:被敌人占领的万里中原远在火线的北面。

[5] 戍楼:城楼上有驻防的军队,称戍楼。

[6] 挥泪:掉泪。

这首词是宋孝宗乾道四年(1168)秋天张孝祥在荆州作,他时年三十七岁。

范成大 二首

范成大(1126—1193)[1],字致能,号石湖居士,吴县(今江苏苏州市)人。进士出身。曾充赴金使节。官至四川制置使(掌管边防军务的长官)、参知政事（副宰相）。他是南宋负盛名的诗人之一。他的词，所涉及的面没有诗歌那么广阔，主要写自己闲适的生活，缺少社会意义。文字精美，音节谐婉，可是温软无力，和婉约派一脉相通。姜夔以晚辈的身份和他往来，受了他的词风的一定影响。今传《石湖词》。

[1] 关于范成大的卒年，《宋史》本传说“绍兴三年，加大学士，四年薨”。按“绍兴”该是宋光宗“绍熙”年号的误写。绍熙三年范成大还写过一首《次韵养正元日六言》，自注：“今年六十七。”死于绍熙四年（1193），年六十八。

忆秦娥

楼阴缺[1]，阑干影卧东厢月[2]。东厢月，一天风露[3]，杏花如雪。　　隔烟催漏金虬咽[4]，罗帏黯淡灯花结[5]。灯花结，片时春梦，江南天阔[6]。

[1] 楼阴缺：楼房在树荫里露出一面。阴，是说树木成荫。缺，指房子没有被树木遮蔽的一面。

[2] 阑干影卧东厢月：月照东厢，栏杆的影子躺在地面上（或者墙壁上）。厢，厢房。

[3] 一天：满天。

[4] 隔烟催漏金虬（qiú）咽：夜雾迷茫，看不到远处，只听着呜咽的更漏声催着时光消逝。烟，雾气。金虬，即铜龙，铜制的龙头（水从龙口里吐出），装置在漏器上用来计时的。李商隐《深宫》诗：“金殿销香闭绮栊，玉壶传点咽铜龙。”

[5] 罗帏黯淡灯花结：灯烛结花，房间里显得更昏暗。旧俗相传，结灯花表示有喜讯。罗帏，轻软的纱罗做的帐子。此指闺房。

[6] 片时春梦两句：上句感叹美梦易醒，下句极言隔离之远。春梦，指和爱

人在梦里相会。岑参《春梦》诗："枕上片时春梦中，行尽江南数千里。"这里化用其意，更觉含蓄而意味深长。

醉 落 魄

栖乌飞绝[1]，绛河绿雾星明灭[2]。烧香曳簟眠清樾[3]。花影吹笙，满地淡黄月。　　好风碎竹声如雪，昭华三弄临风咽[4]。鬓丝撩乱纶巾折[5]。凉满北窗，休共软红说[6]。

[1] 栖乌飞绝：栖乌归林，不再飞了。

[2] 绛河绿雾星明灭：绛河，即天河。明灭，忽明忽暗。

[3] 曳簟（diàn）眠清樾（yuè）：铺着竹席子，睡在清凉的树荫下。樾，交相荫蔽的树木。

[4] 好风碎竹声如雪两句：宋翔凤《乐府馀论》："'好风碎竹声如雪'，写笙声也。'昭华三弄临风咽'，吹已止也。"竹，指笙管。昭华，古乐器名。《晋书·律历志》："舜时西王母献昭华之琯（管），以玉为之。"弄，吹奏。

[5] 鬓丝撩乱纶（guān）巾折：鬓丝，鬓发白如丝。纶巾，见前57页苏轼《念奴娇》注[12]。

[6] 休共软红说：不要说给世俗的人听。软红，即红尘、尘土，这里指那些仆仆风尘、热衷功名富贵的人。

这首词反映作者退隐后悠闲的生活和孤芳自赏的心情。

杨万里　一首

杨万里（1127—1206），字廷秀，自号诚斋，吉水（今江西县名）人。宋高宗时进士。做过四朝的官。黄昇《花庵词选》称他“以道德风范，照映一世”。不肯为权臣韩侂(tuō)胄(zhòu)写《南园记》(宁愿弃官不做)一事，最足以看出他的气节。他是南宋前期著名的诗人。《历代诗馀·词话》引《续清言》称他“不特诗有别才，即词亦有奇致”。他的词风格清新、活泼、自然，和诗有相似的地方。今传《诚斋乐府》。

好　事　近[1]

月未到诚斋[2]，先到万花川谷。不是诚斋无月，隔一庭修竹[3]。　　如今才是十三夜，月色已如玉。未是秋光奇绝，看十五十六[4]。

[1]《好事近》：《彊村丛书·诚斋乐府》题作“七月十三日夜登万花川谷望月作”。

[2] 诚斋：杨万里自名他在吉水的书室为诚斋。

[3] 修竹：竹长而直，排列很整齐，称修竹。

[4] 未是秋光奇绝两句：现在还不是秋夜月色奇绝的时候，要看奇绝的月色，且待十五、十六的夜里。

陆　游　十一首

陆游(1125—1210)，字务观，自号放翁，越州山阴(今浙江绍兴市)人。他始终坚持抗金主张，在仕途上不断受到当权派的排斥和打击。中年入蜀，在国防前线上担任过军中职务[1]。军事的生活实践丰富了他的文学内容，作品从此吐露出万丈光芒。他一生的精力贯注在诗歌方面，成为南宋最杰出的诗人。词作的收获量不如诗篇那么巨大，今所传《放翁词》（一称《渭南词》）约一百三十首。

陆游的词，和他的诗同样贯穿了爱国主义精神，有力地反映了作者"气吞残虏"（《谢池春》）的雄心大志和"胡未灭，鬓先秋"（《诉衷情》）的感慨不平，它的质量不容许我们把它列于次要的地位。词里表现的风格又是多种多样的。刘克庄指出：

> 放翁长短句，其激昂感慨者，稼轩（辛弃疾）不能过；飘逸高妙者，与陈简斋（与义）、朱希真（敦儒）相颉颃；流丽绵密者，欲出晏叔原（幾道）、贺方回（铸）之上。——《后村大全集·诗话续集》

这里所说的"飘逸高妙者"大概是指他的闲适词。其中确有近似朱敦儒恬淡飘逸的一面，例如《好事近》：

> 湓口放船归，薄暮散花洲宿。两岸白蘋红蓼，映一蓑新绿。有沽酒处便为家，菱芡四时足。明日又乘风去，任江南江北。

作者的"渔歌菱唱"，多是晚年所作[2]，里面掺杂着一些失意的消极思想。可是陆游毕竟不同于朱敦儒那般悠然世外的心境，闲适只是他的生活里一种表面现象，他的内心实在是波动不平的。例如《鹧鸪天》里的"贪啸傲，任衰残，不妨随处一开颜。元知造物心肠别，老却英雄似等闲"，《诉衷情》里的"平章风月，弹压江山，别是功名"，虽然强自宽解，但显然可见他不能忘情于英雄事业和功名。我们看他表示"江湖上，遮回疏放，作个闲人样"（《点绛唇》），看他高傲地说"镜湖元自属闲人，又何必官家赐与"（《鹊桥仙》），甚至说"时人错把比严光，我自是无名渔父"（《鹊桥仙》），这都是话里有话，蕴藏着对腐朽的朝廷的不满。

[1] 在王炎川陕安抚使署任干办公事(边防军事机关的属员)。

[2]《渭南文集·长短句序》:“余少时汩于世俗,颇有所为。晚而悔之。然渔歌菱唱,犹不能止。”

钗头凤[1]

红酥手,黄縢酒[2],满城春色宫墙柳[3]。东风恶,欢情薄,一怀愁绪,几年离索[4]。错,错,错! 春如旧,人空瘦,泪痕红浥鲛绡透[5]。桃花落,闲池阁。山盟虽在[6],锦书难托[7]。莫,莫,莫[8]!

[1]《钗头凤》:根据周密《齐东野语》、陈鹄《耆旧续闻》等书记载,这首词写的是如下的一出爱情悲剧:陆游初娶表妹唐琬,夫妇的感情很好。但他的母亲不喜欢这个媳妇,二人被迫分离。后来陆游另娶,唐琬也改嫁赵士程。有一次陆游春日出游,在绍兴禹迹寺南的沈园与唐琬相遇。唐琬以酒肴殷勤款待。陆游非常伤感,在园壁上题了一首《钗头凤》。相传唐琬看见之后,和了一首词,其中有“世情薄,人情恶”之句,不久抑郁而死。四十年后,陆游旧地重游,不能胜情,又写了两首著名的《沈园》诗:“城上斜阳画角哀,沈园非复旧池台。伤心桥下春波绿,曾是惊鸿照影来。”“梦断香销四十年,沈园柳老不吹绵。此身行作稽山土,犹吊遗踪一泫然。”

[2] 红酥手两句:写唐琬以酒肴款待事。《齐东野语》有“唐以语赵,遣致酒肴”的记载。红酥手,红润而又白嫩的手。黄縢(téng)酒,《耆旧续闻》说是“黄封酒”。黄封,是一种官酒。

[3] 宫墙柳:以柳喻唐琬。她这时已嫁人,有如宫禁里的杨柳可望而不可

即。一说：绍兴原是古代越国的都城，宋高宗时亦曾一度以此为行都，故有宫墙之称。

[4] 离索：离散，分居。

[5] 泪痕红浥鲛绡透：沾染着脸上胭脂的红泪把手帕都湿透了。鲛绡，传说中鲛人（人鱼）所织的绡，这里指丝绸制的手帕。

[6] 山盟：盟誓如山不可移易，故称山盟。

[7] 锦书难托：书信难寄。（唐琬已被弃，而且另有丈夫，就当时的道义说，不能再通书信。）

[8] 莫莫莫：表示绝望，只好作罢。

这首词周密《齐东野语》说是陆游早年（三十一岁）的作品。写作者怀念前妻的深挚感情，反映出封建社会婚姻不自由的悲惨现实。张宗橚《词林纪事》引毛晋语："放翁咏《钗头凤》一事，孝义兼挚，更有一种啼笑不敢之情于笔墨之外，令人不能读竟。"我们认为这里"孝"的意义是不存在的，恰恰相反，"东风恶，欢情薄"两句，正是对破坏美满姻缘的制度表示强烈的抗议。

秋　波　媚

七月十六日晚，登高兴亭，望长安南山[1]。

秋到边城角声哀[2]，烽火照高台[3]。悲歌击筑[4]，凭高酹酒[5]，此兴悠哉[6]！　　多情谁似南山月，特地暮云开。灞桥烟柳[7]，曲江池馆[8]，应待人来。

[1] 登高兴亭两句：高兴亭在陕西汉中内城的西北。南山，即终南山，横亘陕西南部，它的主峰在长安（今陕西西安市）南面。

[2] 角声：见前14页张先《青门引》注[3]。

[3] 烽火照高台：烽火，战火。高台，指高兴亭。

［4］悲歌击筑：《史记·刺客列传》载燕太子丹及宾客送荆轲使秦事："既祖（饯行），取道，高渐离击筑，荆轲和而歌，为变徵之声。"变徵之声是声高而悲的调子。

［5］酹（lèi）酒：见前58页苏轼《念奴娇》注［18］。这里含有祷祝收复失地的意思。

［6］悠哉：深长貌。

［7］灞桥：即霸桥，在长安东面的灞水上，桥边柳树很多。

［8］曲江：池名，在长安东南，唐朝的名胜地区。

宋孝宗乾道八年（1172），陆游四十八岁，在汉中担任军中职务，前方的有利形势和军队里的壮阔生活激起了作者经略中原、收复长安的热望和坚定的胜利信心。他是那么乐观而又激励地写着：灞桥、曲江那些长安的风景区都在等待宋军的到来。

汉宫春

初自南郑来成都作[1]

羽箭雕弓[2]，忆呼鹰古垒[3]，截虎平川[4]。吹笳暮归野帐[5]，雪压青毡[6]。淋漓醉墨[7]，看龙蛇、飞落蛮笺[8]。人误许[9]，诗情将略[10]，一时才气超然。　何事又作南来，看重阳药市[11]，元夕灯山[12]。花时万人乐处[13]，攲帽垂鞭[14]。闻歌感旧，尚时时、流涕尊前。君记取：封侯事在[15]，功名不信由天。

［1］初自南郑来成都作：这是宋孝宗乾道九年（1173），陆游在成都（今四川市名）作。南郑，今陕西汉中市。

［2］羽箭雕弓：精美的弓箭。羽箭，即白羽箭。以白羽为饰，故称。

[3] 呼鹰古垒：鹰，打猎时用来追逐猎物的。古垒，荒废的堡垒。

[4] 截虎平川：陆游在汉中时有射虎的故事。他的《忆昔》诗中有“昔者戍梁益，寝饭鞍马间。……挺剑刺乳虎，血溅貂裘殷”语。平川，平地。

[5] 野帐：张在野外的帐幕。

[6] 青毡：毡帐，用毛织做的帐幕。

[7] 淋漓醉墨：趁着酒兴落笔，写得淋漓尽致。

[8] 龙蛇、飞落蛮笺：龙蛇，形容笔势飞舞貌。古时四川所产的彩色笺纸称蛮笺。

[9] 许：推许。

[10] 诗情将略：作诗的才情，统率军队作战的谋略。

[11] 药市：专门卖药的街道。宋时行会制度兴盛，大城市里有许多行业都是集中在一定的区域里经营的。苏轼《河满子》词：“莫负花溪纵赏，何妨药市微行。”傅幹注：“益州（成都）有药市，期以七月，四远皆集，其药物品甚众，凡三月而罢。好事者多市取之。”陆游在《老学庵笔记》（卷六）里也曾提到成都九月九日药市的盛况。

[12] 灯山：把无数的花灯叠作山形。

[13] 花时：成都一带每年百花盛开时举行花会，非常热闹。

[14] 攲帽垂鞭：描绘节日繁华、缓步游赏的情形。攲帽，帽子歪戴着（表示生活的散漫自适）。垂鞭，不用鞭打，骑着马儿缓缓而行。

[15] 封侯事在：指班超在西域立功封侯事。见前82页晁补之《摸鱼儿》注[15]。

这首词前后段分别写南郑和成都两种不同的生活情况。作者这时候在成都担任闲散的参议官，不是他所愿意做的，对于这个万人行乐的后方城市也不感兴趣。他十分怀念前方能够发挥“诗情将略”的军中生活，并且坚决相信恢复中原的壮志一定能够实现。

夜　游　宫

记梦寄师伯浑[1]

雪晓清笳乱起[2]，梦游处、不知何地，铁骑无声望似水[3]。想关河：雁门西，青海际[4]。　　睡觉寒灯里[5]，漏声断[6]，月斜窗纸。自许封侯在万里[7]。有谁知，鬓虽残，心未死！

［1］师伯浑：师浑甫字伯浑，四川眉山人。隐居不仕。陆游说他很有才气，能诗文（见《渭南文集·师伯浑文集序》）。

［2］雪晓清笳乱起：这句开始写梦境。雪晓，下雪的早晨。清笳，凄凉的胡笳声。胡笳，军中用的乐器。

［3］铁骑无声望似水：披甲的骑兵，衔枚（无声）前进，望去像一股洪流，一片波光。

［4］雁门西两句：雁门，关名，在山西代县西北。青海，湖名，在青海省。都是古代西北边防重地。

［5］睡觉：睡醒。

［6］漏声断：见前61页苏轼《卜算子》注［2］。

［7］自许封侯在万里：自信能够在万里外立功封侯。见前82页晁补之《摸鱼儿》注［15］。

这首词是陆游从汉中回到四川以后，四十九岁到五十三岁期间写的作品，可以看出作者念念不忘于回到前方去参加抗敌工作。

渔　家　傲

寄　仲　高[1]

东望山阴何处是[2]？往来一万三千里。写得家书空满纸,流清泪,书回已是明年事。　　寄语红桥桥下水[3],扁舟何日寻兄弟?行遍天涯真老矣。愁无寐,鬓丝几缕茶烟里[4]。

[1] 仲高:陆游堂兄。

[2] 山阴:今浙江绍兴市(陆游的故乡)。

[3] 寄语:传语。

[4] 鬓丝几缕茶烟里:意思是说岁月都消磨在闲散无聊的生活里。鬓丝,鬓发白如丝。

双头莲

呈范致能待制[1]

华鬓星星[2],惊壮志成虚,此身如寄[3]。萧条病骥[4],向暗里、消尽当年豪气。梦断故国山川[5],隔重重烟水。身万里,旧社凋零[6],青门俊游谁记[7]?　　尽道锦里繁华[8],叹官闲昼永[9],柴荆添睡[10]。清愁自醉,念此际、付与何人心事。纵有楚柁吴樯[11],知何时东逝?空怅望,鲙美菰香,秋风又起[12]。

[1] 范致能待制:范成大字致能,曾任敷文阁待制。1175至1177年任四川制置使(掌管边防军务的长官),陆游时在成都,做他的参议官。他们以文字结交,时常诗酒唱和。这首词就是在这期间写的。

[2] 华鬓星星:鬓发花白。星星,形容发白。

[3] 如寄:飘荡无依,没有归宿。

[4] 萧条病骥:以衰老的病马比喻自己老病无用。

[5] 梦断故国山川:梦不到故乡的山水。

[6] 旧社凋零:旧友星散。社,社友。

[7] 青门俊游:指过去在京城里值得纪念的、有意义的生活。青门,长安城

门名，借称南宋京城临安。俊游，胜游，有意义的游览和聚会。

[8] 锦里：在四川成都之南，是成都的别称。

[9] 官闲：时作者担任参议官，没有什么职责。

[10] 柴荆：柴门，穷人寒士的住所。

[11] 楚柁(duò)吴樯：到长江中下游去的船。这里吴、楚是用来泛指江南地区。

[12] 鲙(kuài)美菰(gū)香两句：《晋书·张翰传》："翰因见秋风起，乃思吴中菰菜、莼羹、鲈鱼脍，曰：'人生贵得适志，何能羁宦数千里以要名爵乎？'遂命驾而归。"鲙，通脍，把鱼肉切细。

鹊 桥 仙

华灯纵博[1]，雕鞍驰射，谁记当年豪举[2]？酒徒一一取封侯[3]，独去作江边渔父。　　轻舟八尺，低篷三扇，占断蘋洲烟雨[4]。镜湖元自属闲人[5]，又何必官家赐与[6]！

[1] 华灯纵博：在华丽明亮的灯下尽情博弈。这是当时一种流行的游戏，如作者《楼上醉书》诗："酒酣博簺为欢娱，信手枭卢喝成采。"

[2] 当年豪举：指作者四十八岁那一年在汉中的军旅生活：经常穿着戎衣，参加骑射，并曾有雪中刺虎的壮举。

[3] 酒徒一一取封侯：酒徒，指那些只知升官发财、饮酒作乐的人。《史记·朱建传》载郦生语："吾高阳酒徒也，非儒人也。"一一，一作"一半"。

[4] 占断蘋洲烟雨：独自享受水边的景色。蘋洲，丛生蘋草的小洲。

[5] 镜湖：又名鉴湖，在浙江绍兴市南。陆游晚年住在三山，邻近镜湖。

[6] 又何必官家赐与：《新唐书·隐逸传》载贺知章还乡里为道士，"求周宫湖数顷为放生池，有诏赐镜湖剡川一曲。"这句是针对此事说的。官家，皇家，皇帝。

这是陆游晚年闲居家乡写的词。看来有些消极，骨子里是愤慨的。朝廷的政治既然如此腐败，“酒徒一一取封侯”，无意收复失地，迫使他只好“独去作江边渔父”。最后两句结语“镜湖元自属闲人，又何必官家赐与”，也反映出对朝廷不满的情绪。

前　调

夜闻杜鹃[1]

茅檐人静，蓬窗灯暗[2]，春晚连江风雨。林莺巢燕总无声，但月夜常啼杜宇。　　催成清泪，惊残孤梦，又拣深枝飞去。故山犹自不堪听[3]，况半世飘然羁旅[4]！

[1] 杜鹃：即子规，又名杜宇。见前53页苏轼《浣溪沙》注[2]。

[2] 蓬窗：船窗。蓬，蓬舟，见前135页李清照《渔家傲》注[5]。

[3] 故山犹自不堪听：即使在故乡（不是作客）听了这种悲切的鸣声，精神上也受不住。

[4] 羁旅：客居异乡。

陈廷焯《白雨斋词话》特别推重陆游这首词，说是“借物寓言”。这是由于抱负不能施展、失意之极而产生的情调低沉的去国离乡之感。

诉衷情

当年万里觅封侯[1]，匹马戍梁州[2]。关河梦断何处[3]，尘暗旧貂裘[4]。　　胡未灭，鬓先秋[5]，泪空流。此生谁料，心在天山[6]，身老沧洲[7]。

[1] 觅封侯：寻觅建立功业以取封侯的机会。见前82页晁补之《摸鱼儿》

注[15]。

[2] 戍梁州：指陆游四十八岁时在汉中川陕宣抚使署任职期间一段军事性的活动。梁州，今陕西汉中市一带地区，因梁山得名。

[3] 关河梦断何处：边塞从军生活像梦一般消逝了。关河，关塞、河防，指边疆。何处，不知何处，无踪迹可寻的意思。

[4] 尘暗旧貂裘：貂裘积满灰尘，颜色也变了。这是表示长期闲散没有建立功业的机会。《战国策·秦策》："苏秦说秦王，书十上，而说不行，黑貂之裘敝，黄金百斤尽，资用乏绝，去秦而归。"

[5] 鬓先秋：两鬓早已白如秋霜。

[6] 天山：在今新疆维吾尔自治区境内，这里借指前方。

[7] 身老沧洲：陆游晚年住在绍兴镜湖边的三山。沧洲，水边，古时隐者住的地方。

"心在天山，身老沧洲"两句概括了诗人晚年生活和思想矛盾的悲愤情绪。

鹧 鸪 天

家住苍烟落照间[1]，丝毫尘事不相关[2]。斟残玉瀣行穿竹[3]，卷罢《黄庭》卧看山[4]。　贪啸傲[5]，任衰残，不妨随处一开颜。元知造物心肠别[6]，老却英雄似等闲[7]。

[1] 家住苍烟落照间：是说住在风景美好的乡下。

[2] 尘事：指时事。

[3] 斟残玉瀣(xiè)行穿竹：喝完了酒到竹林里散步。玉瀣，美酒。

[4] 卷罢《黄庭》卧看山：看书倦了躺下来看山。卷，把书卷起来不看。《黄庭》，道家的经典著作。

[5] 贪啸傲：贪图啸傲自适的生活。以自由自在、不受官府管束自傲。陶渊明《归去来兮辞》："倚南窗以寄傲。"

[6] 元知造物心肠别：元，同原。造物，上天。

[7] 似等闲：不当一回事。

通篇极写闲适自在的生活，都是故意表示"丝毫尘事不相关"，不是作者心坎里的话。最后两句才点明题意所在：南宋王朝最高统治者（造物者）不图恢复，不用抗敌人才，英雄无用武之地，自然只好老死牖下了。

卜 算 子

咏 梅

驿外断桥边[1]，寂寞开无主。已是黄昏独自愁，更著风和雨。　　无意苦争春，一任群芳妒。零落成泥碾作尘[2]，只有香如故。

[1] 驿：古代官办的交通站。

[2] 碾（niǎn）：压碎。

这是以梅花象征自己的孤高与劲节。作者积极用世的精神在政治上屡次受到打击以后，不免滋生了几分带消极的孤高自许的成分，但他坚决不肯和主和派同流合污的劲节始终是值得称道的。

辛弃疾　四十首

辛弃疾（1140—1207），字幼安，号稼轩，济南（当时是金人占领区，今山东市名）人。少年时曾聚众两千参加农民领袖耿京的抗金起义军。失败后，南归。历任湖北、湖南、江西安抚使（掌管一路军政民政的长官），在政治军事上都能采取积极的措施，以利国便民[1]。因朝廷当权者疑忌，他落职后长期没有得到任用。从四十三岁起，闲居江西信州（今上饶市），几达二十年（在这时期里只一度知福州兼福建安抚使）。到了晚年，朝廷又起用他，做过浙东安抚使和镇江知府。在镇江任内，他特别重视抗金的准备工作。可是朝廷对他不重视，不能久于其位。终于怀着规复中原的宏愿，抑郁以殁。他是南宋最杰出的爱国词人。著有《稼轩词》（一名《稼轩长短句》），总计六百多首[2]。

继承苏轼之后，把词的豪放风格加以发扬光大，使它蔚然成为一大宗派，成为词坛的主流，主要应归功于辛弃疾。

辛弃疾的词“慷慨纵横，有不可一世之概”（《四库全书总目提要》语）。这种豪迈风格的形成首先决定于他的作品具有深厚的爱国感情和广阔的社会内容。徐釚《词苑丛谈》（卷四）引黄梨庄的话说：

> 辛稼轩当弱宋末造，负管、乐之才，不能尽展其用，一腔忠愤，无处发泄。观其与陈同父抵掌谈论，是何等人物！故其悲歌慷慨，抑郁无聊之气，一寄之于其词。

作者不同于一般的爱国文人，他要求恢复中原的意志和愿望极其强烈，但是一生都处在不得意的阴暗的政治环境里，事与愿违，一腔忠愤，都寄之于词；因而在他的词里反映民族矛盾和统治阶级内部矛盾十分突出，交织着意气风发而又沉郁悲凉的复杂心情。尽管表现的方式有所不同，但坚定的爱国主义思想和抗敌必然胜利的信心，在他一生的作品里是贯穿到底的。如他南渡后不久写的《满江红·建康史帅致道席上赋》：“袖里珍奇光五色，他年要补天西北（借指中原）。且归来，谈笑护长江，波澄碧。”这种雄心壮志始终没有衰退过，一直到晚年他还发出“凭谁问，廉颇老矣，尚能饭否”（《永遇乐·京口北固亭怀古》）的英雄失意的感慨，向昏庸腐朽的朝廷表示了抗议。这种和人民血脉相通的高昂的爱国热情，是极其可贵的，它结晶成为辛词中最有思想意义的部分。

由于政治失意，作者在抑郁中力求解脱，也给他的词带来了相当浓厚的消极成分。他追慕庄周、陶渊明，歌颂忘机，寄情山水。这种闲适生活所孕育的作品在辛词中占一定的比例。这表明封建社会知识分子在政治斗争中的软弱性，予以批判是必要的。但是我们也必须指出，作者某些词所表示的消极思想只是一种曲折地反映自己的政治苦闷的手段，只是一种不愿同流合污的抗议方式，并非真正流于颓丧。作者的世界观虽然有矛盾，基本上是积极的，其志其情，始终不在连云的松竹、同盟的鸥鹭、带湖和博山道中的景色等。

辛弃疾长期闲居乡村。在熟悉乡村生活和接近农民的基础上，他出色地描绘了一些清新、活泼的农村风景画。如《鹧鸪天》：“城中桃李愁风雨，春在溪头荠菜花。”这样不加藻饰的素描词句，不必追寻它有什么寓意，本身便反映了美好的事物。作者这种农村即景的小词，就其艺术水平所达到的高度来衡量，可以说超过了范成大的田园诗。

作者继承着苏轼的观点，不把艺术形式放在第一位，并且在更大的程度上冲破了词体的格律，显出自由放肆的精神。毛晋《稼轩词跋》说：“宋人以东坡为词诗，稼轩为词论，善评也[3]。”作者以文为词，问答如话，议论风生，不论经、史、诸子，都可以入词，这就使词体能概括更丰富复杂的思想意境，风格也更加多样化。同时，我们认为根据毛晋的话也不能得出辛词缺乏诗的韵味的结论。试读他戒酒的《沁园春》（“杯，汝来前”）和遣兴的《西江月》（“醉里且贪欢笑，要愁那得工夫”），都别饶风趣，不是枯索无味。当然，他的某些词议论过多，喜欢掉书袋，写得比较隐晦难懂，也不能说不是一病。

对于辛词的评述，参看《前言》。

[1] 如1180年在湖南创建飞虎营和在江西救荒平粜等事。

[2] 四卷本《稼轩词》除掉重复的，有四百二十七首。十二卷本《稼轩长短句》有五百七十二首。邓广铭《稼轩词编年笺注》辑得六百二十六首，笺注也很完备。

[3] 陈模《怀古录》引潘牥语："东坡为词诗，稼轩为词论。"

水龙吟

登建康赏心亭[1]

楚天千里清秋，水随天去秋无际。遥岑远目，献愁供恨，玉簪螺髻[2]。落日楼头，断鸿声里[3]，江南游子[4]，把吴钩看了[5]，栏干拍遍，无人会，登临意。　　休说鲈鱼堪鲙，尽西风，季鹰归未[6]？求田问舍，怕应羞见，刘郎才气[7]。可惜流年[8]，忧愁风雨[9]。树犹如此[10]。倩何人、唤取红巾翠袖，揾英雄泪[11]。

[1] 建康赏心亭：建康是六朝时期的京城，今江苏南京市。赏心亭，见前107页周邦彦《西河》注[11]。

[2] 遥岑远目三句：远山看起来，很像美人插戴的玉簪和螺旋形的发髻，可是却处处触发自己的愁恨。遥岑，远山，指长江以北沦陷区的山（所以说它"献愁供恨"）。

[3] 断鸿：失了群的孤雁。

[4] 江南游子：作者自称（时客居江南一带）。

[5] 把吴钩看了：看刀剑，是希望有机会用它立功的意思。吴钩，见前172页张孝祥《水调歌头》注[7]。

[6] 休说鲈鱼堪鲙三句：写自己不贪恋生活享受，不愿意学张季鹰那么忘

情时事，弃官回乡。季鹰，张翰字。见前192页陆游《双头莲》注[12]。尽，尽管。归未，用提问语表示未归。

[7] 求田问舍三句：是说求田问舍会被贤者所耻笑。《三国志·魏志·陈登传》："许汜与刘备并在荆州牧刘表坐。表与备共论天下人。汜曰：'陈元龙湖海之士，豪气不除。'……备问汜：'君言豪，宁有事耶？'汜曰：'昔遭乱，过下邳，见元龙。元龙无客主之意，久不相与语，自上大床卧，使客卧下床。'备曰：'君有国士之名，今天下大乱，帝王失所，望君忧国忘家，有救世之意，而君求田问舍，言无可采。是元龙所讳也，何缘当与君语？如小人（刘备自称），欲卧百尺楼上，卧君于地，何但上下床之间耶！'"刘郎，指刘备。

[8] 流年：年光如流。

[9] 忧愁风雨：忧愁国势飘摇于风雨中。

[10] 树犹如此：刘义庆《世说新语·言语》："桓公（桓温）北征，经金城，见前为琅邪时种柳皆已十围，慨然曰：'木犹如此，人何以堪！'攀枝折条，泫然流泪。"

[11] 倩何人两句：这是作者自伤抱负不能实现，得不到同情与慰藉的感叹。唤取，唤得。红巾翠袖，少女的装束，借指歌女。宋时宴会席上多用歌女唱歌劝酒，故云。红巾，一作"盈盈"。揾，同拉，揩掉。英雄泪，英雄失意的眼泪。

这是宋孝宗乾道五年（1169）辛弃疾在建康做通判（州府行政长官的助理）时写的名作。作者本是意气风发的青年抗金战士，二十三岁南渡以后，一直没有受到朝廷的重视。他最苦恼的是没有人了解他的雄心大志："江南游子，把吴钩看了，栏干拍遍，无人会，登临意。"后段曲折迂回地写出他的抑郁心情：首先陈述自己不像张翰那样为了"莼羹鲈脍"而回故乡，又以许汜的"求田问舍"为羞耻，同时为了不能替国家出力又发出年华虚掷的感叹，从而引起英雄失意的深切苦痛。有人把这首词比作王粲的《登楼赋》。就思想内容来衡量，作者忧怀国事的哀愁比王粲那篇赋所具有的意义似觉还更深广一些。

太 常 引

建康中秋夜为吕叔潜赋[1]

一轮秋影转金波[2]，飞镜又重磨[3]。把酒问姮娥[4]：被白发欺人奈何？　　乘风好去，长空万里，直下看山河。斫去桂婆娑，人道是清光更多[5]。

[1] 建康中秋夜为吕叔潜赋：宋孝宗淳熙元年(1174)，辛弃疾在建康(南京)任江东安抚司参议官，时三十五岁。这首词可能作于这一年的中秋节。吕叔潜，一作“吕潜叔”，生平不详。

[2] 金波：月亮。

[3] 飞镜又重磨：月亮像新磨过的铜镜子那么明亮。飞镜，喻月亮。李白《渡荆门送别》诗：“月下飞天镜。”

[4] 姮娥：见前70页黄庭坚《念奴娇》注[5]。

[5] 斫去桂婆娑两句：桂，指传说月中的桂树。婆娑，形容桂树的影子舞动貌。杜甫《一百五日夜对月诗》：“斫却月中桂，清光应更多。”

有人把“桂婆娑”解释为暗指朝廷里主和派那一股黑暗势力，这意见是值得参考的。周济《宋四家词选》说：“所指甚多，不止秦桧一人而已。”

菩 萨 蛮

书江西造口壁[1]

郁孤台下清江水[2]，中间多少行人泪！西北望长安，可怜无数山[3]。　　青山遮不住，毕竟东流去[4]，江晚正愁予，山深闻鹧鸪[5]。

［1］书江西造口壁：这是作者在造口怀古的词。罗大经《鹤林玉露》说："南渡之初，虏人追隆祐太后御舟至造口，不及而还。幼安由此起兴。"按宋高宗建炎三年至四年间（1129—1130）金兵南侵，分两路渡江。一路是主力军，陷南京，直指临安（杭州），追宋高宗，扰乱浙东。另一路从湖北进军江西，追隆祐皇太后。隆祐由南昌仓促南逃，到赣州才获致安全。赣西一带受到金兵的侵扰，劫掠杀戮很惨。造口，在今江西万安县西南六十里。

［2］郁孤台下清江水：郁孤台，在今江西赣州市西南，唐宋时是一郡的名胜地。赣江经过台下向北流去。赣江和袁江合流处名清江。

［3］西北望长安两句：朝西北方向瞭望中原故都，可惜被无数的山峰所阻。这是感叹中原沦陷已久还没有恢复。望，一作"是"。长安，见前94页张舜民《卖花声》注［8］。

［4］青山遮不住两句：是说青山虽然能遮断人们瞻望长安的视线，却遮不住赣江的水向前奔流。

［5］山深闻鹧鸪：听到深山里传来鹧鸪"行不得也"的叫声。《鹤林玉露》说："'闻鹧鸪'之句，谓恢复之事行不得也。"

这是宋孝宗淳熙三年（1176），作者任江西提点刑狱（掌管刑法狱讼的官吏）、驻节赣州时写的词。先从怀古开端，写四十多年前金兵侵扰赣西地区以及人民所遭受的苦难；接下去笔锋转移到当前中原还没有恢复的现实，表达沉痛的心情。后段即景抒情：一方面写江水冲破重叠山峰的阻碍，胜利地向前奔流，使人向往；另方面又写鹧鸪"行不得也"的鸣声，使人精神沮丧。这些都是借来反映自己羁留后方、壮志不酬的抑塞不舒的苦闷。

水调歌头

舟次扬州和人韵[1]

落日塞尘起[2]，胡骑猎清秋[3]。汉家组练十万[4]，列舰耸层楼[5]。谁道投鞭飞渡[6]，忆昔鸣髇血污，风雨佛狸愁[7]。季子正年少，匹马黑貂裘[8]。　　今老矣，搔白首，过扬州。倦游欲去江上[9]，手种橘千头[10]。二客东南名胜[11]，万卷诗书事业，尝试与君谋：莫射南山虎，直觅富民侯[12]。

[1] 舟次扬州和人韵：一作“舟次扬州和杨济翁、周显先韵”。扬州，今江苏市名。杨炎正，字济翁。见259页作者介绍。他的原作也已选录，可参看。周显先，不详。

[2] 塞尘起：边疆发生了战事。

[3] 胡骑猎清秋：古代北方敌人经常于秋高马肥的时候南犯。猎，借指战争。

[4] 组练：指军队。《左传・襄公三年》载楚子“使邓廖帅组甲三百，被练三千，以侵吴”。杜预集解：“组甲、被练，皆战备也。组甲，漆甲成组文。被练，练袍。”

[5] 列舰耸层楼：江中陈列着许多兵舰，如耸立的高楼。

[6] 谁道投鞭飞渡：谁说敌人能渡江侵扰？《晋书・苻坚载记》载苻坚将侵犯东晋时的豪语说：“以吾之众旅，投鞭于江，足断其流。”又《南史・孔范传》：“隋师将济江，群官请为备防……范奏曰：‘长江天堑，古来限隔，虏军岂能飞渡？’”

[7] 忆昔鸣髇(xiāo)血污两句：指1161年金主完颜亮南侵失败为其部下所杀事。鸣髇，即鸣镝，是一种响箭，射时发声。《史记・匈奴列传》载冒顿：“从其父单于头曼猎，以鸣镝射头曼，其左右亦皆随鸣镝而射杀头

曼。”血污，指死于非命。后魏太武帝拓跋焘小字佛狸，曾率师南侵。这里借称金主完颜亮。

[8] 季子正年少两句：苏秦字季子，战国时的策士，以合纵的政策游说诸侯，佩六国相印。这里是说自己正当季子年少时，对于功名事业有一股锐进之气。黑貂裘，见前194页陆游《诉衷情》注[4]。

[9] 倦游欲去江上：倦于宦游（懒得再去求官做），想到江湖间过隐居生活。

[10] 手种橘千头：郦道元《水经注·沅水》载丹杨太守李衡在龙阳县泛洲种柑橘，临死时对儿子说：“吾州里有木奴千头，不责衣食，岁绢千匹。”

[11] 二客东南名胜：说杨济翁和周显先是东南一带的名士。

[12] 莫射南山虎两句：这是感叹朝廷偃武修文，做军事工作没有出路。《史记·李将军列传》载李广“居蓝田南山中，射猎”，“所居郡闻有虎，尝自射之”。《汉书·食货志》：“武帝末年悔征伐之事，乃封丞相为富民侯。”颜师古注：“欲百姓之殷实，故取其嘉名也。”

金主完颜亮于1161年发动南侵，最初声势浩大，占领了扬州作为渡江基地。后在采石矶被宋军击溃，完颜亮也被部下所杀，结束了这一次的战争。作者的抗敌事业即开始于完颜亮发动南侵的时期，并在扬州以北地区和敌军作过艰苦的战斗。因此，多年后“舟次扬州”的时候感触很深。这首词的意思分三层：首先写少年时期蔑视敌人的英雄气概，其次写事业无成的倦游思想，最后写南宋王朝放弃北伐，说何必像李广那样射虎习武呢，不如做个苟安于世的富民侯。这话里潜藏着深刻的感慨。

满　江　红

江行和杨济翁韵[1]

过眼溪山，怪都似、旧时曾识[2]。还记得、梦中行遍，江南江北[3]。佳处径须携杖去，能消几两平生屐[4]？笑尘劳、三十九年非[5]，长为客。　　吴楚地，东南坼[6]。英雄事，曹刘敌[7]。被西风吹尽，了无尘迹。楼观甫成人已去[8]，旌旗未卷头先白[9]。叹人生、哀乐转相寻[10]，今犹昔。

[1] 江行和杨济翁韵：一题作“江行简杨济翁、周显先”。杨炎正字济翁。见259页作者介绍。

[2] 恠：同怪。

[3] 还记得、梦中行遍两句：作者觉得往事如梦，所以作为梦来说。一作“是梦里寻常行遍”。

[4] 能消几两平生屐(jī)：一生能够穿几双鞋呢？刘义庆《世说新语·雅量》载阮孚好屐，尝叹曰：“未知一生当着几量屐。”量，亦作“两”。一两即一双。屐，六朝人喜欢穿的一种鞋子。

[5] 三十九年非：《淮南子·原道训》载春秋时卫国大夫蘧伯玉年五十而知四十九年之非。这里套用他的意思。作者时年四十左右。

[6] 吴楚地两句：杜甫《登岳阳楼》诗：“吴楚东南坼。”是说吴楚被划分为东南两方。这里借来写江行所见东南一带的壮阔景象。

[7] 曹刘敌：《三国志·先主传》载曹操对刘备说：“今天下英雄，唯使君与操耳，本初(袁绍)之徒，不足数也。”这两句意在怀古，也隐藏了作者的自豪感。

[8] 楼观(guàn)：可以望远的楼阁。

[9] 旌旗未卷：表示战争没有结束，恢复中原的北伐事业没有完成。

[10] 转相寻：辗转、循环。

这首词黄昇《花庵词选》题作“感兴”。一方面表示自己倦于游宦，一方面又追怀古代英雄的功业，反映出作者“笑尘劳、三十九年非”和“旌旗未卷头先白”的矛盾心情。结处流露出封建知识分子无可奈何的宿命思想。

摸 鱼 儿

淳熙己亥自湖北漕移湖南[1]，同官王正之置酒小山亭[2]，为赋[3]。

更能消几番风雨[4]，匆匆春又归去。惜春长怕花开早[5]，何况落红无数。春且住，见说道、天涯芳草无归路[6]。怨春不语，算只有殷勤、画檐蛛网，尽日惹飞絮[7]。　　长门事，准拟佳期又误。蛾眉曾有人妒。千金纵买相如赋，脉脉此情谁诉[8]？君莫舞，君不见、玉环飞燕皆尘土[9]。闲愁最苦[10]。休去倚危栏[11]，斜阳正在、烟柳断肠处[12]。

[1] 淳熙己亥自湖北漕移湖南：宋孝宗淳熙六年（1179），辛弃疾四十岁，由湖北转运副使调任湖南转运副使。漕，漕司，宋代称转运使为漕司，管钱粮的官。

[2] 同官王正之置酒小山亭：王正之，名特起，是辛弃疾的同僚（也是老朋友），在官署里的小山亭治酒替他饯行。

[3] 为赋：因而写这首词。

[4] 消：经得起。

[5] 长怕花开早：老是忧虑着花开得太早（就会早落）。

[6] 见说道、天涯芳草无归路：听说芳草铺到了天边，遮断了春天的归路。这是说春天已尽，不再回来。

[7] 算只有殷勤、画檐蛛网两句：算来只有屋檐边的蛛丝网在整天地沾惹纷飞的柳絮，像是想把春天网住似的。

[8] 长门事五句：司马相如《长门赋序》："孝武皇帝陈皇后，时得幸，颇妒，别在长门宫，愁闷悲思。闻蜀郡成都司马相如天下工为文，奉黄金百斤，为

相如文君取酒，因于解悲愁之辞。而相如为文以悟主上，皇后复得亲幸。”按此序不是司马相如自己所作，史传也没有陈皇后复得亲幸的记载。这里是说，由于有人妒忌，千金重价买来的《长门赋》并没有产生预期的效果，她的愁苦之情仍旧得不到安慰。蛾眉，形容美貌，指陈皇后。《楚辞·离骚》：“众女嫉余之蛾眉兮，谣诼谓余以善淫。”脉脉，含情貌。

[9] 君莫舞两句：你（指善妒的人）不要得意忘形，像玉环、飞燕那样得宠的妃子都化为尘土了。玉环，杨贵妃的小名，唐玄宗最宠幸的妃子，在安禄山叛变后，被赐死于马嵬坡。赵飞燕，汉成帝宠爱的皇后，后来废为庶人，自杀。她俩都以善妒著名。舞，这里用来表示得意。

[10] 闲愁：指精神上的苦恼。

[11] 危栏：高楼上的栏杆。栏，一作“楼”。

[12] 烟柳断肠处：暮烟笼罩着杨柳、使人愁苦的地方。

这首词《花庵词选》题作“暮春”，是借春意的阑珊来衬托自己的哀怨。词里面的玉环、飞燕，似是用来比喻朝廷里当权的主和派。辛弃疾在《论盗贼札子》里说：“生平刚拙自信，年来不为众人所容，恐言未脱口而祸不旋踵。”可见“蛾眉曾有人妒”之说不为无因。作者本来是要积极建功立业的，被调到湖北去管钱粮已不合他的要求；再调到湖南，还是管钱粮，当然更失望。他心里明白朝廷的这种调动就是不让恢复派抬头。一想到国家前途的暗淡，自不免要发出“烟柳断肠”的哀吟来（参考梁启勋《稼轩词疏证》转引《饮冰室考证》的话）。据说宋孝宗看到了这首词，虽然没有加罪于他，可是很不愉快（见罗大经《鹤林玉露》）。如所传属实，也可以说明词里所流露的哀怨确是对朝廷表示不满的情绪。

木兰花慢

席上送张仲固帅兴元[1]

汉中开汉业[2]，问此地，是耶非？想剑指三秦[3]，君王得意，一战东归。追亡事[4]，今不见，但山川满目泪沾衣[5]。落日胡尘未断[6]，西风塞马空肥[7]。　一编书是帝王师[8]，小试去征西[9]。更草草离筵，匆匆去路，愁满旌旗。君思我，回首处，正江涵秋影雁初飞[10]。安得车轮四角[11]，不堪带减腰围[12]。

[1] 送张仲固帅兴元：张坚字仲固。兴元，原为汉中郡，唐时改为兴元府，今陕西汉中市。

[2] 汉中开汉业：《史记·项羽本纪》载项羽立刘邦"为汉王，王巴蜀、汉中，都南郑。"刘邦以此为基础建立了汉朝的帝业。

[3] 剑指三秦：指刘邦占领三秦事。《史记·项羽本纪》载项羽"三分关中，王秦降将，以距塞汉王。"后来刘邦东进，三秦王有的被打垮，有的投降。

[4] 追亡事：指萧何追韩信。《史记·淮阴侯列传》："信数与萧何语，何奇之。至南郑，诸将行道亡者数十人。信度何等已数言上，上不我用，即亡。何闻信亡，不及以闻，自追之。"后来刘邦采纳萧何的建议，拜韩信为大将。

[5] 山川满目泪沾衣：唐李峤《汾阴行》："山川满目泪沾衣，富贵荣华能几时？不见只今汾水上，惟有年年秋雁飞。"

[6] 胡尘：金人掀起的战争。

[7] 西风塞马空肥：秋高马肥，正是用兵的时候，但是朝廷采取不抵抗的苟安政策，英雄无用武之地，所以说塞马空肥。塞马，边马。

[8] 一编书是帝王师：《史记·留侯世家》载下邳圯上老父出一编书(《太公兵法》)示张良曰："读此，则为王者师矣。"

[9] 小试去征西：是说张仲固西行去任兴元帅只是小试其技。

[10] 江涵秋影雁初飞：杜牧《九日齐山登高》诗："江涵秋影雁初飞，与客携壶上翠微。"

[11] 车轮四角：陆龟蒙《古意》诗："愿得双车轮，一夜生四角。"这是盼望车子开不动把行人留下来的意思。

[12] 带减腰围：《古诗》："思君令人老，衣带日已缓。"

这首词的构思过程是颇为曲折的，特别是前段：首先他指出汉中是汉朝建立帝业的基地，刘邦凭这一隅之地，终于战胜了强大的敌人，完成统一全国的大业，是一层意思；这和南宋朝廷的偏安江左、一蹶不振，恰恰是一个相反的对照。下文一转，"追亡事，今不见"，点明今不如昔，点明南宋不能建立中兴事业的关键是由于统治者不重视才能，又是一层意思。作者写到这里，怀才不遇的苦闷已呼之欲出了，可是他没有缘着这条线索写下去，而把自己的痛苦紧密地联系敌人不断的侵扰和南宋王朝的不战而和来说，又是一层意思；这样就把全词的思想意义提得更高。后段以张良佐汉为喻，希望张仲固在汉中有所建树，和前文的意思仍然贯串。最后几句才是针对送行写别情。

沁园春

带湖新居将成[1]

三径初成[2]，鹤怨猿惊，稼轩未来[3]。甚云山自许，平生意气；衣冠人笑，抵死尘埃[4]。意倦须还，身闲贵早，岂为莼羹鲈鲙哉[5]！秋江上，看惊弦雁避，骇浪船回[6]。　东冈更葺茅斋，好都把轩窗临水开。要小舟行钓，先应种柳；疏篱护竹，莫碍观梅。秋菊堪餐，春兰可佩[7]，留待先生手自栽[8]。沉吟久，怕君恩未许，此意徘徊。

[1] 带湖新居：辛弃疾在带湖（江西上饶市北郊）造了一座新房子，题为稼轩，并以为号。他四十三岁罢官后在这里闲居很久，写了大量的作品。

[2] 三径：指隐居的园圃。见前127页叶梦得《水调歌头》第二首注[8]。

[3] 鹤怨猿惊两句：是说猿鹤惊怪它的主人没有回来。见前155页胡铨《好事近》注[1]。

[4] 甚云山自许四句：谓自己一向重视意气，与世不合，以隐居山林自期许；而如今却奔命于官场，以致被人所嘲笑。甚，正。衣冠人笑，为“人笑衣冠”的倒文。衣冠，古代士大夫的服装，此指官爵利禄。抵死，表示执迷不悟的意思。尘埃，指官场、名利场。

[5] 莼羹鲈脍：见前192页陆游《双头莲》注[12]。

[6] 看惊弦雁避两句：这是用比喻来说明自己应当急流勇退。“惊弦”“骇浪”都是指毁谤他的谗言。按辛弃疾任湖南、江西安抚使期间，因勇于负责，严格执行政令，受到好些人的反对与指责。

[7] 秋菊堪餐两句：《楚辞·礼魂》：“春兰兮秋菊，长无绝兮终古。”又《楚辞·离骚》：“扈江离与辟芷兮，纫秋兰以为佩。”“朝饮木兰之坠露兮，夕餐秋菊之落英。”

[8] 先生：作者自称。

这首词《花庵词选》题作“退闲”。实际上辛弃疾此时还在做江西安抚使。他看到官场争权夺利的惊涛骇浪，滋生了消极退休、独善其身的想头。但是“怕君恩未许，此意徘徊”，他的用世与隐退的矛盾思想始终存在，也反映了他的忠君报恩思想的局限。

祝英台近

晚　春

宝钗分[1]，桃叶渡[2]，烟柳暗南浦[3]。怕上层楼[4]，十日九风雨。断肠片片飞红，都无人管，更谁劝、啼莺声住[5]？　鬓边觑[6],试把花卜归期,才簪又重数[7]。罗帐灯昏,哽咽梦中语:“是他春带愁来,春归何处,却不解、带将愁去。”

[1] 宝钗分:分钗,作为离别的纪念。白居易《长恨歌》:“惟将旧物表深情,钿合金钗寄将去。钗留一股合一扇,钗擘黄金合分钿。”

[2] 桃叶渡:在南京秦淮河与青溪合流处。这里作为送别爱人的地方来说。《隋书·五行志》:“陈时盛歌王献之桃叶之词曰:‘桃叶复桃叶,渡江不用楫。但渡无所苦,我自迎接汝。’”

[3] 烟柳暗南浦:送别的码头边绿柳成荫了(指晚春时节)。南浦,见前152页张元幹《贺新郎》第二首注[8]。

[4] 层楼:高楼。

[5] 更谁劝、啼莺声住:一作“倩谁唤、流莺声住”。

[6] 鬓边觑(qù):看到鬓边插着的花。觑,偷看,斜视。

[7] 才簪又重数:卜过了,方才把花戴上,还不放心,又取下来重数一遍(数花瓣以定归期)。

黄蓼园《蓼园词选》认为这首闺怨词“必有所托”。但很难实指寄托的是什么。沈谦《填词杂说》称道这首词说:“稼轩词以激扬奋厉为工,至‘宝钗分,桃叶渡’一曲,昵狎温柔,魂销意尽,才人伎俩,真不可测。”这说明辛词风格的多样化。

水调歌头

盟　鸥

带湖吾甚爱,千丈翠奁开[1]。先生杖屦无事[2],一日走千回。凡我同盟鸥鹭,今日既盟之后,来往莫相猜。白鹤在何处,尝试与偕来。　破青萍,排翠藻,立苍苔[3]。窥鱼笑汝痴计，不解举吾杯[4]。废沼荒丘畴昔[5]，明月清风此夜，人世几欢哀！东岸绿阴少，杨柳更须栽。

[1] 翠奁(lián)：翠色的镜子，用来比喻湖水的清澈。奁，镜匣。

[2] 杖屦(jù)：出游时持的杖穿的屦。屦，鞋子。古时席地而坐，外出时才穿鞋(见《礼记·曲礼》)。李商隐《谢辟启》："方思捧持杖屦，厕列生徒。"

[3] 破青萍三句：写鱼在水中游息之乐。藻，水草。苍苔，长在水里的青苔。另一解释，这是作者站在长了苔衣的水边，拨开萍藻看鱼。

[4] 窥鱼笑汝痴计两句：观鱼的时候，笑鱼儿痴呆，不理解我举杯饮酒的乐趣。

[5] 废沼荒丘畴昔：据洪迈《稼轩记》说，辛弃疾的带湖新居原是一片荒地。沼，池塘。畴昔，往日。

水龙吟

为韩南涧尚书寿，甲辰岁[1]。

渡江天马南来[2]，几人真是经纶手[3]？长安父老，新亭风景，可怜依旧[4]！夷甫诸人，神州沉陆，几曾回首[5]。算平戎万里，功名本是真儒事，君知否？　况有文章山斗[6]，对桐阴满庭清昼[7]。当年堕地[8]，而今试看，风云奔走[9]。绿野风烟[10]，平泉草木[11]，东山歌酒[12]。待他年、整顿乾坤事了[13]，为先生寿。

[1] 为韩南涧尚书寿两句：韩元吉号南涧。官至吏部尚书。见前166页作者介绍。甲辰岁，宋孝宗淳熙十一年(1184)。辛弃疾写这首词时四十

五岁。

[2] 渡江天马南来：《晋书·元帝纪》："太安之际，童谣云：'五马浮渡江，一马化为龙。'（晋朝的皇帝姓司马，故云。）……王室沦覆，帝与西阳、汝南、南顿、彭城五王获济，而帝竟登大位焉。"这里借指宋室南渡。张孝祥《满江红》词"渡江天马龙为匹"亦即此意。

[3] 经纶手：治理国家的能手。

[4] 长安父老三句：中原父老盼望北伐，南渡的士大夫们也感慨山河变异，可是都只好空望、空叹一场，偏安的情况总是没有改变。刘义庆《世说新语·言语》："过江诸人，每至美日，辄相邀新亭，藉卉（坐在草地上）饮宴。周侯中坐而叹曰：'风景不殊，正自有河山之异。'皆相视流泪。唯王丞相愀然变色曰：'当共勠力王室，克复神州，何至作楚囚相对！'"新亭，一名劳劳亭，三国吴时建筑，在今南京市南。

[5] 夷甫诸人三句：《世说新语·轻诋》载桓温语："遂使神州陆沉，百年丘墟，王夷甫诸人不得不任其责。"这里借来指斥南宋当权者对恢复事业不关心。王衍字夷甫，晋朝的清谈家。沉陆，即陆沉，指国土沦陷。几曾，何尝。

[6] 况有文章山斗：把韩元吉的文章比韩愈。《新唐书·韩愈传》："自愈没，其言大行，学者仰之如泰山北斗。"

[7] 对桐阴满庭清昼：这句称颂韩元吉光荣的家世。陈振孙《直斋书录解题》载韩元吉《桐阴旧话》，说是"记其家世旧事，以京师第门有梧木，故云"。

[8] 堕地：诞生，出生。陆游《陇头水》诗"男儿堕地志四方"的"堕地"，也是此意。

[9] 风云奔走：说韩元吉风云际会，在政治上能够显露头角。

[10] 绿野风烟：唐朝宰相裴度的别墅绿野堂，地址在洛阳（今河南市名）午桥。风烟，景色。

[11] 平泉草木：唐朝宰相李德裕的别墅平泉庄，地址在洛阳郊外三十里处。

[12] 东山歌酒：东晋谢安曾经寓居东山（在今浙江绍兴上虞区）。《晋书》本传说他："虽放情丘壑，然每游赏，必以妓女从。"歌酒，指此。以上三句是把古代寄情山水的名相喻韩元吉寓居上饶的志趣。

[13] 整顿乾坤：恢复中原，完成统一事业。乾坤，天下。

寿词一般都写得庸俗无聊。这首词能破除陈套，一开头就斥责南宋当权者的误国罪行，指出"平戎"才是儒者真正的功名事业。后段对韩氏作了一些未能免俗的揄扬；而以"整顿乾坤"作结，仍然不落常格。

清平乐

独宿博山王氏庵[1]

绕床饥鼠，蝙蝠翻灯舞。屋上松风吹急雨，破纸窗间自语。　　平生塞北江南[2]，归来华发苍颜[3]。布被秋宵梦觉，眼前万里江山。

[1] 博山：《大清一统志·江西广信府》："博山在广丰县西南三十余里，南临溪流，远望如庐山之香炉峰。"辛弃疾闲居信州（今江西上饶市）时，经常往来博山道中。

[2] 平生塞北江南：一生走遍南北，奔走国事。（作者生长北方，曾参加抗金的军事工作。二十三岁南渡后，在江南一带做了多年的官。）

[3] 归来华发苍颜：回到家里，已经头发花白、容颜苍老。归来，指作者四十三岁免官归里。

这首词前段写庵里的寂寞荒凉，环境气氛的渲染极其出色。后段写作者独宿在荒山里的心理活动：想到以往南北奔驰、在前方抗敌的英雄事业，又想到失意归来、白发苍颜的暮年，无限苍凉的感慨都涌上心头。然而我们的老英雄并不因此而消极颓丧，当他秋宵梦醒的时候，浮现在他眼前的不是饥鼠、蝙蝠，而是祖国可爱的万里江山。这一幅光辉的景象的出现，顿把全词的思想意境提高了。

丑　奴　儿[1]

书博山道中壁[2]

少年不识愁滋味，爱上层楼[3]；爱上层楼，为赋新词强说愁[4]。　　而今识尽愁滋味，欲说还休；欲说还休，却道“天凉好个秋”。

[1]《丑奴儿》：通称《采桑子》。

[2] 博山：见前词注[1]。

[3] 层楼：见前210页《祝英台近》注[4]。

[4] 强说愁：没有愁而说愁，即无病呻吟（古代文人多有此病）。强，勉强。

这首词前后段里“愁”字的含义是有区别的：前者指的是春花秋月的闲愁，后者指的是关怀国事、怀才不遇所引起的哀愁。

丑 奴 儿 近

博山道中效李易安体[1]

千峰云起，骤雨一霎儿价[2]。更远树斜阳，风景怎生图画？青旗卖酒[3]，山那畔、别有人家[4]。只消山水光中，无事过这一夏。　　午醉醒时，松窗竹户[5]，万千潇洒[6]。野鸟飞来，又是一般闲暇。却怪白鸥，觑着人、欲下未下。旧盟都在[7],新来莫是,别有说话[8]?

［1］博山道中效李易安体：博山,见前213页《清平乐》注［1］。李清照号易安居士。见129页作者介绍。

［2］骤雨一霎儿价：忽然下了一阵骤雨。价,同地,助词。

［3］青旗：酒店的布招牌多用青色,故称青旗。

［4］人家：一作“人间”。

［5］松窗竹户：窗户外面全是松树和竹子。

［6］潇洒：闲散、清幽的风貌。

［7］旧盟：和白鸥结为友好的旧约。

［8］新来莫是两句：难道你现在想改口(悔弃前盟)了吗?

鹧鸪天

鹅湖归[1],病起作。

枕簟溪堂冷欲秋[2],断云依水晚来收[3]。红莲相倚浑如醉,白鸟无言定自愁[4]。　　书咄咄[5],且休休[6],一丘一壑也风流[7]。不知筋力衰多少,但觉新来懒上楼。

［1］鹅湖：山名,在江西铅山县东北。山上有湖,晋朝人龚氏曾经养鹅于此,名曰鹅湖。山下有鹅湖寺,风景幽美。辛弃疾乡居时经常来此游玩。

［2］枕簟(diàn)溪堂：在溪堂里休养、休息。簟,竹席子。溪堂,建筑在水边(风景区)供游赏的楼台亭阁。

［3］断云依水晚来收：飘浮水上的云烟到了傍晚都散掉了。断云,片断的云。

［4］无言：不鸣。

［5］书咄咄：刘义庆《世说新语·黜免》载殷浩被废后,终日书空(用手指在空中书画)作“咄咄怪事”四字。咄咄,表示失意的感叹。

[6] 休休：退休。《新唐书・司空图传》载司空图隐居中条山，作亭名休休，曰："量才一宜休，揣分二宜休，耄而聩三宜休。"另一解释，安闲自得貌。《诗经・蟋蟀》："好乐无荒，良士休休。"

[7] 一丘一壑：指寄情山水。《世说新语・品藻》："明帝问谢鲲：'君自谓何如庾亮？'答曰：'端委庙堂，使百僚准则，臣不如亮；一丘一壑，自谓过之。'"

清 平 乐

检校山园书所见[1]

连云松竹[2]，万事从今足。拄杖东家分社肉[3]，白酒床头初熟[4]。　　西风梨枣山园，儿童偷把长竿。莫遣旁人惊去，老夫静处闲看。

[1] 检校：查看，游观。

[2] 连云松竹：山上松竹茂密，连接云端。

[3] 社肉：酬祭社神的肉。

[4] 白酒床头：把酒放在床头，为了便于取喝。苏轼《泗州除夜雪中黄师是送酥酒》诗："明朝积玉深三尺，高枕床头尚一壶。"一说床头指糟床（制酒的器具）。杜甫《羌村三首》之二："已觉糟床注。"

八 声 甘 州

夜读《李广传》[1]，不能寐，因念晁楚老、杨民瞻约同居山间[2]，戏用李广事赋以寄之。

故将军饮罢夜归来，长亭解雕鞍。恨灞陵醉尉，匆匆未识，桃李无言[3]。射虎山横一骑，裂石响惊弦[4]。落魄封侯事[5]，岁晚田园。　　谁向桑麻杜曲？要短衣匹马，移住南山[6]。看风流慷慨，谈笑过残年[7]。汉开边[8]，功名万里[9]，甚当时健者也曾闲[10]？纱窗外、斜风细雨，一阵轻寒。

[1]《李广传》：即司马迁《史记》中的《李将军列传》。

[2]晁楚老、杨民瞻：辛弃疾的词友，生平都不详。

[3]故将军饮罢夜归来五句：《史记·李将军列传》载李广“尝夜从一骑出，从人田间饮。还至霸陵亭。霸陵尉醉，呵止广。广骑曰：‘故李将军。’尉曰：‘今将军尚不得夜行，何乃故也！’止广宿亭下”。长亭，驿亭，指霸陵亭。灞陵，即霸陵，汉文帝的陵墓，在今陕西西安市东。桃李无言是一个比喻，用来称美李广虽不善于辞令却是天下人所共同钦崇的英雄，可恨霸陵尉没有识人的巨眼。同上《李将军列传》：“余睹李将军，悛悛如鄙人，口不能道辞。及死之日，天下知与不知，皆为尽哀。彼其忠实心诚，信于士大夫也。谚曰：‘桃李不言，下自成蹊（喜爱桃李的人走出一条路来）。’此言虽小，可以喻大也。”

[4]射虎山横一骑两句：同上《李将军列传》：“广出猎，见草中石，以为虎而射之，中石没镞，视之石也。”惊弦，强烈的弦声。

[5]落魄封侯事：同上《李将军列传》：“自汉击匈奴而广未尝不在其中”，“然无尺寸之功以得封邑”。（李广没有封侯，所以没有封地。）落魄，失意。

[6]谁向桑麻杜曲三句：杜甫《曲江三章》：“自断此生休问天，杜曲幸有桑麻田。故将移住南山边，短衣匹马随李广，看射猛虎终残年。”这里是檃栝杜甫诗，说不要在杜曲种桑麻，要学李广移住南山去射猎。杜曲，长安（今陕西西安市）城南的名胜地区。短衣匹马，射猎的装束。南山，即

终南山，在陕西蓝田县南，李广削职后的住所。

[7] 看风流慷慨两句：是说要胸襟开朗（慷慨），生活自由放任（风流），度过晚年。残年，老年。

[8] 开边：开辟边疆。

[9] 功名万里：在边地建立功名。

[10] 甚当时健者也曾闲：为什么当时英雄如李广也不得封侯呢？健者，指李广。

李广在汉朝是一个抗击匈奴、战功卓著的名将，不但没有封侯，还被罢免，最后并且被迫自杀。作者也是抗金、不得志的英雄人物，在他的词里不止一次提到李广，绝非出于偶然。这里专写李广闲居南山一段事，恰恰这时候作者也是被劾落职，赋闲家居，这明明是借题发挥，对南宋朝廷表示不满。说是戏作，其意义却是极为严肃的。

鹧 鸪 天

送 人

唱彻《阳关》泪未干[1]，功名余事且加餐[2]。浮天水送无穷树，带雨云埋一半山。　今古恨，几千般，只应离合是悲欢[3]？江头未是风波恶[4]，别有人间行路难[5]。

[1]《阳关》：送别的曲子。见前94页张舜民《卖花声》注[6]。

[2] 功名余事：功名是次要的事情。这是说不要把政治地位的得失放在心里。

[3] 只应离合是悲欢：难道只有离别才使人悲哀、聚会才使人欢乐吗？

[4] 江头未是风波恶：江头的风波还不是人生最险恶的遭遇。

[5] 人间行路难：借指仕途的凶险。

青 玉 案

元 夕

东风夜放花千树[1]，更吹落、星如雨[2]。宝马雕车香满路。凤箫声动[3]，玉壶光转[4]，一夜鱼龙舞[5]。　　蛾儿雪柳黄金缕[6]，笑语盈盈暗香去[7]。众里寻他千百度；蓦然回首[8]，那人却在、灯火阑珊处[9]。

[1] 花千树：形容灯火之多像千树花开似的。张鷟《朝野佥载》："(唐)睿宗先天二年，正月十五、十六、十七夜，于京师安福门外作灯轮高二十丈，衣以锦绮，饰以金银，燃五万盏灯，簇之如花树。"又一解释："无数的树上挂着灯彩。"唐人苏味道《正月十五夜》诗："火树银花合，星桥铁锁开。"

[2] 星如雨：星，比喻灯。吴自牧《梦粱录・元宵》："诸营班院于法不得与夜游，各以竹竿出灯球于半空，远睹若飞星。"又一解释：形容满天的焰火。

[3] 凤箫声动：音乐演奏起来了。《风俗通・声音》："舜作《箫韶》九成，凤凰来仪，其形参差，像凤之翼。"后世因称箫为凤箫，即排箫。

[4] 玉壶：比喻月亮。一说指灯。周密《武林旧事・元夕》："灯之品极多，每以苏灯为最。圈片大者径三四尺，皆五色琉璃所成。山水人物，花竹翎毛，种种奇妙，俨然著色便面也。其后福州所进，则纯用白玉，晃耀夺目，如清冰玉壶，爽彻心目。"

[5] 鱼龙：指鱼形、龙形的灯。夏竦《奉和御制上元观灯》诗："鱼龙漫衍六街呈，金锁通宵启玉京。""宝坊月皦龙灯淡，紫馆风微鹤焰平。"

[6] 蛾儿雪柳黄金缕：《武林旧事・元夕》："元夕节物，妇人皆戴珠翠、闹

蛾、玉梅、雪柳……”黄金缕，形容鹅黄色的柳丝。李商隐《谑柳》诗：“已带黄金缕，仍飞白玉花。”

[7] 笑语盈盈暗香去：盈盈，笑语时含情的态度。暗香，指美人。

[8] 蓦(mò)然：忽然。

[9] 阑珊：零落。

陈廷焯《白雨斋词话》说“稼轩最不工绮语”，并且指出“蓦然回首，那人却在、灯火阑珊处”，“亦了无余味”。这显然是无视于作者的别有寄托。作者追慕的是一个不同凡俗、自甘寂寞而又有些迟暮之感的美人，这所反映的正是他自己在政治失意以后，宁愿闲居、不肯同流合污的品质。梁启超称这首词“自怜幽独，伤心人别有怀抱”（梁令娴《艺蘅馆词选》引语），也是认为有所寄托的。

清 平 乐

村　居

茅檐低小，溪上青青草。醉里吴音相媚好，白发谁家翁媪[1]？大儿锄豆溪东[2]，中儿正织鸡笼；最喜小儿无赖，溪头卧剥莲蓬[3]。

[1] 醉里吴音相媚好(hǎo)两句：不知道是谁家的老公公、老婆婆喝醉了，讲着柔媚的南方话，谈笑取乐。吴音，泛指南方话。作者居住的上饶（今江西市名）地区，旧属吴国。

[2] 锄豆：锄掉豆田里的草。

[3] 卧剥莲蓬：卧，一作“看”。“卧”字较胜。

这首词环境和人物的搭配是一幅极匀称自然的画图。老和小写得最生动。“卧剥莲蓬”正是“无赖”的形象化。

贺 新 郎

陈同甫自东阳来过余[1]，留十日。与之同游鹅湖[2]，且会朱晦庵于紫溪[3]，不至，飘然东归。既别之明日，余意中殊恋恋，复欲追路，至鹭鸶林[4]，则雪深泥滑，不得前矣。独饮方村，怅然久之，颇恨挽留之不遂也。夜半投宿吴氏泉湖四望楼，闻邻笛悲甚，为赋《贺新郎》以见意。又五日，同甫书来索词，心所同然者如此，可发千里一笑。

把酒长亭说[5]。看渊明、风流酷似，卧龙诸葛[6]。何处飞来林间鹊？蹙踏松梢微雪，要破帽多添华发[7]。剩水残山无态度，被疏梅料理成风月[8]。两三雁，也萧瑟[9]。　　佳人重约还轻别[10]。怅清江、天寒不渡，水深冰合。路断车轮生四角[11]，此地行人销骨[12]。问谁使君来愁绝？铸就而今相思错，料当初、费尽人间铁[13]。长夜笛，莫吹裂。

[1] 陈同甫自东阳来过余：陈亮字同甫。见244页作者介绍。东阳，今浙江县名。

[2] 鹅湖：见前215页《鹧鸪天》注[1]。朱熹曾在鹅湖寺讲学。

[3] 会朱晦庵于紫溪：朱熹字元晦，曾筑草堂于福建南平市建阳区的云谷，名晦庵，即以为号。紫溪，镇名，在江西铅山县南。

[4] 鹭鸶林：和下文中方村都是江西上饶市东行道上的小地名。

[5] 把酒长亭说：在驿亭里喝酒话别。

[6] 看渊明两句：作者先把陈亮比诗人陶渊明，又觉得他风流儒雅的态度

和治国平天下的抱负，可以比高卧隆中的诸葛亮。卧龙，徐庶对诸葛亮的美称。

[7] 蹙踏松梢微雪两句：鹊子踏落了松枝上的雪，点点落在破帽上，像是添了许多白发(这里寓有自嘲衰老的意思)。

[8] 剩水残山无态度两句：是说冬天的山水凋枯不成样子，有了梅花点缀，就显得景色生春了。料理，安排。风月，指美丽的景色。

[9] 萧瑟：凄凉。

[10] 佳人：等于说佳士。指陈亮。

[11] 路断车轮生四角：这句写"雪深泥滑，不得前矣"的旅途困难。车轮生四角，是说车轮好像生了四只角不能转动。见前208页《木兰花慢》注[11]。

[12] 销骨：销魂、伤神。孟郊《答韩愈李观别因献张徐州》："富别愁在颜，贫别愁销骨。"

[13] 铸就而今相思错两句：《通鉴》(卷二六五)载唐罗绍威联合朱全忠击溃魏承嗣的部队以后，供应朱部所需，把蓄积都花光了。罗绍威悔曰："合六州四十三县铁，不能为此错也。"苏轼《赠钱道人》诗："不知几州铁，铸此一大错。"错，本指错刀，借用为错误。但这里的"相思错"不是指错误，而是以"费尽人间铁"铸成的错刀说明相思的深厚之情。

前　调

同甫见和[1]，再用韵答之。

老大那堪说。似而今[2]、元龙臭味[3]，孟公瓜葛[4]。我病君来高歌饮，惊散楼头飞雪。笑富贵千钧如发[5]。硬语盘空谁来听[6]？记当时、只有西窗月。重进酒，换鸣瑟[7]。　　事无两样人心别。问渠侬[8]：神州毕竟，几番离合[9]？汗血盐车无人顾[10]，千里空收骏骨[11]。正目断、关河路绝[12]。我最怜君中宵舞[13]，道“男儿到死心如铁”。看试手，补天裂[14]。

[1] 同甫见和：陈同甫的和词如下：“老去凭谁说？看几番、神奇臭腐，夏裘冬葛。父老长安今余几，后死无仇可雪。犹未燥当时生发。二十五弦多少恨，算世间、那有平分月！胡妇弄，汉宫瑟。　　树犹如此堪重别？只使君从来与我，话头多合。行矣置之无足问，谁换妍皮痴骨。但莫使伯牙弦绝。九转丹砂牢拾取，管精金、只是寻常铁。龙共虎，应声裂。”

[2] 似而今：而今似。

[3] 元龙臭味：见前199页《水龙吟》注[7]。这里作者表示和陈登（元龙）臭味相投，也就是对不同于许汜的陈亮表示衷心的欢迎。

[4] 孟公瓜葛：陈遵字孟公，杜陵人。《汉书·游侠传》载：“遵嗜酒。每大饮，宾客满堂。辄关门，取客车辖投井中，虽有急，终不得去。”这里作者表示和陈遵同样好客。瓜葛，指关系，共同点。

[5] 千钧如发：人家看作千钧之重的，我看作一毛一发那么轻。

[6] 硬语盘空：指不合时宜（不合统治阶级投降派的胃口）的言论文章。韩愈的《荐士》诗云：“横空盘硬语，妥帖力排奡。”

[7] 重进酒两句：古乐府《相逢行》：“堂上致樽酒，作使邯郸倡。……小妇无所为，挟瑟上高堂。丈人且安坐，调丝方未央。”

[8] 渠侬：吴语自称我侬，称他人为渠侬。

[9] 离合：离，指中原土地被侵占。合，指恢复。

[10] 汗血盐车无人顾：借喻人才埋没和受到屈辱的可惜。汗血盐车，是说良马被人用来拖笨重的盐车。汗血，大宛产的马名，汗从前肩髆出如

血，号一日千里。《战国策·楚策》："夫骥之齿至矣，服盐车而上太行，蹄申膝折，尾湛胕溃。漉汁洒地，白汗交流，外阪迁延，负辕而不能上。"

[11] 千里空收骏骨：《战国策·燕策》载郭隗对燕王说："臣闻古之君人，有以千金求千里马者，三年不能得。涓人（侍从之臣）言于君曰：'请求之。'君遣之。三月得千里马，马已死，买其首（疑当作骨）五百金，反以报君。君大怒曰：'所求者生马，安事死马而捐五百金！'涓人对曰：'死马且买之五百金，况生马乎？天下必以王为能市马，马今至矣。'于是不能期年，千里之马至者三。"骏骨，骏马的骨。

[12] 关河路绝：这是以当前大雪塞途比喻通向中原的道路断绝。

[13] 中宵舞：见前149页张元干《贺新郎》注[6]。

[14] 补天裂：古代传说中有女娲氏炼石补天的故事。

辛弃疾和陈亮都具有抗金的恢宏大志和卓越的思想见识，在创作上表现的豪迈精神也相类似，而又同处于失意的时候，所以这次陈亮来访，受到主人的殷切招待。他们一道"憩鹅湖之清阴，酌瓢泉而共饮，长歌相答，极论世事"（见《稼轩诗文钞存：祭陈同甫文》），双方精神上可以说是契合无间。这两首词是跟陈亮别后用同韵唱和的姊妹篇：前一首极写作者深挚的友情；第二首过片后，着重于抒发彼此之间怀才不遇的苦闷，并表示坚决抗敌、至死不渝的共同意志，这就把意境大为提高了。"我最怜君中宵舞"以下几句，有力地刻画了一个坚决的、悲歌慷慨的、引天下为己任的爱国志士形象。

破 阵 子

为陈同甫赋壮词以寄之[1]

醉里挑灯看剑，梦回吹角连营[2]。八百里分麾下炙[3]，五十弦翻塞外声[4]，沙场秋点兵[5]。　　马作的卢飞快，弓如霹雳弦惊[6]。了却君王天下事[7]，赢得生前身后名，可怜白发生[8]！

[1] 陈同甫：见前 221 页《贺新郎》注[1]。

[2] 吹角连营：各个军营里接连不断地响起了号角声。

[3] 八百里分麾（huī）下炙（zhì）：八百里范围内的部队都分到熟牛肉吃。写 1161 年以耿京为首的北方起义军的军容。徐梦华《三朝北盟会编》载耿京“以其众分为诸军，各令招人，自此渐盛，俄有众数十万。是时大名府王友直亦起兵，遣人通书，愿听京节制。”可见耿京领导的义军所占领的地区很广。又一说：八百里，指牛。《晋书·王济传》载有牛名八百里驳，宋人苏轼、刘克庄的诗里都用过这典故。麾下，部下。炙，烤熟的肉。

[4] 五十弦翻塞外声：各种乐器奏出雄壮的歌曲。古代的瑟有五十弦（《汉书·郊祀志》说“春帝使素女鼓五十弦”）。这里指合奏的各种乐器。塞外声，指雄壮悲凉的军歌。翻，演奏。

[5] 沙场秋点兵：秋天在战场上检阅军队。

[6] 马作的卢飞快两句：写艰苦惊险的战事。作，如。的卢，一种性烈的快马。相传刘备在荆州时遭遇危难，骑的卢“一跃三丈”，脱离险境（见《三国志·先主传》引《世语》）。霹雳，雷声，以喻射箭时弓弦的响声。《北史·长孙晟传》：“突厥之内，大畏长孙总管，闻其弓声，谓为霹雳。”

[7] 天下事：指收复中原，这是当时的天下大事。

[8] 可怜白发生：可惜头发都白了，还不能实现平生的壮志。

这首词极写抗金部队壮盛的军容、横戈跃马的战斗生活，以及恢复祖国河山的胜利的幻想：这些都是作者醉梦中所不能忘怀的。但是他的幻想终于被“可怜白发生”的现实碾碎了。词中交织着主人公忠君爱国思想和个人功名观念的复杂成分，及其壮志不酬的悲愤心情。

鹊 桥 仙

己酉山行书所见[1]

松冈避暑，茆檐避雨[2]，闲去闲来几度？醉扶怪石看飞泉，又却是前回醒处[3]。　　东家娶妇，西家归女[4]，灯火门前笑语。酿成千顷稻花香，夜夜费一天风露。

[1] 己酉：宋孝宗淳熙十六年(1189)，时辛弃疾五十岁，闲居上饶(今江西市名)。

[2] 茆：同茅。

[3] 又却是前回醒处：这句说明不止一次在那里醉倒。

[4] 归：于归，出嫁。

西 江 月

夜行黄沙道中[1]

明月别枝惊鹊[2]，清风半夜鸣蝉[3]。稻花香里说丰年，听取蛙声一片。　　七八个星天外，两三点雨山前。旧时茆店社林边，路转溪桥忽见[4]。

[1] 黄沙道中：黄沙岭，在江西上饶的西面。辛弃疾住在上饶带湖的时候，常常经过这里，很欣赏这里的溪山之美。

[2] 明月别枝惊鹊：月的亮光惊起了睡在斜枝上的乌鹊。苏轼《次韵蒋颖叔》诗："月明惊鹊未安枝。"此用其意。别枝，另一枝，斜枝。

[3] 清风半夜鸣蝉：半夜里吹来凉爽的清风，蝉也随着歌唱起来。

[4] 旧时茆店社林边两句：过了小溪的桥，再拐个弯，那爿(pán)熟悉的茅

店就忽然在土地庙的树林边出现了。茆,同茅。社,土地庙。桥,一作“头”。见,通现。

这写的是农村夏夜里幽美的景色。浓馥的稻花香味,一片报喜的蛙鼓声,反映了作者对于丰收在望的喜悦心情。后段写路转溪桥,茅店忽然出现在眼前,笔调灵活、轻快,和他的喜悦心情相应。

鹧 鸪 天

代 人 赋

陌上柔桑破嫩芽[1],东邻蚕种已生些。平冈细草鸣黄犊[2],斜日寒林点暮鸦[3]。　山远近,路横斜,青旗沽酒有人家[4]。城中桃李愁风雨,春在溪头荠菜花[5]。

[1] 破嫩芽:嫩芽冒出来了。

[2] 平冈:平坦的小山坡。

[3] 斜日寒林点暮鸦:斜阳照着带几分春寒的树林,林子上空飞着几只寻巢的乌鸦。

[4] 青旗沽酒:见前215页《丑奴儿近》注[3]。沽酒,卖酒。

[5] 春在溪头荠菜花:白色的荠菜花开遍了溪头,显出一片春光。荠菜,一作“野荠”。

这首词题作“代人赋”,写的却是作者自己的思想感情。他这时候被朝廷撤掉了官职,在乡下闲居。歌咏农村的景色就是表示乐于过田园生活,不一定要做官。词里着重地提到柔桑、幼蚕、黄犊那些新生事物,又把城里的愁红惨绿和溪头盛开的菜花构成对照,格外显出乡间一派欣欣向荣的春天景象。这反映了作者爱好农村生活和清新朴素的美学观点。

水　龙　吟

过南剑双溪楼[1]

举头西北浮云[2]，倚天万里须长剑[3]。人言此地，夜深长见，斗牛光焰[4]。我觉山高，潭空水冷，月明星淡。待燃犀下看[5]，凭栏却怕，风雷怒，鱼龙惨。　峡束苍江对起[6]，过危楼、欲飞还敛。元龙老矣，不妨高卧[7]，冰壶凉簟[8]。千古兴亡，百年悲笑，一时登览。问何人、又卸片帆沙岸，系斜阳缆[9]？

[1] 南剑双溪楼：南剑，宋时州名（治所在今福建南平市）。《南平县志》："双溪楼在府城东。又有双溪阁在剑津上。"此指后者。剑津，即流经南平的剑溪。双溪，指剑溪和樵川。王象之《舆地纪胜·南剑州》载南平风景"冠绝于他郡。剑溪环其左，樵川带其右，二水交流，汇为澄潭，是为宝剑化龙之津"。

[2] 举头西北浮云：这是以浮云遮蔽西北的天空表示中原沦陷。和作者《菩萨蛮》词里"西北望长安，可怜无数山"的意思正同。

[3] 倚天万里须长剑：要用倚天万里的长剑来扫荡敌人。宋玉《大言赋》："长剑耿耿倚天外。"

[4] 人言此地三句：传说这里深夜时常常看到宝剑上冲于天的光焰。斗牛，北斗、牵牛二星。王嘉《拾遗记》载干将、莫邪双剑的故事："及晋之中兴，夜有紫色冲斗牛。张华使雷焕为丰城令，掘而得之。华与焕各宝其一。拭以华阴之土，光耀射人。后华遇害，失剑所在。焕子佩其一剑，过延平津。剑鸣，飞入水。及入水寻之，但见双龙缠屈于潭下，目光如电，遂不敢前取矣。"按延平津即剑溪（今建溪）。

[5] 燃犀下看：见前172页张孝祥《水调歌头》注[8]。

[6] 峡束苍江对起：苍青的江水受到了对峙的两峡的约束。《舆地纪胜·南剑州》引古诗："双溪分二峡，万古水溶溶。"

[7] 元龙老矣两句：陈登字元龙。《三国志·魏志·陈登传》引《先贤行状》："登忠亮高爽，沉深有大略。少有扶世济民之志。博览载籍，雅有文艺，旧典文章，莫不贯综。"高卧，见前199页《水龙吟》注[7]。这里作者以陈登自比，表示要高卧不问时事。

[8] 冰壶凉簟(diàn)：喝冷水、睡凉席，指闲居自适的生活。周邦彦《满路花》词："冰壶防饮。"

[9] 又卸片帆沙岸两句：是说在斜阳里系缆沙岸。缆，系船的索子。

作者登临南剑州双溪楼怀古的时候，幻想着取出延平津里的神剑(干将、莫邪)去杀敌人，可是他又顾虑到水上"风雷"、水底"鱼龙"的层层干扰。这所谓风雷、鱼龙，显然是指南宋朝廷里反对抗金的主和派。后段写的是壮志不酬、抑郁苍凉的心情：一方面发出"千古兴亡，百年悲笑"的感慨，流露自己对国家前途无限的关怀，另一方面也产生了"元龙老矣，不妨高卧"的隐退思想。

沁 园 春

灵山齐庵赋[1]，时筑偃湖未成。

叠嶂西驰，万马回旋，众山欲东[2]。正惊湍直下，跳珠倒溅；小桥横截，缺月初弓[3]。老合投闲[4]，天教多事，检校长身十万松[5]。吾庐小，在龙蛇影外，风雨声中[6]。　争先见面重重[7]，看爽气朝来三数峰[8]。似谢家子弟，衣冠磊落[9]；相如庭户，车骑雍容[10]。我觉其间，雄深雅健，如对文章太史公[11]。新堤路，问偃湖何日，烟水濛濛[12]？

[1] 灵山齐庵赋：在灵山的齐庵做此词。作者在《归朝欢》词序里说："灵山齐庵、菖蒲港，皆长松茂林。"灵山，在上饶境内，是一座绵延百余里的大山。

[2] 叠嶂西驰三句：重叠的山峰朝西奔驰，忽然掉头东向，有如万马回旋之势。

[3] 小桥横截两句：小桥架在惊湍直下的横截处，形状像初弓的缺月。

[4] 老合投闲：老了合当过闲散的生活。

[5] 天教多事两句：不做朝廷的官，却来管（检校）十万棵大松树，故云"天教多事"（作者以此解嘲，也表示他愿意这样做）。

[6] 吾庐小三句：是说屋子就在松林旁边，常常听得到风雨吹打着松林的美妙声音。龙蛇，形容松树屈曲的枝干。苏轼《游灵隐高峰塔》诗："古松攀龙蛇，怪石坐牛羊。"

[7] 争先见面重重：写夜雾消散时群峰先后显露。

[8] 爽气朝来：《晋书·王徽之传》载王徽之谓桓冲曰："西山朝来，致有爽气耳。"

[9] 似谢家子弟两句：这是以谢家子弟比喻山容树色的佳美。《晋书·谢玄传》载谢安问："子弟亦何豫人事，而正欲使其佳？"玄答曰："譬如芝兰玉树，欲使其生于庭阶耳。"衣冠磊落，服饰庄重、大方。

[10] 相如庭户两句：《史记·司马相如列传》："相如之临邛，从车骑，雍容闲雅甚都。"

[11] 雄深雅健两句：《新唐书·柳宗元传》载韩愈评柳文的特征说："雄深雅健，似司马子长。"司马迁，字子长，曾为太史令，自称太史公。

[12] 烟水濛濛：写想象中偃湖筑成后的美好景色。濛濛，微雨貌。

这首词为写景创一新格。前段以白描手法写重山叠嶂，惊湍直下，十万长松的雄奇景色；后段以人拟物，描绘山间爽气朝来，千峰竞秀，又是一种景象。作者选用的典故，如谢家子弟的衣冠、司马相如的车骑、太史公的文章，都是人们不容易设想得到而又非常生动的比喻。

前调

将止酒，戒酒杯使勿近。

杯，汝来前。老子今朝，点检形骸[1]：甚长年抱渴[2]，咽如焦釜[3]；于今喜睡，气似奔雷[4]？汝说[5]，刘伶，古今达者，醉后何妨死便埋[6]。浑如此[7]，叹汝于知己，真少恩哉[8]！　　更凭歌舞为媒，算合作人间鸩毒猜[9]。况怨无大小，生于所爱[10]；物无美恶，过则为灾[11]。与汝成言[12]：“勿留亟退，吾力犹能肆汝杯[13]。”杯再拜，道：“麾之即去[14]，招则须来[15]。”

[1] 点检形骸：检查身体(表示要保养珍摄的意思)。

[2] 抱渴：患酒渴病。刘义庆《世说新语·任诞》：“刘伶病酒渴甚，从妇求饮。”

[3] 咽如焦釜：喉咙里枯燥像烧焦了的锅子。

[4] 于今喜睡两句：是说现在生了病不能喝酒，喜欢睡觉。睡，一作“眩”。气似奔雷，等于说鼾声如雷。

[5] 汝说：你说说看。汝，一作“漫”。

[6] 刘伶三句：《晋书·刘伶传》载刘伶：“常乘鹿车，携一壶酒，使人荷锸而随之，谓曰：‘死便埋我。’”达者，指古代社会里那些逃避现实、生活消极颓废的知识分子。

[7] 浑如此：竟如此。

[8] 叹汝于知己两句：知己，指嗜酒的人。少恩，指醉人于死而言。

[9] 更凭歌舞为媒两句：加上歌舞做媒介，喝酒过量，对于人的危害便等于毒药。鸩毒猜，疑为毒药。鸩鸟之羽有毒，渍酒饮之即死，故云鸩毒。

[10] 况怨无大小两句：是说没有爱就不会产生怨。

[11] 物无美恶两句：事物的本身没有什么美恶好坏，问题在于人们嗜好它过度的时候便成为灾害。时作者饮酒成病，故云。

[12] 成言：成议，说定。《楚辞·离骚》："初既与余成言兮，后悔遁而有他。"

[13] 肆：对付。

[14] 麾(huī)：通挥。

[15] 则：一作"亦"。

刘体仁《七颂堂词绎》批评这首词"非词家本色"。他的意见代表旧观点。抱着旧观点的词话家是不会欣赏这种风格崭新的作品的。这首词的特征在于以文为词，不拘绳墨，打破陈规和传统的所谓词的韵味，充分发挥了自由放肆的精神。词中反复讲道理，当然也是一病，但有风趣，并且具有一定的意义。词面上是怨酒"少恩"，实际上是发牢骚，反映在政治上失意的苦闷。

贺 新 郎

邑中园亭，仆皆为赋此词[1]。一日，独坐停云[2]，水声山色，竞来相娱，意溪山欲援例者。遂作数语，庶几仿佛渊明思亲友之意云[3]。

甚矣吾衰矣[4]！怅平生、交游零落，只今余几？白发空垂三千丈[5]，一笑人间万事，问何物能令公喜[6]？我见青山多妩媚，料青山、见我应如是[7]。情与貌[8]，略相似。　一尊搔首东窗里[9]，想渊明《停云》诗就，此时风味。江左沉酣求名者，岂识浊醪妙理[10]！回首叫云飞风起。不恨古人吾不见，恨古人、不见吾狂耳。知我者，二三子[11]。

［1］此词：此调，即《贺新郎》词调。

［2］停云：停云堂，是辛弃疾晚年住在铅山县东期思时游息之所，建筑在山上，周围遍种松竹。

［3］渊明思亲友之意：陶渊明《停云》诗序："停云，思亲友也。"

［4］甚矣吾衰矣：《论语·述而》："子曰：'甚矣吾衰也，久矣吾不复梦见周公。'"何晏《集解》引孔安国曰："梦见周公，欲行其道。"这里只引用上句，实含有"吾道不行"的意思。

［5］白发空垂三千丈：李白《秋浦歌》："白发三千丈，缘愁似个长。"

［6］公：作者自称。

［7］我见青山多妩媚两句：《新唐书·魏徵传》载唐太宗语："人言徵举动疏慢，我但见其妩媚耳。"这里作者隐以魏徵自比。在作者的另一首《沁园春》中有几句是描写青山的妩媚的："青山意气峥嵘，似为我归来妩媚生。解频教花鸟，前歌后舞；更催云水，暮送朝迎。"

［8］情与貌：心情与面貌。

［9］一尊搔首东窗里：陶渊明《停云》诗："静寄东轩，春醪独抚。良朋悠邈，搔首延伫。"搔首，以手搔头，表示烦急貌。

［10］江左沉酣求名者两句：这是讥笑南朝人只知求名，不懂得喝酒的妙处（陶渊明是个例外）。苏轼《和陶渊明饮酒诗》："江左风流人，醉中亦求名。"江左，江东，指南朝。浊醪（láo），酒。

［11］二三子：语出《论语》，孔子用来称他的学生。这里指作者志同道合的朋友。

鹧 鸪 天

有客慨然谈功名，因追念少年时事，戏作。

壮岁旌旗拥万夫[1]，锦襜突骑渡江初[2]。燕兵夜娖银胡䩮，汉箭朝飞金仆姑[3]。　　追往事，叹今吾，春风不染白髭须。却将万字平戎策[4]，换得东家种树书[5]。

［1］壮岁旌旗拥万夫：指作者领导起义军抗金事。时年二十二至二十三岁，正是少壮时期。在他的《进美芹十论札子》里说："臣尝鸠众二千，隶耿京，为掌书记，与图恢复，共籍兵二十五万，纳款于朝。"

［2］锦襜(chān)突骑渡江初：指作者南归以前统率部队和敌人战斗事。《宋史·辛弃疾传》："绍兴三十二年，(耿)京令弃疾奉表归宋。……会张安国、邵进已杀京降金。弃疾还至海州，与众谋曰：'我缘主帅来归朝，不期事变，何以复命？'乃约统制王世隆及忠义人马全福等径趋金营。安国方与金将酣饮，即众中缚之以归。金将追之不及。献俘行在，斩安国于市。"锦襜突骑，精锐的锦衣骑兵。衣蔽前曰襜。

［3］燕兵夜娖(chuò)银胡䩮(lù)两句：叙述宋军和金兵作战的情况。燕兵，指金兵。娖，整理。银胡䩮，银色或镶银的箭袋。䩮，同簶、䚄。《集韵》："胡簶，箭室"(《广韵》作"弧簶")。金仆姑，箭名。

［4］平戎策：平定当时入侵者的策略。《新唐书·王忠嗣传》载王忠嗣曾上"平戎十八策"。这里指作者所著《美芹十论》等论恢复中原的文章。

［5］换得东家种树书：表示退休归耕。东家，东邻的农家。

刘祁《归潜志》说这是辛弃疾"退闲"时写的词。虽然自称"戏作"，实在感慨很深。他南渡以后，始终不忘北伐事业，屡次陈述恢复方略，如《美芹十论》《九议》都是洋洋万言的名篇。直至五十四岁还写过《论荆襄上流为东南重地》的奏议，要求“国家有屹然万里金汤之固”（见《稼轩诗文钞存》）。六十六岁还发出“凭谁问，廉颇老矣，尚能饭否”（《永遇乐》）的感叹。于此可见，把“平戎策”换“种树书”，显然是由于朝廷排斥主战派，被迫出此，非作者所愿。

粉蝶儿

和晋臣赋落花[1]

昨日春如十三女儿学绣，一枝枝不教花瘦[2]。甚无情便下得雨僝风僽[3]，向园林铺作地衣红绉[4]。　　而今春似轻薄荡子难久。记前时送春归后，把春波都酿作一江醇酎[5]；约清愁，杨柳岸边相候。

[1] 和晋臣赋落花：一作“和赵晋臣敷文赋落梅”。赵不迂字晋臣。官至敷文阁学士。寓居上饶时，辛弃疾和他常有唱和之作。

[2] 不教花瘦：把花绣得很肥大。指春天花开得很繁茂的时候。

[3] 甚无情便下得雨僝（chán）风僽（zhòu）：老天怎么这样无情，忍心让风雨来折磨它。甚，怎。下得，忍得。僝僽，折磨。

[4] 向园林铺作地衣红绉：落花铺满了园林，好像红色有皱纹的地毯一样。地衣，地毯。

[5] 醇酎（zhòu）：浓酒。醇，一作“春”。

贺新郎

别茂嘉十二弟[1]

绿树听鹈鴂，更那堪、鹧鸪声住，杜鹃声切[2]！啼到春归无寻处，苦恨芳菲都歇[3]。算未抵人间离别[4]：马上琵琶关塞黑，更长门、翠辇辞金阙[5]。看燕燕，送归妾[6]。　　将军百战声名裂[7]，向河梁、回头万里，故人长绝[8]。易水萧萧西风冷，满座衣冠似雪，正壮士悲歌未彻[9]。啼鸟还知如许恨[10]，料不啼清泪长啼血。谁共我，醉明月！

[1] 别茂嘉十二弟：辛茂嘉是作者的族弟，因事贬官桂林（今广西市名）。这是送别的词。

[2] 绿树听鹈(tí)鴂(jué)三句：作者自注：“鹈鴂、杜鹃实两种，见《离骚补注》。”这两种鸟和鹧鸪的鸣声都很悲切。

[3] 芳菲：香花。

[4] 算未抵人间离别：比不上人间生离死别之苦。

[5] 马上琵琶关塞黑两句：马上弹着琵琶，向前面的关塞看去只觉一片黑暗，回想起在皇宫里辞别君王的情景，更觉痛苦。这是写王昭君（即王明君）出嫁匈奴的事。昭君名嫱，汉元帝宫女。后以赐匈奴的呼韩邪单于为阏氏（王后）。石崇《王明君辞序》：“昔公主嫁乌孙，令琵琶马上作乐，以慰其道路之思，其送明君亦必尔也。”长门，汉宫名，陈皇后失意时所居（见前205页《摸鱼儿》注[8]）。王昭君也是失意的宫人，故以长门称呼她的住所。翠辇，用翠羽装饰的宫车。金阙，皇帝的宫殿。

[6] 看燕燕两句：《诗经・燕燕》：“燕燕于飞，差池其羽。之子于归，远送于野。瞻望弗及，涕泣如雨。”毛传说这是“送归妾”的诗。

[7] 将军百战声名裂：汉武帝时，李陵率领少数部队与匈奴连战十余日，“矢尽道穷，救兵不至，士卒死伤如积”，因而失败投降（见司马迁《报任安书》）。声名裂，说他投降敌人，毁掉了声名。

[8] 向河梁两句：写李陵送别苏武。是说别后回头来看同游的河梁，就要相隔万里，和老朋友永远分别了。河梁，桥。故人，指苏武。《文选》载

李陵《与苏武诗》:“携手上河梁,游子暮何之?”

[9] 易水萧萧西风冷三句:《史记·刺客列传》载荆轲出使秦国:“太子及宾客知其事者,皆白衣冠以送之。至易水之上,既祖,取道。高渐离击筑,荆轲和而歌,为变徵之声,士皆垂泪涕泣。又前而歌曰:‘风萧萧兮易水寒,壮士一去兮不复还。’复为羽声慷慨。士皆瞋目,发尽上指冠。于是荆轲就车而去,终已不顾。”萧萧,风声。壮士,指荆轲。未彻,没有结束。

[10] 如许恨:指上述那许多“人间离别”的恨事。

辛弃疾对茂嘉的受到贬谪感触很深。通过怀古来写别词,便意味着不是倾诉兄弟的私情。全词以残春的啼鸟作为衬托,列叙古代英雄美人辞家去国,铸成千古莫赎的恨事,以发抒自己的感慨。周济《宋四家词选》说:“上半阕北都旧恨,下半阕南渡新恨。”这说得并不确切。前段主要是借汉朝的和亲来讽刺宋朝一贯对敌妥协的政策;后段以匈奴、强秦喻金,借李陵、荆轲的事迹寄寓自己壮志不酬的苦闷。陈廷焯《白雨斋词话》说:“沉郁苍凉,跳跃动荡,古今无此笔力。”这评价虽然太高,还是可以作为参考。

满　江　红

倦客新丰[1],貂裘敝[2],征尘满目。弹短铗、青蛇三尺[3],浩歌谁续?不念英雄江左老[4],用之可以尊中国[5]。叹诗书万卷致君人,翻沉陆[6]。　　休感慨,浇醽醁[7]。人易老,欢难足。有玉人怜我[8],为簪黄菊。且置请缨封万户[9],竟须卖剑酧黄犊[10]。甚当年、寂寞贾长沙,伤时哭[11]?

[1] 倦客新丰:《新唐书·马周传》载马周不得意时“舍新丰宿旅,主人不之顾。周命酒一斗八升,悠然独酌。众异之”。新丰,在长安的东面,故城

在今陕西西安临潼区东。这里作者以马周自喻。

[2] 貂裘敝：见前194页陆游《诉衷情》注[4]。

[3] 弹短铗、青蛇三尺：《战国策·齐策》载冯谖客于孟尝君，倚柱弹其剑铗而歌"食无鱼""出无车""无以为家"。后为孟尝君的上客，屡献计谋，巩固了孟尝君在齐国的政治地位。铗，剑把。青蛇，指剑。

[4] 江左老：老死南方。江左，这里指偏安的江南地区。

[5] 尊中国：含有驱逐金人、恢复中原的意思。古人所说"中国"这一概念是以汉族为主的。

[6] 叹诗书万卷致君人两句：感叹自己读书万卷，懂得辅佐君王的治道，却做着闲官像隐居一样。杜甫《奉赠韦左丞丈二十二韵》："读书破万卷，下笔如有神……自谓颇挺出，立登要路津。致君尧舜上，再使风俗淳。"君人，君王。致君人，辅助君王。《史记·滑稽列传》载东方朔"据地歌曰：'陆沉于俗，避世金马门。宫殿中可以避世全身，何必深山之中，蒿庐之下。'"陆沉，即沉陆，意思是无水下沉，以喻隐居。翻，反，反而。

[7] 浇醽(líng)醁(lù)：喝酒。

[8] 玉人：美人。这里大约是指歌女。

[9] 且置请缨封万户：姑且放弃投效立功以取封侯的想头。《汉书·终军传》载终军"自请愿受长缨，必羁南越王而致之阙下"。后世称请求参军杀敌为请缨。万户，指封地食邑有万户人家的侯爵。

[10] 卖剑酧黄犊：《汉书·龚遂传》载渤海岁饥，龚遂为太守，劝民务农桑。"民有带持刀剑者，使卖剑买牛，卖刀买犊。"酧，同酬，指作为买牛的偿值。

[11] 甚当年、寂寞贾长沙两句：为什么贾谊不甘寂寞、伤时而哭呢？贾谊曾经做过长沙王太傅，世称贾长沙。他的《陈政事疏》里说："臣窃惟事势，可为痛哭者一，可为流涕者二，可为长太息者六。"

这首词大约是辛弃疾闲居上饶担任有名无实的祠官时所作，尽情吐露出怀才不遇、壮志不酬的感慨。他反对偏安江左，渴求用世立功，不愿意做“避世金马门”的东方朔。可是统治者却不让他实现自己的抱负，只得归隐田园。最后，他虽故作达观，实则寄寓了极其沉痛的忧愤的心情。

前　调

暮　春

家住江南，又过了、清明寒食[1]。花径里，一番风雨，一番狼藉[2]。红粉暗随流水去[3]，园林渐觉清阴密。算年年，落尽刺桐花[4]，寒无力。　　庭院静，空相忆。无说处，闲愁极。怕流莺乳燕，得知消息。尺素如今何处也[5]，绿云依旧无踪迹[6]。谩教人、羞去上层楼[7]，平芜碧[8]。

[1] 清明寒食：寒食节在清明前二日，过了这两个节日，便是暮春天气。

[2] 狼藉：见前19页欧阳修《采桑子》注[2]。

[3] 红粉暗随流水去：一作“流水暗随红粉去”，疑误。红粉，指落花。

[4] 刺桐：一名海桐，形似梧桐而有刺，故名。春天开花，颜色深红。

[5] 尺素如今何处也：是说没有信息。尺素，见前78页秦观《踏莎行》注[6]。

[6] 绿云：一作“彩云”，借指所思念的人。

[7] 层楼：见前210页《祝英台近》注[4]。

[8] 平芜碧：广阔的平野上一片青绿色的草。

这首词和一般写离别相思之情的作品有别。陈廷焯《白雨斋词话》说：“可作无题，亦不定是绮言。”如“怕流莺乳燕，得知消息”，朝廷对他的忌刻之深和小人的谗言之多，于此可见一斑。

浣 溪 沙

常山道中即事[1]

北陇田高踏水频[2],西溪禾早已尝新。隔墙沽酒煮纤鳞[3]。　　忽有微凉何处雨,更无留影霎时云。卖瓜人过竹边村。

[1] 常山道中即事:常山在浙江常山县东,山顶有湖,一名湖山。即事,写当前所见的事物。

[2] 陇:高地。

[3] 纤鳞:细鳞鱼。

西 江 月

遣　　兴[1]

醉里且贪欢笑,要愁那得工夫。近来始觉古人书,信著全无是处[2]。　　昨夜松边醉倒,问松:"我醉何如?"只疑松动要来扶,以手推松曰:"去!"

[1] 遣兴:和遣怀的意思一样。兴,意兴。

[2] 近来始觉古人书两句:《孟子·尽心章句下》:"尽信书,则不如无书。"

作者说古人书"信著全无是处",意思不是菲薄古人,否定一切古书的意义,而是针对当时政治上没有是非和古人至理名言都被抛弃的现状发出的激愤之辞。词中写醉态、狂态,都是对政治现实不满的一种表示。

永遇乐

京口北固亭怀古[1]

千古江山，英雄无觅、孙仲谋处[2]。舞榭歌台，风流总被、雨打风吹去[3]。斜阳草树，寻常巷陌[4]，人道寄奴曾住[5]。想当年、金戈铁马，气吞万里如虎[6]。　元嘉草草，封狼居胥，赢得仓皇北顾[7]。四十三年，望中犹记、烽火扬州路[8]。可堪回首，佛狸祠下，一片神鸦社鼓[9]！凭谁问：廉颇老矣，尚能饭否[10]？

[1] 京口北固亭：京口，今江苏镇江市。北固亭在镇江市东北北固山上，面临长江。又名北顾亭。

[2] 英雄无觅、孙仲谋处：英雄的孙仲谋已无处可寻。孙权字仲谋，三国时吴帝。这里提到他，是由于他曾在京口建立吴国的首都，并且能够打垮来自北方的侵犯者曹操的军队，保卫了国家。

[3] 风流：指英雄事业的流风余韵。

[4] 寻常巷陌：见前107页周邦彦《西河》注[14]。

[5] 寄奴曾住：南朝宋武帝刘裕小字寄奴。他的先世由彭城移居京口，他自己在这里起事，平定桓玄的叛乱，终于推翻东晋，做了皇帝。

[6] 想当年两句：颂扬刘裕北伐的功业。金戈铁马，形容兵强马壮。气吞万里，指他统率军队，驰骋于中原万里之地，先后灭掉南燕和后秦，光复洛阳、长安等地，气吞胡虏。

[7] 元嘉草草三句：是说宋文帝刘义隆不能继承父亲刘裕的功业，徒然好大喜功，以致北伐惨败，国势一蹶不振。《宋书·王玄谟传》："玄谟每陈北侵之策，上（宋文帝）谓殷景仁曰：'闻玄谟陈说，使人有封狼居胥

意。’”元嘉二十七年(450),王玄谟北伐失败,后魏的军队乘胜追到长江边,声称要渡江。都城震恐,内外戒严。宋文帝登烽火楼北望,对北伐表示了忏悔(见《南史·宋文帝纪》)。元嘉,宋文帝年号。草草,草率,马虎。狼居胥,一名狼山,在今内蒙古自治区西北部。《史记·霍去病传》载霍去病追击匈奴至狼居胥,封山而还。这里封狼居胥是表示要北伐立功。仓皇北顾,看到北方追来的敌军慌张失色。《宋书·索虏传》载宋文帝诗有“北顾涕交流”语。

[8] 四十三年两句:作者南归是四十三年前(1162)。南归之前,他正在战火弥漫的扬州以北地区参加对敌斗争。路,宋朝的行政区域名,扬州属淮南东路。

[9] 佛狸祠下两句:写敌占区的庙宇里香火很旺盛,表示土地、人民已非我有。后魏太武帝小字佛狸。他击败王玄谟的军队以后,统率追兵到达长江北岸的瓜步山(在今江苏南京六合区)。在山上建立行宫,即后来的佛狸祠。陆游《入蜀记》:“瓜步山蜿蜒蟠伏,临江起小峰,颇巉峻,绝顶有元魏(即后魏)太武庙。”一片神鸦社鼓,是说乌鸦的叫声和鼓声响成一片。神鸦,庙里吃祭品的乌鸦。社鼓,社日祭神时的鼓声。

[10] 凭谁问两句:自己虽然老了,还和廉颇一样具有雄心,可是有谁关心我、重视我呢?《史记·廉颇蔺相如列传》:“赵使者既见廉颇,廉颇为之一饭斗米、肉十斤,被甲上马,以示尚可用。赵使者还报王曰:‘廉将军虽老,尚善饭;然与臣坐顷之,三遗矢矣。’赵王以为老,遂不召。”

这首词是辛弃疾以六十六岁的高龄在镇江知府任上作。通过怀古,体现了作者坚决主张抗金而又反对冒进的正确思想。他念念不忘于中原沦陷区的土地与人民,流露出老当益壮的强烈的战斗意志。风格沉郁苍凉。杨慎《词品》说:“辛词当以京口北固亭怀古《永遇乐》为第一。”的确,这是《稼轩词》中最优秀的爱国篇章之一。就词语说,岳珂把“用事多”作为一病(见《桯史》),话也不一定对。因为这些典故不但用得贴切,而且含义丰富。

南 乡 子

登京口北固亭有怀[1]

何处望神州[2]？满眼风光北固楼[3]。千古兴亡多少事，悠悠，不尽长江滚滚流[4]。　　年少万兜鍪[5]，坐断东南战未休[6]。天下英雄谁敌手？曹刘[7]。生子当如孙仲谋[8]。

[1] 京口北固亭：见前词注[1]。

[2] 何处望神州：意即：望神州何处？神州，见前151页张元幹《贺新郎》第二首注[2]。

[3] 满眼风光北固楼：这句和前后文连接起来看，实含有“风景不殊，正自有河山之异”的意思。见前212页《水龙吟》注[4]。北固楼，即北固亭。

[4] 千古兴亡多少事三句：自古以来不知经过多少朝代兴亡，往事悠悠，连绵不断，就像无尽头的长江之水，滚滚地奔流不息。悠悠，长远貌。滚滚，大水流动貌。杜甫《登高》诗：“无边落木萧萧下，不尽长江滚滚来。”

[5] 年少万兜鍪(móu)：年少，指孙权。他继承孙策为吴主时只有十九岁。万兜鍪，是说他统率强大的军队。兜鍪，俗语叫盔。这里借指士兵。

[6] 坐断东南战未休：守住东南地区，不断地和敌人作战。坐断，占据。

[7] 天下英雄谁敌手两句：是说天下的英雄只有曹操、刘备才是他的敌手。见前204页《满江红》注[7]。

[8] 生子当如孙仲谋：《三国志·孙权传》注引《吴历》：“公(曹操)见舟船、器仗、军伍整肃，喟然叹曰：‘生子当若孙仲谋，刘景升儿子(刘琮)若豚犬耳。’”仲谋，孙权字。

这首词和前篇《永遇乐》是同年、同地、同为怀古之作，可以并读。作者对孙权在历史上的地位，评价并不过高(参看《美芹十论：自治第四》)，这里把他作为杰出的英雄来歌颂，主要是认为他和不战而屈的刘琮不同，能抵抗并战胜进犯者，含有极其明显的借古讽今之意。通篇问答自如，风格明快，情调基本上乐观昂扬，给人以鼓舞的力量，和《永遇乐》的情调沉郁者又自不同。

生 查 子

题京口郡治尘表亭[1]

悠悠万世功[2]，矻矻当年苦[3]。鱼自入深渊，人自居平土。　红日又西沉，白浪长东去。不是望金山[4]，我自思量禹。

[1] 京口郡治尘表亭：京口，宋时镇江府官署的所在地。郡治，指府治。尘表亭，不详。

[2] 悠悠万世功：颂扬禹的治水为后代万世谋福利的功绩。

[3] 矻(kū)矻当年苦：《史记·夏本纪》："禹伤先人父鲧功之不成受诛，乃劳身焦思，居外十三年，过家门不敢入。"矻矻，勤苦貌。

[4] 金山：见前175页张孝祥《水调歌头》注[1]。

陈　亮　四首

陈亮(1143—1194)，字同甫(即同父)，婺州永康(今浙江市名)人。《宋史》本传称他："为人才气超迈，喜谈兵，议论风生，下笔数千言立就。"对于"隆兴和议"，他不同众议，表示反对，始终坚持抗战。他不仅在政治上，在学术上也提出了自己独到的见解。他具有积极的用世精神,一生没有做过官(死前的一年考取进士第一名),个人的生活遭遇到很多不幸。今传《龙川词》。

刘熙载《艺概》说:“陈同甫与稼轩为友,其人才相若,词亦相似。”凭陈亮那种不可一世的豪迈的气概,像“风雨云雷,交发而并至”的不可抑勒的才气,真有压倒辛弃疾的声势;至于艺术的功力则还不能相提并论[1]。陈亮对于写作的意见,从他一篇《书作论法后》可以看出:

> 大凡论不必作好语言,意与理胜,则文字自然超众。故大手之文,不为诡异之体,而自然宏富;不为险怪之辞,而自然典丽。奇,寓于纯粹之中;巧,藏于和易之内。不善学文者,不求高于理与意,而务求于文采辞句之间,则亦陋矣。

这段话说得很好。他作词也采取作文的方法,特别着重意与理;但有时便不免产生过于忽视文采的倾向。这里选的一首《水调歌头》便是思想性很强而艺术造诣微感不足的好例子[2]。

说陈亮词“不作一妖语、媚语”(毛晋《龙川词跋》)是对的,但不能说他所有的词都是“谈天下大略”,可以在其中找出意理,也不能说他的词于豪放之外别无境界。这里选的一首《水龙吟》,词论家便激赏它的“幽秀”风格。

[1] 陈廷焯《白雨斋词话》:“陈同甫豪气纵横,稼轩几为所挫;而《龙川词》一卷,合处寥寥,则去稼轩远矣。”

[2] 同上书:“同甫《水调歌头》云:‘尧之都,舜之壤,禹之封,于中应有、一个半个耻臣戎’,精警奇肆,几于握拳透爪,可作中兴露布读,就词论则非高调。”

水调歌头

送章德茂大卿使虏[1]

不见南师久，谩说北群空[2]。当场只手，毕竟还我万夫雄[3]。自笑堂堂汉使，得似洋洋河水，依旧只流东[4]。且复穹庐拜，会向藁街逢[5]。　　尧之都，舜之壤，禹之封[6]，于中应有、一个半个耻臣戎[7]。万里腥膻如许[8]，千古英灵安在[9]，磅礴几时通[10]？胡运何须问[11]，赫日自当中[12]。

[1] 送章德茂大卿使虏：《金史·交聘表》："金世宗大定二十六年(1186)三月己卯朔，宋试户部尚书章森、容州观察使吴曦等贺万春节。"按章森《宋史》无传，陆九渊《象山先生全集·年谱(五十四岁)》提到章森就是章德茂。九渊并有"与章德茂书"。大卿，唐宋对各寺卿之称。

[2] 不见南师久两句：长久不见南师北伐，金人便胡说宋朝没有人才，振作不起来了。作者《上孝宗皇帝第一书》："南师之不出，于今几年矣。河洛腥膻，而天地之正气抑郁而不得伸。"北群空，指没有良马，借喻没有良才。韩愈《送温处士赴河阳军序》："伯乐一过冀北之野，而马群遂空。夫冀北马多天下，伯乐虽善知马，安能空其群耶？解之者曰：吾所谓空，非无马也，无良马也。"

[3] 当场只手两句：颂扬章德茂能够独当一面，是杰出的使节(当时朝臣慑于金人的威势，多不愿担任使金任务)。只手，独力支撑的意思。

[4] 自笑堂堂汉使三句：这里是以黄河之水不变东流的方向比喻章德茂的忠节自守。自笑，自喜。洋洋，水盛大貌。《诗经·硕人》："河水洋洋。"

[5] 且复穹(qióng)庐拜两句：是说现在姑且向金主低头，他们将来总有一天会被宋朝诛灭的。穹庐，北方民族居住的圆形篷帐。藁(gǎo)街，在

长安城内，外族使臣居住的地区。《汉书·陈汤传》载陈汤出使西域，假托朝廷的命令发兵斩郅支单于，奏请“悬头藁街蛮夷邸间，以示万里：明犯强汉者，虽远必诛。”

[6] 尧之都三句：中原地区是尧、舜、禹的故都。壤，土地。封，疆域。

[7] 于中应有句：其中一定会有以向金人称臣为羞耻的志士。（说一个半个，是保证其有，不是极言其少的意思。）

[8] 万里腥膻（shān）如许：感叹金人占领地区的广阔。腥膻，见前174页张孝祥《六州歌头》注[6]。

[9] 千古英灵：泛指古代缔造祖国、保卫祖国的英雄人物。

[10] 磅礴几时通：浩然的正气什么时候才能压倒邪气而通于天地之间呢？就是说何时才能驱逐金人，收复中原。

[11] 胡运何须问：金国的命运用不着问，快完结了。

[12] 赫日自当中：是说南宋方兴未艾，它的前途正如赤日之在中天。赫，火赤、光明貌。

自从宋孝宗初年北伐失败、“隆兴和议”订立屈辱的条款以后，二十年来化干戈为玉帛，恢复中原的大计早已束之高阁。章森这次担任例行的庆贺使节到金国去，不是什么光彩的使命，说不上什么意义。词中对章森寄以殷切的期望，只是作者借以宣泄心头反对和议的块垒。这首词的特点在于通篇都洋溢着强烈的民族自豪感和胜利信心。

念　奴　娇

登多景楼[1]

危楼还望[2]，叹此意、今古几人曾会？鬼设神施[3]，浑认作、天限南疆北界[4]。一水横陈，连岗三面[5]，做出争雄势[6]。六朝何事[7]，只成门户私计[8]？　　因笑王谢诸人，登高怀远，也学英雄涕[9]。凭却江山，管不到、河洛腥膻无际[10]。正好长驱，不须反顾，寻取中流誓[11]。小儿破贼[12]，势成宁问强对[13]！

［1］多景楼：在江苏镇江市北固山上甘露寺内，北面长江。

［2］危楼还望：在高楼上四面眺望。还，通环。

［3］鬼设神施：是说江山构造的奇巧非人工所能。

［4］浑认作句：都认为长江是天然划分南北的疆界。

［5］一水横陈两句：镇江北面长江，东、南、西三面都是山冈环绕着。

［6］做出争雄势：形成进可以争雄中原的有利形势。

［7］六朝：见前17页张昪《离亭燕》注［5］。

［8］只成门户私计：是说南朝统治阶级依靠长江天堑作为偏安的自私打算。

［9］因笑王谢诸人三句：见前212页《水龙吟》注［4］。王、谢诸人，泛指当时有声望地位的士大夫。

［10］河洛腥膻无际：广阔的中原地带都成为敌占区，充满了腥膻之气。河、洛，黄河、洛水，指中原地带。腥膻，见前174页张孝祥《六州歌头》注［6］。

［11］中流誓：见前173页张孝祥《水调歌头》注［16］。

［12］小儿破贼：《通鉴》（卷一百〇五）记淝水之战："谢安得驿书，知秦兵已败。时方与客围棋，摄书置床上，了无喜色，围棋如故。客问之，徐答曰：'小儿辈遂已破贼。'"当时统率东晋军队和秦兵作战的是谢安的弟弟谢石、侄儿谢玄，故称为"小儿辈"。

［13］势成宁问强对：大势有利于我，又何必怕它是强敌呢。强对，犹言劲敌。强，一作"疆"，误。以上两句按照词意，也可以标点为："小儿破贼

势成,宁问强对?”

这首词表现出作者卓越不凡的观点和坚定的爱国立场。他反对所谓天然界限、南北分家的谬论,认为江南的形势有利于争取中原,南朝统治者划江自守只是为了自私的打算。他坚决要求恢复中原,并指出当前“正好长驱”北伐的胜利前景。向来写怀古词总不免夹杂一些抚今追昔的伤感成分,这是一个例外。他批判了东晋士大夫悲观、失望的情绪,重申祖逖中流誓师、义无反顾的决心。这种积极、豪迈的精神,在南宋词人中是不多见的。

水 龙 吟

春 恨

闹花深处层楼[1],画帘半卷东风软。春归翠陌,平莎茸嫩[2],垂杨金浅[3]。迟日催花[4],淡云阁雨[5],轻寒轻暖。恨芳菲世界,游人未赏,都付与,莺和燕。 寂寞凭高念远,向南楼一声归雁。金钗斗草[6],青丝勒马[7],风流云散。罗绶分香[8],翠绡封泪[9],几多幽怨!正销魂[10]、又是疏烟淡月,子规声断[11]。

[1] 闹花深处层楼:即高楼在闹花深处之意。闹花,盛开的花。

[2] 平莎茸嫩:平原上一片嫩草。

[3] 金浅:浅黄色。

[4] 迟日催花:春天日子长了,像是催促着、期待着花开似的。《诗经·七月》:“春日迟迟。”

[5] 淡云阁雨:云淡,雨止。阁,同搁。

[6] 金钗斗草:指女子做斗草的游戏。金钗,妇女的首饰,这里借指女子。

[7] 青丝勒马:指男子用青丝做的缰绳勒住马儿(表示留恋不愿离去)。

[8] 罗绶分香：这句写离别，是说把香罗带送给爱人，作为纪念。和秦观《满庭芳》词“罗带轻分”的意思差不多。罗绶，罗带。

[9] 翠绡封泪：这句写别后，翠巾里还残留着泪痕。翠巾，翠色的丝巾。

[10] 销魂：见前6页范仲淹《苏幕遮》注[3]。

[11] 子规：见前53页苏轼《浣溪沙》注[2]。

刘熙载《艺概》说：“同甫《水龙吟》云：‘恨芳菲世界，游人未赏，都付与，莺和燕。’言近旨远，直有宗（泽）留守大呼渡河之意。”照他的意思似乎是把“芳菲世界”作为北方的锦绣山河来看待，那么“念远”便是对中原沦陷地区和父老们的怀念。这一说可供作参考。

一 丛 花

溪堂玩月作[1]

冰轮斜辗镜天长[2]，江练隐寒光[3]。危阑醉倚人如画[4]。隔烟村、何处鸣榔[5]？乌鹊倦栖，鱼龙惊起，星斗挂垂杨[6]。　　芦花千顷水微茫[7]，秋色满江乡。楼台恍似游仙梦[8]，又疑是、洛浦潇湘[9]。风露浩然，山河影转[10]，今古照凄凉。

[1] 溪堂：临水的楼台。

[2] 冰轮斜辗镜天长：月亮斜照着，波明如镜，水里现出一片长空的景色。冰轮，月，秋月。辗，转动。镜天，水中天。

[3] 江练：见前39页王安石《桂枝香》注[3]。

[4] 危阑醉倚人如画：带着醉意，凭着楼上的栏杆远望，自己也好像在画图中。

[5] 鸣榔（láng）：见前32页柳永《夜半乐》注[8]。榔，同榔。

[6] 星斗：北斗星。

[7] 微茫：迷迷茫茫。

［8］楼台恍似游仙梦：这句写在溪堂玩月之乐：好像是梦游仙境。

［9］洛浦潇湘：借指风景美丽的水乡。曹植《洛神赋》写洛水之神宓妃的故事。洛水，在今河南省。潇湘，见前79页秦观《踏莎行》注［7］。屈原《九歌》里的《湘君》《湘夫人》写湘水之神的故事。

［10］风露浩然两句：写深夜。露，水气。影转，月影打斜了。

这首词极写秋江月夜迷人的景色。最后三句意思忽然一转，情调低沉，似是对中原沦陷、江山易主而发的感慨。

刘　过　六首

刘过（1154—1206），字改之，自号龙洲道人，吉州太和（今江西泰和县）人。被宋子虚称为“天下奇男子，平生以气义撼当世”[1]。曾上书朝廷，提出恢复中原的方略，不用。流浪于江湖间，以词著名。做过辛弃疾的座上客。晚年住在昆山（今江苏市名）。今传《龙洲词》。

刘过渴望恢复中原，他抱着“不斩楼兰心不平”“算整顿乾坤终有时”的壮志和信心。他写过一首《六州歌头》，热烈地歌颂抗金名将岳飞[2]，反映出和人民一致怀念抗金英雄的思想感情。在一首《念奴娇》里他说：“不是奏赋明光、上书北阙，无惊人之语，我自匆忙天未许，赢得衣裾尘土。”充分流露出怀才不遇的感慨。

作者是道地的辛派[3]，豪放是他的当行本色。有时写得粗豪放肆一点（如《沁园春》“斗酒彘肩”），正好冲淡宋词里面的脂粉油腻气，不足为病[4]。毛晋偏偏欣赏他的纤秀，那是很片面的意见。

［1］毛晋《龙洲词跋》引语。

［2］《六州歌头·吊武穆鄂王忠烈庙》全词如下：“中兴诸将，谁是万人英？

身草莽，人虽死，气填膺，尚如生。年少起河朔，弓两石，剑三尺，定襄汉，开虢洛，洗洞庭。北望帝京，狡兔依然在，良犬先烹。过旧时营垒，荆鄂有遗民，忆故将军，泪如倾。　　说当年事，知恨苦。不奉诏，伪耶真？臣有罪，陛下圣，可鉴临，一片心。万古分茅土，终不到，旧奸臣。人世夜，白日照，忽开明。衮佩冕圭，百拜九原下，荣感君恩。看年年三月，满地野花春，卤簿迎神。”

[3] 黄昇《花庵词选》：“改之，稼轩之客。词多壮语，盖学稼轩者也。”

[4] 况周颐《蕙风词话》指责刘过的《沁园春》模拟辛弃疾而“失之太过”。

六州歌头

镇长淮，一都会，古扬州[1]。升平日[2]，朱帘十里，春风小红楼[3]。谁知艰难去[4]，边尘暗，胡马扰[5]；笙歌散，衣冠渡[6]，使人愁。屈指细思，血战成何事，万户封侯[7]。但琼花无恙[8]，开落几经秋。故垒荒丘、似含羞[9]。　　怅望金陵宅，丹阳郡[10]，山不断绸缪[11]。兴亡梦，荣枯泪，水东流，甚时休？野灶炊烟里[12]，依然是、宿貔貅[13]。叹灯火，今萧索[14]，尚淹留。莫上醉翁亭[15]，看濛濛细雨，杨柳丝柔[16]。笑书生无用，富贵拙身谋[17]，骑鹤来游[18]。

[1] 镇长淮三句：扬州是古代的九州之一，宋时是淮南东路的首府。镇，镇守，这里有屏障、雄踞的意思。长淮，即淮河。

[2] 升平：太平。

[3] 朱帘十里两句：写扬州的繁华。杜牧《赠别》诗：“春风十里扬州路，卷上珠帘总不如。”

[4] 谁知艰难去：谁料到会有艰难的日子啊。去，助词。

[5] 边尘暗两句：指金人南侵。

[6] 衣冠渡：指宋朝统治阶级里的人员纷纷渡江逃往南方。

[7] 血战成何事两句：血战的结果只是给将军们取得封侯罢了。万户，见前 238 页辛弃疾《满江红》注[9]。

[8] 琼花：古代的名花。只扬州后土祠有一株，是唐朝人种的。北宋时把它移植禁苑，过了一年便枯掉了。后来载还扬州，又复活。（见《扬州府志》）

[9] 故垒荒丘、似含羞：故垒，见前 57 页苏轼《念奴娇》注[4]。羞，指被敌寇侵占的羞耻。

[10] 怅望金陵宅两句：这里的金陵、丹阳都是指和扬州隔江相望的镇江。《丹徒县志·建置沿革表》载："《张氏行役记》言甘露寺在金陵山上，赵璘《因话录》言李勉至金陵屡赞招隐寺标致，盖时人称京口（即镇江）亦曰金陵。"又载："唐天宝初始以今京口为丹阳郡，而以曲阿为丹阳县。"

[11] 山不断绸缪：群山连绵不断。

[12] 野灶：野外的军用灶。

[13] 依然是、宿貔（pí）貅（xiū）：依然有驻防的军队。表明敌人的军事威胁还没有解除。貔貅，猛兽名，比喻军队。

[14] 叹灯火两句：感叹人家稀少，市面萧条。

[15] 醉翁亭：指欧阳修（他自号醉翁）所建造的亭台，即平山堂（在扬州西北的蜀冈上）。

[16] 看濛濛细雨两句：写平山堂的景色。苏轼《水调歌头》词："长记平山堂上，攲枕江南烟雨，杳杳没孤鸿。"欧阳修《朝中措》词："手种堂前杨柳，别来几度春风？"按欧阳修在扬州做太守时，曾在平山堂前植柳一株，人称为"欧公柳"。

[17] 富贵拙身谋：不善于为自己谋取富贵（真正的意思是讥刺一般士大夫汲汲于谋求富贵）。

[18] 骑鹤来游：《说郛》本《商芸小说》："有客相从，各言所志：或愿为扬州刺

史，或愿多赀财，或愿骑鹤上升。其一人曰：‘腰缠十万贯，骑鹤上扬州。’欲兼三者。”（《五朝小说大观》所载与此同。）

这是刘过在扬州（今江苏市名）的感怀之作。前段极写“朱帘十里”的扬州经过敌人侵扰后的萧条景象。后段扩大了视野，吊古伤今，交织着国事沧桑和个人身世飘零之感。词中指出血战所成就的只是将军们的“万户封侯”，一般官吏只知道谋取“富贵”，揭露了当时统治阶级内部的黑暗现实。

沁　园　春

寄辛承旨，时承旨招，不赴[1]。

斗酒彘肩[2]，风雨渡江[3]，岂不快哉！被香山居士[4]，约林和靖[5]，与坡仙老[6]，驾勒吾回[7]。坡谓：“西湖正如西子，浓抹淡妆临照台[8]。”二公者，皆掉头不顾，只管传杯。

白言：“天竺去来，图画里峥嵘楼阁开。爱纵横二涧，东西水绕，两峰南北，高下云堆[9]。”逋曰：“不然，暗香浮动[10]，不若孤山先访梅[11]。须晴去[12]，访稼轩未晚，且此徘徊[13]。”

[1] 寄辛承旨三句：《宋六十名家词·龙洲词》又题作：“风雪中欲诣稼轩，久寓湖上，未能一往，因赋此词以自解。”按辛弃疾进枢密都承旨是他六十八岁死那一年的事情，《宋史》本传称他“未受命而卒”。“承旨”字样，疑为后人所妄加。

[2] 斗酒彘（zhì）肩：《史记·项羽本纪》载樊哙见项王，项王赐予斗卮酒（一大斗酒）与彘肩（猪蹄髈）。

[3] 渡江：由杭州渡过钱塘江到绍兴。

[4] 香山居士：白居易晚年自号香山居士。他做过杭州刺史（州郡的行政长官）。

[5] 林和靖：林逋谥和靖。见前4页作者介绍。

［6］坡仙老：苏轼自号东坡居士，后人称为坡仙。见前40页作者介绍。上述三诗人都写过不少题咏西湖的篇章。

［7］驾勒吾回：强拉我回去。

［8］西湖正如西子两句：苏轼《饮湖上初晴后雨》诗："水光潋滟晴方好，山色空濛雨亦奇。欲把西湖比西子，淡妆浓抹总相宜。"照台，镜台。

［9］天竺去来六句：白居易在杭州时，很欣赏灵隐、天竺（寺）一带的景色。他的《寄韬光禅师》诗"东涧水流西涧水，南山云起北山云"，便是写东西二涧和南北两高峰的。

［10］暗香浮动：林逋《山园小梅》（其一）诗："疏影横斜水清浅，暗香浮动月黄昏。"

［11］孤山先访梅：孤山是位于里、外西湖之间的界山，山上种植了很多梅花。

［12］须：待。

［13］徘徊：流连。

宋宁宗嘉泰三年（1203），朝廷起用辛弃疾知绍兴府（今浙江市名）兼浙东安抚使（掌管一路军政民政的长官）。刘过在杭州作此词寄给他。这首词的体制和选用的题材都很奇特，才气横溢，同写散文一样，完全解除了格律的拘束。岳珂《桯史》讥笑作者"白日见鬼"，但据说辛弃疾很欣赏这首词（它体现了辛派词自由放肆的特征）。

贺 新 郎

弹铗西来路[1]，记匆匆、经行数日，几番风雨。梦里寻秋秋不见，秋在平芜远渚。想雁信家山何处[2]？万里西风吹客鬓，把菱花[3]、自笑人憔悴。留不住，少年去。　男儿事业无凭据，记当年、击筑悲歌[4]，酒酣箕踞[5]。腰下光铓三尺剑，时解挑灯夜语[6]，更忍对灯花弹泪[7]？唤起杜陵风雨手[8]，写江东渭北相思句[9]。歌此恨，慰羁旅[10]。

[1] 弹铗：《战国策·齐策》载冯谖作客于孟尝君，没有受到重视，他弹着自己的剑铗而歌“归来”。这里是说自己在达官贵人间作客。

[2] 想雁信家山何处：希望雁儿传书，可是家乡遥远，音信全无。

[3] 菱花：镜子。

[4] 击筑悲歌：《史记·刺客列传》：“高渐离击筑，荆轲和而歌。”作者力主抗金，故以抗秦的英雄荆轲、高渐离自比。筑，古乐器。

[5] 酒酣箕踞：酒喝得很痛快，不依规矩地蹲在座席上：表示倨傲、愤世的态度。把膝头稍微屈起来坐，形状如箕，叫作箕踞。刘义庆《世说新语·简傲》：“晋文王（司马昭）功德盛大，坐席严敬，拟于王者。唯阮籍在坐，箕踞啸歌，酣放自若。”

[6] 时解挑灯夜语：夜里有时挑灯看剑，它也了解主人的抑郁心情。

[7] 更忍：又怎么忍得住。

[8] 杜陵风雨手：杜甫在长安（今陕西西安市）东南杜陵附近的地区住过，自称杜陵野客、杜陵布衣。他的《寄李十二白二十韵》诗：“笔落惊风雨，诗成泣鬼神。”风雨手，指写诗的能手。

[9] 江东渭北相思句：杜甫《春日怀李白》诗：“渭北春天树，江东日暮云。何时一樽酒，重与细论文？”

[10] 羁旅：同羁旅，见前193页陆游《鹊桥仙》第二首注[4]。

唐 多 令

重 过 武 昌[1]

芦叶满汀洲，寒沙带浅流。二十年重过南楼[2]。柳下系船犹未稳，能几日，又中秋。　　黄鹤断矶头[3]，故人曾到否？旧江山浑是新愁。欲买桂花同载酒，终不似，少年游[4]。

［1］重过武昌：《宋六十名家词·龙洲词》又题作："安远楼小集，侑觞歌板之姬黄其姓者，乞词于龙洲道人，为赋此《唐多令》。同柳阜之、刘去非、石民瞻、周嘉仲、陈孟参、孟容，时八月五日也。"安远楼，即南楼。《唐多令》，一作《糖多令》。武昌，今属湖北武汉市。

［2］南楼：在武昌黄鹤山上。东晋时庾亮曾和佐吏趁秋夜登此赏玩。唐宋时成为骚人词客游赏胜地。

［3］黄鹤断矶头：黄鹤山，一名黄鹄山，在武昌。它的西北有黄鹄矶，黄鹤楼在其上，面临大江。临江的山崖叫作矶。

［4］欲买桂花同载酒三句：是说二十年前在这里游宴，兴致很高；现在虽然想买花载酒同游，可惜少年时那种游赏的豪情消失了。

当时武昌是和金人战斗的前方，词中说的"旧江山浑是新愁"，实含有家国之感，但写得比较含蓄。相传这首词是传唱一时之作（见徐钒《词苑丛谈》）。

醉　太　平

闺　　情

情高意真，眉长鬓青。小楼明月调筝[1]，写春风数声[2]。　　思君忆君，魂牵梦萦。翠绡香煖云屏[3]，更那堪酒醒！

［1］小楼明月调筝：明月之夜，在小楼上弹筝。

［2］写春风数声：一声声弹出春风的温情。

［3］翠绡香煖云屏：炉香把床熏暖了。周邦彦《少年游》词："锦幄初温，兽香不断，相对坐调笙。"翠绡、锦幄，都是指丝绸制的帐子。煖，同暖。云

屏,云母石制的屏风。

西 江 月

贺 词[1]

堂上谋臣尊俎[2],边头将士干戈。天时地利与人和[3],“燕可伐欤?”曰:“可[4]。” 今日楼台鼎鼐[5],明年带砺山河[6]。大家齐唱《大风歌》[7],不日四方来贺。

[1] 贺词:贺韩侂胄生日的词(这时韩侂胄是当国的权臣)。

[2] 堂上谋臣尊俎(zǔ):朝廷里有许多善于运筹决策的谋臣。堂上,指韩侂胄办公的厅堂。刘向《新序》:“夫不出于尊俎之间,而知千里之外,其晏子之谓也,可谓折冲矣。”尊俎,同樽俎,盛酒食的器具。

[3] 天时地利与人和:是说南宋具备天时、地利与人和的胜利条件。《孟子·公孙丑章句下》:“孟子曰:‘天时不如地利,地利不如人和。’”

[4] 燕可伐欤两句:《孟子·公孙丑章句下》:“沈同以其私问曰:‘燕可伐欤?’孟子曰:‘可。’”这里是借指伐金。

[5] 楼台鼎鼐(nài):古时把宰相治理国家比作鼎鼐的调味,所以把鼎鼐喻相位。这里用来称韩侂胄。楼台,指台省、相府。

[6] 明年带砺(lì)山河:预祝明年战胜敌寇,晋封更高的爵位,传之子孙。《史记·高祖功臣侯者年表序》:“封爵之誓曰:‘使河如带,泰山若厉,国以永宁,爰及苗裔。’”这是说黄河不会狭如衣带,泰山不会小如砺石,封国也不会灭绝。厉,通砺,磨石。

[7]《大风歌》:指凯歌。《史记·高祖本纪》:“高祖还归,过沛,留。置酒沛宫,悉召故人父老子弟纵酒。发沛中儿,得百二十人,教之歌。酒酣,高祖击筑,自为歌诗曰:‘大风起兮云飞扬,威加海内兮归故乡,安得猛士

兮守四方！'令儿皆和习之。"

韩侂胄定议伐金(1204)一举，在当时是得到许多爱国人士的支持的。这首词的意义在于借贺生日预祝北伐胜利。吴师道《吴礼部诗话》说这是"世传辛幼安(弃疾)寿韩侂胄词"，但他认为不是辛作。毛晋《宋六十名家词》列入《龙洲词》。

杨炎正 一首

杨炎正，字济翁(毛晋误为杨炎，字止济翁，《词综》因袭了他的错误)，庐陵(今江西吉安市)人。宋宁宗庆元间进士(年已五十二)。曾任大理司直(审判官)，知藤州(今广西藤县)、琼州(今海南省)。他的词有《西樵语业》。毛晋跋语称他的词"不作妖艳情态"，"俊逸可喜"。

水调歌头

寒眼乱空阔[1]，客意不胜秋[2]。强呼斗酒发兴[3]，特上最高楼。舒卷江山图画[4]，应答龙鱼悲啸[5]，不暇顾诗愁[6]。风露巧欺客[7]，分冷入衣裘。　　忽醒然，成感慨，望神州[8]。可怜报国无路，空白一分头。都把平生意气，只做如今憔悴[9]，岁晚若为谋[10]！此意仗江月，分付与沙鸥[11]。

[1] 寒眼乱空阔：江天空阔，寒风刺人，眼睛都看得发花了。寒眼，眼睛感到寒意。

[2] 不胜秋：禁不住秋天的愁苦(古代诗人往往把秋天作为愁苦的象征)。

［3］斗酒：见前254页刘过《沁园春》注［2］。

［4］舒卷江山图画：美丽的江山好像一幅展开来的图画。舒卷，这里不用卷义。

［5］应答龙鱼悲啸：大江里的鱼龙一唱一和地悲啸着。

［6］不暇顾诗愁：虽然有一种哀愁在催促自己作诗，也无心吟咏。

［7］巧：善于。

［8］神州：见前151页张元幹《贺新郎》第二首注［2］。

［9］做：使。

［10］岁晚若为谋：往后怎么度过残余的岁月呢！

［11］分付与沙鸥：表示要和沙鸥同过闲散的生活。分付，交付。

朱淑真 一首

朱淑真，自号幽栖居士，钱塘（今浙江杭州市）人，世居桃村。一说海宁（今浙江市名）人。她生存的年代一般都定为南宋，也有人说是北宋人[1]。据传她由于婚嫁不满，一生都很抑郁。她擅长绘画，通晓音律，诗词多忧怨之作。今传《断肠词》。

［1］况周颐《蕙风词话》说："淑真与曾布妻魏氏为词友。曾布贵盛，丁元祐以后，崇宁以前，以大观元年（1107）卒。淑真为布妻之友，则是北宋人无疑。"

蝶恋花

楼外垂杨千万缕，欲系青春，少住春还去[1]。犹自风前飘柳絮，随春且看归何处？　绿满山川闻杜宇[2]，便做无情[3]，莫也愁人意[4]。把酒送春春不语，黄昏却下潇潇雨[5]。

[1] 欲系青春两句：照词意，应标点为“欲系青春少住，春还去。”

[2] 杜宇：见前55页苏轼《西江月》注[12]。

[3] 便做：即使。

[4] 莫也：岂不也。

[5] 潇潇：小雨貌。李清照《蝶恋花》词：“潇潇微雨闻孤馆。”

严　蕊　一首

严蕊，字幼芳，天台（今浙江县名）的营妓（军营里的妓女）。周密《癸辛杂识》称她“善琴弈、歌舞、丝竹、书画，色艺冠一时。间作诗词，有新语。颇通古今”。道学家朱熹曾以有关风化的罪名把她关在牢里，加以鞭打。她坚不屈服。朱熹改官后，岳霖继任，把她释放。今传词只有《如梦令》《鹊桥仙》《卜算子》几首。

卜　算　子

不是爱风尘，似被前缘误[1]。花落花开自有时，总赖东君主[2]。　去也终须去，住也如何住！若得山花插满头，莫问奴归处。

[1] 不是爱风尘两句：古代称妓女为堕落风尘。前缘，前世的因缘，等于说命定了的。这里，作者虽然还不明白妓女的产生是男性中心的阶级社

会里人为的灾难，可是她已觉察到自己不能负堕落的责任。

[2] 东君：司春的神，借指主管妓女的地方官吏。

这是严蕊获得释放以前写给岳霖看的一首词，反映了作者对于自由生活的渴望。朱熹说这首词是高宣教所作(见《朱子文集·按唐仲友第四状》)。

姜　夔　十首

姜夔(约1155—1221)[1]，字尧章，号白石道人，饶州鄱阳(今江西县名)人。少年时流寓两湖的汉阳、长沙一带。后来家居浙江吴兴，漫游苏、杭、扬、淮之间，到处依人作客。在政治上困顿、失意，始终是个布衣。他以唐朝隐居江湖的诗人陆龟蒙自比，可是他并不是什么隐士，而是名公巨卿的清客。他在文学艺术上具有多种才能，以诗人、词人而兼书法家、音乐家。当时的大作家范成大、杨万里和辛弃疾都激赏他的作品。词的成就为最高。今传《白石道人歌曲》，其中十七首注明工尺谱，是研究宋词乐谱稀有的宝贵资料。

姜夔长期寄身于豪贵人家，生活并不太坏，这就使他不能正视当时的社会现实，虽然也偶有身世寥落之感，也是不深刻的。他喜爱风雅，怡情山水，经常沉浸于波光水色中，刻意寻诗填词，这一方面是清客应有的职业技能，另方面也正是空虚的帮闲生活的反映。

姜词中写爱情部分占相当大的比例[2]。不同于柳、黄、秦、周，他的词和浮艳的情调完全无缘，没有丝毫猥亵的成分，而是一种永不能忘的情爱的追忆。如：

九疑云杳断魂啼，相思血，都沁绿筠枝。

——《小重山令》

别后书辞，别时针线，离魂暗逐郎行远。淮南皓月冷千山，冥冥归去无人管。

——《踏莎行》

都写得不浮薄。另外一首“因梦思以述志”的《江梅引》这样写道：

旧约扁舟，心事已成非。歌罢淮南《春草赋》，又萋萋。漂零客，泪沾衣。

这就不止于梦寐相思之情，还结合了自己的身世飘零之感，都是比较有真实内容的。王国维《人间词话》说读姜词“如雾里看花，终隔一层”。这话有其准确的一面，但不适用于他的爱情词。

关怀祖国命运的作品，在姜词中也占一席地。如“最可惜一片江山，总付与啼鴂”（《八归》），“中原生聚，神京耆老，南望长淮金鼓”（《永遇乐》），足见作者并没有忘情时事。可惜这种正视现实的思想感情在他的词里常常只是“昙花一现”，很少组织成为贯彻全篇的完整作品。以《凄凉犯》为例，前段明明是写“边城一片离索”“戍楼吹角”“更衰草寒烟淡薄，似当时将军部曲，迤逦度沙漠”，隐寓了当年抗金的战事[3]；可是过片竟一转而为“追念西湖上，小舫携歌，晚花行乐”。归根结底，作者念念不忘的还是个人的享乐生活。他的名篇《扬州慢》也有类似的缺陷：后段竟把在扬州有过许多风流往事的杜牧和他的艳诗对照着来写，原来“《黍离》之悲”的严肃意义便大为冲淡了。

作者精通音律，注重词法，表现在他的作品里的特征是：音调谐婉，辞句精美，结构完密。这显然受周邦彦的影响较深。至于格调的清幽峭拔（张炎《词源》说他“如野云孤飞，去留无迹”），则非周邦彦所能比拟。他的词也具有辛派豪放的一面，次韵辛弃疾那几首词，无论风格还是句法都可以说是“脱胎稼轩”[4]。但是，就他的创作思想的主要倾向来说，就他一般作品的缺少社会意义和情调低沉来说，和意气昂扬的辛派是背道而驰的。我们还应该指出，作者过多地重视词调的声韵和文字的雕琢，使内容意境遭受了更多的削弱；由于生活和思想的贫乏，题材的组织因而也不免显出杂凑不纯的痕迹[5]。他这种偏重格律的词风对于南宋后期词坛起了巨大的影响。吴文英等一群脱离现实的文人，他们的词作流于形式，专讲辞藻堆砌，汇成一股逆流。这不良风气的形成来自周邦彦，更直接地来自姜夔的倡导。

对于姜夔的评述，参看《前言》。

[1] 吴潜《暗香疏影》词序："犹记己卯、庚辰之间，初识尧章于维扬。至己丑，嘉兴再会。自此契阔。闻尧章死西湖，尝助诸丈为殡之。"（见《彊村丛书·履斋先生诗馀别集》）按己丑为宋理宗绍定二年（1229）。吴潜的话如不误，姜夔的卒年应在1230年或以后。

[2] 参考夏承焘《姜白石词编年笺校》有关合肥情事各词。

[3] 郑文焯校《白石道人歌曲》："绍兴庚辰，金人败盟犯庐州，王权败归。太师陈秉伯请下诏亲征，以叶义问督江淮军。寻败敌于采石。词中所谓'似当时将军部曲，迤逦度沙漠'，盖隐寓其时战事也。"

[4] 周济《宋四家词选·序论》说"白石脱胎稼轩"，并且把他的词列为辛派。

[5] 周济《宋四家词选·序论》提到姜词有"补凑处""敷衍处""复处"等缺点。

扬 州 慢

淳熙丙申至日[1]，予过维扬[2]。夜雪初霁，荠麦弥望[3]。入其城，则四顾萧条，寒水自碧，暮色渐起，戍角悲吟[4]。予怀怆然，感慨今昔，因自度此曲[5]。千岩老人以为有《黍离》之悲也[6]。

淮左名都[7]，竹西佳处[8]，解鞍少驻初程[9]。过春风十里[10]，尽荠麦青青。自胡马窥江去后[11]，废池乔木，犹厌言兵[12]。渐黄昏，清角吹寒[13]，都在空城[14]。　　杜郎俊赏[15]，算而今、重到须惊。纵豆蔻词工，青楼梦好，难赋深情[16]。二十四桥仍在[17]，波心荡、冷月无声。念桥边红药，年年知为谁生[18]！

[1] 淳熙丙申至日：宋孝宗三年（1176）的冬至日。

[2] 维扬：即扬州（今江苏市名）。

[3] 荠麦弥望：满眼都是荠菜和麦子。一说：荠麦是野生的麦子。

[4] 戍角：军营里发出的号角声。

[5] 自度此曲：自己创制《扬州慢》这个词调。

[6] 千岩老人以为有《黍离》之悲也：萧德藻字东夫，晚年居湖州（今浙江市名），自号千岩老人。姜夔曾经跟他学诗，同时也是他的侄女婿。《黍离》，见前151页张元幹《贺新郎》第二首注[4]。

[7] 淮左名都：宋时在淮扬一带设置淮南东路和淮南西路。淮南东路称淮左。扬州是淮左地区著名的都会。

[8] 竹西佳处：扬州城东禅智寺侧有竹西亭，那一带的环境很清幽。杜牧《题扬州禅智寺》："谁知竹西路，歌吹是扬州？"

[9] 初程：作者初次至扬州，故云。程，里程。

[10] 春风十里：写扬州的繁华景象。杜牧《赠别》诗："春风十里扬州路，卷上珠帘总不如。"

[11] 胡马窥江：金兵于宋高宗建炎三年（1129）和绍兴三十一年（1161）两次南侵，扬州都受到惨重的破坏。这里主要是就第二次说。江，指长江。

[12] 废池乔木两句：战乱后剩下的只有废池和古老的大树，那次侵扰造成人民惨重的损失，至今人们还怕谈起那回兵事。厌，厌恶。

[13] 清角吹寒：凄清的号角吹来了寒意。

[14] 空城：形容扬州劫后的萧条景象。

[15] 杜郎俊赏：扬州是杜牧的游赏之地。俊赏，卓越的赏鉴。

[16] 纵豆蔻词工三句：纵使有杜牧写“豆蔻”“青楼梦”诗的才华，也难以表达我此时悲怆的深情。按杜牧《赠别》诗有“娉娉袅袅十三余，豆蔻梢头二月初”语，《遣怀》诗有“十年一觉扬州梦，赢得青楼薄幸名”语，这两首诗都是题咏扬州事为后世传诵的作品。青楼梦好，是说像“青楼梦”诗做得那样好。

[17] 二十四桥：杜牧《寄扬州韩绰判官》诗：“二十四桥明月夜，玉人何处教吹箫?”二十四桥旧址在今扬州西郊，相传古代有二十四个美人吹箫于此，故名。另一说：指二十四座桥。沈括在他的《补笔谈》里指出唐时扬州确有二十四座桥，但到北宋时已不全存。

[18] 念桥边红药两句：二十四桥一名红药桥，桥边盛产红芍药花。

郑文焯校《白石道人歌曲》说：“绍兴三十年，完颜亮南寇。江淮军败，中外震骇。亮寻为其臣下弑于瓜州。此词作于淳熙三年，寇平已十有六年，而景物萧条，依然有废池乔木之感。此与《凄凉犯》当同属江淮乱后之作。”陈廷焯《白雨斋词话》对于这首词的前段称颂备至，认为“写兵燹后情景逼真”；并且特别指出：“‘犹厌言兵’四字，包括无限伤乱语，他人累千百言，亦无此韵味。”在姜词中这本是一首反映现实比较深刻动人的作品，正由于包括得太含混，表达便不够明确。用杜牧在扬州冶游的典实，亦削弱了“《黍离》之悲”的严肃意义。

踏莎行

自沔东来[1]，丁未元日至金陵[2]，江上感梦而作。

燕燕轻盈，莺莺娇软[3]，分明又向华胥见[4]。夜长争得薄情知[5]？春初早被相思染。　　别后书辞，别时针线，离魂暗逐郎行远[6]。淮南皓月冷千山[7]，冥冥归去无人管[8]。

[1] 沔(miǎn)：唐、宋州名，今湖北汉阳(属武汉市)。姜夔早岁流寓这里。

[2] 丁未元日：宋孝宗淳熙十四年(1187)元旦。

[3] 燕燕轻盈两句：莺燕，借喻爱人。苏轼《张子野年八十五尚闻买妾述古令作诗》："诗人老去莺莺在，公子归来燕燕忙。"轻盈，指体态说。娇软，指语言说。

[4] 华胥：梦里。《列子·黄帝》："黄帝昼寝而梦，游于华胥氏之国。"

[5] 夜长争得薄情知：长夜不眠，薄情郎怎么会知道呢？

[6] 郎行(háng)：情郎那边。另一说：郎行，指郎。行，是衬字，含有昵称的意思。

[7] 淮南：指合肥(宋时属淮南路)。作者《鹧鸪天》词："肥水东流无尽期，当初不合种相思。"可见他有爱人在那里。

[8] 冥冥归去：是说离魂在夜里归去。

这首词开头三句写爱人入梦；"夜长争得薄情知"以下语句是作者梦后设想爱人魂牵梦萦的深情。

点　绛　唇

丁未冬过吴松作[1]

燕雁无心，太湖西畔随云去。数峰清苦[2]，商略黄昏雨[3]。　　第四桥边[4]，拟共天随住[5]。今何许？凭阑怀古，残柳参差舞[6]。

[1] 丁未冬过吴松作：宋孝宗淳熙十四年(1187)作者道经吴松至苏州时作。吴松，即吴淞江，俗称苏州河，是太湖的支流，经苏州等地至上海合

流于黄浦江。

[2] 清苦：形容寒山的寥落、荒凉。

[3] 商略：商量，酝酿。

[4] 第四桥：《苏州府志》："甘泉桥一名第四桥，以泉品居第四也。"

[5] 天随：唐诗人陆龟蒙号天随子，居松江甫里。辛文房《唐才子传》说他时放扁舟，挂篷席，安置束书、茶灶、笔床、钓具，游于江湖间。姜夔以他自比。

[6] 参(cēn)差(cī)：不齐貌。

陈廷焯《白雨斋词话》说："《点绛唇》一阕，通首只写眼前景物，至结处云'今何许？凭阑怀古，残柳参差舞'，感时伤事，(中略)无穷哀感，都在虚处；令读者吊古伤今，不能自止，洵推绝调。"这里所谓"虚处"，也就是指姜夔"清空"的特征。陈氏特别赏识这一点，因而对这首空泛的怀古词评价过高。

念 奴 娇

余客武陵[1]，湖北宪治在焉[2]。古城野水，乔木参天。余与二三友，日荡舟其间，薄荷花而饮[3]。意象幽闲，不类人境[4]。秋水且涸[5]，荷叶出地寻丈[6]。因列坐其下。上不见日，清风徐来，绿云自动。间于疏处，窥见游人画船，亦一乐也。朅来吴兴[7]，数得相羊荷花中[8]。又夜泛西湖，光景奇绝[9]，故以此句写之。

闹红一舸[10]，记来时、尝与鸳鸯为侣。三十六陂人未到[11]，水佩风裳无数[12]。翠叶吹凉，玉容消酒[13]，更洒菰蒲雨[14]。嫣然摇动[15]，冷香飞上诗句[16]。　日暮，青盖亭亭[17]，情人不见，争忍凌波去[18]？只恐舞衣寒易落[19]，愁入西风南浦。高柳垂阴，老鱼吹浪，留我花间住。田田多少[20]，几回沙际归路？

[1] 武陵：今湖南常德市。

[2] 湖北宪治在焉：宋朝荆南荆湖北路提点刑狱的官署在武陵。

[3] 薄：迫近，靠近。

[4] 不类人境：不像人境，像仙境。

[5] 涸(hé)：干竭。

[6] 寻：八尺。

[7] 朅(qiè)来吴兴：朅来，来到。朅，发语词。作者曾长期寓居吴兴(今浙江湖州市)。

[8] 相羊：徘徊，游玩。

[9] 光景：景色。

[10] 闹红一舸(gě)：在盛开的荷花丛里荡舟。

[11] 三十六陂：极言水塘之多。

[12] 水佩风裳：李贺《苏小小墓》诗“风为裳，水为珮”，本是写美人的妆饰，这里指荷叶荷花，犹言水叶风荷。珮，同佩。

[13] 玉容消酒：花容微红，像是带着才消的酒意。

[14] 菰蒲：生于陂塘间的水草。

[15] 嫣然：这里是以美女的笑容比花容。

[16] 飞上诗句：被写入诗里。

[17] 青盖亭亭：荷叶像青绿色的伞一样亭亭耸立着。盖，伞。

[18] 争忍凌波去：作者不说荷花将近凋谢，而用拟人的写法：你怎么忍心凌波而去呢？凌波，见前88页贺铸《青玉案》注[1]。

[19] 舞衣：指荷叶。

［20］田田：形容浮在水面的荷叶。古乐府："江南可采莲，莲叶何田田。"

淡 黄 柳

客居合肥南城赤阑桥之西[1]，巷陌凄凉[2]，与江左异[3]。唯柳色夹道，依依可怜，因度此阕[4]，以纾客怀。

空城晓角[5]，吹入垂杨陌。马上单衣寒恻恻[6]。看尽鹅黄嫩绿[7]，都是江南旧相识。　　正岑寂，明朝又寒食[8]。强携酒，小桥宅[9]。怕梨花落尽成秋色[10]。燕燕飞来，问春何在，唯有池塘自碧。

［1］合肥南城赤阑桥：合肥，今安徽市名，是姜夔生活里一个值得纪念的地方，在他的词里常常提到合肥情事。赤阑桥，词中常见，不是桥的专名，指红栏杆的桥。

［2］巷陌：见前107页周邦彦《西河》注［14］。

［3］江左：江东，这里专指江南。

［4］阕（què）：乐曲奏一遍为一阕，借作词曲的量词。

［5］晓角：军营里早晨吹的号角。

［6］恻恻：与侧侧同义，轻寒貌。韩偓《寒食夜》诗："小梅飘雪杏方红，侧侧轻寒剪剪风。"宋人词多用恻恻。如周邦彦《渔家傲》："几日轻阴寒恻恻。"（毛晋在《圣求词跋》中说"恻"字是误刻。）

［7］鹅黄嫩绿：嫩柳的颜色。

［8］寒食：见前16页张先《木兰花》注［2］。

［9］小桥宅：郑文焯校《白石道人歌曲》："此所谓'小桥'者，即题叙所云'赤阑桥之西'客居处也。"夏承焘《姜白石词编年笺校》认为是用《三国志》里桥玄次女小桥（即小乔）的典实，他说："词云'强携酒，小桥宅'，其非

自己寓居之赤阑桥甚明。此小桥盖谓合肥情侣也。”

[10] 成秋色：成为像秋天那样萧条的景色。

暗 香

辛亥之冬[1]，予载雪诣石湖[2]。止既月，授简索句[3]，且征新声[4]。作此两曲。石湖把玩不已，使工妓隶习之[5]，音节谐婉，乃名之曰《暗香》《疏影》[6]。

旧时月色，算几番照我，梅边吹笛？唤起玉人，不管清寒与攀摘[7]。何逊而今渐老，都忘却春风词笔[8]。但怪得、竹外疏花[9]，香冷入瑶席[10]。 江国[11]，正寂寂，叹寄与路遥[12]，夜雪初积。翠尊易泣，红萼无言耿相忆[13]。长记曾携手处，千树压、西湖寒碧[14]。又片片吹尽也，几时见得？

[1] 辛亥：宋光宗绍熙二年(1191)。

[2] 石湖：诗人范成大晚年居住在苏州西南的石湖，自号石湖居士。

[3] 简：纸。

[4] 征新声：征求新的词调。

[5] 隶习：学习。

[6]《暗香》《疏影》：语出林逋诗句。见前255页刘过《沁园春》注[10]。

[7] 唤起玉人两句：写过去和美人冒着清寒攀折梅花的韵事。贺铸《浣溪纱》词：“玉人和月摘梅花。”

[8] 何逊而今渐老两句：把何逊作比喻，说自己逐渐衰老，游赏的兴趣减退，对于向所喜爱的梅花都忘掉为它而歌咏了。何逊，字仲言，南朝梁诗人，有《何水部集》。他早年做过南平王萧伟的记室，在扬州有《咏早梅》诗。所以杜甫《和裴迪登蜀州东亭送客逢早梅相忆见寄》诗中有“东

阁官梅动诗兴，还如何逊在扬州”语。按《分门集注杜工部诗》苏注：“梁何逊作扬州法曹，廨舍有梅花一株。花盛开，逊吟咏其下。后居洛，思梅花，再请其往(应该说“请再往”)。从之。抵扬州，花方盛。逊对花彷徨终日。”这一记载没有可靠的根据，《南史》和《梁书》的《何逊传》都不载。当时洛阳属北朝，所谓“居洛阳”，尤其荒谬，不是事实。

[9] 竹外疏花：竹林外面几枝疏稀的梅花。

[10] 香冷入瑶席：寒梅的香气透进诗人的屋子里。瑶席，席座的美称。

[11] 江国：江乡。

[12] 寄与路遥：表示音问隔绝。这里暗用陆凯寄给范晔的诗：“折梅逢驿使，寄与陇头人。”

[13] 翠尊易泣两句：是说绿酒红梅都不能忘情于玉人。翠尊，翠绿色的酒杯，指酒。红萼，红花，这里指红梅。

[14] 千树压、西湖寒碧：写红梅碧水相映成趣的景色。宋时杭州西湖上的孤山梅花成林，所以有“千树”的话。

疏　影

苔枝缀玉[1]，有翠禽小小，枝上同宿。客里相逢，篱角黄昏，无言自倚修竹[2]。昭君不惯胡沙远[3]，但暗忆江南江北。想佩环月夜归来[4]，化作此花幽独。　　犹记深宫旧事，那人正睡里，飞近蛾绿[5]。莫似春风，不管盈盈[6]，早与安排金屋[7]。还教一片随波去，又却怨玉龙哀曲[8]。等恁时、重觅幽香[9]，已入小窗横幅[10]。

[1] 苔枝缀玉：梅花像玉一般点缀在枝头上。范成大《梅谱》说绍兴、吴兴一带的古梅“苔须垂于枝间，或长数寸，风至，绿丝飘飘可玩”。

［2］无言自倚修竹：把梅花比作孤独高洁的美人。杜甫《佳人》诗："天寒翠袖薄，日暮倚修竹。"

［3］昭君不惯胡沙远：是说王昭君远嫁匈奴，住在沙漠地区，非她衷心所愿。见前236页辛弃疾《贺新郎》注［5］。

［4］想佩环月夜归来：杜甫《咏怀古迹》之三是题咏王昭君的，中有"环佩空归月夜魂"语。意思是说王昭君死在匈奴，不能回到故国，只有她的灵魂在月夜归来。佩环，即环佩，女人用的装饰品，借指昭君。

［5］犹记深宫旧事三句：见前20页欧阳修《诉衷情》注［1］引《太平御览》部分。蛾绿，指眉。

［6］盈盈：仪态美好貌。《古诗》："盈盈楼上女。"借指梅花。

［7］安排金屋：《汉武故事》载汉武帝小时对姑母说："若得阿娇作妇，当作金屋贮之也。"这里用来表示惜花的意思。

［8］玉龙哀曲：指《梅花落》这个笛曲。玉龙，笛名。李白《与史郎中钦听黄鹤楼上吹笛》诗："黄鹤楼中吹玉笛，江城五月落梅花。"落梅花，即《梅花落》。

［9］恁时：那时。

［10］横幅：指画幅。

以上两首词向来被指称为姜夔的代表作。姜派的张炎给以很高的评价，他说："词之赋梅，惟姜白石《暗香》《疏影》二曲，前无古人，后无来者，自立新意，真为绝唱。"（见《词源》）这显然是溢美之词。作者过分地雕琢字句，用典隐晦，致使词意难明，好些古人都认为费解。这不能不说是相当严重的缺点。《暗香》的主题是通过咏梅来怀旧，但所怀的究竟是友人还是情人，也很难作出定论（后说较为近是）。《疏影》究竟有何寄托，更是众说纷纭。郑文焯根据张惠言的意见，在所校《白石道人歌曲》里说："此盖伤二帝蒙尘，诸后妃相从北辕，沦落胡地，故以昭君托喻，发言哀断。考唐王建《塞上咏梅》诗曰：'天山路边一株梅，年年花发黄云下。昭君已没汉使回，前后征人谁系马?'白石词意当本此。"近人刘永济举出宋徽宗《眼儿媚》词中的"春梦绕胡沙""吹彻《梅花》"作为"昭君不惯胡沙远""化作此花幽独"之所本,这就更加增强这一说法的依据。话虽如此,全篇的主题仍难统一,因为后面一段里又讲到"深宫旧事"和"安排金屋",把重点一移再移,所谓故君之思的寄托,也就难以贯串起来解释了。

玲珑四犯

越中岁暮,闻箫鼓感怀[1]。

叠鼓夜寒[2],垂灯春浅[3],匆匆时事如许。倦游欢意少,俛仰悲今古[4]。江淹又吟《恨赋》,记当时、送君南浦[5]。万里乾坤[6],百年身世,唯有此情苦。　扬州柳垂官路,有轻盈换马,端正窥户[7]。酒醒明月下,梦逐潮声去。文章信美知何用,漫赢得天涯羁旅[8]。教说与,春来要寻花伴侣。

[1] 越中岁暮两句:越中,今浙江绍兴市,它是春秋越国的都城。古时岁暮有箫鼓迎春之俗。

[2] 叠鼓:见前126页叶梦得《水调歌头》注[6]。

[3] 垂灯春浅:家家张灯结彩,准备过年,但春意还是不浓。垂灯,悬挂的彩灯。

[4] 俛仰悲今古:看到世事的推移变化,产生了伤今怀古的感情。俛仰,向上下四方观察。俛,同俯。《易经·系辞上》:"仰以观于天文,俯以察于地理。"

[5] 江淹又吟《恨赋》两句:《恨赋》是南朝梁诗赋家江淹写的,历举古代名人饮恨而死的故事组织成篇。南浦,见前152页张元幹《贺新郎》第二首注[8]。

[6] 乾坤：天下，实指当时残破的中国。

[7] 扬州柳垂官路三句：写作者对于过去游乐生活的回忆。扬州是古代游乐的名都，这里不一定实指其地。轻盈换马，指体态柔美的女子。古乐府《杂曲歌辞》有《爱妾换马》篇。林坤《诚斋杂记》载后魏曹彰有把妓妾换马的故事。这里换马作为妓女的代称。端正，面貌端正美丽。窥户，站在门里偷看行人。周邦彦《瑞龙吟》词："因记个人痴小，乍窥门户。"

[8] 羁旅：同羁旅。见前193页陆游《鹊桥仙》第二首注[4]。

宋光宗绍熙四年(1193)，姜夔在越中度岁，写下这首岁暮感怀的词。他多年来在江湖上漫游作客，无所成就，不无迟暮之感，所以词中一再感叹"倦游欢意少"，"漫赢得天涯羁旅"。"文章信美知何用"是作者怀才不遇的愤慨语，可见这位寄情山水的诗人，还是有积极要求用世的一面。

齐　天　乐

丙辰岁[1]，与张功父会饮张达可之堂[2]。闻屋壁间蟋蟀有声，功父约予同赋，以授歌者。功父先成，辞甚美。予裴回茉莉花间[3]，仰见秋月，顿起幽思，寻亦得此。蟋蟀，中都呼为促织[4]，善斗。好事者或以三二十万钱致一枚，镂象齿为楼观以贮之[5]。

庾郎先自吟《愁赋》[6]，凄凄更闻私语。露湿铜铺[7]，苔侵石井，都是曾听伊处。哀音似诉，正思妇无眠，起寻机杼[8]。曲曲屏山[9]，夜凉独自甚情绪？　　西窗又吹暗雨，为谁频断续，相和砧杵[10]？候馆迎秋[11]，离宫吊月[12]，别有伤心无数。豳诗漫与[13]。笑篱落呼灯[14]，世间儿女。写入琴丝[15]，一声声更苦！

［1］丙辰岁：宋宁宗庆元二年（1196）。

［2］张功父、张达可：张镃字功父，号约斋。有《南湖诗馀》。张达可，不详。

［3］裴回：即徘徊。

［4］中都：都中，指南宋京城临安（今浙江杭州市）。

［5］楼观：楼台。

［6］庾郎先自吟《愁赋》：庾信的《愁赋》今不传。这里"愁赋"一词可能是指他那些《哀江南赋》《伤心赋》《枯树赋》一类哀愁凄怆的作品。

［7］铜铺：铜做的铺首，用来装在门上衔门环的。这句指门外边。

［8］起寻机杼：失眠的思妇听了促织的鸣声，起来寻找纺织的机杼。

［9］屏山：屏风，上面刻画着遥山远水，容易触发思妇的离情。

［10］为谁频断续两句：是说蟋蟀的鸣声跟捣衣的声音为什么这样凄切不断地唱和着呢？砧杵，捣衣的用具。古代妇女常在夜里赶洗衣服寄给征人。

［11］候馆：客馆。

［12］离宫：行宫，皇帝出巡时居住之所。这里选用此词着重在"离"字。

［13］豳（bīn）诗漫与：写成诗篇。《诗经·豳风·七月》："七月在野，八月在宇，九月在户，十月蟋蟀入我床下。"与，一作"谱"。漫与，即景抒情，率意而作。

［14］篱落呼灯：写孩子们夜里点灯到园地里去捉蟋蟀的活动。

［15］写入琴丝：作者自注："宣政间，有士大夫制《蟋蟀吟》。"

南宋都城斗蟋蟀的风气盛行一时，题序里说："好事者或以三二十万钱致一枚，镂象齿为楼观以贮之。"这是唐朝诗人写新乐府揭露现实的好题材。但作者意不在此，他着重地把蟋蟀的哀音和听蟋蟀的骚人、思妇的愁怀层层夹写，织成一片怨情，这大约是自伤身世之感吧。郑文焯在所校《白石道人歌曲》里说“下阕托寄遥深”。究竟作者有何托寄，实在是难以捉摸的。陈廷焯《白雨斋词话》指出写作上的特点，说：“全篇皆写怨情，独后半云：‘笑篱落呼灯，世间儿女。’以无知儿女之乐，反衬出有心人之苦，最为入妙。”

鹧　鸪　天

正月十一日观灯[1]

巷陌风光纵赏时[2]，笼纱未出马先嘶[3]。白头居士无呵殿[4]，只有乘肩小女随[5]。　　花满市[6]，月侵衣，少年情事老来悲。沙河塘上春寒浅[7]，看了游人缓缓归。

[1] 正月十一日观灯：周密《武林旧事》载临安元宵前不断试灯，说是“预赏”。

[2] 巷陌：见前75页秦观《望海潮》注[4]。

[3] 笼纱未出马先嘶：这句写豪贵人家看灯时的声势。笼纱，纱制的灯笼。

[4] 白头居士无呵殿：作者自称白头居士。呵殿，前呵后殿，即前呼后拥之意，指豪贵者的随从。

[5] 只有乘肩小女随：只有小女儿相随做伴。乘肩，坐在大人肩上的小孩子。又，《武林旧事・元夕》：“都城自旧岁冬孟驾回，已有乘肩小女，鼓吹舞绾者数十队，以供贵邸豪家幕次之玩。”这里也可能是把乘肩小女的歌舞队代替呵殿来自我解嘲。

[6] 花：花灯。

[7] 沙河塘：《新唐书・地理志》：“钱塘县南五里有沙河塘。”苏轼《虞美人》词：“沙河塘里灯初上，《水调》谁家唱？”南宋定都临安后，沙河塘成为日益繁盛的地区。

史达祖　二首

史达祖，字邦卿，号梅溪，汴（今河南开封市）人。韩侂胄当国时，他是最亲信的堂吏，负责撰拟文书。韩败，史也受到黥刑，贬死于贫困之中。今传《梅溪词》。

史达祖的词和高观国齐名[1]。有的词话家把他和姜夔、吴文英并称；也有把他比周邦彦，夸大为南宋第一词人的[2]。《梅溪词》的特征在于咏物，以描写见长。某些细节用白描的手法，写得很清新、美丽。可是相伴而来的缺点是“用笔多涉尖巧”[3]，过于“极妍尽态”[4]，富贵气很重。缺乏意境和气骨，尤其是他的词的致命伤。

[1] 冯煦《宋六十一家词选·例言》：“由观国与达祖迭相唱和，故援与相比。”

[2] 彭孙遹《金粟词话》：“南宋词人如白石（姜夔）、梅溪、竹屋（高观国）、梦窗（吴文英）、竹山（蒋捷）诸家之中，当以史邦卿为第一。”

[3] 周济《介存斋论词杂著》语。

[4] 王士祯《花草蒙拾》语。

双　双　燕

咏　　燕

过春社了[1]，度帘幕中间[2]，去年尘冷[3]。差池欲住[4]，试入旧巢相并。还相雕梁藻井[5]，又软语商量不定[6]。飘然快拂花梢[7]，翠尾分开红影[8]。　　芳径[9]，芹泥雨润[10]。爱贴地争飞，竞夸轻俊[11]。红楼归晚[12]，看足柳昏花暝[13]。应自栖香正稳，便忘了天涯芳信[14]。愁损翠黛双蛾，日日画阑独凭[15]。

[1] 春社：见前 11 页晏殊《破阵子》注[1]。

[2] 度帘幕中间：飞进重重帘幕的屋子里。

[3] 去年尘冷：去年筑过巢的地方满布灰尘，怪冷清的。

[4] 差(cī)池：形容燕子飞行时毛羽参差不齐的样子。《诗经・燕燕》："燕燕于飞，差池其羽。"

[5] 还相(xiàng)雕梁藻井：还仔细看看雕花的屋梁和画有水草花纹的天花板是否依然如故。相，细看。井，屋梁上的承尘，俗称天花板。

[6] 软语：温柔地交谈着(形容燕子的呢喃声)。

[7] 飘然快拂花梢：轻快地飞掠花梢而过。花梢，花枝的顶端。

[8] 红影：花影。

[9] 芳径：有花草的香径。

[10] 芹泥：水边长芹草的泥地。

[11] 轻俊：轻盈、俊俏。

[12] 红楼归晚：回窠已晚。红楼，富贵人家，燕子巢居的地方。

[13] 柳昏花暝：写黄昏时分的景色。

[14] 应自栖香正稳两句：敢情燕子在香巢中睡得很甜，便忘了给闺中人传达远方带来的讯息。许昂霄《词综偶评》："传书燕见《开元天宝遗事》，然文通(江淹)、太白诗已先用之，不必出处也。"按《开元天宝遗事》有燕子为思妇传书的故事。

[15] 愁损翠黛双蛾两句：写闺中人念远的愁苦之情。古时女子画眉用翠黛(青绿)色。双蛾，双眉。

这首词描绘春燕极妍尽态，形神俱似。王士祯《花草蒙拾》认为“咏物至此，人巧极天工错矣”。可是除了描写技巧以外，也就没有别的什么可以称道的了。看起来辞藻太华丽，韵味发泄无余，格调不高。

绮罗香

咏春雨

做冷欺花[1]，将烟困柳[2]，千里偷催春暮[3]。尽日冥迷，愁里欲飞还住。惊粉重[4]，蝶宿西园；喜泥润[5]，燕归南浦。最妨他佳约风流，钿车不到杜陵路[6]。 沉沉江上望极[7]，还被春潮晚急，难寻官渡[8]。隐约遥峰，和泪谢娘眉妩[9]。临断岸、新绿生时，是落红、带愁流处。记当日、门掩梨花[10]，剪灯深夜语[11]。

[1] 做冷欺花：花需要温暖的天气，春雨添寒，有碍于花的欣欣向荣，故云。

[2] 将烟困柳：春雨带来雾气把柳树笼罩着。

[3] 千里偷催春暮：孟郊《喜雨》诗：“朝见一片云，暮成千里雨。”

[4] 粉重：蝴蝶身上有粉，沾雨便嫌重了。

[5] 喜泥润：润湿的泥适合燕子筑巢之用，故云。

[6] 钿车不到杜陵路：道路泥泞，车子不能驾驶到杜陵去赴约会。钿车，见前103页周邦彦《解语花》注[11]。杜陵，在长安东南，是汉宣帝陵墓的所在，附近住的多富贵人家。这里借指都市里的繁华街道。

[7] 沉沉江上望极：极目远望，江上烟波迷茫无际。

[8] 官渡：公用的渡船。

[9] 隐约遥峰两句：远山隐隐约约，像是美人含泪的眉峰那么好看。谢娘，唐时歌伎，后世用来泛指歌女。妩，这里用来形容眉的妩媚。

[10] 门掩梨花：李重元《忆王孙》词："雨打梨花深闭门。"

[11] 剪灯深夜语：李商隐《夜雨寄北》诗："何当共剪西窗烛，却话巴山夜雨时。"

这篇作品不同于一般堆砌典故的咏物词，它用白描手法摹写春雨缠绵的景象。通篇找不出一个"雨"字，却没有一句不切题意。问题在于作者只是玩弄文字游戏，缺乏真情实感。

吴文英 四首

吴文英，字君特，号梦窗，晚年又号觉斋，四明（今浙江宁波市）人。一生没有做过官，但也不是隐士，交游如吴潜、史宅之等都是当时的显贵。他以清客的身份往来苏州、杭州、绍兴一带。他是十三世纪中期的词人[1]。今传《梦窗词》甲乙丙丁四稿。

黄昇《花庵词选》引尹焕给《梦窗词》写的序文说："求词于吾宋者，前有清真（周邦彦），后有梦窗。此非焕之言，四海之公言也。"把吴文英作为南宋第一大词家，显然是十分夸大的说法。与此不同，沈义父是吴文英的词友之一，他指出了《梦窗词》"用事下语太晦"的缺点（见《乐府指迷》）。至张炎竟说："梦窗如七宝楼台，炫人眼目，拆碎下来，不成片段。"（见《词源》）到了清朝，除张惠言不重视吴文英的词外[2]，一般的词话家都把他捧得很高，尹焕的话被称为"知言"，张炎的意见受到了批判，"词家之有文英，如诗家之有李商隐"的说法也出现了[3]。

吴文英作词基本上是重形式格律而忽视内容的。《乐府指迷》转引他的话说：

盖音律欲其协，不协则成长短之诗；下字欲其雅，不雅则近乎缠令之体；用字不可太露，露则直突而无深长之味；发意不可太高，高则狂怪而失柔婉之意。思此则知所以为难。

这是把音律用字放在作词的首要地位，是要求词的思想内容服从于形式。吴文英的词正犯此病；特别是他的长调，很多像七宝楼台那么一个美丽的空壳子。清朝人把他这种空洞无物的作品形容得神乎其神，如周济在《介存斋论词杂著》里说："其佳者，天光云影，摇荡绿波，抚玩无斁（yì），追寻已远。"这种印象，是不真实的唯心的幻觉[4]。

这里我们选了作者的《莺啼序·春晚感怀》作为长调的代表，还选了他两首没有堆砌毛病的小词。

[1] 吴文英词注明甲子的都是宋理宗淳祐前期（十三世纪四十年代）的作品，这大约是他写词最多的一个时期。

[2] 张惠言《词选》没有收吴文英的词。

[3] 见《四库全书提要·梦窗词》。

[4] 王国维读了吴文英的词以后的感应和周济不同，他说："梦窗之词，余得取其词中之一语以评之曰：'映梦窗，凌乱碧。'"这就是说没有什么真实鲜明的美感。

玉 楼 春

京 市 舞 女[1]

茸茸狸帽遮梅额[2]，金蝉罗翦胡衫窄[3]。乘肩争看小腰身[4]，倦态强随闲鼓笛。 问称家住城东陌[5]，欲买千金应不惜。归来困顿殢春眠[6]，犹梦婆娑斜趁拍[7]。

［1］京市舞女：周密《武林旧事·元夕》："都城自旧岁冬孟驾回，已有乘肩小女，鼓吹舞绾者数十队，以供贵邸豪家幕次之玩。而天街茶肆，渐已罗列灯毬等求售，谓之灯市。自此以后，每夕皆然。三桥等处，客邸最盛，舞者往来最多。每夕楼灯初上，则箫鼓已纷然自献于下。酒边一笑，所费殊不多，往往至四鼓乃还。"

［2］茸茸狸帽遮梅额：狸帽，狸皮帽子。茸茸，形容兽毛细嫩貌。古代也称皮帽子为茸帽。梅额，指梅花妆。见前20页欧阳修《诉衷情》注［1］引《太平御览》部分。

［3］金蝉罗翦胡衫窄：金蝉罗，是一种薄如蝉翼的丝罗。舞女穿着胡式的窄衫，当是为了跳舞的需要并显示体态的苗条。

［4］乘肩争看小腰身：争看乘肩小女舞动的细腰。乘肩，立在大人肩上。

［5］问称家住城东陌：家住城东陌，是舞女回答的话。东陌，东街。称，自称。

［6］殢（tì）春眠：贪恋春睡。

［7］娑娑（suō）：舞蹈貌。

唐 多 令

何处合成愁？离人心上秋[1]。纵芭蕉不雨也飕飕[2]。都道晚凉天气好；有明月，怕登楼。　　年事梦中休[3]，花空烟水流。燕辞归、客尚淹留[4]。垂柳不萦裙带住，漫长是，系行舟[5]。

［1］心上秋：这是把"愁"字拆为"心""秋"（心上秋本身也有愁的意义）。

［2］纵芭蕉不雨也飕（sōu）飕：纵使不下雨，芭蕉也飕飕作响，发出凄凉的声音。

［3］年事：年岁。

［4］燕辞归、客尚淹留：曹丕《燕歌行》："群燕辞归鹄南翔，念君客游多思肠。慊慊思归恋故乡，君何淹留寄他方？"客，作者自称。淹留，久留。

［5］垂柳不萦裙带住三句：是说垂柳留不住人，却老是空费心思系住行舟。萦，旋绕。裙带，借指行人。

这首词黄昇《花庵词选》题作"惜别"，是一首客中送别的作品。张炎对吴文英的词一般评价偏低，但对这首《唐多令》特别推荐，说是"疏快不质实"。

莺 啼 序

残寒正欺病酒，掩沉香绣户[1]。燕来晚、飞入西城，似说春事迟暮。画船载、清明过却[2]，晴烟冉冉吴宫树[3]。念羁情，游荡随风[4]，化为轻絮。　　十载西湖，傍柳系马，趁娇尘软雾[5]。溯红渐、招入仙溪[6]，锦儿偷寄幽素[7]。倚银屏[8]、春宽梦窄[9]，断红湿、歌纨金缕[10]。暝堤空，轻把斜阳，总还鸥鹭[11]。　　幽兰渐老，杜若还生[12]，水乡尚寄旅。别后访、六桥无信[13]，事往花委[14]，瘗玉埋香[15]，几番风雨？长波妒盼，遥山羞黛[16]，渔灯分影春江宿，记当时、短楫桃根渡[17]。青楼仿佛[18]，临分败壁题诗，泪墨惨淡尘土[19]。　　危亭望极[20]，草色天涯，叹鬓侵半苎[21]。暗点检、离痕欢唾，尚染鲛绡[22]；亸凤迷归[23]，破鸾慵舞[24]。殷勤待写，书中长恨，蓝霞辽海沉过雁[25]，漫相思、弹入哀筝柱[26]。伤心千里江南，怨曲重招，断魂在否[27]？

［1］沉香绣户：等于说香闺、兰房。

［2］画船：指游船。装饰华丽，故称画船。

［3］吴宫：指南宋的宫苑。南宋的京城临安旧属吴地，五代时吴越王也在此建国，故云。

［4］羁情：旅思，离情。羇，同羁。

［5］娇尘软雾：形容游人车马掀起的尘雾。

［6］溯红渐、招入仙溪：缘着花溪逐渐地走入仙境。这和下句是写作者的艳遇。暗用刘义庆《幽明录》刘晨、阮肇入天台山遇到仙女这一类的故事。

［7］锦儿：洪遂《侍儿小名录》载锦儿是钱塘（今杭州市）妓女杨爱爱的侍婢。

［8］银屏：镶银的屏风。

［9］春宽梦窄：等于说春长梦短。指欢聚的时间很匆促。

［10］断红湿句：惜别的红泪沾湿了歌扇和舞衣。歌纨，歌唱时用的纨扇。金缕，金线绣的舞衣。唐杜秋娘《金缕衣》诗："劝君莫惜金缕衣，劝君惜取少年时。"

［11］暝堤空三句：天色逐渐暗下来，湖上的游人散了，这时夕阳的景色，都归鸥鹭享受。

［12］幽兰渐老两句：上句说花残，下句说草长。这是写暮春景色，表明时光的流逝。幽兰，兰花，春天开花。杜若，香草名。《楚辞·湘君》："采芳洲兮杜若。"

［13］六桥：西湖外湖有映波、锁澜、望山、压堤、东浦、跨虹六桥，北宋时苏轼建造的。

［14］花委：花谢。委，委弃。

［15］瘗（yì）玉埋香：这里玉、香都是借指美人。瘗，埋葬。

［16］长波妒盼两句：古代文人常把山、水比喻美人的眉、眼。这里进一步夸张地说：长波和远山也妒忌她的美貌，自以为羞。盼，形容眼睛的美

丽。《诗经·硕人》:“美目盼兮。”黛,黛眉。

[17] 短檝桃根渡:写送别爱人。王献之《桃叶歌》:“桃叶复桃叶,渡江不用檝。但渡无所苦,我自迎接汝。”又:“桃叶复桃叶,桃树连桃根。相怜两乐事,独使我殷勤。”《乐府诗集》引《古今乐录》:“《桃叶歌》者,晋王子敬之所作也。桃叶,子敬妾名。缘于笃爱,所以歌之。”子敬,王献之字。相传桃根是桃叶的妹妹,这里借指爱人。檝,同楫,划船的用具。

[18] 青楼仿佛:爱人住过的妆楼仍然如旧(暗示人亡楼空)。青楼,妓女、歌舞女住的地方。

[19] 泪墨惨淡尘土:题壁的字蒙上一层尘土,惨暗无色。

[20] 危亭望极:登上高处的亭子极目远望。

[21] 鬓侵半苎:头发半白。苎,白色的苎麻,比喻白发。

[22] 离痕欢唾两句:旧手帕里还沾染着爱人的泪痕和唾液。离痕欢唾,指过去的悲欢情事。欢唾,似是用李煜《一斛珠》词“烂嚼红茸,笑向檀郎唾”的语意。鲛绡,传说中鲛人所织的绡,这里指丝绸制的手帕。

[23] 亸(duǒ)凤迷归:孤独无归的凤鸟垂下它的翅膀。亸,下垂貌,表示失意。

[24] 破鸾慵舞:这和上句都是写失掉伴侣的痛苦。鸾,指鸾镜。范泰《鸾鸟诗序》:“昔罽宾王结罝峻卯之山,获一鸾鸟。王甚爱之,欲其鸣而不致也。乃饰以金樊,飨以珍羞。对之俞戚,三年不鸣。其夫人曰:‘尝闻鸟见其类而后鸣,何不悬镜以映之?’王从其意。鸾睹形悲鸣,哀响冲霄,一奋而绝。”这里用“破鸾”,似还含有“破镜不能重圆”的意思。

[25] 蓝霞辽海沉过雁:天空海阔,音信沉沉。雁,指传书的雁。

[26] 哀筝柱:筝的音调凄清哀怨,古人称为哀筝。柱,用来系弦的。

[27] 伤心千里江南三句:《楚辞·招魂》:“目极千里兮伤春心,魂兮归来哀江南。”

《莺啼序》是词里最长的调子,共二百四十字。这首词《宋六十名家词·

梦窗词》题作“春晚感怀”。第一段从伤春起兴,第二段回叙“十载西湖”的欢情,第三段写“别后访六桥无信”的惆怅,第四段悼亡。在悼念爱人的同时,也寄寓了作者一点身世的感慨。全词结构层次分明,第三段写别情的回忆尤其曲折有致。看来作者特别着重辞藻,喜欢堆砌。篇幅虽长,意境还是比较简单。陈廷焯《白雨斋词话》说:“全章精粹,空绝千古。”这话当然不确切。但如张炎《词源》所贬斥的“如七宝楼台,炫人眼目,拆碎下来,不成片段”,就这首词来说,也似乎还不尽然。

八声甘州

陪庾幕诸公游灵岩[1]

渺空烟四远[2],是何年青天坠长星,幻苍崖云树,名娃金屋,残霸宫城[3]。箭径酸风射眼[4],腻水染花腥[5]。时靸双鸳响,廊叶秋声[6]。　宫里吴王沉醉[7],倩五湖倦客,独钓醒醒[8]。问苍天无语,华发奈山青[9]。水涵空[10],阑干高处,送乱鸦斜日落渔汀[11]。连呼酒,上琴台去[12],秋与云平[13]。

[1] 陪庾幕诸公游灵岩:庾幕,幕府僚属的美称。《南史·庾杲之传》载王俭用杲之为卫将军长史,“安陆侯萧缅与俭书曰:‘盛府元僚,实难其选。庾景行(杲之字)泛渌水,依芙蓉,何其丽也!’时人以入俭府为莲花池,故缅书美之。”后人亦称莲幕。另一解释:庾幕即仓幕。夏承焘《唐宋词人年谱》说吴文英曾经“在苏州,为仓台幕僚”。灵岩,山名,在江苏苏州市西、天平山之南。上有春秋时吴国的遗迹。

[2] 渺空烟四远:长空无云,四望没有边际。

[3] 是何年青天坠长星四句:是说不知道什么时候天上坠落下来一颗大

星，化作青山丛林，让吴国的霸主在这里建筑宫室、安排金屋给美人住。崖，山边。名娃，美女。扬雄《方言》："娃，艳美也。吴、楚、衡、淮之间曰娃。"这里指西施，她是越国献给吴王夫差的宠妃。金屋，见前273页姜夔《疏影》注[7]，借指西施住的馆娃宫（在灵岩山）。残霸，指吴王夫差。他打败越国，国势强大，曾一度和晋国争霸中原，后来为越国所灭，霸业有始无终，故云。

[4] 箭径酸风射眼：箭径，即采香径。范成大《吴郡志》："采香迳（径、泾）在香山之旁，小溪也。吴王种香于香山，使美人泛舟于溪以采香。今自灵岩望之，一水直如矢，故俗又名箭泾。"酸风射眼，见前107页周邦彦《夜游宫》注[3]。

[5] 腻水染花腥：花朵也染上脂粉水的香味。杜牧《阿房宫赋》："渭流涨腻，弃脂水也。"花腥，花的气味。

[6] 时靸（sǎ）双鸳响两句：当时宫女们在走廊里步履的声响不绝，现在却只听到秋风吹打着落叶了。靸，没有后跟的拖鞋。这里作动词用。陶宗仪《辍耕录》："西浙之人，以草为履而无跟，名曰靸鞻（鞋）。"双鸳，鸳鸯履，妇女的鞋子。廊，响屧（xiè）廊。《吴郡志》："响屧廊在灵岩山寺。相传吴王令西施辈步屧（木底鞋），廊虚而响，故名。"

[7] 沉醉：是说吴王为酒色所迷醉。

[8] 倩五湖倦客两句：只有寄托江湖、弃官不做的范蠡才是清醒的。五湖倦客，指范蠡。赵晔《吴越春秋》载越国大夫范蠡辅佐勾践灭吴后，"乘扁舟，出三江入五湖，人莫知其所适"。韦昭注："胥湖、蠡湖、洮湖、滆湖就太湖而五。"这里是指灵岩山面临的太湖。独钓，借指隐居生活。

[9] 华发奈山青：山色总是青青的，无奈自己年老发白了。

[10] 水涵空：远水连空。温庭筠《春江花月夜词》："千里涵空澄水魂。"

[11] 渔汀：水边捕鱼的地方。

[12] 琴台：在灵岩山上，吴国的遗迹。

[13] 秋与云平：满天秋色。

戴复古　二首

戴复古（1167—?），字式之，自号石屏，天台黄岩（今浙江台州市黄岩区）人。他在仕途上没有找到出路，过了一辈子清苦的生活，漫游了大半个南中国[1]。他在一首自叙性的《减字木兰花》里说：

> 阻风中酒，流落江湖成白首。历尽间关（艰难），赢得虚名满世间。

据说他以诗负盛名于江湖间达五十年之久（活了八十多岁）。词作不多，风格接近他的老师陆游一派，主要的内容之一是歌咏自己的“一片忧国丹心”（《大江西上曲》）。《四库全书提要》盛称作者赤壁怀古词的“豪情壮采”[2]，认为不减苏轼。我们所选的两首也是属于这一类型的作品。

[1] 毛晋《石屏词跋》称戴复古“性好游，南适瓯、闽，北窥吴、越，上会稽，绝重江，浮彭蠡，泛洞庭，望匡庐、五老、九嶷诸峰，然后放于淮、泗，归老委羽之下”。

[2] 作者的《满江红·赤壁怀古》全词如下：“赤壁矶头，一番过一番怀古。想当时周郎年少，气吞区宇。万骑临江貔虎噪，千艘烈炬鱼龙怒。卷长波，一鼓困曹瞒，今如许。　江上渡，江边路，形胜地，兴亡处。览遗踪，胜读诗书言语。几度东风催世换，千年往事随潮去。问道旁杨柳为谁春，摇金缕？”

柳 梢 青

岳 阳 楼[1]

袖剑飞吟[2]。洞庭青草[3]，秋水深深。万顷波光[4]，岳阳楼上，一快披襟[5]。　　不须携酒登临，问有酒何人共斟？变尽人间，君山一点[6]，自古如今。

［1］岳阳楼：见前94页张舜民《卖花声》注［2］。

［2］袖剑飞吟：带着宝剑，昂首高歌。袖剑，藏在衣袖里的短剑。吟，歌咏。

［3］洞庭青草：见前178页张孝祥《念奴娇》注［1］、［2］。

［4］万顷：形容湖面广阔。

［5］一快披襟：宋玉《风赋》："楚襄王游于兰台之宫，宋玉、景差侍。有风飒然而至，王乃披襟而当之，曰：'快哉此风！'"披襟，解开衣襟。

［6］君山一点：洞庭湖汪洋万顷，君山远在湖中，看起来渺小得像只有一点。

水 调 歌 头

题李季允侍郎鄂州吞云楼[1]

轮奂半天上[2]，胜概压南楼[3]。筹边独坐[4]，岂欲登临豁双眸[5]？浪说胸吞云梦，直把气吞残虏，西北望神州[6]。百载好机会，人事恨悠悠[7]！　　骑黄鹤[8]，赋鹦鹉[9]，谩风流[10]。岳王祠畔[11]，杨柳烟锁古今愁。整顿乾坤手段，指授英雄方略，雅志若为酬[12]？杯酒不在手，双鬓恐惊秋[13]。

[1] 题李季允侍郎鄂州吞云楼：李埴（zhí）字季允。曾任礼部侍郎（主管国家礼法、教育、科举等事务的副长官）、沿江制置副使（掌管边防军务的副长官），兼知鄂州。鄂州，今湖北武昌（属武汉市）。

[2] 轮奂（huàn）：形容建筑高大、华美。《礼记·檀弓》："美哉轮焉，美哉奂焉。"

[3] 胜概压南楼：景象的佳胜，压倒南楼。南楼，见前257页刘过《唐多令》注[2]。

[4] 筹边：筹划边防。

[5] 岂欲登临豁（huò）双眸：难道登楼就只为了眺远、开阔一下眼界吗？

[6] 浪说胸吞云梦三句：写吞云楼雄伟的景象，说它"胸吞云梦"算得什么呢，从这里北望中原，简直就有一股脑儿吞灭敌人的气概。司马相如《子虚赋》载乌有先生对楚国的使者子虚盛夸齐国地域的辽阔，说："吞若云梦者八九，于其胸中，曾不蒂芥（不觉其有）。"吞云楼的名称出此。浪说，慢说。古云梦泽在今湖北省境，面积广八九百里。残虏，对敌人轻视的称谓。神州，见前151页张元幹《贺新郎》第二首注[2]。

[7] 百载好机会两句：百年来恢复中原的好机会，可惜都被人事所误，遗恨至今。

[8] 骑黄鹤：崔颢《黄鹤楼》诗："昔人已乘黄鹤去，此地空余黄鹤楼。"

[9] 赋鹦鹉：见前62页苏轼《满江红》注[10]、[11]。以上两篇诗赋都是古人在武昌写的名作，作者追怀往昔，因而提到它。

[10] 谩风流：空留下流风遗韵。

[11] 岳王祠：纪念岳飞的祠庙。一名忠烈庙。王象之《舆地纪胜·鄂州》："忠烈庙，在旌忠坊。州民乾道六年请于朝：岳飞保护上游，有功于国，

请立庙。诏赐今额。”

[12] 整顿乾坤手段三句：称赞李季允具有整顿天下的本领、指挥将士作战的谋略，同时又惋惜他恢复中原的壮志难酬。雅志，平生的志愿。若为酬，怎么能够实现。

[13] 杯酒不在手两句：没有酒消愁，鬓发怕要被秋风吹白啦。

宋宁宗嘉定十四年(1221)，金兵侵扰黄州(今湖北黄冈市)、蕲州(今湖北蕲春县)一带，南宋军队一再打败他们，造成有利形势。就在这一年，李季允担任沿江制置副使(见《宋会要辑稿·职官四十》)，负责规划边防军事。此词大约是作者在此期间写的。

刘克庄　十二首

刘克庄(1187—1269)，字潜夫，自号后村，莆田(今福建市名)人。出身世家，得补官。在仕途上遭遇到很多的波折。做建阳(今属福建南平市)令时，写了一首《落梅》诗，被认为讪谤，免官废弃多年[1]。后来宋理宗赏识他“文名久著，史学尤精”，特赐同进士出身。在当时激烈的党争中，他在朝廷里前后四次做官的时间都不长[2]。以龙图阁学士致仕。著《后村大全集》一百九十六卷。他的词有《后村长短句》，又名《后村别调》。

刘克庄是南宋后期独树一帜的重要词人。关怀国家的命运和揭露统治阶级内部矛盾，是他的词的主要内容。他毫不隐讳、毫不掩饰地以词来反映自己的思想态度。冯煦在《宋六十一家词选·例言》里有一段对他极其推重的评语：

后村词与放翁、稼轩，犹鼎三足。其生丁南渡，拳拳君国，似放翁；

志在有为，不欲以词人自域，似稼轩。如《玉楼春》云："男儿西北有神州，莫滴水西桥畔泪。"《忆秦娥》云："宣和宫殿，冷烟衰草。"伤时念乱，可以怨矣。又其宅心忠厚，亦往往于词得之。《满江红·送宋惠父入江西幕》云："帐下健儿休尽锐，草间赤子俱求活。"《贺新郎·寿张史君》云："不要汉廷夸击断，要史家、编入循良传。"《念奴娇·寿方德润》云："须信谄语尤甘，忠言最苦，橄榄何如蜜？"胸次如此，岂剪红刻翠者比耶？

刘克庄词继承了辛派词人的爱国主义传统及其豪放的风格。他着重地发展了词的散文化、议论化。特别是他的长调最不受传统的格律的限制，说理叙事，运用得非常自由。以他著名的《贺新郎·送陈真州子华》为例，通篇都是环绕恢复中原问题发表自己的意见。又如：

使李将军，遇高皇帝，万户侯何足道哉！

——《沁园春·梦孚若》

叹臣之壮也不如人，今何及！

——《满江红·夜雨凉甚，忽动从戎之兴》

天壤王郎，数人物、方今第一。谈笑里，风霆惊坐，云烟生笔。

——《满江红·送王实之》

这一类来自散文或散文化的词句，都用得很自然、生动。由于不受文字和种种格律的拘束，作者开阔自由地组织了丰富的内容。但他的词有时议论过多，削弱了作品的艺术形象性，也是一病。

他的某些词也反映了"除是无身方了，有身长有闲愁"[3]之类的消极思想。

[1] 作者赋《落梅》诗中有"东风谬掌花权柄，却忌孤高不主张"句，被言

官李知孝、梁成大指为讪谤当国权臣，被免官。在他后来写的《贺新郎·宋庵访梅》词里还有“老子平生无他过，为梅花受取风流罪”的怨愤语。

[2] 洪天锡为刘克庄撰述的《墓志铭》中说：“公前后四立朝，惟景定及二年，端平一年有半，余仅数月。”

[3]《清平乐·丹阳舟中作》。

满 江 红

送宋惠父入江西幕[1]

满腹诗书，余事到、穰苴兵法[2]。新受了，乌公书币[3]，著鞭垂发[4]。黄纸红旗喧道路[5]，黑风青草空巢穴[6]。向幼安宣子顶头行[7]，方奇特。　　溪峒事[8]，听侬说[9]：龚遂外[10]，无长策。便献俘非勇，纳降非怯[11]。帐下健儿休尽锐[12]，草间赤子俱求活[13]。到崆峒、快寄凯歌来[14]，宽离别。

[1] 送宋惠父入江西幕：宋慈字惠父。刘克庄写过一篇《宋经略》记他的事迹，文章里说：“余为建阳令，获友其邑中豪杰，而尤所敬爱者曰宋公惠父。时江右峒寇张甚，公奉辟书，慷慨就道。余置酒赋词祖饯。”作者赋的就是这首词。江右，今江西一带地区。当时江西南部三峒里少数民族发生叛变，赣南数百里地区都很紊乱。后来宋惠父统率部队平定下来。入幕，参加军幕做助理的工作。

[2] 穰(ráng)苴(jū)兵法：春秋时齐国的司马穰苴长于军事学。《史记·司马穰苴列传》说“世传其兵法”。宋惠父本是书生，兼通军事，所以说他“余事到穰苴兵法”。

[3] 乌公书币：指宋惠父受聘入江西幕事。韩愈《送石处士序》载河阳军节度、御史大夫乌公（重胤）“撰书词，具马币”，以迎石处士。

[4] 垂发：即将出发。

[5] 黄纸红旗喧道路：指官方的军事活动。白居易《刘十九同宿》（时淮寇初破）诗：“红旗破贼非吾事，黄纸除书无我名。”黄纸，官文书。

[6] 黑风青草空巢穴：黑风、青草，均是地名。参见《宋史·王居安传》。古代称叛乱军队和盗贼的营寨为巢穴。

[7] 向幼安宣子顶头行：是说事业成就要超过辛弃疾和王佐。辛弃疾字幼安，曾在江西扑灭以赖文政为首的茶商军。王佐字宣子，曾在湖南扑灭陈峒为首的暴动部队。刘克庄不赞成他们一味镇压的办法，故云。

[8] 溪峒：指住在山峒里的少数民族。

[9] 侬：苏州一带的人称我为侬。

[10] 龚遂：见前238页辛弃疾《满江红》注[10]。

[11] 便献俘非勇两句：劝宋惠父采取招安政策。献俘，俘虏敌人献给朝廷。纳降，指接受反叛者的投降。

[12] 帐下健儿休尽锐：不要让你部下的士兵大肆屠杀。

[13] 草间赤子俱求活：人民落草为寇，也都是为了求活，迫于不得已。王明清《挥麈录·后录》载苏过“遇绿林，胁使相从”，苏过对他们说：“肯随尔辈求活草间耶？”

[14] 到崆峒、快寄凯歌来：崆峒山，本名空山，在江西赣州南六十里，即当时叛乱的少数民族占领的地区。凯歌，胜利的歌曲。

刘克庄站在统治阶级的立场主张平乱，和辛弃疾、王佐并无二致，但是他认识到“草间赤子俱求活”，反对一味镇压和屠杀，提出“献俘非勇、纳降非怯”的意见，这在当时还是有一定的认识的。

一 剪 梅

余赴广东[1]，实之夜饯于风亭[2]。

束缊宵行十里强[3]，挑得诗囊，抛了衣囊。天寒路滑马蹄僵，元是王郎，来送刘郎。　　酒酣耳热说文章，惊倒邻墙，推倒胡床[4]。旁观拍手笑疏狂；疏又何妨，狂又何妨！

[1] 余赴广东：这一次刘克庄是到广东潮州（今广东市名）去做通判（州府行政长官的助理）。

[2] 实之：王迈字实之。著有《臞轩集》。他和刘克庄唱和之作很多。刘克庄在一首《满江红》里称美他："天壤王郎，数人物、方今第一。"

[3] 束缊(yùn)：束乱麻为火把。《汉书・蒯通传》："束缊请火。"

[4] 胡床：坐具，即交椅，可以转缩，便于携带。

作者曾以《落梅》诗受谤免官。他对于这一处分心里很不平。词里表现的"疏狂"态度，正是对当时束缚思想自由的、严峻的礼法制度表示抗议。

贺 新 郎

送陈真州子华[1]

北望神州路[2]，试平章、这场公事[3]，怎生分付[4]？记得太行山百万，曾入宗爷驾驭[5]。今把作握蛇骑虎[6]。君去京东豪杰喜[7]，想投戈下拜真吾父[8]。谈笑里，定齐鲁[9]。　　两河萧瑟惟狐兔[10]，问当年、祖生去后，有人来否[11]？多少新亭挥泪客，谁梦中原块土[12]？算事业须由人做。应笑书生心胆怯，向车中、闭置如新妇[13]。空目送，塞鸿去[14]。

[1] 送陈真州子华：《宋六十名家词·后村别调》题作"送陈子华赴真州"。陈韡(xuē)字子华。他懂得军事，善于策划。朝廷命他知真州兼淮南东路提点刑狱(掌管刑法讼狱、纠察吏治的官吏)。真州，今江苏仪征市，在长江北岸，是当时国防的前线。故作者词中对他寄以收复失地的厚望。

[2] 神州：见前151页张元幹《贺新郎》第二首注[2]。

[3] 试平章、这场公事：平章，评论、筹划。这场公事，指卫国抗金的大事。

[4] 分付：嘱咐，这里有处理意。

[5] 记得太行山百万两句：熊克《中兴小纪》："自靖康以来，中原之民不从金者，于太行山相保聚。"《宋史·宗泽传》："王善者，河东巨寇也，拥众七十万，车万乘，欲据京城。泽单骑驰往善营，泣谓之曰：'朝廷当危难之时，使有如公一二辈，岂复有敌患乎？今日乃汝立功之秋，不可失也。'善感泣曰：'敢不效力。'遂解甲降。杨进号没角牛，兵三十万。王再兴、李贵、王大郎等各拥众数万，往来京西、淮南、河南北，侵略为患。泽遣人谕以祸福，悉招降之。"宗泽时为东京留守，金人呼为"宗爷爷"，不敢进犯。驾驭，统率。

[6] 今把作握蛇骑虎：现在朝廷对待义军的态度，好像握着蛇不敢放手、骑在虎背上左右为难，完全不信任他们。把作，当作。

[7] 京东豪杰：指汴京东部的义军将士。宋时京东路包括现在的山东、河南东部和江苏北部地区。

[8] 想投戈下拜真吾父：料想义军一定会放下武器向陈子华下拜，尊为领袖。《宋史·岳飞传》载张用在江西作乱，岳飞以书晓谕他，张用得书说"真吾父也"，即投降。

[9] 谈笑里两句：预言陈子华会轻而易举地收复山东地区(陈子华曾经提出平定山东的计划)。春秋时山东分属齐、鲁等国，故称。

[10] 两河萧瑟惟狐兔：两河，黄河两岸地区。一说是指河北东路和河北西路(今河北和黄河以北的河南地区)。萧瑟，形容沦陷区的萧条景象。狐兔，借指敌人。

[11] 问当年、祖生去后两句：是说南宋久已无人到中原去做恢复工作。祖生，即祖逖(刘琨称为祖生)。《晋书·祖逖传》载晋元帝时，祖逖统兵北伐，击破石勒，收复黄河以南地区。这里借指宗泽、岳飞等曾经在中原抗金的名将。

[12] 多少新亭挥泪客两句：指责当时士大夫对国事只会痛哭感叹，谁都没有真正重视中原那一大块土地。新亭，见前212页辛弃疾《水龙吟》注[4]。谁梦，谁思量。

[13] 应笑书生心胆怯两句：作者自嘲(借以称赞陈子华的勇于到前方去任职)。

[14] 塞鸿去：比喻陈子华北行。鸿雁生长北方边塞之地，故称塞鸿。

刘克庄这首意气风发的词是他四十一岁时(1227)所作。杨慎《词品》称为“壮语可以立懦”。内容主要是谴责政府不联合起义军进行北伐事业，并讽刺当权者苟且偷安与懦弱无能，表现作者渴望恢复中原的壮志。

沁园春

梦 孚 若[1]

何处相逢？登宝钗楼，访铜雀台[2]。唤厨人斫就，东溟鲸脍[3]；圉人呈罢[4]，西极龙媒[5]。天下英雄，使君与操，余子谁堪共酒杯[6]？车千乘，载燕南赵北，剑客奇才[7]。

饮酣画鼓如雷[8]，谁信被晨鸡轻唤回[9]。叹年光过尽，功名未立；书生老去，机会方来。使李将军，遇高皇帝，万户侯何足道哉[10]！披衣起，但凄凉感旧[11]，慷慨生哀。

［1］孚若：方信孺字孚若，以使金不屈著名。著《南冠萃稿》等书。

［2］登宝钗楼两句：宝钗楼，汉武帝时建造，故址在今陕西咸阳市（见《咸阳县志》）。宋时这里是著名的酒楼。邵博《邵氏闻见后录》（卷十九）作者自述："予尝秋日饯客咸阳宝钗楼上。"铜雀台，曹操建造，故址在今河北临漳县西南。这两个著名的楼台都在中原地区，作者和他的朋友没有到过，但他们都渴望恢复中原，所以这些名胜地方一一出现于梦境。

［3］东溟鲸脍：把东海的鲸切细。

［4］圉（yǔ）人：养马的官。

［5］西极龙媒：龙媒，骏马名。古时名马多来自西域。《汉书·郊祀歌》："天马徕（来），从西极。"西极，西方极远之地。

［6］天下英雄三句：把曹操、刘备比喻方孚若和自己。见前204页辛弃疾《满江红》注［7］。使君是对太守或刺史一类州郡长官的称呼。时刘备为豫州（治所在今安徽亳州）刺史。余子，其余的人。

［7］载燕南赵北两句：韩愈《送董邵南序》："燕赵古称多感慨悲歌之士（指荆轲、高渐离等侠义人物）。"刘克庄《宝谟寺丞诗境方公》里称方孚若："尤好士，所至从者如云。闭户累年，家无担石，而食客常满门。"赵，一作"代"。

［8］画鼓：画有文采的鼓。

［9］谁信被晨鸡轻唤回：谁知被晨鸡一下子就唤醒了。轻，一作"催"。

［10］使李将军，遇高皇帝两句：假使李广是汉高祖的部下，做个把万户侯有什么困难呢！《史记·李将军列传》载汉文帝对李广说："惜乎，子不遇时，如令子当高帝时，万户侯岂足道哉！"

［11］感旧：一作"四顾"。

这首词是悼念亡友之作。方孚若主张抗金，是刘克庄志同道合的朋友，生前在政治上没有得到充分发挥的机会。词中前段通过梦境表达出他们具有共同的恢复中原的信心和愿望。后段着重地抒发怀才不遇的悲哀。方孚若死于宋宁宗嘉定十五年(1222),这是作者三十六岁以后的作品。

玉 楼 春

戏 林 推[1]

年年跃马长安市[2],客舍似家家似寄[3]。青钱换酒日无何[4],红烛呼卢宵不寐[5]。　　易挑锦妇机中字,难得玉人心下事[6]。男儿西北有神州,莫滴水西桥畔泪[7]。

[1] 戏林推:黄昇《花庵词选》题作"戏呈林节推乡兄"。节推,节度推官,宋朝州郡的佐理官。

[2] 跃马长安市:骑着马在京城里游玩。长安,借指临安(杭州)。

[3] 客舍似家家似寄:是说作客的日子多,在家里的日子少。

[4] 青钱换酒日无何:天天买酒喝,什么事都不管。古代的钱因成色不同,分青钱和黄钱两种,颜色青的叫青钱。

[5] 呼卢:指赌博。古时掷骰子,五子全黑叫作卢,掷得卢便获全胜,所以赌博时争着喊"卢"。

[6] 易挑锦妇机中字两句:妻子的爱情总是真挚的,她会一心一意对待你,至于妓女们的心意那就很难捉摸得住了。挑,挑花纹。元稹《织妇词》:"东家头白双女儿,为解挑纹嫁不得。"锦妇机中字,见前111页无名氏《九张机》其二注[2]。玉人,美人,这里指妓女。

[7] 男儿西北有神州两句:北方还有我们广大的沦陷地区没有光复,男子汉的眼泪不要为姑娘们而滴啊!水西桥,妓女住的地方。刘辰翁《须溪集·习溪桥记》载"闽之水西"(在福建建瓯市)为当时名桥之一,又《丹

徒县志·关津》载“水西桥在水西门”，这里未必实指其地。

贺 新 郎

实之三和[1]，有忧边之语[2]，走笔答之。

国脉微如缕[3]。问长缨、何时入手，缚将戎主[4]？未必人间无好汉，谁与宽些尺度[5]？试看取当年韩五：岂有谷城公付授，也不干、曾遇骊山母，谈笑起，两河路[6]。　少时棋柝曾联句[7]，叹而今、登楼揽镜[8]，事机频误。闻说北风吹面急[9]，边上冲梯屡舞[10]。君莫道投鞭虚语[11]。自古一贤能制难[12]，有金汤、便可无张许[13]？快投笔[14]，莫题柱[15]。

[1] 实之三和：这首词的原韵是王实之所作，他们反复唱和了五次。三和，指第三次的和词。实之，见前296页《一剪梅》注[2]。

[2] 忧边：忧虑边境受到敌人侵扰。

[3] 国脉微如缕：国家的命脉到了危险的境地。微如缕，微弱得像一根线那么容易断掉。

[4] 问长缨两句：感叹没有机会上战场去杀敌制胜。见前238页辛弃疾《满江红》注[9]。长缨何时入手，是渴望参军杀敌的表示。长缨，长绳子。戎主，敌人的头子。

[5] 宽些尺度：放宽用人的标准。

[6] 试看取当年韩五五句：是说韩世忠，没有名师传授（出身行伍），也能成为抗金名将。韩世忠行五，世称韩五。《琬琰集删存·韩忠武王世忠中兴佐命定国元勋之碑》：“楚国（夫人）生五丈夫子，王其季也。”谷城公，授张良以兵法书的老人，他对张良说：“孺子见我，济北谷城山下黄石即我矣。”（见《史记·留侯世家》）因此后世称他为谷城公或黄石公。骊山

母，传说里的仙人。《太平广记·骊山姥》引《集仙传》载李筌在嵩山得黄帝《阴符经》，“抄读数千遍，竟不晓其义理。因入秦，至骊山下，逢一老母……为说《阴符》之义。”按李筌是唐朝的将军，著有《太白阴经》。谈笑，见前57页苏轼《念奴娇》注[13]。两河路，指河北东路与河北西路(今河北和黄河以北的河南地区)。北宋末年，韩世忠统率少数部队，在这一带地区屡次打败金兵。

[7] 少时棋柝(tuò)曾联句：是说年轻时曾在军旅中过着下棋、联句的豪放生活。按作者很喜欢下棋，他的词中有“不但槊棋夸妙手”句。棋柝，化用韩愈与李正封联句：“从军古云乐，谈笑青油幕。灯明夜观棋，月暗秋城柝。”

[8] 揽镜：即览镜，照镜子(表示衰老)。

[9] 北风吹面急：借喻敌人南侵的急切。

[10] 边上冲梯屡舞：边城受到了敌军的围攻。冲，冲车。梯，云梯。冲车和云梯都是攻城的工具。《后汉书·公孙瓒传》：“袁氏之攻，状若鬼神，梯冲舞吾城上，鼓角鸣于地中。”

[11] 君莫道投鞭虚语：你不要以为敌军渡过长江是不可能的。《晋书·苻坚载记》载苻坚将侵犯东晋时的豪语曰：“以吾之众旅，投鞭于江，足断其流。”虚语，不能实现的话。

[12] 制难：解除危难。

[13] 有金汤、便可无张许：是说坚固的防御工事固然重要，但也不能缺少坚决抵抗的将军。金汤，金城、汤池。金，喻坚。汤，喻沸热不可近。便可，岂可。张、许，张巡、许远。在唐朝安、史作乱的战争中，他们死守睢阳，阻遏了敌人的攻势。

[14] 投笔：见前82页晁补之《摸鱼儿》注[15]。

[15] 莫题柱：表示不要空作书生(也含有不要只追求富贵的意思)。常璩《华阳国志·蜀志》载：“(成都)城北十里有升仙桥，有送客观。司马相如初入长安，题其门曰：‘不乘赤车驷马，不过汝下也。’”

这大约是刘克庄五十多岁写的作品。词里说的“忧边”不是对金而是对蒙古。蒙古在灭金之后就逐步南侵，作者和王实之看到了这更加危险的局面即将到来。这首词揭露了南宋边防空虚、统治阶级昏暗无能、国事岌岌可危的现实。前段以南宋名将韩世忠的出身行伍为例，主张从宽录用抗敌制胜的人才；后段指出敌寇猖獗的形势，要保卫边防不能只依靠险阻，主要是依靠人，依靠忠勇的英雄人物（这里作者过分强调了“一贤制难”的个人作用）。最后呼吁知识分子投笔从戎，共赴国难。通篇忧国伤时，议论风发，用典似嫌太多，却起了形象化的作用。

前 调

九 日[1]

湛湛长空黑[2]，更那堪、斜风细雨，乱愁如织。老眼平生空四海[3]，赖有高楼百尺[4]，看浩荡千崖秋色[5]。白发书生神州泪[6]，尽凄凉、不向牛山滴[7]。追往事。去无迹。

少年自负凌云笔[8]，到而今、春华落尽[9]，满怀萧瑟[10]。常恨世人新意少，爱说南朝狂客，把破帽年年拈出[11]。若对黄花孤负酒[12]，怕黄花、也笑人岑寂。鸿北去，日西匿[13]。

[1] 九日：旧历九月九日，重阳节。

[2] 湛(zhàn)湛：浓重貌，形容天色黑暗。

[3] 空四海：空，极目、望尽。四海，古时用来指天下、中国。

[4] 高楼百尺：见前199页辛弃疾《水龙吟》注[7]。后世即以百尺楼作为忧国忘家的志士登临、居住之所的典故。

[5] 浩荡：广大貌。

[6] 白发书生神州泪：白发书生，作者自称。神州泪，为中原广大的沦陷区

没有恢复而伤心流泪。

[7] 不向牛山滴：是说不计较个人生死问题。《晏子春秋·内篇谏上》："景公游于牛山，北临其国城而流涕，曰：'若何滂滂去此而死乎？'"杜牧《九日齐山登高》诗："古往今来只如此，牛山何必独沾衣。"牛山，在山东淄博临淄区南。

[8] 凌云笔：作赋的大手笔。《史记·司马相如传》："相如既奏《大人》之颂，天子大说(悦)，飘飘有凌云之气，似游天地之间意。"

[9] 春华：青春年华。《文选·苏子卿诗四首》之三："努力爱春华，莫忘欢乐时。"

[10] 满怀萧瑟：满怀家国悲凉之感。杜甫《咏怀古迹》诗："庾信平生最萧瑟，暮年诗赋动江关。"

[11] 常恨世人新意少三句：对一般文人千篇一律的作品表示不满，说他们年年题咏重阳老是把孟嘉落帽的典故搬出来。南朝狂客，指孟嘉。《晋书·孟嘉传》："九月九日(桓)温宴龙山，寮佐毕集。时佐吏并著戎服。有风至，吹嘉帽堕落，嘉不之觉。温使左右勿言，欲观其举止。嘉良久，如厕。温令取还之，命孙盛作文嘲嘉，著嘉坐处。嘉还，见即答之，其文甚美。"后世用"破帽"，由此引申而出。苏轼咏重九的《南乡子》词："破帽多情却恋头。"

[12] 若对黄花孤负酒：若，若个，谁。孤负酒，不喝酒。

[13] 鸿北去两句：语出江淹《恨赋》："白日西匿，陇雁少飞。"鸿北去，即鸿飞冥冥的意思(这里不是说鸿雁飞回北方去)。

这首词以重阳风雨、千岩秋色作为衬托，抒发了诗人怀念中原故国和自伤老大的凄凉情绪。前段着重点明自己的堕泪不同于齐景公的流连景物、贪生怕死，而是为了中原没有恢复。后段说自己的词风不同于少年时期的文采缤纷，也不同于一般不关心现实的文人只写些"破帽"之类的陈词滥调，而是"满怀萧瑟"之情亟待表达。他最后表示，在此岑寂无聊的时候，不得不饮酒浇愁。末句以鸿飞冥冥、日光隐耀的阴暗景象照应"湛湛长空黑"作结。

前　调

席上闻歌有感

妾出于微贱，少年时、朱弦弹绝，玉笙吹遍[1]。粗识《国风·关雎》乱[2]，羞学流莺百啭，总不涉闺情春怨[3]。谁向西邻公子说，要珠鞍迎入梨花院[4]。身未动，意先懒。　主家十二楼连苑[5]，那人人、靓妆按曲[6]，绣帘初卷。道是华堂箫管唱，笑杀街坊拍衮[7]。回首望侯门天远[8]。我有平生《离鸾操》[9]，颇哀而不愠，微而婉[10]。聊一奏，更三叹。

[1] 朱弦弹绝两句：表示吹弹都精。

[2]《国风·关雎》乱：《关雎》是《诗经·国风》里的第一篇，这里用来代表正声。乱是古乐歌的末章。

[3] 羞学流莺百啭两句：以学时髦、要花腔为羞耻，从来不唱那些描绘男女情爱的低级歌曲（当时的歌曲以闺情春怨的内容为时髦）。

[4] 珠鞍：以珠玉为饰的马鞍，指华丽的车马。

[5] 主家十二楼连苑：极言公子家楼阁花园之多。陈师道《妾薄命》诗："主家十二楼，一身当三千。"

[6] 那人人、靓（jìng）妆按曲：那人人，指西邻公子所昵爱的歌女。靓妆，用粉黛妆饰，打扮得很美丽。按曲，按着拍子唱曲。

[7] 道是华堂箫管唱两句：说起来是高贵的音乐演奏，民间曲艺人听了也会笑杀。街坊拍衮（gǔn），指民间流行的曲调。

[8] 回首望侯门天远：表示被弃。自己曲高和寡，所以被弃。侯门，指前文的主家。

[9]《离鸾操》：葛洪《西京杂记》载庆安世"善鼓琴，能为《双凤离鸾》之曲"。

离鸾，比喻被弃。操，琴曲。

[10] 哀而不愠(yùn)两句：上句是说哀伤而不怨怒。下句是说意义精微，语言委婉。

刘克庄处于党争激烈的朝代里，四次在朝廷里做官，都不能安于其位。这首词以正声比喻正义，以歌女的曲高和寡而被弃比喻自己不肯同流合污而受排斥。

满 江 红

夜雨凉甚，忽动从戎之兴。

金甲琱戈[1]，记当日、辕门初立[2]。磨盾鼻[3]，一挥千纸，龙蛇犹湿[4]。铁马晓嘶营壁冷[5]，楼船夜渡风涛急[6]。有谁怜、猿臂故将军[7]，无功级[8]？　　平戎策[9]，从军什[10]，零落尽，慵收拾。把《茶经》《香传》[11]，时时温习。生怕客谈榆塞事[12]，且教儿诵《花间集》[13]。叹臣之壮也不如人[14]，今何及！

[1] 金甲琱戈：铁甲衣，雕刻着文采的武器。琱，同雕。

[2] 辕门初立：开始担任军中工作。辕门，军门。刘克庄自二十三岁起，参加了好几年的军幕，负责草拟文书。

[3] 磨盾鼻：在盾鼻上磨墨。盾，古代的武器。在武器上磨墨，是说在军队里做文书工作。

[4] 龙蛇：形容笔势飞舞貌。

[5] 铁马：披甲的战马。

[6] 楼船：高大的战船。

[7] 猿臂故将军：指李广。《史记·李将军列传》："广为人长，猿臂，其善射

亦天性也。”

[8] 无功级：指李广与匈奴大小七千余战不得封侯。古代杀敌以首级的数目计功，故称功级。

[9] 平戎策：见前234页辛弃疾《鹧鸪天》注[4]。

[10] 什：篇什，指诗词一类的文学作品。

[11]《茶经》《香传》：唐人陆羽嗜茶，著有《茶经》三篇。《宋史·艺文志》著录的《茶经》《茶谱》有十余种。宋人《香传》一类的著作也不少。《宋史·艺文志》载有侯氏《萱堂香谱》一卷，丁谓《天香传》一卷，沈立《香谱》一卷，洪刍《香谱》一卷，叶庭珪《南蕃香录》一卷。

[12] 榆塞：称北方边塞。《汉书·韩安国传》：“累石为城，树榆为塞。”

[13]《花间集》：唐五代词集，五代蜀人赵崇祚编。其中绝大部分是描叙男女爱情、离别相思的作品，风格绮靡。

[14] 叹臣之壮也不如人：《左传·僖公三十年》载烛之武对郑文公说：“臣之壮也，犹不如人；今老矣，无能为也已。”这里所谓“不如人”是故作谦辞，烛之武真正的意思是怪郑文公没有及时用自己来担当国政。

这首词的后段说的全是反话。他所谓“慵收拾”的正是他所爱惜的，他怕谈的正是他所关怀的。像这样一个热肠子的诗人，叫他闲着没事，温习与时事无关的《茶经》《香传》，教儿子诵读脱离现实的《花间集》，绝不是他的真心真意所在。现在虽然老了，他还是和陆游一样会涌起“从戎”的念头，他一心想做那个临到暮年还能够为国家解除危难的烛之武。

忆秦娥

梅谢了，塞垣冻解鸿归早[1]。鸿归早，凭伊问讯，大梁遗老[2]。　浙河西面边声悄[3]，淮河北去炊烟少[4]。炊烟少，宣和宫殿[5]，冷烟衰草。

［1］塞垣：泛指北方边塞地区。

［2］大梁遗老：北宋遗民。大梁，战国时魏国的首都，就是北宋的汴京（今河南开封市）。

［3］浙河西面边声悄：是说前线平静没有战争（暗指朝廷没有恢复中原的意图）。浙河西面，指浙江西路，包括南宋的前哨镇江一带地区在内。

［4］淮河北去炊烟少：淮河以北是金人的占领区。炊烟少，表示居民少。

［5］宣和：宋徽宗的年号。用来指北宋末年（没有沦陷前）的承平时期。

卜 算 子

片片蝶衣轻[1]，点点猩红小[2]。道是天公不惜花，百种千般巧。　　朝见树头繁，暮见枝头少。道是天公果惜花，雨洗风吹了。

［1］蝶衣轻：像蝴蝶的翅膀那么轻盈，指花瓣。

［2］猩红：红色。

这首词周密《绝妙好词》题作“海棠为风雨所损”。

清 平 乐

五月十五夜玩月

风高浪快，万里骑蟾背[1]。曾识姮娥真体态[2]，素面原无粉黛[3]。　　身游银阙珠宫[4]，俯看积气蒙蒙[5]。醉里偶摇桂树[6]，人间唤作凉风。

［1］风高浪快两句：是说乘风破浪，飞行万里，到了月宫。《南史·宗悫传》

载宗悫有“愿乘长风破万里浪”语。蟾，见前124页蔡伸《苍梧谣》注[2]。

[2] 姮(héng)娥：见前70页黄庭坚《念奴娇》注[5]。

[3] 素面原无粉黛：是说姮娥的面貌本来洁白，不搽脂粉。按姮娥亦名素娥。《文选·月赋》李周翰注曰：“月色白，故云素娥。”粉黛，妇女的妆饰品。

[4] 银阙珠宫：都是指月宫。

[5] 积气蒙蒙：层层的云雾迷迷茫茫。《列子·天瑞》：“天，积气耳，亡(无)处亡气。”

[6] 桂树：见前59页苏轼《念奴娇》第二首注[1]。

黄　机　二首

黄机，字幾仲(一说字幾叔)，东阳(今浙江市名)人。生平有大志，怀着“万字平戎策”奔走求售，却始终不得意，只做过州郡里的小官。他和岳珂同时，还写过词寄给辛弃疾，大约是宋宁宗时期(十二世纪末十三世纪初)的词人。今传《竹斋诗馀》一卷。

《四库全书简明目录》称黄机：“才气磊落，多与岳珂以长调唱酬，极激楚苍凉之致。”毛晋《竹斋诗馀跋》只称赞他那些写花柳、莺燕的词作，可以说没有摸索着作者的长处。

满　江　红

万灶貔貅[1]，便直欲、扫清关洛[2]。长淮路[3]、夜亭警燧[4]，晓营吹角[5]。绿鬓将军思下马，黄头奴子惊闻鹤[6]。想中原、父老已心知，今非昨[7]。　　狂鲵剪[8]，於菟缚[9]；单于命，春冰薄[10]。正人人自勇，翘关还槊[11]。旗帜倚风飞电影[12]，戈鋋射月明霜锷[13]。且莫令、榆柳塞门秋，悲摇落[14]。

[1] 万灶貔(pí)貅(xiū)：指南宋的大军。灶，军中用的锅灶；万灶，极言军队之多。貔貅，猛兽名，作为猛勇的军队的代称。

[2] 扫清关洛：扫清盘踞在关中(今陕西)、洛阳地区的敌寇。关，一作“阕”，疑误。

[3] 长淮路：指淮河地区(淮南西路和淮南东路)。淮河是宋、金的分界线。

[4] 夜亭警燧：夜里前哨严密地警戒着。古时边塞筑亭，派兵卒守望，遇警急便举烽火作信号。燧，烽火。

[5] 晓营吹角：军营里早晨吹着号角。

[6] 绿鬓将军思下马两句：是说敌方官兵毫无战斗意志。绿鬓，黑发，以喻壮年。下马，表示投降。黄头，戴黄色帽子的水军。这里泛指敌军。《汉书·枚乘传》：“汉知吴之有吞天下之心也，赫然加怒，遣羽林黄头，循江而下。”颜师古注：“羽林黄头郎，习水战者也。”一说指女真族的一个部落，即黄头女真。奴子，对敌人的蔑称。鹤，指风声鹤唳。《晋书·谢玄传》载苻坚的部众在淝水之战溃败，“闻风声鹤唳，皆以为王(晋)师”。

[7] 想中原、父老已心知两句：想来中原父老都已熟知：金国国势衰弱，今非昔比。

[8] 狂鲵(ní)剪：《左传·宣公十二年》：“古者明王伐不敬，取其鲸鲵而封之，以为大戮。”杜预注：“鲸鲵，大鱼名，以喻不义之人吞食小国。”这里把狂鲵比喻金国。剪，灭。

［9］於（wū）菟（tú）：虎的别名。借指金国（斥为虎狼之国）。

［10］单（chán）于命两句：作者看到金国在南宋、蒙古夹攻中的末运，激起了高度的胜利信心，所以这样说。单于，称金主。

［11］正人人自勇两句：正是南宋人人都要自告奋勇、拿起武器来打敌人的时候。翘关，举关。《文选·左思〈吴都赋〉》："翘关扛鼎。"李善注："《列子》曰：'孔子劲能招国门之关，而不肯以力闻。'招，与翘同。"还，同旋，盘弄。槊，长柄的矛。

［12］旗帜倚风飞电影：以电影的迅疾形容旗帜迎风飘动。

［13］戈铤（chán）射月明霜锷（è）：兵器在月光的映照之下，刀锋显得明亮如霜。铤，长矛一类的武器。扬雄《方言》里说南方人称矛为铤。锷，刀锋。以上两句描写军容壮盛。

［14］且莫令两句：不要让秋来边塞的榆柳空悲摇落。这表示要把握时机，争取北伐胜利，不要让沦陷区的人民失望。古时北方边塞多种榆柳，因此称为榆塞。摇落，衰落。宋玉《九辩》："草木摇落而变衰。"

在南宋后期士气消沉的情况下，这首壮志凌云的词是振奋人心的。词里指出金国国势的没落（大约这是宋理宗绍定末年金、元盛衰交替的时候），并且怀着胜利的信心，坚决主张把握时机，进军北伐，完全体现了当时人民的共同意志和愿望。

霜天晓角

仪真江上夜泊[1]

寒江夜宿，长啸江之曲。水底鱼龙惊动，风卷地[2]，浪翻屋。　诗情吟未足，酒兴断还续。草草兴亡休问[3]，功名泪，欲盈掬[4]。

[1] 仪真江上夜泊：仪真（今江苏仪征市），宋时州名，在长江北岸。这一带地区是南宋的前方，多次被金兵侵占并经常受到骚扰。作者夜泊于此，感怀百端。

[2] 风卷地：极其猛烈的风卷地而来。

[3] 草草兴亡休问：是对中原沦陷和南宋危殆的命运而发的感慨。草草，草率，暗指当政者对国事没有尽到责任。

[4] 盈掬：满握，形容泪水多。

文及翁　一首

文及翁，字时学，号本心，绵州（今四川绵阳市）人。进士出身。历官参知政事（副宰相）。宋亡不仕，闭门著书。有文集。

贺　新　凉[1]

游西湖有感[2]

一勺西湖水[3]，渡江来[4]、百年歌舞，百年酣醉。回首洛阳花石尽[5]，烟渺《黍离》之地[6]，更不复、新亭堕泪[7]。簇乐红妆摇画舫[8]，问中流击楫何人是[9]？千古恨，几时洗？

余生自负澄清志[10]；更有谁、磻溪未遇，傅岩未起[11]。国事如今谁倚仗，衣带一江而已[12]！便都道，江神堪恃。借问孤山林处士，但掉头、笑指梅花蕊[13]。天下事，可知矣！

[1]《贺新凉》:《贺新郎》词调的异名。

[2] 游西湖有感:李有《古杭杂记》载:“蜀人文及翁登第后,期集游西湖。一同年戏之曰:‘西蜀有此景否?’及翁即席赋《贺新凉》。”

[3] 一勺:极言其少。

[4] 渡江:指1127年宋高宗南渡建国。

[5] 洛阳花石:洛阳,以园林著称,多名花奇石(见李格非《洛阳名园记》)。这里借指汴京。《宋史·朱勔传》载“徽宗垂意花石。(蔡)京讽勔语其父密取浙中珍异以进。……舳舻相衔于淮、汴,号花石纲”。花石尽,是说汴京沦陷后,一切景物都非我所有。这句,《古杭杂记》作“回首洛阳花世界”。

[6] 烟渺《黍离》之地:谓中原邈远。《黍离》,《诗经》篇名,本是伤故国成为废墟的意思,这里借指中原沦陷地区。

[7] 新亭堕泪:见前212页辛弃疾《水龙吟》注[4]。

[8] 簇乐红妆摇画舫:在湖上荡着画船,听听歌伎们按着拍板唱曲子。这句写当时地主阶级、士大夫醉生梦死的生活。

[9] 中流击楫:见前173页张孝祥《水调歌头》注[16]。

[10] 澄清志:《后汉书·范滂传》:“滂登车揽辔,慨然有澄清天下之志。”

[11] 磻(pán)溪未遇两句:是说贤能的人没有得到朝廷任用。相传吕尚在磻溪隐居垂钓,遇周文王,成为周朝的开国大臣。磻溪,在陕西宝鸡市东南。傅说(yuè)在傅岩隐居,遇殷高宗,成为殷朝的贤臣。今山西平陆县有圣人窟,据说是傅说隐居版筑的地方。

[12] 衣带一江而已:以衣带比喻长江狭隘易渡,不足倚仗。《南史·陈后主纪》载隋文帝将出兵攻陈,对高颎说:“我为百姓父母,岂可限一衣带水,不拯之乎?”

[13] 借问孤山林处士两句:指责士大夫不顾国事,自命清高,独善其身。借问,假设的问话。林处士,林逋,见前4页作者介绍。

无名氏　一首

青　玉　案

年年社日停针线[1]，怎忍见，双飞燕？今日江城春已半，一身犹在，乱山深处，寂寞溪桥畔。　　春衫著破谁针线？点点行行泪痕满。落日解鞍芳草岸，花无人戴，酒无人劝，醉也无人管。

［1］年年社日停针线：张邦基《墨庄漫录》："今人家闺房，遇春秋社日，不作组纫（编织和针线工作），谓之忌作。"张籍的《吴楚词》和周邦彦的《秋蕊香》词都有"社日停针线"语。

这首词《历代诗馀》题黄公绍作。写的是游子流离颠沛的生活和思家的苦闷。细玩词意，可能是反映作者亡国后沉痛的心情。贺裳《皱水轩词筌》指出，"落日解鞍芳草岸，花无人戴，酒无人劝，醉也无人管"这几句"语淡而情浓，事浅而言深"。

德祐太学生　一首

祝 英 台 近

德祐乙亥[1]

倚危栏，斜日暮，蓦蓦甚情绪[2]？稚柳娇黄[3]，全未禁风雨。春江万里云涛，扁舟飞渡[4]，那更听[5]、塞鸿无数[6]。

叹离阻！有恨流落天涯，谁念泣孤旅[7]？满目风尘[8]，冉冉如飞雾[9]。是何人惹愁来[10]？那人何处[11]？怎知道愁来不去！

[1] 德祐乙亥：宋恭帝德祐元年（1275）。这时元朝已经发动对南宋的攻势，江淮一带都失掉了。

[2] 蓦（mò）蓦：心情恍惚不安貌。

[3] 稚柳娇黄：《重刊湖海新闻夷坚续志·后集》注：稚柳指“幼君”，娇黄指“太后”。按幼君即宋恭帝（时年五岁）。太后即谢道清，她这时临朝主政。

[4] 扁舟飞渡：同上书注：“北军至。”飞渡，指渡过长江。

[5] 那更听：况且又听到。

[6] 塞鸿：同上书注：“流民。”

[7] 有恨流落天涯两句：写难民流亡生活的痛苦。

[8] 风尘：比喻战乱的景象。

[9] 冉冉：流动貌。

[10] 是何人惹愁来：同上书注：“贾出。”贾，指当时误国的权臣贾似道。这句是说贾似道出发前方督师失败，给国家、人民带来了无可挽救的灾难。

[11] 那人何处：同上书注：“贾去。”指贾似道战败后被免职，贬谪循州（今广东惠州市）。

王清惠　一首

王清惠，南宋末年宫廷里的昭仪（女官）。宋恭帝德祐二年（1276），临安

（南宋京城，今浙江杭州市）沦陷，随三宫一同被俘北去元都。后自请为女道士，号冲华。

满 江 红

题 驿 壁[1]

太液芙蓉[2]，浑不似、旧时颜色。曾记得、春风雨露[3]，玉楼金阙[4]。名播兰馨妃后里[5]，晕潮莲脸君王侧[6]。忽一声、鼙鼓揭天来[7]，繁华歇。　　龙虎散，风云灭[8]。千古恨，凭谁说？对山河百二[9]，泪盈襟血。驿馆夜惊尘土梦，宫车晓碾关山月[10]。问姮娥，于我肯从容，同圆缺[11]。

［1］题驿壁：陶宗仪《辍耕录》载："至元十三年丙子春正月十八日淮安王伯颜以中书右相统兵入杭。宋谢、全两后以下皆赴北。有王昭仪者题《满江红》于驿。"周密《浩然斋雅谈》说这首词题于汴京夷山驿中。按上述两书记录原词，文字稍有不同，这里依据《浩然斋雅谈》所录。

［2］太液芙蓉：唐时长安城东大明宫内有太液池。白居易《长恨歌》："太液芙蓉未央柳。"

［3］春风雨露：比喻皇恩。

［4］玉楼金阙：指皇宫。

［5］名播兰馨妃后里：声名在宫里像兰草一样地芬芳。

［6］晕潮莲脸：美丽的脸庞上露出光彩（表示得宠）。晕潮，含羞的模样。一作"晕生莲脸"。

［7］鼙（pí）鼓揭天来：敌人的战鼓惊天动地而来（指元兵南侵）。

［8］龙虎散两句：写南宋王朝崩溃。龙虎，指南宋君臣。风云，形容政治上的威势。《易经·乾》："云从龙，风从虎。"

[9] 山河百二：《史记·高祖本纪》："秦，形胜之国，带河山之险，县隔千里，持戟百万，秦得百二焉。"这里借指宋朝的江山。

[10] 驿馆夜惊尘土梦两句：写北行途中旅况的凄凉。宫车，指后妃等北行时坐的车子。

[11] 问姮娥三句：表示要追随嫦娥到月宫里去，不愿意留在人间（也就是表示不愿意向元军低头）。按这三句《辍耕录》作"愿嫦娥，相顾肯从容，随圆缺"。肯从容，容许我追随。从容，同怂恿，有诱导的意思。

徐君宝妻　一首

徐君宝妻，岳州（今湖南岳阳市）人。陶宗仪《辍耕录》载："徐君宝妻某氏……被（元兵）虏来杭，居韩蕲王府。自岳至杭，相从数千里，其主者数欲犯之，而终以计脱。盖某氏有令姿，主者弗忍杀之也。一日，主者怒甚，将即强焉。因告曰：'俟妾祭谢先夫，然后为君妇不迟也。君奚用怒哉？'主者喜诺。即严妆焚香，再拜默祝，南向饮泣，题《满庭芳》一阕于壁上。已，投大池中以死。"

满　庭　芳

汉上繁华[1]，江南人物[2]，尚遗宣政风流[3]。绿窗朱户，十里烂银钩[4]。一旦刀兵齐举[5]，旌旗拥、百万貔貅[6]。长驱入，歌楼舞榭，风卷落花愁。　　清平三百载[7]，典章人物[8]，扫地都休。幸此身未北，犹客南州[9]。破鉴徐郎何在[10]？空惆怅、相见无由。从今后，断魂千里，夜夜岳阳楼[11]。

［1］汉上繁华：南宋时汉水至长江一线是商业经济重要地区。襄阳、鄂州(今武昌)都是大城市。这里汉上是泛指。

［2］江南人物：南宋的人物。

［3］尚遗宣政风流：还保持着宋徽宗时期的流风余韵。宣和、政和都是宋徽宗的年号，那时金兵还没有南侵，保持着表面繁荣。

［4］十里烂银钩：等于说十里珠帘。烂银钩，灿烂的银制帘钩，借指市面的繁华。

［5］刀兵齐举：指元兵南侵。

［6］貔(pí)貅(xiū)：见前310页黄机《满江红》注[1]。

［7］三百载：宋朝建国三百多年(960—1279)，此举成数。

［8］典章：制度文物。

［9］幸此身未北两句：幸而自己还留在祖国的国土上。南州，南方。

［10］破鉴徐郎：见前162页朱敦儒《临江仙》注[2]。鉴，镜子。徐郎，借指作者的丈夫徐君宝。

［11］断魂千里两句：表示不忘故乡。断魂，孤魂。岳阳楼，见前94页张舜民《卖花声》注[2]。

文天祥　一首

文天祥(1236—1283)，字宋瑞，又字履善，号文山，吉水(今江西吉安市)人。宋理宗时进士。官至丞相，封信国公。南宋末年，元兵南侵，他在家乡招集义军勤王，英勇奋发，抗战到底。被俘后，敌人百端劝降，不屈而死，大义凛然。他的词今传《文山乐府》。

文天祥晚年的作品不论文章、诗、词都是用血泪书写的，辞情哀苦，而意气激昂。我们试读他代王清惠作《满江红》里的“回首昭阳离落日，伤心铜雀迎新月，算妾身、不愿似天家，金瓯缺”和《念奴娇》里的“睨柱吞嬴，回旗走懿”，这一类的词作反映了作者生死不渝的民族气节和顽强斗志，感染的力量极其强烈，简直使读者觉得艺术技巧和修辞是多余的了。

念　奴　娇[1]

驿中言别友人[2]

水天空阔，恨东风、不借世间英物[3]。蜀鸟吴花残照里，忍见荒城颓壁[4]！铜雀春情，金人秋泪[5]，此恨凭谁雪！堂堂剑气，斗牛空认奇杰[6]。　　那信江海余生，南行万里[7]，属扁舟齐发[8]。正为鸥盟留醉眼，细看涛生云灭[9]。睨柱吞嬴，回旗走懿，千古冲冠发[10]。伴人无寐，秦淮应是孤月[11]。

[1]《念奴娇》：一作《大江东去》，又作《酹江月》，都是用苏轼《念奴娇·赤壁怀古》里的名句作为调名，这首词用韵也是依照苏词。

[2]驿中言别友人：驿，指金陵（今江苏南京市）驿馆。友人，该是指邓剡。作者《怀中甫》诗里注明“时中甫以病留金陵天庆观”（中甫，邓剡字）。

[3]恨东风句：《通鉴》（卷六十五）叙述赤壁之战中周瑜火攻曹操舰队的故事：“时东南风急，火烈风猛，船行如箭，烧尽北船，延及岸上营落。”后世人认为这是天助周瑜成功。这里是感叹南宋抗元的军事得不到天助。不借，不助。英物，英雄杰出的人物。

[4]蜀鸟吴花残照里两句：写金陵的残破景象。蜀鸟，指鸣声凄怨的子规鸟，相传它是蜀国的望帝所化，故云。吴，指金陵（三国时吴都）。李白

《登金陵凤凰台》诗："吴宫花草埋幽径。"

[5] 铜雀春情两句：写亡国的悲痛。铜雀，台名。见前 299 页刘克庄《沁园春》注[2]。杜牧《赤壁》诗："东风不与周郎便，铜雀春深锁二乔。"这两句诗是说：假如东风不帮助周瑜，吴国吃了败仗，大小二乔（小乔是周瑜的妻子）就要被掳到铜雀台去了。文天祥借用这个假设之辞的典故，暗指宋室投降后妃嫔都归于元宫事。金人，汉武帝时铸造的捧露盘的仙人。用铜铸的，故称铜仙或金人。李贺《金铜仙人辞汉歌序》："魏明帝青龙元年八月，诏宫官牵车西取汉孝武捧露盘仙人，欲立置前殿。宫官既拆盘，仙人临载，乃潸然泪下。"这里借指南宋文物宝器都被敌人劫运一空。春情、秋泪，都是伤时怀国之感。

[6] 堂堂剑气两句：按照词意应标点为："堂堂剑气斗牛，空认奇杰。"上句赞美宝剑的光芒上冲云霄，下句是说辜负了宝剑把自己作为英雄人物的期望。《晋书·张华传》载斗牛之间常有紫气。张华邀雷焕仰视。焕曰："宝剑之精，上彻于天耳。"堂堂，赞美之辞。斗牛，北斗、牵牛二星。

[7] 那信江海余生两句：指 1276 年间作者脱险南归事。他在镇江从元兵监视中逃出，经历许多危险，绕道海上，才得南归，而免于难（见《指南录后序》）。那信，想不到。

[8] 属扁舟齐发：属，托付，这里是以生命托付扁舟的意思。《指南录》载，作者逃至通州（今江苏南通市）出海，有四条船一齐出发，在海上互相照顾。江标辑《文山乐府》作"不放扁舟发"。

[9] 正为鸥盟留醉眼两句：这是通过写海上景色表示：留得余生，正是为了和盟友们一道抗元，而且决心对待任何恶化局势的到来。鸥盟，与海鸥结盟为友，借指抗元同志（如邓剡等）。留醉眼，是承接前文的"余生"说的。涛生云灭，比喻时局变化不利于宋的险恶情况。

[10] 睨柱吞嬴三句：歌颂蔺相如、诸葛亮抗敌的英勇行为，千载以后还激起人们对敌寇无比的愤怒。作者借以表示自己坚决不妥协的态度。《史

记·廉颇蔺相如列传》载蔺相如完璧归赵事。说他奉璧使秦,度秦王无意以城换璧,“因持璧却立倚柱,怒发上冲冠,……睨柱,欲以击柱。秦王恐其破璧,乃辞谢”。睨柱吞嬴,是说蔺相如持璧睨柱的壮气压倒了秦王。睨,斜视。嬴,秦王的姓。回旗走懿,事见《三国志·诸葛亮传》裴松之注。关于诸葛亮的死,裴注引《汉晋春秋》曰:“杨仪等整军而出。百姓奔告宣王。宣王追焉。姜维令仪反旗鸣鼓,若将向宣王者。宣王乃退,不敢逼。于是仪结阵而去,入谷,然后发丧。宣王之退也,百姓为之谚曰:‘死诸葛,走生仲达。’”司马懿字仲达。晋朝初建国时追称为宣王,后又称为宣帝。冲冠发,见前153页岳飞《满江红》注[1]。

[11] 秦淮:秦淮河,流经南京市。

这首词是文天祥被俘的次年(1279),元兵把他押到北方去,经过金陵所作。有人怀疑,说是他的朋友邓剡的作品。这是难以征信的。细玩全词的语意和风格,以及过片处“江海余生”等语,确系反映文天祥的生平及其思想。《历代诗馀·词话》引陈子龙赞美这首词的话说:“气冲斗牛,无一毫委靡之色。”这种豪迈风格,在宋末词坛中很难找出第二个可以相比的人来。

邓　剡　一首

邓剡,字光荐,号中斋。一说,名光荐,字中甫。庐陵(今江西吉安市)人。宋理宗时进士。做过礼部侍郎(掌管国家礼法、教育、科举等事务的副长官)。后来参加文天祥抗元的军幕。1279年崖山(在广东江门市新会区南大海中)兵败,投海未死。宋亡后,以节行著称。今传《中斋词》。

唐　多　令[1]

雨过水明霞，潮回岸带沙。叶声寒、飞透窗纱。懊恨西风催世换[2]，更随我，落天涯[3]。　　寂寞古豪华[4]，乌衣日又斜。说兴亡、燕入谁家[5]？只有南来无数雁，和明月，宿芦花。

[1]《唐多令》：这首词有题作《南楼令》的，是同调的异名。

[2] 西风催世换：这里以季节的变换暗示朝代的更替。

[3] 落：流落。

[4] 寂寞古豪华：金陵（今南京）是六朝时期的京城，以繁华著名。这时南宋已亡，作者在金陵怀古，自然格外感觉故都的寂寞。这里寂寞有衰歇的意思。

[5] 乌衣日又斜两句：乌衣巷是金陵著名的街坊，晋时王谢大族住在这里。刘禹锡《乌衣巷》诗："朱雀桥边野草花，乌衣巷口夕阳斜。旧时王谢堂前燕，飞入寻常百姓家。"辛弃疾《酒泉子》词："春声何处说兴亡，燕双双。"

这首词张宗橚《词林纪事》据陈鹄《耆旧续闻》题为文天祥作。

刘辰翁　六首

刘辰翁（1232—1297），字会孟，号须溪，庐陵（今江西吉安市）人。宋理宗时进士。做过濂溪书院山长。后来被荐居史馆，又除太学博士（国立大学的教官），但他由于对当时腐败的政治不满意，都坚辞不就。宋亡，隐居不仕。生平著作很丰富。今传《须溪词》。

在宋末词人中，刘辰翁的名位原来不高，但作为爱国词人来说，应当数他首屈一指。《历代诗馀》引张孟浩语：

刘辰翁作《宝鼎现》词，时为大德元年，自题曰："丁酉元夕。"亦义熙旧人（指陶渊明）只书甲子之意。

事实上，在《须溪词》里凡属书甲子的词固然都是感怀时事、悼念故国的作品，但还有许多不书甲子的词也是如此。他的某些词强烈地反映了当时的现实，如《六州歌头》题为：

乙亥二月，贾平章似道督师至太平州鲁港，未见敌鸣锣而溃。后半月闻报，赋此。

对奸臣误国他表示了极度的痛恨。他在词里反复写元夕、端午、重阳，反复写伤春、送春，追和刘过的《唐多令》至八九首之多，都不是伤春悲秋的滥调，而是深切地表达了自己眷恋故国故土的哀愁。其词的特征是用中锋突进的手法来表现自己奔放的感情，不肯稍加含蓄使它隐晦，不肯假手雕琢使其失真，这样就格外具有感人的力量。下面所选的词，不仅《宝鼎现》如张孟浩所说的"反反复复，字字悲咽"，其他如《兰陵王》《永遇乐》《沁园春》等都是以"辞情悲苦"见长的。

忆 秦 娥

中斋上元客散[1]，感旧赋《忆秦娥》见属。一读凄然。随韵寄情[2]，不觉悲甚。

烧灯节[3]，朝京道上风和雪[4]。风和雪，江山如旧，朝京人绝。　　百年短短兴亡别[5]，与君犹对当时月。当时月，照人烛泪[6]，照人梅发[7]。

[1]中斋：邓剡号中斋。他和刘辰翁常有唱和之作。见前321页作者介绍。

[2]随韵寄情：用原韵写词以寄寓自己的情感。

[3]烧灯节：就是元宵节。

[4]京：指南宋旧京临安(今浙江杭州市)。

[5]百年短短兴亡别：短短一生竟划为兴亡各别的两个时期，遭遇亡国的惨痛。百年，指一生。

[6]烛泪：形容泪水像流注下来的烛膏一样。

[7]梅发：花白的头发。

西　江　月

新 秋 写 兴

天上低昂似旧[1]，人间儿女成狂[2]。夜来处处试新妆[3]，却是人间天上[4]。　　不觉新凉似水，相思两鬓如霜。梦从海底跨枯桑，阅尽银河风浪[5]。

[1]天上低昂似旧：这是就七夕说：天上的景象和往日没有什么不同。(照作者的想法，牛郎织女相会之夕，天上应该面貌一新。)低昂，起伏，用来形容天色变化的景象。

[2]人间儿女成狂：指欢度七夕(即乞巧节)。

[3]夜来处处试新妆：吴自牧《梦粱录·七夕》："其日晚晡时，倾城儿童女子，不论贫富，皆著新衣。"

[4]却是人间天上：是说人间的生活也和天上一样欢乐。

[5] 梦从海底跨枯桑两句：上句用《神仙传》里沧海变桑田的典故，下句用牛郎织女七夕渡河相会的故事，都是借指世事的变迁和人生的风浪。阅，经历。银河，天河。

最后两句词感慨很深，联系前文“似旧”“相思”的语意来看，似是怀念故国之词。

柳梢青

春感

铁马蒙毡[1]，银花洒泪[2]，春入愁城。笛里番腔[3]，街头戏鼓，不是歌声[4]。　　那堪独坐青灯[5]！想故国、高台月明[6]。辇下风光[7]，山中岁月[8]，海上心情[9]。

[1] 铁马蒙毡：指元朝南侵的骑兵。蒙毡，冬天在战马身上披一层毡毛保暖。

[2] 银花：银色灿烂的花灯。

[3] 番腔：少数民族吹的腔调。

[4] 不是歌声：唱的不成歌曲。上面三句含有鄙夷少数民族音乐戏曲和念旧的意思。

[5] 青灯：灯光青荧，故曰青灯。

[6] 想故国、高台月明：用李煜《虞美人》词“故国不堪回首月明中”语意。

[7] 辇(niǎn)下风光：这句承接前文，表示念念不忘于故都美丽的风光。辇下，京师。

[8] 山中岁月：南宋亡国后，作者不做官，过的是隐居山中的生活。

[9] 海上心情：临安沦陷，南宋的爱国志士多从海上逃亡，在福建、广东一带参加抗元的工作。作者精神上向往他们，故云。

兰陵王

丙子送春[1]

送春去，春去人间无路。秋千外、芳草连天，谁遣风沙暗南浦[2]？依依甚意绪，漫忆海门飞絮[3]。乱鸦过[4]，斗转城荒，不见来时试灯处[5]。　　春去，最谁苦？但箭雁沈边[6]，梁燕无主[7]，杜鹃声里长门暮[8]。想玉树凋土[9]，泪盘如露[10]。咸阳送客屡回顾[11]，斜日未能度[12]。　　春去，尚来否？正江令恨别，庾信愁赋[13]，苏堤尽日风和雨[14]。叹神游故国，花记前度。人生流落，顾孺子[15]，共夜语。

[1] 丙子送春：宋恭帝德祐二年(1276)二月，元军占领南宋的京城临安，把投降了的君臣押送到北方去。这首词作于同年的暮春，用“春去”象征南宋的灭亡。

[2] 风沙暗南浦：写国土沦陷后的凄凉景象。风沙，比喻敌人。南浦，风景美好的水乡，借指宋朝的锦绣山河。

[3] 漫忆海门飞絮：临安沦陷，南宋的宗室、官吏和军队多从海上逃亡，撤退到南方。刘辰翁也向往于走这条路，但没有成行。《柳梢青》里的“海上心情”和这句的意思相同。漫忆，空忆。

[4] 乱鸦：比喻元军。

[5] 斗转城荒两句：时代变了，京城荒废，失掉原来的繁华了。斗转，北斗星转移了位置，表示时间已晚。试灯，张灯。这里以灯彩代表过去的繁华景象。来时，前时。

[6] 箭雁沈边：指元帅伯颜把南宋君臣带往北方事。箭雁，这里可能以受到箭伤的雁比喻精神上受到创伤的南宋君臣。

［7］梁燕无主：借喻流散失所的南宋士大夫。

［8］长门：汉武帝时陈皇后贬居长门宫，后世便把长门作为冷宫来说。借指南宋故宫。

［9］玉树凋土：是说故宫衰败，苑中珍奇的树木都凋零了。《三辅黄图》："甘泉谷北岸有槐树，今谓玉树。"甘泉，汉宫名。又一解释：这是指忠贞殉国的人。《晋书·庾亮传》："亮将葬，何充会之，叹曰：'埋玉树于土中，使人情何能已！'"

［10］泪盘如露：仙人捧露盘里的泪水像露水那样多。见前320页文天祥《念奴娇》注［5］。

［11］咸阳送客屡回顾：语出李贺《金铜仙人辞汉歌》："衰兰送客咸阳道。"这里化用其意。屡回顾，说明被迫北行的人物对故国恋恋不舍。

［12］斜日未能度：黄昏时分最难消磨。

［13］正江令恨别两句：原注："二人皆北去。"江令，指江淹，有《别赋》。庾信《愁赋》，失传。这里愁赋是赋愁（写愁）的意思。

［14］苏堤：是西湖外湖和后湖的界堤，苏轼知杭州时所筑。人民为了纪念他，称苏堤。

［15］孺子：指作者的儿子。

陈廷焯《白雨斋词话》说："题是'送春'，词是悲宋，曲折说来，有多少眼泪。"

永 遇 乐

余自乙亥上元[1]，诵李易安《永遇乐》[2]，为之涕下。今三年矣。每闻此词，辄不自堪，遂依其声[3]，又托之易安自喻。虽辞情不及，而悲苦过之。

璧月初晴[4]，黛云远淡[5]，春事谁主？禁苑娇寒[6]，湖堤倦暖[7]，前度遽如许[8]！香尘暗陌[9]，华灯明昼[10]，长是懒携手去。谁知道、断烟禁夜[11]，满城似愁风雨。　　宣和旧日[12]，临安南渡[13]，芳景犹自如故[14]。缃帙流离，风鬟三五，能赋词最苦[15]。江南无路[16]，鄜州今夜[17]，此苦又谁知否？空相对，残釭无寐[18]，满村社鼓[19]。

[1] 乙亥上元：宋恭帝德祐元年(1275)的上元节(元宵)。

[2] 李易安《永遇乐》：李清照号易安居士。见前129页作者介绍。她的《永遇乐》见前137页。

[3] 依其声：依照李清照原词的声韵填词。

[4] 璧月初晴：暮雨初晴，璧月上升。璧月，以圆形的玉比喻圆月。

[5] 黛云：青黑色的薄云。

[6] 禁苑娇寒：皇帝的花园不许人民去游，故称禁苑。娇寒，嫩寒、微寒。

[7] 湖堤：西湖边。

[8] 前度遽如许：意思是：再来临安时，局势竟变得如此之快。前度，指前度刘郎，用刘禹锡《重游玄都观绝句》中"前度刘郎今又来"句意(用得隐晦，语意难明)。

[9] 香尘暗陌：是说街道上尘土飞扬，往来的车马很多。李白《古风》(第二十四首)："大车扬飞尘，亭午暗阡陌。"

[10] 华灯明昼：无数花灯照耀得像白天一样明亮。这和上句都是写过去的承平景象。

[11] 断烟禁夜：炊烟断了，表明京城里的人民已经很少(多逃亡避难)。禁夜，实行军事戒严，禁止夜行。

[12] 宣和旧日：指宋徽宗宣和年间汴京的繁华盛况。

[13] 临安南渡：宋室南渡，临安(杭州)成为小朝廷的京城，非常繁华。林升诗《题临安邸》有"直把杭州作汴州"语。

[14] 芳景犹自如故：这句用周颛说的“风景不殊，正自有山河之异”语意（见《世说新语·言语》）。如故，跟李清照时期的汴京、临安一样，景色不改。

[15] 缃（xiāng）帙（zhì）流离三句：是说在战乱中流离失所，人已衰老，值此上元佳节，能作词反而更觉痛苦。缃帙，书卷。李清照夫妇收藏的珍本古籍书画于南渡后大部分失落（见她的《金石录后序》）。流离，散失。风鬟三五，见前138、139页李清照《永遇乐》词注[9]、[13]。

[16] 江南无路：江南已沦陷，故云。

[17] 鄜（fū）州今夜：杜甫《月夜》诗：“今夜鄜州月，闺中只独看。”此用其意。这时刘辰翁和家人在离散中，《沁园春》词里也有“我已无家”语。

[18] 残釭：残灯。

[19] 社鼓：见前242页辛弃疾《永遇乐》注[9]。社，指春天的社祭日。

这首词作于1278年，临安已于两年前被元军占领，南宋大部分土地已经沦陷，只剩下广东一隅的地方，看来也支撑不下去。这就是作者所谓比李清照“悲苦过之”的。

宝鼎现

春月[1]

红妆春骑[2]，踏月影、竿旗穿市[3]。望不尽楼台歌舞，习习香尘莲步底[4]。箫声断，约彩鸾归去[5]，未怕金吾呵醉[6]。甚辇路喧阗且止，听得念奴歌起[7]。　父老犹记宣和事[8]，抱铜仙、清泪如水[9]。还转盼沙河多丽[10]。滉漾明光连邸第[11]，帘影冻[12]、散红光成绮。月浸葡萄十里[13]。看往来神仙才子[14]，肯把菱花扑碎[15]？　肠断竹马儿童[16],空见说、三千乐指[17]。等多时、春不归来,到春时欲睡[18]。又说向灯前拥髻[19],暗滴鲛珠坠[20]。便当日亲见《霓裳》,天上人间梦里[21]!

[1] 春月:《历代诗馀》引张孟浩语:"刘辰翁作《宝鼎现》词,时为大德元年,自题曰'丁酉元夕'。"按丁酉即元成宗大德元年(1297),作者死于这一年,六十六岁。

[2] 红妆春骑:妇女们盛装出游,到处都是香车宝马。沈佺期《夜游》咏元宵诗:"南陌青丝骑,东邻红粉妆。"

[3] 竿旗穿市:街上尽是旗帜(指官府人员出游和部队巡行等)。苏轼《上元夜》诗:"牙旗(官旗,军旗)穿夜市。"竿旗,悬在竿上的旗,一作"千旗"。

[4] 习习香尘莲步底:美人走过的地方,尘土也带着香气。习习,尘土飞扬貌。莲步,指美人足。《南史·废帝东昏侯本纪》:"凿金为莲花以贴地,令潘妃行其上,曰:'此步步生莲花也。'"

[5] 彩鸾:仙女。这里借指游女。林坤《诚斋杂记》:"钟陵西山有游帷观,每至中秋,车马喧阗。大和末,有书生文箫往观,睹一姝(吴彩鸾)甚妙。生意其神仙,植足不去。姝亦相盼。……乃与生下山归钟陵为夫妇。"(节录)按彩鸾的故事,《事文类聚·天时部》引《传奇》的记载与此相同,《宣和书谱》也有类似的记载。

[6] 未怕金吾呵醉:古代元宵没有夜禁,故云。韦述《西都杂记·金吾禁夜》:"西都京城街衢,有京吾晓暝传呼,以禁夜行。惟正月十五日夜,敕许金吾弛禁,前后各一日。"苏味道《正月十五夜》诗:"金吾不禁夜,玉漏莫相催。"金吾即执金吾,执行警察职务。呵醉,用李广事。见前217页辛弃疾《八声甘州》注[3]。

[7] 甚辇(niǎn)路喧阗(tián)且止两句:是说听到美妙的歌声,皇家广场里

闹哄哄的场面便静止下来了。元稹《连昌宫词》自注："念奴：天宝中名倡，善歌。每岁楼下酺宴，累日之后，万众喧隘。严安之、韦黄裳辈辟易不能禁，众乐为之罢奏。玄宗遣高力士大呼于楼上曰：'欲遣念奴唱歌，邠二十五郎吹小管篴，看人能听否？'未尝不悄然奉诏。其为当时所重也如此。"甚，正。辇路，皇家车骑经行的道路。喧阗，人声嘈杂。

[8] 宣和：宋徽宗年号，用来代表北宋繁华时期。

[9] 抱铜仙句：暗伤亡国。见前320页文天祥《念奴娇》注[5]。

[10] 还转盼沙河多丽：转盼，回头来看。沙河，即沙河塘，在钱塘（即杭州）南五里。田汝成《西湖游览志余》："沙河宋时居民甚盛，碧瓦红檐，歌管不绝。"多丽，多么美丽。

[11] 滉漾明光连邸第：周密《武林旧事·元夕》："邸第好事者，如清河张府、蒋御药家，间设雅戏烟火，花边水际，灯烛灿然。"滉漾明光，灯光烛影，晃动耀眼。

[12] 帘影冻：冻，一作"动"。元稹《连昌宫词》："晨光未出帘影动。"

[13] 月浸葡萄十里：写西湖夜色。葡萄，形容水的深碧色。李白《襄阳歌》："遥看汉水鸭头绿，恰似葡萄初酦醅。"

[14] 神仙：借称美女。《武林旧事·元夕》："靓妆笑语，望之如神仙。"

[15] 肯把菱花扑碎：怎肯自己把幸福的生活撕毁？菱花，镜子。菱花扑碎，暗用徐德言和乐昌公主于陈亡后"破镜各分其半"作为凭信的故事。见前162页朱敦儒《临江仙》注[2]。

[16] 竹马儿童：这是指宋亡以后，没有能够亲见故国的少年人。竹马，拿竹杖当马骑。李白《长干行》："郎骑竹马来。"

[17] 空见说、三千乐指：徒然听老年人讲述往日歌舞繁华的景象。三千乐指，三百人的大乐队。指，用来计算人数（一人十指）。《宋史·乐志》载宋高宗绍兴年间恢复教坊，"凡乐工四百六十人"。招待北使（金国的使节），"旧例用乐工三百人"。苏轼《送江公著知吉州》诗："红妆执乐三

千指。”

[18] 春不归来两句：上句的“春”字借指故国。下句的“春”字指当前的春天。

[19] 灯前拥髻：《飞燕外传·伶玄自叙》：“子于（伶玄字）老休，买妾樊通德。……能言赵飞燕姊弟故事。子于闲居命言，厌厌不倦。子于语通德曰：‘斯人俱灰灭矣，当时疲精力，驰骛嗜欲蛊惑之事，宁知终归荒田野草乎？’通德占袖，顾视烛影，以手拥髻，凄然泣下，不胜其悲。”拥髻，愁苦的表示。

[20] 鲛珠：指眼泪。任昉《述异记》：“南海中有鲛人室，水居如鱼，不废机织。其眼能泣，则出珠。”

[21] 便当日亲见《霓裳》两句：即使当日亲自看见故国的歌舞承平景象，现在也成为梦境了。《霓裳》，即《霓裳羽衣曲》，是唐时流行的歌舞曲。天上人间，用李煜《浪淘沙》词“流水落花春去也，天上人间”语。

这首词作于南宋沦亡后二十年。内容分三段：前两段分别写北宋和南宋灯节的繁华景象，第三段把回忆、感慨、痛苦交织在一起写。这时复国已完全无望，因此写来“反反复复，字字悲咽”（张孟浩语）。杨慎《词品》说：“词意凄婉，与《麦秀》何殊？”

蒋　捷　七首

蒋捷，字胜欲，阳羡（今江苏宜兴市）人。宋恭帝时进士。宋亡，隐居竹山不仕。学者称竹山先生。元成宗大德年间，有人向政府推荐他，他始终不肯做元朝的官。今传《竹山词》。

蒋捷的品格向来获得一致的好评，对于他的词则意见分歧[1]。肯定他的如《四库全书提要》说："捷词炼字精深，音词谐畅，为倚声家之矩矱（法度）。"刘熙载甚至称为"长短句之长城"[2]。否定他的如陈廷焯，则把蒋捷列于南宋词人的末位，说"竹山虽不论可也"[3]。这些词话家对于《竹山词》之所以没有共同语言，主要由于着重点和看法不同。前者只抓字句细节；后者是以姜夔、王沂孙为宗而形成的观点来衡量蒋捷，从而抹杀了他的词的特征。

宋亡以后，作者过的是隐遁、恬淡的生活。他的词作没有像刘辰翁那样正面反映时代的巨变，可是仍然和时代息息相关。例如下面所选的《贺新郎·兵后寓吴》写亡国后一个流浪者的哀愁，其感人之深可以和《须溪词》里最好的作品相比。我们应该承认，题材内容不限于一隅，是《竹山词》的特征之一。例如《贺新郎·乡士以狂得罪，赋此饯行》一首，别的作家是不大会考虑把这种材料组织起来写词的。冯煦在《蒿庵论词》里指斥这首词说："词旨鄙俚，匪惟李（煜）、晏（殊）、周（邦彦）、姜（夔）所不屑为，即属稼轩（辛弃疾）亦下乘也。"其实这是一首好词，写的是一阕悲剧，一阕人民受到统治阶级迫害、丧失自由的悲剧。其次，写作方法和风格的多样化，也是《竹山词》的特征之一。想象丰富，语言多创获，格律形式运用自由，这些优点都说明作者接近辛派。

[1] 毛晋、朱彝尊、纪昀、刘熙载等人都肯定蒋捷；周济、陈廷焯、冯煦等人则加以贬损。

[2] 刘熙载《艺概》："蒋竹山词未极流动自然，然洗炼缜密，语多创获。其志视梅溪较贞，视梦窗较清。刘文房（刘长卿）为五言长城，竹山其亦长短句之长城欤！"

[3] 陈廷焯《白雨斋词话》："大约南宋词人自以白石（姜夔）、碧山（王沂孙）为冠，梅溪（史达祖）次之，梦窗（吴文英）、玉田（张炎）又次之，西麓（陈允平）又次之，草窗（周密）又次之，竹屋又次之。竹山虽不论可也。"

贺新郎

吴　　江[1]

浪涌孤亭起[2]，是当年、蓬莱顶上[3]，海风飘坠。帝遣江神长守护[4]，八柱蛟龙缠尾[5]，斗吐出寒烟寒雨[6]。昨夜鲸翻坤轴动[7]，卷雕翚掷向虚空里，但留得，绛虹住[8]。　五湖有客扁舟舣[9]。怕群仙、重游到此，翠旌难驻[10]。手拍阑干呼白鹭，为我殷勤寄语；奈鹭也惊飞沙渚。星月一天云万壑，览茫茫宇宙知何处？鼓双楫[11]，浩歌去。

[1] 吴江：即吴淞江，太湖的支流。

[2] 孤亭：指垂虹亭，在江苏苏州吴江区东吴淞江的长桥上。长桥一名垂虹桥。桥和亭子都是北宋时所建。

[3] 蓬莱：《史记·封禅书》所载的海上三神山之一。

[4] 帝：天帝。

[5] 八柱蛟龙缠尾：八根亭柱子上刻画着缠绕的蛟龙。

[6] 斗吐出：乱吐出。

[7] 鲸翻坤轴动：是说浪潮汹涌。鲸，鲸波、巨浪。坤轴，地轴、地心。

[8] 卷雕翚（huī）掷向虚空里三句：写作者的幻想：浪头把亭子上彩色的飞檐卷去，抛掷在天空里，化为虹彩（垂虹桥）留下来。《诗经·斯干》："如翚斯飞。"意思是说彩色的飞檐像雉鸟的起飞。翚，雉鸟名。绛，赤色。

[9] 五湖有客扁舟舣（yǐ）：太湖，一名五湖。舣，船靠岸。

[10] 怕群仙两句：前文说过垂虹亭是从蓬莱仙山上飘坠而来，所以把群仙到此说成是"重游"。翠旌，皇帝的仪仗队，这里借指群仙。

[11] 双楫：双桨。

既说“怕群仙、重游到此，翠旌难驻”，又说“览茫茫宇宙知何处”，这首词的主题，该是反映“江山易主”、无处容身的隐痛。

前 调

兵后寓吴[1]

深阁帘垂绣，记家人、软语镫边，笑涡红透[2]。万叠城头哀怨角[3]，吹落霜花满袖[4]。影厮伴东奔西走[5]。望断乡关知何处？羡寒鸦、到著黄昏后，一点点，归杨柳。 相看只有山如旧，叹浮云、本是无心，也成苍狗[6]。明日枯荷包冷饭，又过前头小阜。趁未发，且尝村酒。醉探枵囊毛锥在[7]，问邻翁要写《牛经》否[8]？翁不应，但摇首。

[1] 兵后寓吴：1276年元兵占领南宋的京城临安。此后蒋捷便在东南一带漂泊。这首词是他流寓苏州时写的。

[2] 深阁帘垂绣三句：写过去家人团聚的欢乐生活。帘垂绣，绣帘垂。镫，同灯。

[3] 万叠城头哀怨角：写战争的悲惨，暗示南宋的覆亡。万叠，把同一曲调反复不断地吹奏。城头哀怨角，城头上的驻防军吹奏出哀怨的号角声。

[4] 霜花满袖：写羁旅，挨着寒冷在四方漂泊。

[5] 影厮伴：只有影儿相伴。

[6] 叹浮云两句：感叹亡国后时事起了根本的变化。杜甫《可叹》诗：“天上浮云如白衣，斯须改变如苍狗。”

[7] 醉探枵(xiāo)囊毛锥在：枵囊，空囊，口袋里没有钱。毛锥，毛笔。

[8] 写《牛经》：代人抄写《牛经》(想混一点生活的意思)。《牛经》，有关牛的知识的书。《三国志·魏志·夏侯玄传》裴松之注引《相印书》说汉朝

有《牛经》。《唐书·艺文志》载宁戚《相牛经》一卷。

这是一首流浪者的哀歌，也是作者的自叙。内容是说他在因战争燃起的遍地烈火里，完全失掉了家庭的幸福和温暖，在漂泊无依的旅途上，忍受着风霜的侵袭，简直比不上寒鸦还有窠儿可归。这变化可太大了，正如天空里的云：明明像一件姑娘们穿的洁白美丽的衣裳飘浮着，忽然会变成恶形恶相的黑狗模样。他如今一无所有，身边只剩下一点干荷叶包着的冷饭，从这个山头翻过那个山头，从这个村庄走到那个村庄，到处奔波。即使想歇下来，找个抄抄书换口饭吃的安身地方也不可能。按蒋捷在南宋亡国后是隐居不仕的文人之一，这首词反映了当时一般不肯变节的知识分子艰苦的处境。

女冠子

元　夕

蕙花香也，雪晴池馆如画。春风飞到，宝钗楼上[1]，一片笙箫，琉璃光射[2]。而今镫漫挂，不是暗尘明月，那时元夜[3]。况年来、心懒意怯[4]，羞与蛾儿争要[5]。　　江城人悄初更打，问繁华谁解、再向天公借？剔残红灺[6]，但梦里、隐隐钿车罗帕[7]。吴笺银粉砑[8]，待把旧家风景[9]，写成闲话。笑绿鬟邻女，倚窗犹唱，“夕阳西下”[10]。

[1] 宝钗楼上：指歌楼舞榭。

[2] 琉璃：指灯，用五色琉璃制成。周密《武林旧事·元夕》载南宋都城盛行琉璃灯，有高达五丈的琉璃灯山，还有一种无骨灯“虽圈骨悉皆琉璃所为”。以上六句是写以往的元宵盛况。

[3] 不是暗尘明月两句：慨叹宋亡之后，佳节依旧，人事已非。暗尘明月，唐苏味道《正月十五夜》：“火树银花合，星桥铁锁开。暗尘随马去，明月

逐人来。"极写当时元夜热闹繁华的景象。

[4] 心懒意怯：等于说心灰意懒。

[5] 蛾儿：一作"闹蛾"。用彩纸剪成的玩具。许昂霄《词综偶评》："元宵有扑灯蛾，亦曰闹蛾儿，又曰火蛾。"

[6] 灺(xiè)：烧残的烛灰。

[7] 但梦里、隐隐钿车罗帕：只有在梦里隐约地看到往日元夕的繁华景象。钿车罗帕，见前103页周邦彦《解语花》注[11]。

[8] 吴笺银粉砑(yà)：吴地出产的笺纸很著名，即苏笺。银粉砑，用石碾成有光泽的银粉纸。砑，碾。

[9] 旧家：指故国。

[10] 笑绿鬟邻女三句：作者笑的是：这已经是深夜，邻居的歌女还站在窗前唱"夕阳西下"的歌曲。康与之《宝鼎现》咏元夕词，开头几句是："夕阳西下，暮霭红隘，香风罗绮。"此用其语。另一解释：张相《诗词曲语辞汇释》认为这个"笑"字不是嘲笑的意思，他说："此亦欣喜之辞。言喜邻女犹能唱当时'夕阳西下'之词，旧家风景，尚存一二也。"

这首元夕词用今昔对比的手法，表现出作者怀念故国的心情。前段首先写难忘的"池馆如画""一片笙箫"的"那时元夜"。亡国以后，"心懒意怯"，便无复赏玩佳节的兴会了。这种心理变化也反映在后段里。没有写元宵的热闹场面，作为衬托的是冷清清的"江城人悄初更打"的环境，这是符合作者寂寞的心情的。当他梦中浮现了往日"钿车罗帕"的繁华景象，正打算"把旧家风景，写成闲话"的时候，倦游归来的邻女的歌声打乱了诗人的艺术构思。这恰恰形成一个对照：一方面是兴高采烈的歌女，她不知道什么是亡国恨，敢情是狂欢意犹未足，在深夜里还唱着"夕阳西下"的歌子；另一方面是"心懒意怯"的诗人，在烧残的红烛底下，追怀消逝了的故国风光，低着头写辛酸的回忆。在这样的情况下，诗人的笑声该是含着苦味发出来的。

一 剪 梅

舟过吴江[1]

一片春愁待酒浇。江上舟摇，楼上帘招[2]。秋娘渡与泰娘桥[3]，风又飘飘，雨又萧萧。　　何日归家洗客袍？银字笙调[4]，心字香烧[5]。流光容易把人抛，红了樱桃，绿了芭蕉。

[1] 吴江：今江苏苏州吴江区。

[2] 楼上帘招：酒楼的旗子在招引着。帘招本是指酒家的招子，即酒旗。这里的招字作动词用，含有招展和招手的意思。

[3] 秋娘渡与泰娘桥：吴江地名。作者另一首《行香子》也提到“过窈娘堤、秋娘渡、泰娘桥”。一作“秋娘度与泰娘娇”，疑误。

[4] 银字笙调：银字笙，沈雄《古今词话·词品》：“银字，制笙以银作字，饰其音节。”调，调弄乐器。

[5] 心字香：褚人获《坚瓠集》：“蒋捷《一剪梅》词云：‘银字笙调，心字香烧。’按心字香，外国以花酿香，作心字焚之。”杨慎《词品》（卷二）：“所谓‘心字香’者，以香末萦篆成心字也。”

虞 美 人

少年听雨歌楼上，红烛昏罗帐。壮年听雨客舟中，江阔云低，断雁叫西风[1]。　　而今听雨僧庐下，鬓已星星也[2]。悲欢离合总无情[3]，一任阶前点滴到天明。

[1] 断雁：失群的孤雁。薛道衡《出塞曲》：“寒夜哀笳曲，霜天断雁声。”

[2] 星星：形容白发很多。

[3] 情：王闿运《湘绮楼词选》：“‘情’亦作‘凭’，较胜。”

这首词概括了作者少年的浪漫生活、中年的漂泊生活，以及亡国以后晚年悲苦凄凉的生活。

贺新郎

乡士以狂得罪[1]，赋此饯行。

甚矣君狂矣！想胸中些儿磊魂[2]，酒浇不去。据我看来何所似，一似韩家五鬼[3]，又一似杨家风子[4]。怪鸟啾啾鸣未了[5]，被天公、捉在樊笼里[6]。这一错，铁难铸[7]。　濯溪雨涨荆溪水[8]，送君归、斩蛟桥外[9]，水光清处。世上恨无楼百尺[10]，装著许多俊气[11]。做弄得栖栖如此[12]。临别赠言朋友事，有殷勤六字君听取：节饮食，慎言语。

[1] 乡士：和作者同乡的书生。

[2] 磊魂(kuǐ)：即垒块，胸中不平。刘义庆《世说新语·任诞》：“阮籍胸中垒块，故须酒浇之。”

[3] 韩家五鬼：韩愈《送穷文》称“智穷”“学穷”“文穷”“命穷”“交穷”为“五鬼”。

[4] 杨家风子：《旧五代史·杨凝式传》载杨凝式“善于笔札，洛州寺观蓝墙粉壁之上题纪殆遍。时人以其纵诞，有风子之号焉”。注引《五代史补》说朱全忠篡夺唐朝的皇位时，“恐唐大臣不利于己，往往阴使人来探访群议。缙绅之士及祸甚众”。杨凝式曾劝阻他的父亲杨涉交出唐朝皇帝的印绶，“恐事泄，即日遂佯狂，时人谓之杨风子”。风子，即疯子。

[5] 怪鸟啾啾：以喻乡士不合时宜的言论。

［6］樊笼：关鸟兽的笼子，以喻受到迫害，丧失自由。

［7］这一错两句：见前222页辛弃疾《贺新郎》注［13］。错，本指错刀，借用为错误。

［8］濯溪雨涨荆溪水：荆溪在江苏宜兴市南，以近荆南山得名，流入太湖。濯溪，荆溪的支流，方位不详。

［9］斩蛟桥外：《世说新语·自新》载周处："入水击蛟，蛟或浮或没，行数十里，处与之俱，经三日三夜，……竟杀蛟而出。"桥，指宜兴城南的长桥，宋时改名为荆溪桥，即相传周处斩蛟的地方。作者送乡士回宜兴，故提到以上这些处所。

［10］楼百尺：用刘备"欲卧百尺楼上"的典故。见前199页辛弃疾《水龙吟》注［7］。这里化用此典，把百尺高楼作为储备才人贤士的地方。

［11］俊气：俊秀之气，指才人贤士。

［12］栖栖：不安定貌。《论语·宪问》："丘何为是栖栖者欤？"

词中以乡士比阮籍、杨凝式，并以韩愈的"五鬼"为喻，可见他是一个有才气而与时俗乖违的人物。"怪鸟啾啾"的言论，显然是对当时的专制统治表示不满，所以受到罪罚。最后六字"节饮食，慎言语"不同于一般的应酬语，含有难以言宣的愤懑与感慨。

霜天晓角

人影窗纱[1]，是谁来折花？折则从他折去；知折去，向谁家？　檐牙枝最佳[2]，折时高折些。说与折花人道："须插向，鬓边斜。"

［1］人影窗纱：纱窗上有个人的影子。

［2］檐牙枝：靠近屋檐边的花枝。

周　密　一首

周密(1232—1308?),字公谨,号草窗,又号萧斋,又号弁阳啸翁,祖籍济南,后流寓吴兴(今浙江湖州市)。生平以漫游吟咏为乐。宋理宗淳祐中做过义乌(今浙江市名)令。宋亡,隐居不仕,自号四水潜夫。他的著作很丰富,以辑录旧闻为主,有《齐东野语》《武林旧事》《癸辛杂识》等多种。他的词集有《蘋洲渔笛谱》,又名《草窗词》。

周密交游很广,在宋末词坛俨然是领导人物[1]。他的词格律严谨,字句精美,但苦于"立意不高"[2]。从他编选的《绝妙好词》,可以看出作者偏向形式美。许多忠愤填膺的爱国的优秀作品全被排斥在他的选本之外,这真是一件难以补偿的憾事。他所自选的二十二首代表作[3],属于模拟的竟占十首,还有一些应酬之作夹杂在内,也是难以令人满意的。

[1] 陈廷焯《白雨斋词话》:"当时草窗盛负词名,玉田(张炎)次之,碧山(王沂孙)、西麓(陈允平)名则不逮。"

[2] 周济《宋四家词选・序论》:"草窗镂冰刻楮,精妙绝伦。但立意不高,取韵不远。当与玉田(张炎)抗行,未可方驾王(沂孙)、吴(文英)也。"

[3] 见《绝妙好词》。

一　萼　红

登蓬莱阁有感[1]

步深幽,正云黄天淡,雪意未全休。鉴曲寒沙[2],茂林烟草，俯仰千古悠悠[3]。岁华晚，飘零渐远，谁念我，同载五湖舟[4]？磴古松斜[5]，崖阴苔老[6]，一片清愁。　　回首天涯归梦，几魂飞西浦，泪洒东州[7]！故国山川，故园心眼，还似王粲登楼[8]。最负他、秦鬟妆镜，好江山、何事此时游[9]！为唤狂吟老监[10]，共赋消忧。

[1] 蓬莱阁：旧址在今浙江绍兴市龙山下。

[2] 鉴曲：鉴湖边曲折处。鉴湖即镜湖，见前192页陆游《鹊桥仙》注[5]。

[3] 俯仰千古悠悠：见前274页姜夔《玲珑四犯》注[4]。

[4] 谁念我两句：是说谁愿跟我一道载舟远游，像范蠡一样归隐山水呢？《国语·越语》载范蠡辅助越王灭掉吴国以后，“遂乘轻舟，以浮于五湖，莫知其所终极”。相传西施同他一起乘舟而去。五湖，见前334页蒋捷《贺新郎》注[9]。

[5] 磴：石级。

[6] 崖阴：山角落里阴暗的地方。

[7] 几魂飞西浦两句：作者自注：“阁在绍兴，西浦、东州皆其地。”几，几回。

[8] 王粲登楼：王粲是汉末建安时期的诗赋家。他避乱荆州时，写过一篇《登楼赋》，抒发自己对故乡、故国的愁思。

[9] 最负他、秦鬟妆镜两句：是说这时候来游览登赏，心境不佳，实在辜负了美丽的江山。秦鬟，指形状像女子鬟髻似的秦望山（在今绍兴市东南）。相传秦始皇曾登会稽山以望南海，故又名秦望山。妆镜，指镜湖。

[10] 狂吟老监：唐诗人贺知章，绍兴人。晚年辞官回乡隐居。他曾为秘书监，自号四明狂客，所以称为狂吟老监。

这首词一向被称为周密《草窗词》中的压卷之作，主要是抒发羁旅思乡之情。看来苍茫感慨，一片清愁，但是内容未免显得空泛、游离。南宋末年，元兵加紧南侵，国事已到了不可收拾的地步。词中提到“故国山川”“好江山、何事此时游”，可能是有感而发。

王沂孙 三首

王沂孙，字圣与，号碧山，又号中仙，会稽（今浙江绍兴市）人。宋亡以后，做过元朝庆元路（今浙江宁波市一带）的学正（教官）[1]。他的词今传《碧山乐府》，又名《花外集》。

王沂孙在当时的词名，本不如周密、张炎。清朝的词论家把他的地位抬得很高。陈廷焯《白雨斋词话》说：

> 王碧山词品最高，味最厚，意境最深，力量最重。感时伤世之言，而出以缠绵忠爱，诗中之曹子建、杜子美也。

周济《宋四家词选·序论》说：

> 碧山胸次恬淡，故《黍离》《麦秀》之感，只以唱叹出之，无剑拔弩张习气[2]。

我们很明白，当时的一些文人从他们自己在清朝高压统治下的处境出发，要求作品“言近旨远”，不敢“剑拔弩张”，所以看中了王沂孙隐晦纡曲的词风，推许备至。

王沂孙是宋末失节的词人之一，这就注定了他的词不可能像杜甫那么深切地“感时伤世”，也不可能像辛派词人那么有“剑拔弩张气”。他埋头写咏物词，应该承认是有些托意的。如《齐天乐·咏萤》：“汉苑飘苔，秦陵坠叶，千古凄凉不尽。”又如同调《咏蝉》：“病叶难留，纤柯易老，空忆斜阳身世。”这都反映了作者身世的凄凉。张惠言《词选》说：“碧山咏物诸篇，并有君国之忧。”但是问题不在此，问题在于王沂孙的作品所表达的，尽是一片实际难以捉摸的哀怨，一片消极绝望的哀怨。说他工于咏物未尝不可；要说有托意的话，看来总是表达不明确（只好让词话家去猜谜），反映没有力量，不过是一点微弱的呻吟罢了。

[1]《延祐四明志》：“至元中，王沂孙庆元路学正。”

[2]清朝词话家反对“剑拔弩张气”，正表示出他们怕正视现实，对豪放词的风格乃至内容，抱有一种不正确的看法。

眉　妩

新　月

渐新痕悬柳[1]，淡彩穿花[2]，依约破初暝[3]。便有团圆意[4]。深深拜[5]，相逢谁在香径？画眉未稳，料素娥犹带离恨[6]。最堪爱、一曲银钩小，宝帘挂秋冷[7]。　千古盈亏休问[8]，叹慢磨玉斧，难补金镜[9]。太液池犹在，凄凉处、何人重赋清景[10]：故山夜永，试待他、窥户端正[11]。看云外山河，还老尽桂花影[12]。

[1]新痕：新月刚刚露出一弯。

[2]彩：指月色。

[3]依约破初暝：仿佛把黑暗的天空划破了一线似的。初暝，初夜。

[4]团圆意：团圆的端倪和迹象。牛希济《生查子》词：“新月曲如眉，未有团圞意。”这里反用其意。

[5]拜：拜月。唐诗和敦煌词中都有用《拜新月》为题的作品。吴自牧《梦

梁录·七夕》："于广庭中设香案及酒果，遂令女郎望月瞻斗列拜。"

［6］画眉未稳两句：把新月比喻没有画好的眉毛，同时又设想这是月里嫦娥表示她的离恨(古代文人向来以缺月象征别离)。

［7］一曲银钩小两句：把新月比作帘钩，所以说窗帘像是挂在清冷的秋空里。刘缓《新月》诗："仙宫云箔卷，露出玉帘钩。"银钩，银白色的帘钩。宝帘，窗帘的美称。

［8］盈亏：满损，圆缺。

［9］叹慢磨玉斧两句：这是以缺月难补比喻山河残破，难以收复。段成式《酉阳杂俎·天咫》："旧言月中有桂，有蟾蜍。故异书言月桂高五百丈。下有一人常砍之。树创随合。人姓吴名刚，西河人。学仙有过，谪令伐树。"又："太和中，郑仁本表弟，不记姓名，常与一王秀才游嵩山……见一人布衣，甚洁白，枕一襆物，方眠熟。即呼之。……问其所自。其人笑曰：'君知月乃七宝合成乎？月势如丸，其影，日烁其凸处也。常有八万二千户修之。予即一数。'因出襆，有斤凿数事。"这两个并列在一起的故事后来演化为玉斧修月的典故。辛弃疾《满江红》词："谁做冰壶凉世界，最怜玉斧修时节。"方回《赵宾旸唐师善见和涌金城望次韵》诗："玉斧难修旧月轮。"金镜，指月亮。李贺《七夕》诗："天上分金镜，人间望玉钩。"

［10］太液池犹在两句：卢多逊《咏月》应制诗："太液池头月上时，晚风吹动万年枝。何人玉匣开金镜，露出清光些子儿。"按卢多逊是北宋初年的宰相，这里是把北宋最盛时期的景象来和亡国惨状作对比。太液池，汉唐宫中池名，借指宋朝的宫苑。

［11］端正：指圆月。韩愈《和崔舍人咏月二十韵》诗："三秋端正月，今夜出东溟。"端正月，即中秋月。

［12］看云外山河两句：感叹国土沦陷，时光虚掷。云外山河，辽阔的河山，指沦陷地区。还老尽桂花影，一作"还老桂花旧影"。桂花影，即月影。

王沂孙的咏物词一般写得比较隐晦，可能是有些寄托的。写作的时间该是南宋亡国的前夕。“难补金镜”，等于说国土破碎，金瓯难整；“试待他、窥户端正”，又寄寓了恢复故土的渴望。全词表达出作者的“一片热肠，无穷哀感”（陈廷焯《白雨斋词话》语）。但如周济《宋四家词选》所说“此喜君有恢复之志，而惜无贤臣也”，则又不免说得太拘泥了。

水 龙 吟

落 叶

晓霜初著青林，望中故国凄凉早。萧萧渐积[1]，纷纷犹坠，门荒径悄。渭水风生[2]，洞庭波起[3]，几番秋杪[4]。想重厓半没[5]，千峰尽出[6]，山中路，无人到。　　前度题红杳杳[7]，溯宫沟、暗流空绕。啼螀未歇[8]，飞鸿欲过，此时怀抱。乱影翻窗，碎声敲砌，愁人多少！望吾庐甚处？只应今夜[9]，满庭谁扫？

［1］萧萧：落叶声，这里借指落叶。杜甫《登高》诗：“无边落木萧萧下。”

［2］渭水风生：贾岛《忆江上吴处士》诗：“秋风吹渭水，落叶满长安。”按渭水流经长安的北面。

［3］洞庭波起：《楚辞·湘夫人》：“袅袅兮秋风，洞庭波兮木叶下。”洞庭，指洞庭湖。

［4］秋杪（miǎo）：即杪秋，深秋。

［5］重厓半没：厓，同崖，山边。（陈廷焯《白雨斋词话》说厓是指南宋最后溃败的崖山。）没，被落叶遮没。

［6］出：露。没有树叶荫蔽，露出秃山。

［7］题红：见前 101 页周邦彦《六丑》注［15］。

[8] 啼螿(jiāng):即寒蝉,蝉的一种,鸣声幽抑悲切。

[9] 只应:只是。

齐 天 乐

蝉

一襟余恨宫魂断[1],年年翠阴庭树。乍咽凉柯[2],还移暗叶,重把离愁深诉。西窗过雨,怪瑶佩流空,玉筝调柱[3]。镜暗妆残[4],为谁娇鬓尚如许[5]! 铜仙铅泪似洗,叹移盘去远,难贮零露[6]。病翼惊秋,枯形阅世[7],消得斜阳几度[8]? 余音更苦! 甚独抱清商[9],顿成凄楚。谩想薰风[10],柳丝千万缕。

[1] 一襟余恨宫魂断:马缟《中华古今注》:"昔齐后忿而死,尸变为蝉,登庭树嘒唳而鸣。王悔恨。故世名蝉为齐女焉。"这句是说齐后饮恨而死,她的魂化为蝉。因蝉是宫人的魂化的,所以称宫魂。

[2] 乍咽凉柯:刚刚在枝头上悲鸣。凉柯,指秋天的树枝。

[3] 怪瑶佩流空两句:这是把玉佩和弹筝的声音比喻蝉声。调柱,调弄乐器的弦柱,就是弹的意思。

[4] 镜暗妆残:表示女子的青春已经过去,借指秋天的蝉。

[5] 娇鬓:借喻蝉翼的娇美。崔豹《古今注》载魏文帝宫人莫琼树"制蝉鬓,缥缈如蝉"。

[6] 铜仙铅泪似洗三句:铜仙,见前 320 页文天祥《念奴娇》注[5]。铅泪,下泪像铅熔化,形容泪水多。蝉是饮露的,温峤《蝉赋》:"饥噏晨风,渴饮朝露。"下两句是说承露盘既然移走了,蝉的饮料也就成了问题。

[7] 枯形阅世:枯了的形骸还留在世上经历时世的沧桑。这和上句都是作

者用来自比。枯形，指枯蜕（蝉脱的皮）。晋孙楚《蝉赋》："形如枯槁。"阅，阅历，经历。

[8] 消得：禁得起。

[9] 清商：哀怨凄清的调子。

[10] 薰风：南风，指夏天，是蝉的黄金时期。

周济《宋四家词选》说这首词有"家国之恨"。这里的秋蝉是作者自喻其没落的身世，他的"薰风时期"已随着南宋的沦亡而消失了。可是词中只有"铜仙"一典影射亡国，此外便讳莫如深。通篇充满了"余恨""断魂""铅泪""病翼""枯形""余音"，一片凄楚之情，当时士大夫阶层的颓丧心境于此可见一斑。

张 炎 五首

张炎（1248—1320?），字叔夏，号玉田，又号乐笑翁，先世凤翔（今属陕西宝鸡市）人，寓居临安（今浙江杭州市）。他出身世家，是一个贵公子。宋亡以后，资产丧失，流落不偶。四十三岁那一年（1290），曾北游元都。晚年在浙东、苏州一带漫游作客。他以词著称，今传《山中白云词》八卷，有江昱的疏证本。

张炎北游和他没有做元朝的官的原因，舒岳祥《山中白云词序》里这样说：

玉田张君自社稷变置，凌烟废堕，落魄纵饮。北游燕、蓟，上公车、登承明（做官）有日矣。一日，思江南菰米莼丝，慨然襆被而归。

戴表元《送张叔夏西游序》里的记载与此略有不同，他说张炎：

> 尝以艺北游，不遇；失意亟亟南归，愈不遇。

以上两种记载都表明了张炎是准备向新王朝屈膝的，虽然他事实上并没有做新王朝的官。正是由于作者政治态度的动摇性，缺乏强烈的民族意识作为主导思想，他词中反映的现实便显得软弱无力。《四库全书提要》说：

> 炎生于淳祐戊申，当宋邦沦覆，年已三十有三[1]，犹及见临安全盛之日。故所作往往苍凉激楚，即景抒情，备写其身世盛衰之感，非徒以剪红刻翠为工。

这样说也还算恰当。不过作者突出地加以抒发的只是个人的身世之感（主要是天涯羁旅的哀愁），故国之思在他的作品里不是呼之欲出，而是隐而不显，不能给以过高的评价。

在自己的先辈的熏陶和影响之下[2]，张炎继承了周邦彦、姜夔一派重形式格律的传统。他手撰的《词源》，是一部研究词律学值得参考的著作。他论词法着重于音律、句法、字面、虚字、清空、用事那些方面，而轻视内在的质实。他在词的创作上实践了自己的理论。后世词话家亦以此而称赞他的词的“婉丽”和“空灵”[3]。我们认为最能指出张炎词的缺点的是周济。周济《介存斋论词杂著》说：“叔夏所以不及前人处，只在字句上着功夫，不肯换意。若其用意佳者，即字字珠辉玉映，不可指摘。”可惜《山中白云词》里“用意佳者”数量并不多。

[1] 如以宋恭帝投降元朝作为宋亡之年，张炎只有二十九岁。如以崖山兵溃失守作为宋亡之年，张炎也只有三十二岁。《四库全书提要》误算。

[2] 张炎的曾祖张镃是和姜夔唱和的词人，著有《玉照堂词》。他的父亲张

枢是精通音律的词人，著有《寄闲集》。

[3] 戈载《宋七家词选》里的评语。

高 阳 台

西 湖 春 感

接叶巢莺[1]，平波卷絮[2]，断桥斜日归船[3]。能几番游？看花又是明年。东风且伴蔷薇住，到蔷薇、春已堪怜。更凄然，万绿西泠[4]，一抹荒烟。　　当年燕子知何处？但苔深韦曲，草暗斜川[5]。见说新愁，如今也到鸥边[6]。无心再续笙歌梦，掩重门、浅醉闲眠。莫开帘，怕见飞花[7]，怕听啼鹃。

[1] 接叶巢莺：密接的树叶遮住了莺儿的巢。杜甫《陪郑广文游何将军山林》诗："卑枝低结子，接叶暗巢莺。"

[2] 平波卷絮：湖水涨了，飞扬的柳花轻轻地卷入波心里。

[3] 断桥斜日归船：斜阳照着经过断桥回到城里去的船。断桥，在西湖孤山的侧面，里湖和外湖之间。

[4] 西泠（líng）：桥名。在孤山下，是后湖和里湖的分界线。

[5] 但苔深韦曲两句：借长安等处的名胜来写杭州西湖苔深草绿的晚春景象。韦曲在长安城南，唐时韦氏世居于此，因名韦曲。斜川在今江西庐山市和都昌县之间的湖泊中。陶渊明有《游斜川》诗歌咏斜川的景色。

[6] 见说新愁两句：水鸥本是自由自在、很快乐的，如今也有愁了。见说，听说。

[7] 飞花：落花。

这首词和文及翁的《贺新凉》可以并读，内容都是题咏西湖，借以抒发自己的哀感。文词感慨唏嘘中还有几分激昂之气；张词偏于凄凉幽怨，颓丧极了。麦孺博把“亡国之音哀以思”作为评语(梁令娴《蓺艺馆词选》引),我们认为提得太高。作者所反映的身世之感属于个人的成分太多,便觉和国家社会的关系隔了一层,缺少深刻的感染力量。

甘　州[1]

辛卯岁,沈尧道同余北归[2],各处杭、越[3]。逾岁,尧道来问寂寞,语笑数日,又复别去。赋此曲,并寄赵学舟[4]。

记玉关踏雪事清游[5],寒气脆貂裘[6]。傍枯林古道,长河饮马,此意悠悠。短梦依然江表[7],老泪洒西州[8]。一字无题处[9],落叶都愁。　　载取白云归去[10],问谁留楚佩,弄影中洲[11]?折芦花赠远,零落一身秋[12]。向寻常、野桥流水,待招来不是旧沙鸥[13]。空怀感,有斜阳处,却怕登楼[14]。

[1]《甘州》:即《八声甘州》。

[2]辛卯岁两句:沈尧道名钦,是张炎的词友。他们于元世祖至正辛卯(1291)的前一年同游燕京(今北京市)。北归,从北方回到南方。

[3]各处杭、越:这时沈尧道在杭州,张炎在绍兴(舒岳祥《山中白云词序》说他北归后,“不入古杭,扁舟浙水东西为漫浪游”)。越,州名,今浙江绍兴市。

[4]赵学舟:赵与仁字元父,号学舟。宋朝的宗室。做过教授。张炎的词友。

[5]记玉关踏雪事清游:指年前北游的生活。他们没有到玉门关,这里用玉关泛指边地风光。

[6]脆:依周济《宋四家词选》应作“敝”。

[7] 短梦依然江表：是说北游匆促，像做了一个梦，醒来依然身在江南。周邦彦《隔浦莲》词："屏里吴山梦自到，惊觉，依然身在江表。"

[8] 老泪洒西州：《晋书·谢安传》载羊昙为谢安所重，"安薨后，辍乐弥年，行不由西州路。尝大醉，不觉至州门，痛哭而去。"（节录）按谢安扶病还都时曾经过西州门，所以羊昙触景生悲。这里是借羊昙事寄寓家国之愁。西州，古城名，在今南京市西，借指杭州。

[9] 一字无题处：是说深秋时候叶子落了，无处题诗以寄相思之情。这是借用红叶题诗的典故。见前101页周邦彦《六丑》注[15]。

[10] 载取白云归去：说沈尧道来访问后，又复别去。白云，隐居的标志。陶弘景《诏问山中何所有赋诗作答》："山中何所有？岭上多白云。只可自怡悦，不堪持赠君。"

[11] 问谁留楚佩两句：《楚辞·湘君》："捐余玦兮江中，遗余佩兮澧浦。""君不行兮夷犹，蹇谁留兮中洲？"都是写湘夫人对于湘君的怀念。这里用来表示友情。楚佩，楚女湘夫人的佩玉。

[12] 零落一身秋：身世像秋天一样的零落。

[13] 旧沙鸥：借指旧友。

[14] 登楼：见前342页周密《一萼红》注[8]。

这是张炎四十五岁寄寓绍兴所作的词。主要是写北游归来的失意和离别的愁情。其间织进了一些怀念故国的内容，但更浓厚的是个人身世零落、前途无望的伤感成分，因此表现出来的情调极度低沉。

解 连 环

孤 雁

楚江空晚[1]，怅离群万里，恍然惊散[2]。自顾影欲下寒塘[3]，正沙净草枯，水平天远[4]。写不成书，只寄得相思一点[5]。料因循误了，残毡拥雪，故人心眼[6]。　　谁怜旅愁荏苒？谩长门夜悄，锦筝弹怨[7]。想伴侣犹宿芦花，也曾念春前，去程应转[8]。暮雨相呼[9]，怕蓦地玉关重见[10]。未羞他双燕归来，画帘半卷[11]。

[1] 楚：泛指南方。

[2] 怳(huǎng)然：失意貌。一作“恍然”。

[3] 顾影：对自己的孤独表示矜惜的意思。

[4] 正沙净草枯两句：写水边秋色。雁宿于沙洲中，故云。

[5] 写不成书两句：雁儿飞行时，行列整齐，队形如字。孤雁排不成字，就写不成书信。孤雁只有一点，所以说“只寄得相思一点”。(这是根据《汉书·苏武传》雁足传书的故事说的。)

[6] 料因循误了三句：是说由于雁儿失群误事，没有能够传达故人的心事。残毡拥雪，也是用苏武事。《汉书·苏武传》载匈奴“幽武置大窖中，绝不饮食。天雨雪，武卧啮雪，与毡毛并咽之，数日不死”。这里似是把苏武比喻南宋被迫北行的人物，他们在异族统治下的处境是极其艰难的。

[7] 谁怜旅愁荏苒三句：写孤雁的羁旅哀怨之情。荏苒，辗转，不断。长门，汉武帝时陈皇后被弃置的冷宫。这里是把冷宫衬托孤雁来渲染哀怨。杜牧《早雁》诗：“仙掌月明孤影过，长门灯暗数声来。”锦筝，筝的美称。它的声调凄清哀怨，古人称为哀筝。《晋书·桓伊传》载桓伊“抚筝而歌怨诗”。

[8] 也曾念春前两句：是说它(指失散的伴侣)也会想到春前飞回北方去。

[9] 暮雨相呼：崔涂《孤雁》诗：“暮雨相呼失，寒塘欲下迟。”

[10] 怕蓦(mò)地玉关重见：这是设想见面时那种又惊又喜的愉快心情。蓦地，忽然。玉关，玉门关。

[11] 未羞他双燕归来两句：这是写孤雁幻想和自己的伴侣重逢以后的喜悦心情：那么，当着画帘半卷，燕子双双归来的时候，就不会自惭孤独了。

孔行素《至正直记》载："钱唐张叔夏，……尝赋孤雁词，有'写不成书，只寄得相思一点'，人皆称之曰'张孤雁'。"这首词的写作特点，当然还不仅仅在于"写不成书"这两个纤巧的句子，整个后段曲折的表达和描绘都非常生动。作者很可能用失群的孤雁比喻自己羁旅漂泊的生涯。他以咏物词著称，选这一首作为代表。

月 下 笛

孤游万竹山中[1]，闲门落叶，愁思黯然，因动《黍离》之感[2]。时寓甬东积翠山舍[3]。

万里孤云，清游渐远，故人何处？寒窗梦里，犹记经行旧时路。连昌约略无多柳[4]，第一是难听夜雨。谩惊回凄悄[5]，相看烛影，拥衾谁语[6]？　　张绪归何暮[7]！半零落依依，断桥鸥鹭[8]。天涯倦旅[9]，此时心事良苦。只愁重洒西州泪[10]，问杜曲人家在否[11]？恐翠袖正天寒，犹倚梅花那树[12]。

[1] 万竹山：《山中白云词》江昱注引《赤城志》："万竹山在(天台)县西南四十五里。绝顶曰新罗，九峰回环，道极险隘。岭上丛薄敷秀，平旷幽窈，自成一村。"

[2] 《黍离》：见前151页张元幹《贺新郎》第二首注[4]。

[3] 时寓甬东积翠山舍：据戴表元《送张叔夏西游序》说张炎曾"东游山阴、四明、天台间"。寄寓甬东，大约就在这个时期。甬东，今属浙江舟山市。

［4］连昌约略无多柳：连昌，唐别宫名，在河南宜阳县。宫中多植柳树。元稹的名作《连昌宫词》是写连昌宫战乱后的荒废景象。这里借指南宋故宫。约略，大概。

［5］惊回：梦醒，承前文“寒窗梦里”。

［6］拥衾谁语：这句和前文“故人何处”呼应。

［7］张绪：《艺文类聚・木部》载：“齐刘悛之为益州刺史，献蜀柳数株，条甚长，状若丝缕。武帝植于太昌云和殿前。常玩嗟之曰：‘杨柳风流可爱似张绪。’”按张绪《南齐书》有传，少有文才，喜谈玄理，风姿清雅。这里作者以他自比。

［8］半零落依依两句：是说断桥的鸥鹭已零落无多，剩下的见了人显出依恋不舍的样子。断桥，杭州西湖的桥，在孤山侧。

［9］天涯倦旅：郑思肖《山中白云词序》说张炎“三十年汗漫数千里。”

［10］西州泪：见前352页《甘州》注［8］。

［11］杜曲：唐长安城南的名胜地区，借指南宋故都的风景区。

［12］恐翠袖正天寒两句：杜甫《佳人》诗：“天寒翠袖薄，日暮倚修竹。”此用其意，以梅花代修竹。

这首词作于十三世纪末年、南宋沦亡多年之后，作者自己说是“动《黍离》之感”。他怀念杭州是很自然的，那里既是故国，又是故乡（他没有到过西秦原籍，事实上是以杭州作为家乡）。他不能忘情于“断桥鸥鹭”，更不能忘怀于“杜曲人家”。这里所写的“犹倚梅花那树”的“翠袖”佳人，该是借指那些隐居不肯在元朝做官的遗民。

清　平　乐

采芳人杳[1]，顿觉游情少。客里看春多草草，总被诗愁分了。　　去年燕子天涯，今年燕子谁家[2]？三月休听夜雨[3]，如今不是催花[4]。

[1] 采芳人：游春采花的姑娘们。

[2] 去年燕子天涯两句：比喻自己漂泊不定的生活。谁家，什么地方。

[3] 三月休听夜雨：暮春三月的夜雨会摧残百花，故云。

[4] 催花：催花开的雨。